Katrin Tempel
Apfelblütenjahre

Katrin Tempel

APFEL BLÜTEN JAHRE

Roman

PIPER

Wenn Ihnen dieser Roman gefallen hat, schreiben Sie uns
unter Nennung des Titels »Apfelblütenjahre« an *empfehlungen@piper.de*,
und wir empfehlen Ihnen gerne vergleichbare Bücher.

Von Katrin Tempel liegen im Piper Verlag vor:
Apfelblütenjahre
Das Novembermädchen
Über dem Meer die Freiheit
Rosmarinträume
Mandeljahre
Holunderliebe

Bewährte Hausmittel neu entdecken
Stillst du noch oder lebst du schon
Dr. Hope – Eine Frau gibt nicht auf

Inhalte fremder Webseiten, auf die in diesem Buch
hingewiesen wird, macht sich der Verlag nicht zu eigen
und übernimmt dafür keine Haftung.

ISBN 978-3-492-06269-5
© Katrin Tempel, 2021
Dieses Werk wurde vermittelt durch die Autoren- und
Projektagentur Gerd F. Rumler (München).
© Piper Verlag GmbH, München 2021
Redaktion: Annika Krummacher
Satz: Fotosatz Amann, Memmingen
Gesetzt aus der Calluna
Druck und Bindung: CPI Books GmbH, Leck
Printed in the EU

Für Georg und Emma.

Und meine Tante Lucie.
Ohne ihr Schreibtalent und
ihre Beobachtungsgabe
würde es dieses Buch nicht geben.

TEIL I

Wachenheim,
Gegenwart

EINS

Sie sah ihn schon von Weitem.

Der schmale Traktor rumpelte mit seinem Anhänger auf dem Feldweg in Richtung Landstraße und bremste keine Sekunde, bevor er abbog und sich direkt vor ihr Auto setzte. Immerhin winkte der Fahrer ihr freundlich zu.

Durch das offene Fenster ihres Autos drang der süße, aromatische Duft in ihre Nase. Karen lächelte. Reife Trauben auf dem Weg zur Kelter. Der Geruch dieser Gegend, dieser Jahreszeit. Jetzt wurden die Trauben geerntet. Wahrscheinlich die letzten des Jahres. Spätlese.

Sie sah auf den Tacho. Bestimmt würde sie bis zum nächsten Ort hinter diesen überreifen Trauben herfahren. Rechts und links der Straße waren die Weinberge zu sehen, die sich bereits verfärbten, und dahinter die dunklen Wälder der Haardt – die Ränder des Pfälzer Waldes.

Ihre Heimat.

Falsch. Der Ort ihrer Kindheit.

Hier war Karen aufgewachsen – und von hier war sie damals aufgebrochen. Zu einem anderen Leben, mit anderen Freunden, in einer anderen Welt. Sie war gegangen, um nie mehr wiederzukommen. Und jetzt war sie doch hier. In der Ferne erkannte sie die Silhouette der Burg, die über dem Städtchen thronte.

Kurz entschlossen setzte sie den Blinker, verließ die Straße und den friedlich dahinfahrenden Winzer und bog nach links ab. Ein holpriger Feldweg zwang sie dazu, langsam zu fahren. Das hatte sich seit ihrer Kindheit offenbar nicht geändert.

Der Weg führte zwischen zwei abgeernteten Wingerten leicht bergauf und endete an einer wuchernden Hecke aus Weißdorn, Holunder und wilden Rosen.

Dahinter musste es sein.

Karen stellte den Motor ab, öffnete die Tür des Mietwagens und streckte sich. Der lange Flug von New York nach Frankfurt, dann die Autofahrt vom Flughafen bis zur Weinstraße – Rücken und Nacken sagten ihr überdeutlich, dass sie schon fünfzig war. Und nicht mehr das junge Mädchen, das vor über dreißig Jahren an dieser Stelle gestanden hatte.

Hinter dem großen Holunderbusch lag ihr Ziel. Oder?

Karen runzelte die Stirn. Hier hatten einst Apfelbäume gestanden. Ordentlich in Reih und Glied gepflanzt. Kleine tapfere Soldaten für eine perfekte Saftproduktion – so hatte sie damals über die Plantage gespottet.

Davon war jetzt nichts mehr zu sehen. Brombeeren hatten jedes freie Stück Erde zwischen den Bäumen überwuchert, dazwischen wuchsen hüfthohe Gräser, Blumen und allerlei Grünzeug, von dem sie noch nie gehört hatte. Die Bäume, die sie noch erkannte, waren inzwischen in die Höhe gewachsen, viel zu viele Triebe verknoteten sich in ihren Kronen. Zu wenig Licht für gute Äpfel, schoss es Karen durch den Kopf. Durch einen Apfelbaum musste man einen Hut werfen können, das hatte ihre Mutter immer gepredigt. Sonst bekommen die Früchte zu wenig Sonne, und der Baum wird anfällig für Pilze und andere Krankheiten.

Dieser Garten hatte bestimmt schon mehr als ein Jahrzehnt keine Pflege mehr erhalten. Eher noch länger. Die Bäume schienen mit ihren langen Trieben den wuchernden Brombeeren entfliehen zu wollen.

Wieso hatte ihre Mutter den Garten so verwahrlosen lassen?

Hatte ihr schon länger die Kraft für die Pflege gefehlt? Karen stiegen die Tränen in die Augen. Sie hätte früher kommen sollen. Nachsehen, wie es ihrer Mutter ging, statt sich nur auf die fröhlichen Versicherungen am Telefon zu verlassen: Es geht mir gut, mir fehlt es an nichts, mach dir keine Sorgen. Bis zum nächsten Mal.

Hätte.

Sinnlose Vorwürfe, sie konnte die Zeit nicht zurückdrehen.

Karen machte einen Schritt nach vorne. Sofort verfing sich eine Brombeerranke in ihrer weiten Leinenhose.

Mit einem leisen Fluch wollte sie ausweichen, aber jetzt schien sich die lange Ranke erst ernsthaft an ihrem Hosenbein festzukrallen. Mit aller Geduld, die sie aufbringen konnte, bückte Karen sich und versuchte, vorsichtig die Ranke zu lösen. Ein Dorn fuhr ihr in den Finger, und sie zuckte zurück.

»Mist!« Sie steckte den blutenden Zeigefinger in den Mund. Wenigstens hatte die bösartige Ranke ihren Anflug von Sentimentalität schnell beendet.

Karen seufzte. Hätte ihre Mutter sich Hilfe geholt, dann würde es hier nicht so aussehen. Und das hätte sie sich doch finanziell leisten können, oder etwa nicht?

Beim nächsten Befreiungsversuch holte sie sich einen Kratzer auf dem Handrücken. Aber die Brombeere löste sich.

Mit einem wachsamen Blick auf aggressive Pflanzen und Kletten lief Karen an der Plantage entlang. Überall der gleiche Anblick. Ungepflegte Bäume, Gestrüpp, wilde Blumen und kleine Trampelpfade, die in das Innere der alten Apfelplantage führten und verrieten, dass sie heute Wildschweinen, Füchsen und Rehen Schutz bot. Doch an jedem einzelnen Ast hingen Äpfel. Rot, gelb, grün, gestreift, groß, klein ...

Karen erinnerte sich, dass ihre Mutter immer über diese alte Plantage geschimpft hatte. Sie war das Herzstück des Apfelgutes, der älteste Anbau – und von den Sorten her komplett durchgemischt. Hier hatte Oma Marie, die Gründerin des

Apfelguts, einst alles gepflanzt, was auch nur annähernd wie ein Apfelbaum aussah. Und so glich hier kein Apfel dem anderen. Jeder wurde zu einem anderen Zeitpunkt reif, immer wieder musste man ein paar Erntehelfer hierherschicken, um einen einzelnen Baum abzuernten. Eigentlich merkwürdig, dass ausgerechnet dieser aufwendige, unsortierte Apfelgarten als einzige Pflanzung von Adomeits Apfelgut übrig geblieben war. Alles andere war längst an die Winzer verkauft worden und inzwischen mit langen Reihen von Riesling, Spätburgunder und Co. bepflanzt. Wahrscheinlich war das einer sentimentalen Anwandlung ihrer Mutter geschuldet. Damit war jetzt aber Schluss: Wenn Karen dieses letzte Stück Land in den nächsten Wochen an einen der Winzer verkaufte, dann würde es sicher noch vor Ende Februar abgeholzt werden. Die Tiere müssten dann eben in die Hecken zwischen den Wingerten umziehen. Kein Problem, Wildnis gab es hier auch ohne den alten Apfelgarten mehr als genug.

Karen streckte ihre Hand nach einem besonders verlockenden, grünlich-rot gestreiften Exemplar aus und biss hinein. Der Geschmack verschlug ihr fast den Atem. Fruchtig, leicht säuerlich, knackig, vielleicht nach Grapefruit? So einen Apfel hatte sie seit ihrer Kindheit nicht mehr gegessen. Er schmeckte nach Tagen voller Sonne, der Nähe von Trauben und Mandeln und irgendwie auch nach dem Leben, das sich in der Nähe seines Stammes abspielte. Unglaublich, dass sich die Geschmacksnerven irgendwann an den fad-süßen Geschmack der Supermarktäpfel gewöhnten. Sie biss noch einmal ab. Verlernte man, dass es diesen intensiven Geschmack gab? So etwas wie diesen Apfel gab es ganz bestimmt nicht in einem New Yorker Supermarkt – und wahrscheinlich auch nicht bei den hiesigen Discountern.

Sie streckte sich und pflückte einen zweiten Apfel. Dann schlenderte sie langsam zurück zu ihrem Auto. Es war später Nachmittag, ein sanfter Wind fuhr durch die Büsche und Bäume – und sie war nicht in Eile.

Hier wartete nichts und niemand auf sie.

Aber irgendwann ließ sich der Besuch ihres Elternhauses nicht mehr herauszögern. Wenn sie noch bei Tageslicht ankommen wollte, dann wurde es Zeit, die Apfelbäume und das weiche Licht des Nachmittags zu verlassen.

Von dem alten Apfelgarten bis zu ihrem Elternhaus waren es nur wenige Hundert Meter. Das gelbe Häuschen aus Sandstein lag klein und geduckt unter ein paar Bäumen am Ortsrand. Eine kurze Auffahrt, gesäumt von Apfelbäumen, führte bis direkt vor die Tür. Zögernd stieg Karen aus dem Auto. War das Haus schon immer so klein gewesen? Machte die Erinnerung wirklich alles größer?

Hoffentlich hatte ihre Mutter ihre Gewohnheiten nicht geändert. Karen ging zur Haustür, kniete sich hin und hob den Blumentopf mit den verblühten Hortensien an. Tatsächlich: Hier lag der Schlüssel, so wie damals vor dreißig Jahren. Langsam drehte sie den Schlüssel um und öffnete die Tür.

Das Haus war leer. Seit die Nachbarin vor zwei Tagen angerufen hatte, wusste Karen, dass hier niemand mehr auf sie warten würde. Ihre Mutter war gestorben. Mit neunundsiebzig Jahren, an einem Schlaganfall. Die Nachbarin hatte die Mutter im Garten liegen sehen, sofort den Krankenwagen alarmiert – und dann bei Karen angerufen.

Als Karen endlich einen Arzt im Krankenhaus erreichte, konnte er ihr nur noch den Tod ihrer Mutter bestätigen. Gestorben, ohne das Bewusstsein wiederzuerlangen. Und ohne noch einmal mit ihrer Tochter oder irgendjemand anderem zu reden.

Wie gelähmt war Karen mit dem Telefon in der Hand sitzen geblieben.

Wann war sie das letzte Mal in Deutschland gewesen? Das war Jahrzehnte her. Immer wieder war ihr etwas dazwischengekommen. Ferien mit den Kindern, eine neue Kollektion ihres Modelabels oder auch einfach nur die mangelnde Lust, einen langen Flug auf sich zu nehmen, um an einen Ort zu kommen, nach dem sie keinerlei Sehnsucht verspürte.

Sicher, ihre Mutter hatte immer wieder gefragt, ob sie nicht doch einmal nach Deutschland kommen wolle. Vor allem, seit ihr Vater vor drei Jahren in ein Pflegeheim gezogen war. Seine Demenz war so fortgeschritten, dass die Mutter nicht mehr mit ihm im Haus hatte leben können. Hin und wieder war sie offensichtlich so einsam gewesen, dass sie ihre einzige Tochter anrief und um einen Besuch bat. Karen hatte immer eine Ausrede gefunden. Erst jetzt war die Reise unvermeidlich geworden. Jetzt, wo niemand mehr auf sie wartete.

Jeff hatte Karen auf dem Sofa gefunden, den Telefonhörer noch in der Hand. Er hatte ihr sofort angesehen, dass etwas Schlimmes passiert war. Nach mehr als dreißig gemeinsamen Jahren konnte sie nichts vor ihm verbergen. Tröstend nahm er sie in den Arm, und sie fühlte sich in seiner Umarmung geborgen. Hier wollte sie bleiben, statt sich der Realität zu stellen.

Aber der Augenblick währte nur kurz. Dann sprang Jeff auf und fing an zu planen. Er wollte wissen, wann sie nach Deutschland fliegen wollte, um Beerdigung und Erbe zu regeln.

»Morgen?« Er hatte sie nur kurz von seinem Laptop aus angesehen. Und sie hatte genickt.

Morgen. Den Termin für den Rückflug hatten sie offengelassen. Wer konnte schon absehen, wie lang das alles dauern würde? Drei Wochen, vier Wochen?

»Ich kann leider nicht mitkommen«, hatte Jeff bedauernd erklärt, während seine Finger über die Tasten flogen. »Während deiner Abwesenheit sollte ich mich um die Firma kümmern. Und die Kinder möchte ich auch nicht so lange alleine lassen.«

Die Kinder. Zwei erwachsene Menschen, die ihren Vater ganz bestimmt nicht brauchten. Aber Jeff hatte immer wenig Interesse an ihren deutschen Wurzeln gezeigt – warum sollte das jetzt anders sein?

Die Wahrheit war, dass er auf keinen Fall für mehrere Wochen in seiner Firma an der Wall Street fehlen wollte. In der Schlangengrube, die er Arbeitsplatz nannte, würde sicher einer der Kollegen seine Abwesenheit zum großen Karrieresprung ausnutzen. Und Jeff war bereit, seinen Job mit Klauen und Zähnen zu verteidigen. Da kam eine tote Schwiegermutter in einem pfälzischen Kaff mehr als ungelegen.

Natürlich hatte er ihr geholfen, ihre Sachen zu packen. Er fuhr sie nach Newark, drückte ihr noch einen Kuss auf die Wange und verabschiedete sich. »Melde dich, wenn du im Hotel angekommen bist, ja? Du übernachtest hoffentlich nicht im Haus deiner Mutter!« Dann hupte jemand in der Reihe hinter ihm, und er musste weiterfahren, ohne überhaupt auf die Antwort zu warten.

Jetzt stand sie in der Tür ihres Elternhauses und scheute sich davor, über die Schwelle zu gehen. Der Flur mit dem hellen Parkett, die Garderobe mit den Jacken und Schuhen ihrer Mutter – es sah aus, als würde sie gleich aus der Küche kommen. Über allem hing der feine Duft reifer Äpfel. Unverändert, seit ihre Großmutter in dieses Haus gezogen war und in den Anfangsjahren in der Küche das Apfelmus und die Apfelkuchen für den Hofladen gekocht und gebacken hatte.

Mit einem kleinen Kopfschütteln überwand Karen sich und betrat das Haus. Sie hatte noch nie an Geister geglaubt, hatte schon immer Entscheidungen, ohne zu zögern, umgesetzt. Da würde sie nicht heute damit anfangen, vor dem Betreten eines verlassenen Hauses zu zaudern.

Links war der Eingang zur Küche, dahinter das Esszimmer. Auf die helle Holzküche war ihre Mutter einst so stolz gewesen. Fast meinte Karen, ihre Stimme zu hören. »So eine Art pfälzischer Landhausstil – nur ohne den Kitsch, verstehst du?«

Auf dem Tisch standen ein benutzter Teller und eine halb leer getrunkene Tasse mit Tee. Die Milch hatte längst einen Film auf der Oberfläche gebildet. Ihre Mutter war aus dem vollen Leben gerissen worden, sie war nicht einmal dazu gekommen, die Spuren ihrer letzten Mahlzeit zu beseitigen. Was sie wohl in den Garten gelockt hatte?

Zögernd ging Karen an dem Esstisch vorbei und sah durch die Terrassentür nach draußen.

Hier war sie hinausgegangen. Bis zu einem der Bäume, unter dem sie dann zusammengebrochen war. Eine geplatzte Ader im Hirn, ein kleiner Klumpen geronnenes Blut – und das Leben war vorbei.

Warum nur fühlten sich alle unsterblich, obwohl die Grenze zum Tod nur eine schmale zerbrechliche Linie war? Der herbstliche Garten verschwamm vor ihren Augen, als ihr Tränen in die Augen traten. Sie würde nie wieder mit ihrer Mutter reden können. In ihrer Vorstellung hatte sie alle Zeit der Welt gehabt – um in Wirklichkeit alle Momente zu verpassen, in denen sie noch hätten reden können.

»Das ist einfach nicht fair, Mama!« Der Klang ihrer Stimme in dem Zimmer erschreckte sie. Es klang so unendlich vertraut. Hatte sie das schon einmal gesagt? Bei einer dieser vielen kleinen Streitigkeiten, die sie immer wieder gehabt hatten?

»Ist es wirklich nicht!« Jetzt klang ihre Stimme fast trotzig. »Du hättest doch auch einen anderen Abgang wählen können. Einen, bei dem ich noch Zeit gehabt hätte herzukommen. Dich in den Arm zu nehmen. Und noch einmal zu reden. Es kann doch nicht sein, dass du dich einfach so holterdiepolter vom Acker machst.«

Und beinahe kam es ihr so vor, als würde ihre Mutter entgegnen: »Du bist doch auch nicht gekommen, als dein Vater sich allmählich verabschiedet hat. Jetzt ist er fast nicht mehr da. Nur noch seine Hülle ...«

Das hatte ihre Mutter immer wieder gesagt, um sie hierherzulocken. Und dann war Luzies einzige Möglichkeit, ihre Tochter hierherzuholen, doch nur ihr Tod gewesen.

»Ich wollte immer kommen. Ich habe gedacht, es eilt nicht«,

murmelte Karen. »Irgendwann fliegen die Jahre nur so vorbei, und ich habe nicht gemerkt, wie sie ...«

»Hallo? Ist da jemand?«, rief eine energische Frauenstimme von der Eingangstür.

Karen zuckte zusammen. Hatte die Frau ihr Selbstgespräch gehört? Na, hoffentlich nicht. Sie wollte nicht verwirrt erscheinen. Schnell richtete sie sich auf, wischte sich noch einmal über die Augen und rief dann: »Ich bin hier hinten, im Esszimmer! Wer ist denn da?«

Gleichzeitig ging sie zurück zur Haustür, wo eine ältere Frau mit sorgfältig blondiertem Pagenkopf stand. Sie sah Karen aufmerksam entgegen. »Sind Sie Luzies Tochter?«

»Karen McMillan. Freut mich, Sie kennenzulernen!« Karen streckte ihre Hand aus. »Ich nehme an, Sie sind Frau Gehring? Die Nachbarin?«

Als die Frau nickte, fuhr Karen fort: »Ich bin so froh, dass Sie meine Mutter im Garten gefunden haben. Nicht auszudenken, wenn sie da länger gelegen hätte ...«

»Ach, sie war ja ohnehin schon bewusstlos, da konnten die Sanitäter gar nichts mehr machen ...« Ihre Stimme klang mit einem Schlag brüchig.

»Kommen Sie doch rein!« Karen war in dieser Sekunde froh, dass sie nicht mehr allein in diesem leeren Haus sein musste. Und wenn es nur die Nachbarin ihrer Mutter war, Hauptsache, es war ein anderer Mensch in ihrer Nähe!

Die ältere Frau schüttelte den Kopf. »Ich möchte Sie nicht stören. Sie brauchen doch sicher ein wenig Zeit für sich. Der Verlust einer Mutter ist nur schwer zu verkraften ... das kann ich verstehen. Ich habe nur gerade eben gesehen, dass die Haustür offen steht, da wollte ich nach dem Rechten sehen. Man liest ja immer wieder von Gesindel, das sich in unbewohnten Häusern einnistet. Und von Einbrechern.« Sie nickte, als wollte sie ihren Worten besonders viel Nachdruck verleihen. »Wenn Sie in nächster Zeit Hilfe benötigen, dann können Sie sich gerne an mich oder meinen Mann wenden.« Sie deutete auf ein großes Haus, das hinter den Bäumen zu erkennen war. »Wir wohnen gleich dort drüben. Scheuen Sie sich nicht, bei uns zu klingeln, wenn Sie eine Frage haben.«

»Danke, ich bin mir sicher, dass ich noch einiges wissen möchte. In den nächsten Tagen gibt es so viel zu tun. Die Beerdigung, das Erbe ...«

»Überstürzen Sie nichts«, entgegnete die Nachbarin und wandte sich zum Gehen.

Damit war Karen wieder allein. Sie sah der Nachbarin hinterher. War sie nur unglaublich aufmerksam – oder unerträglich neugierig? Saß sie aus Langeweile den ganzen Tag am Fenster? Vorgestern der Zusammenbruch ihrer Mutter, heute die offen stehende Haustür ... Da tanzte sie besser nicht nackt durch den Garten.

Sie schloss die Haustür mit Nachdruck hinter sich und ging wieder zurück ins Esszimmer. Dabei fiel ihr Blick auf ein Bild, das gerahmt in der Garderobe hing. Eine Modezeichnung, einer ihrer ersten Entwürfe. Damals hatte sie noch unbeholfener gezeichnet, da fehlte die Übung. Aber es war schon zu sehen, was sie wollte: eine einfache Latzhose mit weit ausgestellten Beinen und breiten Trägern. Karen grinste. Sie hatte diese Hose dann an Omas alter Nähmaschine produziert. Wieder und wieder und wieder – bis fast alle Jugendlichen in ihrer Schule mit dem Teil herumgelaufen waren. Ihre ersten Schritte als Modedesignerin. Sie hatte keine Ahnung, wann und wie ihre Mutter an diese Entwürfe gekommen war. Warum nur hatte sie die Dinger aufgehängt? Als Erinnerung an die Zeiten, in denen Karen noch hier gewohnt hatte? Oder um auch hier in der Pfalz an Karens Erfolg teilzuhaben?

In der Garderobe sah sie eine Jacke aus der Kollektion vor drei Jahren. Dicke, dunkelblaue Wolle. Karen hatte sie damals hierhergeschickt, weil sie genau der Stil ihrer Mutter war. Offensichtlich hatte sie recht gehabt, die Jacke war häufig benutzt. Vorsichtig zupfte Karen ein welkes Blättchen ab, das noch am Kragen klebte. Von Mamas letztem Spaziergang?

Gedankenverloren lief sie in die Küche und öffnete den Schrank. Zeit für eine Tasse Tee, um nach dem Flug zur Ruhe zu kommen und die weiteren Schritte zu planen. Der Kocher funktionierte, und im Schrank entdeckte sie alle möglichen Sorten Tee. Sie wählte einen einfachen Pfefferminztee und saß nur wenige Minuten später mit der dampfenden Tasse auf der Terrasse.

Mit einem kurzen Rundumblick vergewisserte Karen sich, dass Frau Gehring sie dieses Mal nicht im Blick hatte. Dann atmete sie tief ein. Trockene Blätter, feuchte Erde, Trester und Pfefferminze. Der intensive Geruch weckte Erinnerungen an längst vergessen geglaubte Zeiten. Nachdenklich sah sie über den Rasen hinweg zu den vereinzelten Bäumen, der alten Produktionshalle, wo früher Apfelsaft gekeltert wurde, und den dahinter gelegenen Wingerten. Einst standen dort Apfelbäume, aber diese Teile des Gutes hatte Luzie schon vor Jahren verkauft. Damals, als die Vergesslichkeit ihres Vaters immer schlimmer geworden war. Die Winzer hatten gut gezahlt, und so hatte Luzie sich keine Sorgen um ihr Auskommen gemacht. Anfangs hatte sie Karen noch von den Verkäufen und den Preisen erzählt, aber irgendwann hatte sie damit aufgehört. Karen hatte sich nicht weiter dafür interessiert und konnte sich im fernen New York kaum vorstellen, wo die einzelnen Grundstücke lagen.

Immerhin wusste sie, dass Luzie vor dem Verkauf des letzten Grundstückes zurückgeschreckt war. Daran hingen nämlich die Erinnerungen an die ersten Jahre in der Pfalz. Der Beginn von Adomeits Apfelgut. Der Neustart nach Krieg, Flucht und Entbehrungen.

Ganz allmählich ging der Spätnachmittag in den Abend über. Durch die Dämmerung kam ein Schatten auf Karen zu. Ein leises Maunzen, dann drückte sich ein Katzenkopf gegen Karens Schienbein. »Na, vermisst du sie auch?« Sie fuhr dem kleinen

Tiger über den Rücken. Der ließ sich sofort fallen und zeigte ihr den weichen Bauch – eine mehr als deutliche Aufforderung zum Streicheln. Karen kraulte ein wenig das weiche Fell, dann hörte sie, wie ihr Handy drinnen auf dem Esstisch laut klingelte. Sie sprang auf. Es wurde Zeit, sie konnte nicht ewig hier auf der Terrasse sitzen, in den Garten blicken und eine streunende Katze streicheln.

Mit wenigen Schritten war sie beim Handy. Ihre engste Mitarbeiterin Rachel hielt sich nicht lange mit Vorreden auf. Die Modenschau mit der neuen Kollektion in sechs Wochen. Verschieben – oder einfach alles laufen lassen? »*I'll be there. Keep on going.*« Karen legte auf. Sechs Wochen. Bis dahin sollte sie wirklich wieder in New York sein.

Zeit für einen ersten Rundgang durchs Haus.

Sie stellte die Tasse in die Spüle und ging dann die schmale Treppe nach oben. Im Badezimmer erinnerte alles daran, wie plötzlich ihre Mutter aus dem Leben gerissen worden war.

Ein Handtuch, das noch nach ihr roch. Angebrochene Tiegel und Tuben mit Cremes und dem Versprechen immerwährender Jugend. Ein Spiegel, in den ihre Mutter jeden Tag gesehen hatte und der jetzt nur Karens Gesicht zeigte. Tiefe Augenringe unter blutunterlaufenen Augen. Auch Jetlag wurde mit den Jahren nicht besser.

Schnell ging sie weiter. Ihr ehemaliges Kinderzimmer, das schon seit Jahren als Gästezimmer diente, in dem allerdings viel zu selten Gäste nächtigten und im Alltag nur alte Bügelwäsche lag.

Im Schlafzimmer der Eltern waren immer noch beide Betten bezogen. Mit einem leisen Lächeln strich Karen über das Kopfkissen. Typisch Mama. Sie wollte, dass es wenigstens so aussah, als ob Papa jederzeit nach Hause kommen könnte. Auch wenn das schon seit Jahren nicht mehr möglich war.

Auf dem Nachttisch ein Krimi mit Lesezeichen, die Lesebrille und eine angebrochene Packung mit Baldrianpillen. Hatte ihre

Mutter schlecht geschlafen? Oder war das nur eine Vorsichtsmaßnahme für Nächte, in denen die Geister der Erinnerung zu laut waren? Karen öffnete die Packung und sah hinein. Die Hälfte der Pillen fehlte. Offensichtlich hatte Mama nicht gut geschlafen. Das hatte sie nie erzählt am Telefon. Aber sogar das war typisch: Ihre Mutter hatte nie gejammert. So war sie erzogen worden. Ostpreußische Disziplin, da redete man nicht über sich selbst.

An der Wand das Hochzeitsbild ihrer Eltern. Die ernste Luzie und der fröhlich lachende Matthias am »schönsten Tag ihres Lebens«. Zumindest Luzie sah nicht so aus. Angestrengt starrte sie in die Kamera. Karen starrte einen Atemzug lang zurück. Dann schüttelte sie den Kopf. Es wurde Zeit, dass sie sich eine Unterkunft für die Nacht suchte. Hier wollte sie nicht bleiben. Zu unheimlich, zu viele Geister – und zu schmerzhaft nach dem Verlust. Was dieses Haus wohl wert war? Am besten, sie bat einen Makler, sich das Haus mal anzusehen. In New York würde sie sich kaum um den Unterhalt des Gebäudes kümmern können. Und ihr Vater ... Sie seufzte. An jeder Ecke tauchten neue Probleme auf.

Karen lief die Treppe hinunter und verließ beinahe fluchtartig das Haus. Diesmal steckte sie den Hausschlüssel in die Tasche und nicht unter die Hortensien und machte sich mit dem Mietauto auf den Weg. Jeff hatte ihr von New York aus ein Zimmer in einem kleinen Hotel namens *Winzerhof* hier im Ort gebucht. Den musste sie jetzt nur noch finden.

Nach einigem Rangieren durch die vielen Einbahnstraßen entdeckte sie schließlich das Hotel. Mit Ranken bewachsen, freundlich beleuchtet.

An der Rezeption stand eine füllige Frau in ihrem Alter, die begeistert ihr holpriges Schulenglisch auspackte, als sie ihren Namen nannte.

»Fellkam in auer Haus ...«

»Stopp! Ich bin hier aus Wachenheim. Mein Deutsch ist vielleicht etwas eingerostet, aber ich verstehe wirklich noch alles!«, wehrte Karen ab.

»Wirklich? Aus Wachenheim? McMillan?« Sie sah stirnrunzelnd auf das Anmeldeformular. »Wohnen Ihre Eltern noch hier? Da müssten wir uns doch kennen, wir sind ja fast der gleiche Jahrgang.«

»Ja. Ich meine, nein. Meine Mutter ist vor zwei Tagen gestorben. Ich bin hier, um den Nachlass zu regeln. Ich bin eine geborene Winter.«

Das Gesicht der Frau zeigte ehrliche Betroffenheit. »Winter ... Dann ist Ihre Mutter die Tochter der alten Adomeit? Oder etwa nicht? Ich wusste gar nicht, dass Frau Winter gestorben ist!«

»Ich bin noch nicht dazu gekommen, eine Todesanzeige aufzusetzen, das stimmt.« In Gedanken notierte Karen das auf der Liste der Dinge, die noch zu erledigen waren.

Die Hotelwirtin ließ sich in ihrem Redefluss nicht lange bremsen. »Mein herzliches Beileid. Wie schade, dass Sie zu so einem traurigen Anlass wieder in die Heimat kommen. Trotzdem haben Sie Glück, dass wir jetzt ein Zimmer für Sie haben! Es wurde erst vorgestern storniert, die Frau hatte wohl einen Unfall und konnte nicht kommen ... Aber das ist jetzt ja auch egal. Hauptsache, Sie fühlen sich wohl.« Ihr Blick wanderte zum Anmeldeformular, und sie deutete mit dem Finger auf ein leeres Kästchen. »Da steht noch kein Abreisedatum.«

»Ich bin mir noch nicht sicher, wie lange ich bleiben werde«, erklärte Karen. »Ich hoffe, das ist kein Problem?«

»Nein, im Augenblick nicht. Sie können so lange bleiben, wie Sie wollen.« Sie reichte ihr den Zimmerschlüssel über die Theke. Innerlich musste Karen grinsen. Ein echter Schlüssel mit einem absurd großen Anhänger aus Holz in Form eines Weinblattes. Keine Karte. Hier lebten sie wirklich noch wie im letzten Jahrhundert.

Sie nahm den Schlüssel und zog den Koffer bis zu einer steilen Treppe hinter sich her. Kein Aufzug. Natürlich nicht.

Mit einigem Kraftaufwand wuchtete sie den Koffer bis zu ihrem Zimmer unter dem Dach. Und war dann überrascht: Das Zimmer war klein, aber die kleine Terrasse bot einen zauberhaften Blick über das Rebenmeer, das man in der Dunkelheit erahnen konnte. Zwei kleine Stühle luden dazu ein, sich hinzusetzen. Was Karen auch gleich tat. Im selben Moment stellte sie fest, dass sie Hunger hatte. Wann hatte sie das letzte Mal gegessen? Im Flugzeug?

Karen fand in ihrer Handtasche den Apfel, den sie vor wenigen Stunden in dem alten Garten gepflückt hatte. Sie nahm einen großen Biss. Und zum zweiten Mal an diesem Tag überraschte sie der Geschmack. Die Sonne eines ganzen Sommers hatte sich in diesem Apfel versammelt, um ein Fest zu feiern. Was hatten die Menschen nur mit den alten Züchtungen angestellt, sodass inzwischen das immer gleiche, etwas fade Aroma in jedem Apfel steckte?

Sie biss noch einmal ab. Es war einfach viel zu schade, wenn sie diese Bäume, die voller reifer Äpfel hingen, fällen ließ. Wenigstens dieses letzte Mal wollte sie das einmalige Aroma bewahren. Irgendwann in den nächsten Tagen mussten ein paar Steigen voller Äpfel zur Kelter. Ewig schade, dass sie keinen Apfelsaft in die USA einführen durfte... So würden Jeff und die Kinder niemals erfahren, wie ein echter Apfel schmeckte.

Richtig, Jeff. Sie musste unbedingt mit ihm sprechen. Also griff sie nach ihrem Handy. Schon nach zweimaligem Klingeln meldete sich seine vertraute Stimme.

»*Darling*, wie geht es dir? Bist du gut angekommen? Ist alles in Ordnung?«

Sie lehnte sich zurück und atmete tief aus. Auch wenn Jeff zig Zeitzonen und einen Ozean weit weg war, fühlte sie sich bei ihm geborgen.

ZWEI

»Einen Kaffee, bitte!«

Karen sah zu ihrer Wirtin auf und zeigte ihr schönstes Lächeln. Böse Zungen behaupteten, sie würde alles für einen Kaffee tun. Und sie hatten recht.

»Bringe ich gleich!« Die Frau sah Karen an und runzelte die Stirn. »Und Sie kommen wirklich von hier? Ich kann mich überhaupt nicht an Sie erinnern!«

»Ist ja auch ewig her. Ich bin seit dreißig Jahren nicht mehr hier gewesen. Vielleicht hatten wir unterschiedliche Freundeskreise. Oder ich sah ganz anders aus. Ist ja auch egal, meinen Sie nicht? Wichtig ist doch, dass ich jetzt da bin. Und könnte ich jetzt bitte den Kaffee ...?«

»Ja, sagte ich doch schon. Ich versuche nur herauszufinden ... Sie sind ganz bestimmt Jahrgang 1969?«

Karen nickte. Allmählich wurde sie ungeduldig. Sie brauchte diesen Kaffee. In New York war jetzt drei Uhr nachts – und genau das sagte auch ihr Körper. Sie brauchte ein Bett. Oder Kaffee. Jetzt.

»Keine Sorge, mein Geburtsjahr weiß ich noch ganz gut.«

»Wollen Sie in der Umgebung etwas besichtigen? Der Wurstmarkt drüben in Dürkheim ist ja schon vorbei, aber ein Spaziergang in der Gegend ist immer noch bezaubernd. Auf der Limburg gibt es einen neuen Pächter, da soll man ganz fantastisch essen ...«

Karen winkte ab. »Ich möchte nicht essen gehen. Ein Kaffee, ein Brötchen und ein Ei würden mir jetzt schon reichen.«

»Sicher. Gleich.« Sie wandte sich zum Gehen, nur um sich nach zwei Schritten doch noch kurz umzudrehen. »Sie sind also die einzige Erbin von Adomeits Apfelgut? Was wird denn jetzt aus dem Haus?«

»Das werde ich wohl verkaufen«, erklärte Karen. »Aber erst, nachdem ich Kaffee von Ihnen bekommen habe.«

Jetzt drehte sich die Wirtin des *Winzerhofs* endgültig um und verschwand in der Küche.

Karen seufzte auf. Sie hatte eine der hervorstechendsten Eigenschaften der Pfälzer komplett vergessen: Sie redeten gerne. Mit Freunden. Mit Fremden. Mit jedem, der zuhörte. Das war charmant und sehr gastfreundlich. Außer man wollte gerade nicht reden und war nicht auf der Suche nach neuen Freunden. Als die Wirtin mit der dampfenden Tasse und dem weich gekochten Ei wiederkam, erkundigte sich Karen trotzdem: »Können Sie mir ein Bestattungsinstitut empfehlen?«

»Haben Sie denn schon einen Pfarrer?«

Befremdet schüttelte Karen den Kopf. »Nein. Zuerst muss ich doch dafür sorgen, dass meine Mutter aus dem Krankenhaus abgeholt wird, und einen Beerdigungstermin festlegen ...«

»Aber das geht doch nur mit einem Pfarrer«, beharrte die Wirtin.

Seufzend gab Karen nach. »Haben Sie seine Nummer für mich? Wie heißt er denn?«

Eine Stunde später saß sie in einem nüchternen Büro im benachbarten Bad Dürkheim. Ein freundlicher, überraschend junger Mann sah sie über den Rand seiner Brille hinweg an. »Mein herzliches Beileid zum Tod Ihrer Mutter. Standen Sie sich nahe?«

Karen zuckte mit den Achseln. »Meine Mutter war immer auf meiner Seite. Aber mein Wohnort hat es nicht zugelassen, dass wir uns oft gesehen hätten. Ich lebe nämlich in New York.«

Neugierig beugte der Mann sich ein wenig nach vorn. »New York? Das ist aber ungewöhnlich. Wie lange leben Sie denn schon dort?«

»Ich bin mit siebzehn dorthin gezogen. Meine Geschäftsidee war für Deutschland zu früh, also musste ich in ein fortschrittlicheres Land. Das waren die USA. In Deutschland wäre ich nur ausgelacht worden. Dann habe ich geheiratet und zwei Kinder bekommen. Meine Firma wächst und macht mit jedem Jahr mehr Umsatz. Ich hatte einfach keine Zeit für regelmäßige Besuche in der alten Heimat.« Sie lächelte ihr Gegenüber unverbindlich an. »Bis wann, denken Sie denn, können wir meine Mutter beerdigen? Welches Beerdigungsinstitut können Sie empfehlen?«

»Wann waren Sie denn das letzte Mal hier? Kennen Sie die Firma Merk?«

Karen schüttelte den Kopf. »Mein letzter Besuch? Irgendwann in den Neunzigern ...«

»Ich dachte, Sie wären nur nicht so regelmäßig hier gewesen. Ich wusste nicht, dass Sie gar nicht mehr hergekommen sind.« Er klang überrascht.

Karen vermutete, dass es ihm auch ein wenig an Verständnis mangelte. Welche Tochter kam schon jahrelang nicht mehr zu Besuch in ihre alte Heimat?

»Meine Mutter ist regelmäßig zu uns nach New York gefahren. Wir haben ihr die Flüge gezahlt, und ich denke, dass sie diese andere Welt auch sehr spannend fand ...« Sie spürte selber, dass das nach einer Rechtfertigung klang.

»Gut.« Der Pfarrer nickte und sah auf seinen Notizblock. »Darf ich fragen, ob Ihr Vater noch lebt?«

»Ja, er lebt, aber ich fürchte, er bekommt nicht mehr viel mit. Er ist dement und wohnt in einem Heim.«

»Und Sie sind trotzdem nicht gekommen?« Er hob eine Augenbraue. Dann schüttelte er den Kopf und redete weiter. »Das geht mich vermutlich nichts an, aber ungewöhnlich ist das doch.«

»Er würde mich nicht mehr erkennen. Meine Mutter hat mir versichert, dass er in sehr guten Händen ist und ich nicht unbedingt kommen muss. Ich bin mir nicht einmal sicher, ob er bei der Beerdigung dabei sein sollte. Ich werde heute noch in das Heim gehen und mit dem Pflegepersonal reden.« Sie verfiel in einen geschäftsmäßigen Ton. »Können Sie mir denn einen Termin nennen?«

»Nun, es kommt darauf an, wann die Firma Merk Zeit hat. Aber ich gehe davon aus, dass wir das am kommenden Montag hinkriegen sollten. Passt Ihnen das? Können Sie so lange hierbleiben?« Er sah sie mit seinem harmlosen, offenen Blick an, und Karen war sich nicht sicher, ob die Spitze in dieser Frage beabsichtigt war.

»Ich werde es mir einrichten. Haben Sie schon eine Uhrzeit, die ich der Firma Merk vorschlagen kann?« Sie ließ sich nicht provozieren. Dafür war sie zu alt.

»Elf Uhr sollte passen. Könnten Sie mir vielleicht ein paar Eckdaten zum Leben Ihrer Mutter geben? Sie war keine regelmäßige Kirchgängerin, und ich möchte doch ein wenig über ihr Leben erzählen.«

»Ich schreibe Ihnen ein paar Daten zusammen.« Sie sah auf die Visitenkarte, die ihr der Pfarrer zu Beginn des Gespräches ausgehändigt hatte. »Bei einigen Fakten muss ich auch noch einmal nachsehen. Ich weiß wirklich nicht auswendig, wann meine Mutter aus Schleswig-Holstein in die Pfalz gekommen ist.« Sie nickte ihm zu und wollte schon aufstehen, doch der Pfarrer war mit dem Gespräch noch nicht am Ende.

»Ach, Ihre Familie kommt ursprünglich aus Schleswig-Holstein?«

»Nein. Wir kommen aus Ostpreußen. Daher der klingende Name unseres Betriebs. Ist Adomeits Apfelgut Ihnen ein Begriff?«

»Aber sicher! Der Saft war früher ja in jeder Küche zu finden. Aber Sie machen nichts mit Äpfeln?« Wieder dieser fürsorgliche Blick.

»Nein, nein«, wehrte Karen ab. »In New York? Da gibt es keine Apfelbäume. Ich bin Modedesignerin. Nachhaltige Mode, ökologisch produziert. Keine Kinderarbeit und auch keine Chemie.«

Sie stellte fest, dass sein Blick kurz über ihre Kleidung wanderte. Wahrscheinlich fragte er sich gerade, ob sie Produkte ihrer eigenen Firma trug. Das tat sie fast immer. Heute hatte sie sich für eine weite Leinenhose entschieden, die ihre überzähligen Kilos gnädig verbarg. Dazu eine hellblaue Hemdbluse und eine Jeansjacke. Jugendlich genug, um nicht wie eine Oma zu wirken, ohne sich bei den jüngeren Designern anzubiedern, das wäre peinlich. Sie wusste, dass die Kleidungsstücke ihre leuchtend blauen Augen zur Geltung brachten.

»In Deutschland ist Ihre Kleidung nicht erhältlich?«, wollte er wissen.

Karen winkte ab. »Nein. Die Deutschen würden zwar gerne etwas gegen Kinderarbeit tun. Aber dann sind die T-Shirts bei den Billiganbietern einfach zu verlockend. Bei 2,99 Euro braucht man nicht mehr nach der Produktion zu fragen.«

»Da haben Sie wahrscheinlich recht«, stimmte ihr der Pfarrer zu. »Vielleicht sollten Sie trotzdem über Filialen in Deutschland nachdenken. In den letzten Jahren hat sich in dem Bereich viel getan.«

»Ich werde darüber nachdenken«, versprach Karen, obwohl ihr nichts ferner lag. Aber sie wollte jetzt wirklich gehen. »Sie hören von mir, sobald ich mit dem Bestattungsunternehmen geredet habe.«

»Ein Eichensarg, oder? Soll ja ein bisschen etwas hermachen. Vier Blumengestecke sind das Minimum. Sieht ja sonst irgendwie verloren aus. Auf dem Sarg noch einmal ein passendes Gesteck. Sollen wir eine Schleife für Ihre Familie befestigen?«

»Ich ...« Vergeblich versuchte Karen, den Redeschwall des Anzugträgers vor ihr zu unterbrechen.

»Haben Sie sich schon Gedanken über die Musik gemacht?

Eher klassisch oder vielleicht Pop? Was hat Ihre Frau Mutter denn bevorzugt? Daran kann man sich immer sehr schön orientieren.«

Karen spürte, dass sie bald mit ihrer Geduld am Ende war. Sie hob ihre Hand, um seine Rede zu unterbrechen. »Ich würde vor allem gern den Termin festlegen. Einzelheiten können wir danach besprechen. Passt Ihnen der kommende Montag um elf Uhr? Diesen Termin hat Pfarrer Troller vorgeschlagen.«

Ein kurzer Blick in den Terminkalender, dann nickte Merk. »Ja, das passt. Ich bespreche dann die Einzelheiten der Feier mit Pfarrer Troller?«

»Nein, mit mir. Ich wünsche mir eine schlichte Zeremonie. Einen einfachen Sarg, als Blumenschmuck etwas jahreszeitlich Passendes. Kein Firlefanz. Bei der Musik warte ich auf Vorschläge des Pfarrers, auf jeden Fall soll aber die *Air* von Bach erklingen.«

Sie sah, dass er mitschrieb. *Ehr.* Hoffentlich wusste er wenigstens, welche Musik sie meinte.

»Soll ich mich um eine Aufnahme kümmern?«, bot sie vorsichtshalber an.

Aber Merk schüttelte den Kopf. »Das haben wir im Repertoire, kein Problem. Sollen wir uns auch um eine Anzeige kümmern?«

»Ja. Den Text lasse ich Ihnen noch zukommen. Ich mache mir später Gedanken, was da wohl passen könnte.«

Er reichte ihr ein paar kopierte Seiten. »Das haben wir für unsere Kunden als Inspiration zusammengestellt. Vielleicht werden Sie hier fündig...«

Sie überflog die Seite. Weisheiten über fehlende Kraft, Erinnerung und Schmerz. Wahlweise von Konfuzius, Hesse oder Goethe. Das wurde ihrer Mutter wohl kaum gerecht. Sie schob die Zettel in die Handtasche, während Merk weiterredete.

»Haben Sie schon ein Restaurant für den Leichenschmaus ausgesucht?«

Richtig, das war hier Brauch. »Nein. Und leider habe ich

keine Idee, wie viele Menschen kommen könnten ... Gibt es da Erfahrungswerte?«

Merk kratzte sich am Kopf. »Nicht wirklich. Es kommt doch sehr auf die Persönlichkeit der Verstorbenen an. War Ihre Frau Mutter denn sehr beliebt? Immerhin war sie als Geschäftsfrau im ganzen Ort bekannt. Ich denke, sie werden am Grab nicht alleine stehen.«

Karen seufzte. Eine ordentliche Beerdigung war ihr Ziel. Und dazu gehörte ganz bestimmt der Leichenschmaus. »Könnten Sie mir denn ein Restaurant empfehlen?«

»Sicher. Sie wohnen doch im *Winzerhof*?«

Karen konnte sich nicht daran erinnern, ihm diese Information gegeben zu haben. Aber sie nickte.

»Dann bleiben Sie doch gleich im Haus. Die Wirtschaft im Haus ist sehr ordentlich.«

»Danke für den Tipp, ich werde die Wirtin heute noch um ein Angebot bitten ...«

Merk nickte zufrieden. Offensichtlich war er der Meinung, dass er sie allmählich ins richtige Fahrwasser brachte.

»Wissen Sie denn schon, wie Sie die Verabschiedung gestalten wollen? Offener Sarg? Geschlossener Sarg? Kondolenzbuch oder persönliches Kondolieren am Grab? Es wird doch eine Erdbestattung?«

Zu viele Fragen, und Karen fühlte sich keiner davon gewachsen. Hauptsache, es war bald vorbei und sie kam hier weg. Immerhin eine Antwort konnte sie ihm liefern: »Ich möchte meine Mutter in unserem Familiengrab beerdigen. Bei ihrer Mutter, Marie Adomeit.« Sie dachte kurz nach. »Und wir lassen den Sarg zu. Ich möchte sie lieber lebendig in Erinnerung behalten.«

Merk nickte, während er sich weitere Notizen auf seinem Zettel machte.

Sie hielt es keine Sekunde länger in diesem Raum voller Urnen aus. Alles hier sollte nach Trauer und Würde aussehen –

und wirkte auf sie nur wie die Kulisse einer schlechten Sitcom. Wie war dieser blöde Spruch in ihrem Freundeskreis gewesen? »Hier möchte man nicht tot über dem Zaun hängen.«

»Danke. Wir hören dann voneinander. Herzlichen Dank einstweilen.«

Damit verließ sie die Räume des Bestattungsinstituts. Etwas hastiger, als es einer erfolgreichen Businessfrau zustand. Im Grunde wollte sie nur dem Anblick der vielen Urnen entfliehen.

Sie blieb noch kurz vor der Tür stehen. Was sollte sie als Nächstes tun? Leichenschmaus, Trauerkarte... Sie vermisste Rachel, die ihr in New York immer zur Seite stand. Oder zumindest alles so vorbereitete, dass sie nur noch entscheiden musste. Hier hatte sie keine Unterstützung, sondern musste alles selbst organisieren.

Als Erstes brauchte sie ein paar Minuten für sich. In einer kleinen Bäckerei holte sie sich eine Brezel, dann machte sie sich auf den Weg zum Friedhof.

Das Grab ihrer Großmutter befand sich unter einem Apfelbaum. Natürlich. Alles in ihrer Familie drehte sich um die Äpfel, warum also sollte nicht ein Apfelbaum auf dem Grab wachsen?

Karen blieb stehen.

Marie Adomeit geb. Stober
1913–1982

Am Ende blieb nicht mehr übrig. Ein Name, Geburts- und Todesjahr. Und jetzt ein zweiter Name. Was sollte man auch dazuschreiben? Ein, nein, mittlerweile zwei Leben für die Äpfel. Wie armselig. Apfelmus, Apfelkompott, getrocknete Apfelringe und Apfelsaft. Aufgegessen und vergessen.

Nachdenklich kramte sie die Brezel aus der Handtasche, brach sich ein Stück ab und steckte es in den Mund. Knusprig, salzig. So ganz anders als die New Yorker »Pretzels«, die es an jeder Ecke zu kaufen gab und auf deren labbriger Haut sie jedes Mal enttäuscht herumkaute. Andächtig biss sie von dieser urpfälzischen Brezel ab.

Wie gerne würde sie hier sitzen bleiben. Die milde Herbstsonne auf dem Rücken, das Gezwitscher der Vögel im Ohr und eine knusprige Brezel in der Hand. Es wäre so einfach. Sitzen bleiben und den Tag verstreichen lassen.

Karen seufzte und erhob sich widerstrebend. Der nächste Termin an diesem Tag war ihr nicht lästig, nein, er machte ihr Angst.

Höllische Angst.

Eine halbe Stunde später fuhr sie auf den kleinen Parkplatz vor einem zweistöckigen Gebäude. Sie vergewisserte sich noch einmal, dass sie hier richtig war, dann machte sie sich auf den Weg. An der Rezeption begrüßte sie eine junge Frau mit breitem Lächeln.

»Mein Name ist Karen McMillan. Ich habe angerufen – ich möchte meinen Vater besuchen. Matthias Winter.«

»Dann begrüße ich Sie erst mal herzlich in unserem Heim. Wir haben Ihrem Vater schon gesagt, dass er heute Besuch bekommt. Es kommt gleich jemand, der Sie zu ihm bringt. Sie sind das erste Mal hier zu Besuch, nicht wahr?«

Karen nickte nur.

Wenig später erschien eine ältere Frau, die ihr zur Begrüßung die Hand entgegenstreckte. »Schön, dass Sie da sind, Frau McMillan. Kommen Sie mit, ich habe Ihren Vater in den Wintergarten bringen lassen. Da können Sie sich ungestört unterhalten.«

Damit machte sie auch schon kehrt und lief voraus. »Entschuldigen Sie ...« Karen versuchte, sie mit ein paar schnellen Schritten einzuholen. »Können Sie mir sagen, ob mein Vater schon von dem Tod seiner Frau weiß?«

Die Pflegerin lief weiter und zuckte mit den Achseln. »Ob er das weiß? Wir haben es ihm gesagt. Aber ob er sich heute noch daran erinnert, ist schwer zu sagen. Ich würde sagen: nein. Aber vielleicht erinnert er sich heute auch überhaupt nicht an seine

Frau. Dann trifft ihn der Verlust nicht so hart. Es kommt auf seine Tagesform an.«

Beklommen lief Karen hinter ihr her. In der letzten Zeit hatte ihre Mutter sie immer wieder gebeten, doch zu kommen. Um ihren Vater vielleicht an einem guten Tag zu erwischen. Einen Tag, an dem er sich an sein einziges Kind erinnern konnte. Sie war nicht gekommen. Gerade, weil sie diese Begegnung fürchtete.

Die Pflegerin schob eine mit bunten Händen beklebte Glastür auf. Dahinter lag ein lichtdurchfluteter, heller Raum mit bodentiefen Fenstern.

Auf einem Liegestuhl saß ein weißhaariger, kräftiger Mann, dessen Beine von einer karierten Decke umhüllt waren. Er sah den beiden Frauen neugierig entgegen.

»Hier ist Ihre Tochter aus Amerika! Das ist Karen!«, verkündete die Pflegerin eine Spur zu laut. Vielleicht war ihr Vater aber auch nur schwerhörig. »Sie erinnern sich doch, Herr Winter? Ich habe Ihnen erzählt, dass heute Ihre Tochter zu Besuch kommt!«

Einige Augenblicke lang wusste Karen nicht, was sie tun sollte. Ihm die Hand reichen? Lächerlich. Dann siegte ihr erster Impuls.

Mit zwei schnellen Schritten war sie bei ihm und umarmte ihn. »Hallo, Papa! Wie schön, dich zu sehen!«

Matthias Winter musterte die grauhaarige Frau, die ihn da umarmt hatte. Dann schüttelte er entschlossen seinen Kopf. »Meine Tochter ist eine wunderschöne junge Frau. Das muss ein Versehen sein.«

Karen streichelte ihm über die Wange. »Die wunderschöne junge Frau ist nur älter geworden, Papa.« Sie kramte in ihrer Handtasche und zog ein Foto aus ihrer Geldbörse. Seit drei Jahrzehnten trug sie es bei sich. Es war reichlich abgegriffen, die eine Ecke schmückte ein Eselsohr. Auf dem Bild war sie selbst zwischen ihren beiden Eltern zu sehen. Sie trug einen Rucksack auf dem Rücken und strahlte über beide Ohren. Der Tag, an dem sie sich in ein neues Leben aufgemacht hatte.

Was sie in all den Jahren an diesem Bild geliebt hatte, war, dass ihre Eltern sich mit einem Lächeln von ihr verabschiedeten. Obwohl beide sie nur ungern hatten ziehen lassen. Aber in diesem Moment erweckten sie den Eindruck, als seien sie stolz.

Vorsichtig legte sie das alte Bild in die Hand ihres Vaters. »Schau, da bin ich mit dir und Mama. Erkennst du uns?«

Er sah auf das Bild. »Das sind Karen und Luzie. Und ich. Sie sind nicht auf dem Bild.«

Karen tippte auf ihr jüngeres Selbst auf dem Foto und deutete dann auf sich. »Ich bin Karen. Seitdem bin ich älter geworden, das ist alles.«

Er sah sie prüfend an, und einen Augenblick lang bildete Karen sich ein, dass er sie verstanden hatte. Gleich würde sich sein freundliches Lächeln in seinem Gesicht zeigen. Nur noch einen Moment, und sein Verstand würde begreifen, was sie da gesagt hatte.

Aber dann wurde sein Gesicht abweisend. »Nein, Sie sind nicht meine Karen.«

Er betrachtete das Bild eine Weile mit regungsloser Miene. Karen wollte schon ungeduldig werden. Aufstehen. Einfach gehen und ihn dem Glauben überlassen, dass seine Tochter immer noch siebzehn war und mit langen Beinen, blonden Locken und großen Plänen in die Welt aufbrach. Da sah sie plötzlich, wie eine Träne über sein Gesicht lief. Ganz langsam.

»Papa?«, fragte sie vorsichtig.

Er tippte mit dem Finger auf Luzie. »Es geht ihr nicht gut. Luzie.«

Wusste er womöglich, dass sie gestorben war? War diese Information in eine der wenigen arbeitenden Gehirnwindungen vorgedrungen? Karen beugte sich vor.

»Sie muss wieder zu mir kommen. Dann hat sie keine Probleme mehr«, fuhr er fort.

»Papa, sie kann nicht mehr zu dir kommen. Mama ist gestorben. Möchtest du mit mir zu ihrer Beerdigung gehen? Schaffst du das?« Die letzten Worte flüsterte sie fast.

»Sie ist doch nicht tot! So ein Quatsch! Sie kommt zu mir zurück, das weiß ich ganz genau!« Ihr Vater klang mit einem Mal wie ein trotziges Kind.

Hilfe suchend sah Karen sich nach der Pflegerin um. Aber die hatte sie längst mit dem Vater allein gelassen. Einem Vater, der irgendwo zwischen den Geschehnissen der letzten Jahrzehnte gefangen war – aber ganz bestimmt von der Gegenwart keine Ahnung mehr hatte.

Seufzend stand sie auf. »Ich gehe dann, Papa. Morgen komme ich wieder vorbei.«

Er lächelte sie freundlich an. »Das ist sehr freundlich von Ihnen. Aber wirklich nicht nötig. Ich bin mir sicher, dass meine Frau mich abholt.«

Vorsichtig griff Karen nach dem Bild, dass er immer noch in der Hand hielt. Seine knochigen Finger schlossen sich fester um das Papier.

»Was wollen Sie mit dem Bild meiner Familie? Das gehört mir!«, erklärte er.

»Nein, das habe ich mitgebracht«, beharrte Karen.

»Aber das ist meine Frau! Meine Tochter! Sie haben mit uns doch nichts zu tun!« Er atmete schneller, seine Stimme wurde mit jedem Wort lauter.

Mit einem gezwungenen Lächeln ließ Karen das Bild los. »Es ist gut, Papa, behalte es nur.« Sie streichelte ihm über den Rücken. »Ich gehe jetzt, aber morgen komme ich wieder.«

»Das ist nicht nötig«, erklärte ihr Vater erneut mit fester Stimme. »Morgen gehe ich nach Hause. Meine Luzie hat mir bestimmt einen Kuchen gebacken. Sie macht den besten Apfelkuchen der Welt.«

»Ich weiß«, erwiderte Karen lächelnd. »Ich weiß ...«

Sie drehte sich um und ging. Als sie an der offen stehenden

Tür des Schwesternzimmers vorbeikam, klopfte sie kurz an. »Ich gehe jetzt wieder. Leider scheint mein Vater den Tod seiner Frau vergessen zu haben.«

Die Pflegerin lächelte. »Vielleicht ist es ja besser für ihn. In seiner Welt lebt Ihre Mutter weiter. Wenn ihn das glücklicher macht, dann möchte man ihm diese Illusion eigentlich nicht rauben, oder?«

»So kann man es auch sehen.« Karen zögerte. »Aber sollte er nicht bei der Beerdigung dabei sein?«

»Wer hätte etwas davon?« Die Pflegerin sah sie voller Anteilnahme an. »Sie würden ihm eine Wahrheit aufzwingen, die er nicht kennen möchte. Und Sie müssen sich an diesem Tag um so vieles kümmern und Ihre eigenen Gefühle in den Griff kriegen. Wollen Sie sich dann auch noch um einen verwirrten Vater kümmern? Wenn Sie meine Meinung hören wollen: Lassen Sie ihn hier in seiner vertrauten Umgebung. Besuchen Sie ihn häufiger, vielleicht weiß er an guten Tagen, dass seine Tochter nicht mehr siebzehn ist.«

Nachdenklich nickte Karen. »Vielleicht haben Sie ja recht. Es kommt mir nur so falsch vor, dass er nicht Abschied von ihr nehmen kann.«

»Ihre Mutter hat schon vor langer Zeit von ihm Abschied genommen«, erklärte die Pflegerin mitfühlend. »Er ist derjenige, der sich ganz langsam verabschiedet hat. Und sie hat ihn immer wieder besucht – egal, ob er sie erkannt hat oder nur ihren Apfelkuchen gegessen hat.«

Und sie war nicht dabei gewesen. Sie spürte den Verlust ihres Vaters, der noch lebte, stärker als die Abwesenheit ihrer Mutter. Mit einem Nicken verabschiedete sie sich und lief langsam zu ihrem Auto.

Wenig später saß sie in der vertrauten Küche vor einem geöffneten Schrank. Töpfe, Pfannen, Geschirr. Am besten fing sie schon einmal mit dem Aussortieren an. Sie griff nach einer

Tasse. *I love NY*. Die hatte sie ihrer Mutter mitgebracht. Touristennepp.

Mit einem Mal wurden ihr die Augen feucht. Hatte ihre Mutter diese Tasse die ganze Zeit benutzt? Und jedes Mal an ihre Tochter gedacht, die viel zu selten nach Hause kam? Sie dachte an ihre eigenen Kinder, Emma und Chris, die beide schon einige Jahre aus dem Haus waren. Schon vorher hatten sie angefangen, ihr eigenes Leben zu führen. Aber wie würde es sich anfühlen, wenn sie überhaupt nicht mehr nach Hause kamen? Thanksgiving und Geburtstage in einem leeren Haus ...

Sinnend sah sie auf die Tasse. War sie rücksichtslos gewesen? Oder einfach nur ein Kind, das flügge geworden war – und dann nicht mehr zurückgeblickt hatte?

Mit einem Kopfschütteln stellte sie die Tasse zurück in den Schrank. Um die würde sie sich morgen kümmern. Oder übermorgen. Jetzt musste sie ihren Kopf erst einmal freibekommen und aufhören, sich ständig Vorwürfe zu machen.

Hastig stand sie auf, war mit wenigen schnellen Schritten aus dem Haus und lief zu der großen Scheune, die am hinteren Ende des Gartens stand, halb verborgen hinter Apfelbäumen. Das Tor war nicht abgeschlossen und öffnete sich knarrend. Sie trat in den großen staubigen Raum. Durch die Fenster fielen Sonnenstrahlen, in denen der Staub tanzte, den sie aufgewirbelt hatte. Karen atmete tief ein. Hier roch es so wie in ihrer Kindheit. Nach den Abertausenden von Äpfeln, die hier zu Saft verarbeitet worden waren. Die Saftpresse stand verborgen unter einer staubigen Plane, ein Gespenst aus vergangenen Zeiten. Die Regale an den Wänden waren leer. Suchend lief Karen weiter – und tatsächlich: In einer Ecke stapelten sich einige Dutzend leere Kisten mit dem Aufdruck *Adomeits Apfelgut*. Die beiden As in einer altmodischen Schrift, kunstvoll ineinander verschlungen.

Sie griff nach zwei Kisten, während sie ihren Blick noch einmal durch die Scheune gleiten ließ. Tonnen von Äpfeln waren hier durch die Hände der Arbeiter gegangen. Für einen Augenblick sah sie sich selbst, wie sie hier herumrannte. Neugierig, immer auf der Suche nach einer Leckerei oder dem süßesten Apfel. Und immer dieser Geruch von Most und Apfelmus, der beharrlich in der Luft hing.

»Pack mit an!« Sie hatte den Ruf ihrer Großmutter noch im Ohr. Marie Adomeit, die unerbittlich darauf achtete, dass die kleine Karen während der Erntezeit ihren Teil der Arbeit leistete. Äpfel sortieren, Etiketten in die Maschine füllen, Flaschen kontrollieren – so hatte der Herbst in ihrer Kindheit ausgesehen. Die Herbstferien hatte Oma Marie nicht ungenutzt verstreichen lassen. »Du kannst nicht einfach zuschauen!«, hatte sie gesagt. »Wenn du von den Äpfeln leben willst, dann musst du mithelfen. Uns wird nichts geschenkt, von niemandem!«

Mit diesen Erinnerungen wirkte die verlassene Produktionshalle auf einmal sehr viel weniger romantisch. Karen stellte die beiden Kisten in den Kofferraum des Mietautos und fuhr los.

Den Weg zu dem alten Apfelgarten über die Nebenstraßen fand sie problemlos, der Verlauf der Feldwege hatte sich in den letzten Jahrzehnten kaum geändert. Als sie angekommen war, füllte sie die beiden Kisten mit einer Mischung aller Äpfel, die gerade reif waren. Einige probierte sie und staunte über den Geschmack. Würzig, süß, säuerlich, zitronig, nussig – die Aromen waren so vielfältig wie die Formen und Farben der Äpfel.

Karen beeilte sich. Sie wollte vor Sonnenuntergang die Früchte zur Kelter bringen, die hoffentlich immer noch im Nachbarort war. Auch wenn sie nicht wusste, was sie eigentlich mit dem Saft machen wollte: Sie hatte das Gefühl, vor der Rodung ein Stück von der Seele der Bäume bewahren zu müssen. Rasch arbeitete sie sich von Baum zu Baum vor. Noch immer erinnerte sie sich an die kleine Drehbewegung, mit der sich die Äpfel am leichtesten vom Ast lösen ließen. Apfelernte war offensichtlich wie Radfahren: Das verlernte man einfach nicht.

Die Kisten waren in Windeseile voll. Die Bäume hingen so voller Früchte, als wollten sie ein letztes Mal beweisen, dass sie noch keinesfalls zum alten Holz gehörten. Karen wuchtete sie in ihr Auto und machte sich auf den Weg zur Kelter. Hoffentlich war sie heute geöffnet und verlangte keine gewaltige Mindestmenge.

Ihre Zweifel wurden zerstreut, als sie die anderen Autos auf dem Parkplatz sah. Zwei Frauen luden gerade Kästen voller Äpfel auf eine Sackkarre, während eine Familie voller Stolz ihre Saftflaschen zum Auto trug. Schwungvoll fuhr Karen auf den Parkplatz und stellte sich neben einen knallroten Kastenwagen.

Während sie den Motor ausschaltete, sah sie zur Seite – und es verschlug ihr den Atem. Dunkle Locken, eine Unmenge davon, und eine Hand, die das Haar aus dem Gesicht strich. Bevor es sofort wieder zurückfiel. Diese Bewegung war ihr so vertraut wie der Geruch der Äpfel in der Scheune.

Aber es konnte doch nicht sein.

So einen Zufall gab es nicht.

Sie rutschte tiefer in den Autositz und sah möglichst unauffällig noch einmal zur Seite. Immer noch die schwarzen Haare. Die Frau schien gerade heftig über ihre Freisprechanlage zu diskutieren. Ihre Stimme konnte Karen nicht hören, aber jetzt konnte sie wenigstens eine graue Strähne entdecken. Die Frau sah aus wie … Aber man traf doch die beste Freundin aus Kindertagen nicht einfach per Zufall bei der Apfelkelter. Das musste eine Täuschung sein.

Ein Irrtum.

Karen sprang aus dem Auto, öffnete den Kofferraum und wollte gerade die erste Kiste herausheben, als sie die Stimme hörte, die sie unter Hunderten erkennen würde.

»Karen? Karen! Das kann doch nicht wahr sein! Was machst du denn hier?«

Sie wirbelte herum. Sabine. Es war wirklich Sabine. Die beste Freundin, die sie jemals gehabt hatte. Bei der sie sich fast dreißig Jahre lang nicht gemeldet hatte. Ohne große Erklärung. Kinder, Arbeit, keine Zeit. Lahme Ausreden.

»Sabine?«, sagte sie vorsichtig. »Ich ... ich habe gar nicht geplant hierherzukommen ...«

Die vielen Lachfältchen wurden tiefer. »Nicht geplant? Du bist an der 5th Avenue falsch abgebogen und hast erst in der Pfalz gemerkt, dass du hier gelandet bist? Ehrlich?«

»Nein, nein. Ich meinte damit nur, dass ich vor drei Tagen noch nicht ahnen konnte, dass ich jetzt hier sein würde.« Sie musterte Sabine genauer. Mehr Kilos auf der Taille. Die Haare von grauen Strähnen durchzogen und kürzer. Lachfalten. Ein Jeansrock, der mit viel gutem Willen als zeitlos durchging.

In dieser Sekunde wurde ihr klar, dass Sabine sie genauso musterte. Neugierig. Und sie registrierte sicher genauso erbarmungslos Gewicht und Falten.

»Und was hat dich so plötzlich in unser Land gespült?«, fragte Sabine.

»Ach ... meine Mutter ...« Karen fiel es schwer, von Luzies Tod zu erzählen. Als würde er erst durch ihre Erzählung real.

»Ist sie krank?« Sabines Stimme klang mitfühlend.

»Nein. Sie hatte einen Schlaganfall und ist im Krankenhaus gestorben. Ich bin, so schnell es ging, hergekommen, um mich um alles zu kümmern.«

»Das tut mir leid! Ich mochte sie wirklich gern ... Merkwürdig, ich habe noch gar nichts über ihren Tod gelesen.«

Karen zuckte entschuldigend mit den Schultern. »Meine Schuld. Ich habe mich erst heute mit solchen Dingen wie der Todesanzeige beschäftigt. Und als der Herr vom Bestattungsdienst mir einen Stapel Allerweltssprüche zum Thema Tod, Frieden und Endlichkeit in die Hand gedrückt hat, habe ich mich erst einmal verweigert. Aber du hast natürlich recht: Ich muss mich darum kümmern.«

»Brauchst du Hilfe?« Die Frage kam so schnell und ehrlich, dass Karen es kaum fassen konnte. Typisch Sabine.

Dann erst merkte sie, dass Sabine auf die Kiste mit den Äpfeln deutete. Das Hilfsangebot bezog sich also nicht auf die Anzeige oder gar die Beerdigung.

»Gern. Hilfst du mir, das Ding reinzutragen?«

»Klar, sonst hätte ich ja nicht gefragt. Aber warum kümmerst du dich in dieser Situation um die Äpfel? Bist du dir sicher, dass du dafür Zeit hast?«

Während Sabine redete, griff sie nach der Kiste und hob sie gleichzeitig mit Karen an. Gemeinsam trugen sie die Äpfel in die Kelterhalle.

»Nein, ich habe natürlich keine Zeit. Ich sollte Musik für die Trauerfeier aussuchen, das Haus leer räumen und dem Pfarrer einen Lebenslauf meiner Mutter schicken. Aber es war mir alles plötzlich zu viel. Also habe ich mich in den alten Apfelgarten geflüchtet und ein paar Kisten Äpfel geerntet.«

Sie stellten die Kiste ab und holten die zweite aus dem Auto. Karen sah Sabine von der Seite an. »Und du?«

»Ich? Du meinst, ob ich immer noch hier lebe? Aber sicher! Nicht jeder ist so mutig wie du. Nicht jeder möchte so sein.«

War das eine kleine Spitze? Oder war sie nur überempfindlich?

»Jobmäßig hat sich bei mir nichts verändert«, fuhr Sabine fort und stellte die zweite Kiste in der Kelterhalle ab. »Arzthelferin seit dreißig Jahren. Keine Karriere, auch keine Kinder. Nichts für einen tollen Lebenslauf.«

Dann steckte sie die Hand in die Hosentasche und schien nach etwas zu suchen. »Ich habe mein Handy im Auto vergessen. Bin gleich wieder da.«

Einer der Angestellten kam zu den Kisten und sah sie abschätzend an. »Ist das alles?«

Karen nickte. »Ich hoffe, es ist nicht zu wenig?«

»Wir können auch kleine Mengen«, erklärte der Mann. Er zückte einen Block. »Auf welchen Namen? Adresse?«

Sie nannte ihren Namen und gab als Adresse den *Winzerhof*

an. Ungerührt schrieb der Angestellte mit. Touristen mit zentnerweise Äpfeln im Gepäck brachten ihn offenbar nicht aus der Fassung.

Er händigte Karen eine Quittung aus, dann fiel sein Blick in die erste Kiste. Mit einem kleinen Stirnrunzeln streckte er die Hand aus und nahm einen großen dunkelroten Apfel in die Hand. Dann einen kleinen mit gelben und orangen Streifen. Einen dritten in Hellgrün. Er sah Karen zum ersten Mal in die Augen.

»Wo kommen die denn her? Diese Sorten gibt es doch gar nicht. Ich meine, nicht hier und nicht jetzt. Die kenne ich nur von alten Fotos ... und auch da nicht alle.« Seine freundlichen dunklen Augen funkelten hinter der Brille, als er noch einmal auf seinen Auftragsblock sah.

»Woher kommen die Äpfel? Verraten Sie mir das?«

»Sicher. Die kommen aus einem alten, verwahrlosten Apfelgarten meiner Familie. Sagt Ihnen Adomeits Apfelgut etwas?«

Er nickte. »Aber sicher. Wenn man hier aus der Gegend kommt und nicht mehr ganz jung ist, dann muss man dieses Apfelgut kennen.« Er musterte sie. »Sind Sie denn eine Adomeit?«

Lachend schüttelte Karen den Kopf. »Nein, nein. Adomeit, so hieß meine Großmutter. Sie hat das Apfelgut gegründet – und wir haben keinen Grund gesehen, den Namen später zu ändern.«

Der Mann sah wieder in die Kisten mit den vielen bunten Äpfeln an. »Und da gibt es noch diese Äpfel? Ich dachte, das Gut wäre schon lange geschlossen? Zehn Jahre sind es bestimmt schon, oder?«

»Stimmt. Meine Mutter hat vor elf Jahren beschlossen, dass es an der Zeit ist aufzuhören. Preislich konnte sie mit den großen Obsthöfen nicht mehr mithalten, es gab kein Interesse an regional produziertem Obst und Gemüse – und sie wurde allmählich zu alt für die Arbeit. Damals hat sie die meisten Grundstücke an Winzer verkauft, da steht heute kein Apfelbaum mehr. Sie hat nur den ersten Anbau behalten. Eine wilde Mischung, die wurde noch von meiner Großmutter gepflanzt.«

»Darf ich die Plantage sehen? Ich beschäftige mich viel mit Äpfeln, nicht nur hier in der Kelter. Aber einige davon habe ich noch nie gesehen. Vielleicht kann ich sie bestimmen, wenn ich den Baum dazu sehe!«

Bedauernd schüttelte Karen den Kopf. »Nein, ich habe leider keine Zeit für eine Führung. Ich muss im Augenblick so viel ...«

»Sie müssen mir nur zeigen, wo diese Anpflanzung ist. Dann schaue ich mir das an, und Sie müssen sich überhaupt nicht mehr mit mir beschäftigen. Versprochen.« Er fuhr sich aufgeregt über die Stirn. »Ich mache Ihnen keine Arbeit.«

Da mischte Sabine sich ein, die inzwischen wieder da war und der Unterhaltung interessiert gelauscht hatte. »Komm schon, Karen. Wir müssen es doch ausnutzen, dass du hier bist. Egal, wie traurig der Anlass ist: Ich wette, wir haben uns viel zu erzählen. Christian und ich kommen morgen Nachmittag zu dir, wir sehen uns die Apfelplantage an, und dann unterhalten wir uns bei einem Kaffee. Oder einem Gläschen Wein. Ich könnte einen Zwiebelkuchen backen.«

Karen sah von Sabine zu dem Mann von der Kelter. »Ihr kennt euch?«

Ohne Sabines Antwort abzuwarten, streckte er die Hand aus. »Christian Haller. Ich bin Pomologe und arbeite nur aushilfsweise in der Kelter mit. Ich bin mit dem Besitzer befreundet ... und es wäre einfach wunderbar, wenn wir uns morgen den Garten ansehen könnten.«

»Aber ich habe wirklich wenig Zeit ...«, versuchte Karen ein letztes Mal zu protestieren.

»Wir brauchen nicht lange«, versicherte Sabine. »Und ich bin mir sicher, dass dir ein wenig Ablenkung guttun wird. In den alten Sachen deiner Mutter herumzuwühlen macht dich auf Dauer depressiv. Hast du doch gerade selbst gesagt.«

Misstrauisch sah Karen von Sabine zu dem Pomologen und

wieder zurück. Warum nur setzte sich ihre alte Schulfreundin so sehr für dieses Treffen ein? Waren die beiden ein Paar? Sie wirkten merkwürdig vertraut. Aber Sabine hatte natürlich recht: Ein wenig Ablenkung würde ihr sicher guttun.

Zögernd nickte sie. »Okay, dann sehen wir uns morgen. Weißt du noch, wo der Garten ist, Sabine? Dann treffen wir uns dort. Aber erst ab vier Uhr, sonst schaffe ich meine Sachen nicht. Ist das in Ordnung?«

Begeistert nickten die beiden. Karen wandte sich zum Gehen und winkte. »Dann bis morgen!«

Sabine machte keine Anstalten, mit ihr aus der Kelter zu gehen. Offensichtlich hatte sie noch einiges mit dem Pomologen zu besprechen – und da war eine Freundin aus New York nur halb so spannend.

Nachdenklich ging sie zum Auto. Sie hatte genug Zeit mit Äpfeln vertan. Höchste Zeit, sich wieder um das Haus und sein Inventar zu kümmern. Und dieses Mal wollte sie sich nicht von einer alten Tasse aus der Bahn werfen lassen.

Bald darauf betrat sie das Schlafzimmer ihrer Mutter und machte sich daran, zielstrebig alles auszuräumen. Kleidung, die noch verwertbar war, kam auf einen Stapel. Der Rest musste weg. Die beiden Stapel wuchsen schnell. Es fiel ihr nicht schwer, die Sachen auszusortieren, denn die meisten Kleidungsstücke hatte sie nie an ihrer Mutter gesehen – und so kam sie gar nicht erst in Versuchung, zu sehr in Erinnerungen zu schwelgen. Am Ende war der große Kleiderschrank leer, bis auf einen Schuhkarton ganz hinten im obersten Fach, eine kleine Holzkiste und einen Beutel aus Leinen.

Neugierig zog Karen den Schuhkarton nach vorne, setzte sich auf das Bett und öffnete ihn. Zuoberst fand sie Eintrittskarten aus New York und etliche Fotos. Statue of Liberty, ihre Mutter auf der Fähre nach Staten Island, die Speisekarte eines Diners. Mama mit der noch sehr kleinen Emma auf dem Arm.

Eine Postkarte, die Karen und Jeff aus Florida geschickt hatten.

Weiter unten in dem Stapel gab es ältere Erinnerungsstücke. Luzie bei einem Weinfest, laut lachend. Karens Konfirmation, eine ganze Gesellschaft mit Dauerwelle und Schulterpolster. Karen musste lächeln. Diese Mode würde hoffentlich niemals ein Comeback erleben.

Eine italienische Speisekarte erinnerte an Familienferien, eine Postkarte aus Südfrankreich an einen anderen Sommerurlaub. Die Fotos kamen Karen vertraut vor, sie sah sich selbst als kleines, blond bezopftes Mädchen. Je tiefer sie nach unten vordrang, desto jünger wurde sie selber.

Dann Luzie mit dickem Bauch unter einem Apfelbaum. Schließlich das Hochzeitsbild, das auch an der Wand hing.

Karen blätterte weiter. Eine Einlasskarte für eine Disco in Schwabing. Ein Stadtplan von München, reichlich zerfleddert. Eine Visitenkarte von einem Club namens *Blow Up*, ein abgerissenes Bändchen, das einst für den Einlass bei irgendeinem Festival oder einem Konzert gesorgt hatte. Eine Serviette von einem Restaurant in der Leopoldstraße.

Karen runzelte die Stirn. Was hatte ihre Mutter in München gemacht? In keiner ihrer Erzählungen war die Stadt jemals aufgetaucht. Aber hier sammelten sich Erinnerungen an eine Zeit, von der sie nie gehört hatte. Zwei Fotos, deren Farben schon verblasst waren: Luzie mit weiten Hosen, engem Top und einer Hippie-Sonnenbrille. Das nächste Bild zeigte sie bei einer Party, im Arm eines blonden Mannes. Eindeutig nicht Matthias.

Neugierig drehte Karen das Foto um.

Eine fremde Handschrift. *Rocco.*

Wer war Rocco? Wann war das gewesen? Auf der Eintrittskarte zu einem Konzert ein Datum: 21. Mai 1968.

Ein knappes Jahr vor ihrer Geburt.

Karen wühlte sich neugierig weiter durch den Karton. Offenbar war Luzie nur zwei oder drei Monate in Bayern gewesen.

Davor gab es wieder die Bilder von Familienfeiern. Ein sorgfältig abgelöstes Weinetikett. Eine Einladung zu einer Hochzeit, Fotos von Weinfesten und auch ein paar Bilder von der Apfelernte. Luzie im Hofladen, verlegen lächelnd.

Es ging immer weiter in die Vergangenheit, wie in einer Zeitmaschine.

Ein paar handgeschriebene Briefe an Luzie. Die Namen der Absender sagten Karen nichts. Behördliche Schreiben, bei denen es um die Anerkennung eines Anspruchs aus Verlusten in Ostpreußen ging. Eine eidesstattliche Erklärung, der Vertriebenenausweis von Marie Adomeit. Ausgestellt in Schleswig-Holstein. Sie war im Leben ihrer Großmutter gelandet. Der Bodensatz des Schuhkartons.

Ein Suchauftrag des Roten Kreuzes nach Reinhold Adomeit. Der Großvater, der bei der Verteidigung von Königsberg ums Leben gekommen war – so hatte ihre Oma es immer erzählt. Ein Familienfoto: Marie Adomeit und ihre drei Töchter. Marie hohlwangig, früh ergraut mit einem strengen Dutt. Die drei Töchter mit Zöpfen und ebenso dünn. Sie blickten ernst und mit großen Augen in die Kamera. Zwei der Mädchen waren schon fast erwachsen, das Nesthäkchen Luzie hingegen konnte höchstens sechs sein.

Wieder drehte Karen das Bild um. *Süderhackstedt 1946.*

Wo lag dieser Ort? Von dem hatte sie noch nie gehört.

Ganz am Boden fand sie noch ein Bild, sehr klein mit welligem Rand. Ein weißes Haus mit einigen Nebengebäuden. Auf der Rückseite in Schreibschrift: *Unsere Meierei in Mandeln, 1943.* Davon hatte Karen gehört. Ihre Großmutter stammte aus Ostpreußen, wo die Familie eine Meierei gehabt hatte. Das musste sie sein.

Behutsam legte Karen alles zurück in den Schuhkarton und schloss ihn. Der durfte nicht verloren gehen, sonst würden ihre Kinder niemals erfahren, wo ihre Wurzeln waren.

Sie griff nach dem Leinenbeutel. Der Inhalt fühlte sich weich an. Sie öffnete das Zugband und sah hinein. Blassrosa Stoff. Mit einem Stirnrunzeln griff sie hinein und zog ein Tier heraus. Ein Schwein aus rosa Stoff, an vielen Stellen blank geschabt und grau geliebt. Die Schnauze war schon fadenscheinig. Das Stofftier trug eine kleine braune Strickweste. Karen hatte es noch nie gesehen. Mit einem Kopfschütteln legte sie es zurück in den Beutel. Eine Erinnerung, die für sie keine Bedeutung hatte.

In dem leeren Schrank lag jetzt nur noch die kleine Holzkiste. Karen öffnete sie neugierig.

Enttäuscht stellte sie fest, dass in der Kiste nur ein altes Wachstuch lag. Keine weiteren Familiengeheimnisse, keine Geschichte. Die Kiste roch nach nichts, und auch die verwaschene Aufschrift ließ sich nicht mehr entziffern. Warum nur hatte Luzie sie aufgehoben? Es musste einen Grund geben.

Sie legte die Kiste auf den Karton mit all den anderen Erinnerungsstücken. Wenn sie sich alles genauer durchsah, dann würde sie vielleicht begreifen, warum Luzie die Holzkiste nicht längst weggeworfen hatte.

Erst jetzt fiel ihr auf, dass schon finstere Nacht herrschte. Wann hatte sie das Licht angeschaltet? Sie konnte sich nicht erinnern. Plötzlich meldete sich knurrend ihr Magen. Seit der Brezel auf dem Friedhof hatte sie nichts mehr gegessen.

Gähnend stand sie auf. Höchste Zeit, dass sie sich auf den Weg ins Hotel machte und endlich ein bisschen Schlaf bekam. Morgen war auch noch ein Tag, da konnte sie sich weiter um den Nachlass ihrer Mutter kümmern.

Wahrscheinlich gab es um diese Zeit nichts mehr zu essen. In Wachenheim wurden bestimmt um zweiundzwanzig Uhr die Küchen geputzt. Aber vielleicht musste sie gar nicht so weit gehen.

In der Küche öffnete sie den Kühlschrank. Die letzten Einkäufe ihrer Mutter lagen immer noch hier. Käse, saure Gurken, Salami. Und zum Glück ein wenig Pumpernickel, der noch frisch aussah.

Karen setzte sich an den Esstisch und aß mit Appetit. Es fühlte sich fast so an, als würde sie ein letztes Mal von ihrer Mutter versorgt werden.

Während sie kaute, fiel ihr Blick auf eine Postkarte, die mit einem Magnet am Kühlschrank befestigt war. Sie zeigte ein winziges Blatt, das sich aus der Erde schob. Dazu der Text: *Und wenn morgen die Welt in Stücke brechen würde, so würde ich heute ein Apfelbäumchen pflanzen.* Von Martin Luther. Karen lächelte. Das war einst ein trotziger Wahlspruch der beginnenden Ökobewegung gewesen. Sie hatte immer darüber gelächelt. Ausgerechnet ein Apfelbäumchen. Lieber Kresse, das ging sehr viel schneller. Vor einiger Zeit hatte sie sogar gelesen, dass der Spruch gar nicht von dem großen Reformator stammte.

Aber jetzt erschien er ihr merkwürdig passend für das Leben ihrer Mutter. Sie seufzte leise. Vielleicht konnte sie ihn für die Traueranzeige verwenden.

DREI

Der Tag war perfekt. Ein klarer, blauer Himmel, kleine Schäf-
chenwolken und ein leichter Wind. Die Wingerte leuchteten in
Gelb und Rot – und auch die Apfelbäume schienen in der Sonne
zu strahlen, als Karen am späten Nachmittag an der alten Apfelplantage aus dem Mietauto kletterte.

Immerhin war inzwischen die Anzeige auf dem Weg, alle
Details mit dem Beerdigungsinstitut geklärt, der Leichenschmaus im *Winzerhof* geplant. Heute musste sie nur noch
einen Lebenslauf für den Pfarrer schreiben, aber das sollte nun
wirklich kein Problem sein. Luzies Leben war ziemlich gerad-
linig verlaufen.

Karen dachte kurz an die Münchner Fotos und Eintrittskarten aus der Kiste. Sie schmunzelte. Einige Geheimnisse wie
diesen Rocco hatte ihre Mutter vielleicht einfach mit ins Grab
nehmen wollen.

Während sie auf Sabine und den Pomologen wartete, pflückte
sie sich wieder einen Apfel und genoss den sonnenwarmen,
unvergleichlichen Geschmack. Ob sie nicht doch irgendwie ein
kleines Bäumchen nach Amerika schmuggeln könnte?

Noch während sie über mögliche Konsequenzen von Straf-
zoll bis Gefängnis nachdachte, tauchte der rote Kastenwagen
am Ende des Feldes auf und kam holpernd näher.

Sabine und Christian saßen nebeneinander und wirkten auf
Karen wie ein Paar, obwohl sie sich nicht berührten. Hatte ihre

Freundin nicht irgendwann geheiratet? Aber das musste ja nichts heißen. Sie konnte längst wieder geschieden sein. Und vielleicht täuschte sie sich auch, und Sabine war niemals verheiratet gewesen.

»Du bist schon da, wie schön!« Sabine sprang vom Beifahrersitz, schickte sich an, Karen zu umarmen, schreckte dann doch in letzter Sekunde zurück und reichte ihr verlegen die Hand. Die enge Freundschaft früherer Jahre täuschte eine Vertrautheit vor, die nach so vielen Jahren nicht mehr existierte. Oder doch?

Karen beugte sich vor und umarmte Sabine kurzerhand. »Komm mir jetzt nicht mit Händeschütteln«, erklärte sie dabei. »Wir haben früher das Wachstum unserer Brüste und die Anzahl unserer Pickel verglichen, da können wir heute nicht mehr so tun, als ob wir flüchtige Bekannte wären!«

Sabine lachte befreit auf. »Stimmt. Ich war mir nur nicht sicher. Was weiß ich schon, was man in Amerika so macht und denkt ...«

»Man fragt besorgt ›How are you doing?‹ und hofft darauf, dass der andere nicht ehrlich antwortet. Finde ich nicht gerade erstrebenswert«, erklärte Karen trocken.

Christian war in der Zwischenzeit an den ersten Baum gegangen. »Ich kann es nicht glauben, dass mir dieser Apfelgarten nie aufgefallen ist«, meinte er, während er kritisch die Blätter musterte. »Ich dachte wirklich, ich kenne jeden einzelnen alten Baum hier in der Gegend beim Vornamen.« Er griff nach einem der leuchtend roten Äpfel, die am Baum hingen, und biss herzhaft hinein. Dann drehte er sich zu Karen um. »Das muss ein Zuckerapfel sein!« Seiner Stimme war die Verblüffung anzuhören.

»So süß?«, fragte sie.

»Nein, das ist die Sorte. Zuckeräpfel gab es in Ostpreußen. Waren da wohl sehr beliebt, aber ich habe noch nie einen in der Hand gehalten oder geschmeckt. Moment.«

Er zog ein zerlesenes, abgegriffenes Buch aus seinem Rucksack und blätterte darin herum. Dann zeigte er Karen das Foto eines Zuckerapfels aus Ostpreußen. Die Ähnlichkeit mit dem Apfel in seiner Hand war verblüffend. »Ich habe mich richtig erinnert. Das ist tatsächlich ein Zuckerapfel! Wahrscheinlich ist er noch nicht einmal vollreif, der kann noch süßer werden. Wie der hierherkommt ...«

Er ging zum nächsten Baum. »Der Garten ist ein komplett gemischter Anbau?«, fragte er über die Schulter.

Karen nickte. »Ja. Meine Großmutter Marie hat sie angepflanzt. Sie stammte aus Ostpreußen, das erklärt vielleicht die Sorte.«

Christian stand vor einem Baum, dessen Früchte hellgelb mit einigen rötlichen Linien waren. Er roch neugierig an der Schale und nickte dann. »Ich bin mir fast sicher, dass das hier ein Prinzenapfel ist. Riecht nach Ananas.« Er biss ab. »Und schmeckt süß und fruchtig.« Er runzelte die Stirn. »Der ist aber von hier, glaube ich, den habe ich schon öfter gesehen und probiert.« Er griff nach seinem Buch und las nach. Dann nickte er. »Gedeiht aber gut in Küstenregionen, war in Ostpreußen unter dem Namen Flaschenapfel bekannt.«

Er lief zum nächsten Baum, nahm sich einen Apfel und biss hinein. »Zitronenapfel? Könnte sein«, murmelte er, ging ein Stück weiter und betrachtete einen auffällig roten Apfel. »Ich bin mir nicht sicher ...«

»Das kann jetzt lange dauern«, wisperte Sabine in Karens Ohr. »Christian ist ein prima Exemplar von Mann – aber mit Äpfeln kann er sich stundenlang beschäftigen.«

»Seid ihr schon lange zusammen?«, fragte Karen, während sie Christian beobachtete, der weiter in seinem Buch blätterte, während er die Reihe von Apfelbäumen abschritt.

»Bald zwei Jahre. Nach meiner Scheidung habe ich ein paar Jahre gebraucht, bis ich das Konzept Partnerschaft auch nur im Ansatz gut finden konnte. Da musste erst einer kommen, der

Äpfel wichtiger findet als alles andere auf dieser Welt. Und mich wichtiger als seine Äpfel.«

»Was war denn so übel an deinem Mann?«, wollte Karen wissen.

»Übel?« Sabine lachte auf. »Nichts. Du kennst doch Andreas. Er macht eben sein Ding...«

»Andreas?« Mit einem Schlag kehrte Karens Erinnerung zurück. Richtig, irgendwann hatte ihre Mutter ihr erzählt, dass Sabine ausgerechnet Karens Ex-Freund geheiratet hatte. Andreas. Den sie bei ihrem Aufbruch in ein neues Leben zurückgelassen hatte wie Schuhe, die nicht mehr passten.

»Wusstest du das gar nicht? Ich habe Andreas von dir geerbt. Am Anfang haben wir uns nur getroffen, um uns über dein Verschwinden hinwegzutrösten. Aber irgendwann wurde mehr daraus... Und als es sehr viel mehr wurde, haben wir geheiratet.« Sabine zog eine Grimasse. »Das war vielleicht eine der weniger guten Ideen in meinem Leben. Andreas ist klug, erfolgreich und voller Ideen. Aber ich bin neben ihm einfach verschwunden. Ich habe mehr als zehn Jahre gebraucht, bis ich das begriffen habe. Und noch einmal zehn Jahre, bis wir geschieden waren.«

»Erfolgreich? Voller Ideen?«

Karen war überrascht. Ihr ernsthafter, bebrillter Freund hatte keine größeren Pläne gehabt, als das Steuerberaterbüro seiner Eltern zu übernehmen. Langweilig, wenn man böse sein wollte. Bodenständig, wenn man das Lebenskonzept leiden konnte. Als einen Mann voller Ideen hatte sie ihn nie empfunden.

»Ganz bestimmt.« Sabine nickte. »Er hat nach ein paar Jahren das Büro verkauft und ist in der großen Welt herumgereist, um allen möglichen Leuten zu erklären, wie man sein Leben erfolgreicher führen kann. Mit sich selbst als Vorbild, nehme ich mal an. Er war selten zu Hause – und wenn doch, dann hat er seine nächste Reise geplant.«

Bevor sie weiterreden konnte, tauchte Christian wieder auf. Mit leuchtenden Augen und drei Äpfeln in jeder Hand. »Das ist eine echte Fundgrube. Hier sind jede Menge alter Sorten versammelt, die meisten stammen aus Ostpreußen. Auf die Schnelle habe ich gar nicht alle bestimmen können. Ich muss einfach wiederkommen.« Er strahlte Karen an. »Ich hoffe, das ist okay?«

»Klar. Aber ich lasse den Garten demnächst abholzen. Du siehst ja selber, wie verwildert das Stück ist. Es lohnt einfach nicht die Mühe, daraus wieder einen gepflegten Garten zu machen.«

Ihre Bemerkung traf Christian offensichtlich wie ein Faustschlag. Er holte tief Luft, bevor er loslegte. »Das kannst du doch nicht machen! Das ist ein Schatzkästchen. Bei einigen Sorten bin ich mir nicht einmal sicher, ob sie nicht die letzten ihrer Art sind! Wenn du die abhacken lässt, ist das Barbarei!« Vor Aufregung wurden seine Wangen rot.

Karen musterte ihn, bevor sie antwortete. »Doch, das kann ich. Diese Bäume wurden von meiner Großmutter gepflanzt und haben meine Familie ernährt. Und geknechtet. Es wird Zeit, dass endlich die letzten Exemplare zu Feuerholz werden.«

»Wie können Bäume denn jemanden knechten?« Jetzt war Christian erst richtig fassungslos.

Karen lachte auf. »Mit einer Apfelplantage bist du immer beschäftigt. Anpflanzung, Pflege, Ernte, Verkauf – das hört doch niemals auf. Und wenn man sich im Winter endlich nicht mehr um die Bäume kümmern muss, dann ist man immer noch mit der Verarbeitung von Lageräpfeln oder der Vermarktung von Saft beschäftigt. Meine Mutter fühlte sich zeit ihres Lebens vom Apfelgut an die Leine gelegt. Sie hätte bestimmt lieber ein anderes Leben geführt. Es ist mir wirklich ein Rätsel, warum sie diesen letzten Garten nicht auch verkauft hat.«

»Vielleicht, weil sie wusste, dass diese Bäume lebendige Familiengeschichte sind?« Christian sah sie herausfordernd an.

In diesem Augenblick mischte Sabine sich ein. »Jetzt benehmt euch nicht, als würde es um euer Leben gehen. Es sind nur ein paar alte Bäume, sonst nichts. Und jetzt kommt mit, dann könnt ihr bei uns zu Hause weiter über Äpfel streiten. Ich habe einen sensationellen Zwiebelkuchen gemacht.«

Christian sah seine Freundin etwas ratlos an. Ganz offenbar teilte er ihre Meinung nicht, was die »paar alten Bäume« betraf. Aber schließlich siegte die Vernunft. Oder die Lust auf den Wein zum Zwiebelkuchen. Auf jeden Fall lächelte er Sabine an und meinte: »Wunderbare Idee! Du kommst doch mit, Karen?«

Ganz kurz dachte Karen an das Hotel, die Wirtin und ein weiteres einsames Essen. Dann nickte sie. »Klar, ich freue mich. Soll ich einfach hinter euch herfahren?«

Keine zehn Minuten später fand sie sich vor einem geschmack-vollen Neubau am Ortsrand von Wachenheim wieder. Wenn Andreas das mit seiner Beratung hatte finanzieren können, dann musste er in seinem Beruf ziemlich gut sein.

Bewundernd betrat sie das Wohnzimmer, das mit hellen Möbeln, Wänden in verschiedenen Blautönen und einem gro-ßen Kamin ausgestattet war. Wenn sie sich jemals ein Haus hätte aussuchen dürfen, dann würde es genau so aussehen.

»Das ist richtig toll! Hat das ein Innenarchitekt gemacht?«, fragte sie. »Gratuliere!«

Sabine winkte ab. »Innenarchitekt? Quatsch. Das war An-dreas. Er hatte immer die verrücktesten Ideen. Blaue Wände und so.« Sie nahm eine Flasche Wein aus dem Kühlschrank und hob sie hoch. »Ich habe noch einen wirklich guten Riesling. Ist das okay, oder bist du schon in dem Alter, in dem man säure-arme Weine bevorzugt?«

Karen lachte laut. »Immer her damit. Wie haben wir früher immer gesagt …?«

»Hauptsache, es knallt!«, riefen beide im Chor und lachten wie alberne Teenager.

Während Sabine Wein, Käse, Feigensenf, Brot und Zwiebel-kuchen auf den Tisch stellte, musste Karen wieder an Andreas denken. Verrückte Ideen? Der Andreas, an den sie damals ihre

Jungfräulichkeit verloren hatte, war ein bebrillter Streber gewesen. Kein Schritt, den er nicht akribisch geplant hätte. Keine Entscheidung, die er nicht hundertmal durchdacht, verworfen und wieder gefällt hätte. Er war die Verlässlichkeit in Person gewesen. Aber verrückte Ideen? Die hatte damals nur sie gehabt...

Sie setzten sich an den Tisch, und Sabine schenkte ihnen Wein ein. Neugierig sah Christian die beiden Frauen an. »Und ihr wart mal beste Freundinnen? Oder habe ich da etwas falsch verstanden?«

Karen nickte. »Ja. Die allerbesten. Und mit den größten Plänen. Uns war eine Sache klar: Irgendwann würde Sabine auf meiner Modeschau singen.«

»Und warum hast du mich dann nicht eingeladen?« Sabine sah Karen herausfordernd an. »Ich meine, irgendwann war es doch so weit, oder?«

»Ich habe nicht mehr dran gedacht«, gab Karen kleinlaut zu. »Deutschland war so weit weg. Ich habe meine Mode entworfen, hatte kleine Kinder, meine Welt war so anders... Ich bin wirklich keine gute Freundin.« Sie schüttelte den Kopf. Dann fiel ihr etwas ein. »Singst du eigentlich noch?« Sabines Stimme war vor dreißig Jahren eine Sensation gewesen – ob auf Weinfesten oder Schulpartys.

»Unter der Dusche? Betrunken auf Weinfesten? Nur für Christian mit meiner Gitarre? Klar!« Sabine hob die Schultern. »Mit einer Band? Einem Mikrofon? Auf einer Bühne? Nein. Irgendwann muss man schließlich erwachsen werden.«

»Wirklich? Du hättest was aus deiner Stimme machen können, da bin ich mir ganz sicher! Erwachsenwerden heißt doch nicht, dass man seine Träume aufgeben muss!«

»Ich lebe in Wachenheim, schon vergessen? Ich habe nicht so viel Mut wie du. Mir war es wichtig, dass ich mir die Miete für meine Wohnung, den Sprit für mein Auto und hin und wieder ein Glas Wein leisten kann. Als Sängerin wäre das nicht gut gegangen.«

»Mut?« Karen schüttelte den Kopf. »Das war höchstens der Mut der Verzweiflung. Mir war die Pfalz zu eng, der Boden zu verseucht, und für meine Ideen hat sich ohnehin keiner interessiert. Und ich musste weg aus diesem Apfelgut – sonst wäre es mir wie meiner Mutter ergangen.«

»Wie ist es denn deiner Mutter ergangen?«, schaltete Christian sich ins Gespräch ein.

»Ach, das ist eine lange Geschichte«, winkte Karen ab. »Die Kurzversion: Als meine Oma alt wurde, musste sich meine Mutter um das Apfelgut kümmern. Und das, obwohl sie keinerlei Spaß an Äpfeln hatte. Wahrscheinlich ist das für dich schwer vorstellbar ... Aber was ich dich fragen wollte: Wie wird man eigentlich Pomologe?«

Christian setzte ein ernstes Gesicht auf. »Nach einem langen und entbehrungsreichen Studium der Pomologie an vielen anerkannten Hochschulen rund um den Globus ...« Er brach ab und lachte. »Nein. Ich bin eigentlich nur ein einfacher Biologe, schreibe Gutachten über Böden und setze mich für biologische Schädlingsbekämpfung ein. Nicht sehr aufregend, doch ich kann davon leben. Aber irgendwann haben es mir die Äpfel angetan. Es gibt unglaublich viele Sorten, sie sind gesund, schmecken lecker, werden rund um die Welt kultiviert. Also habe ich ein paar Artikel geschrieben, wurde zu Vorträgen eingeladen, habe dabei noch mehr über Äpfel gelernt – und dann hat man mich als Pomologen bezeichnet. Ist aber keine geschützte Berufsbezeichnung, sondern eher die vornehme Umschreibung eines merkwürdigen Hobbys. Und genau deswegen ist der alte Apfelgarten, den du mir heute gezeigt hast, wie der Schatz der Nibelungen für mich. Direkt vor meiner Haustür ist da eine Vielfalt, die ich hier in der Gegend nicht für möglich gehalten hätte.« Er zögerte einen Moment, bevor er weiterredete. »Du willst den Garten wirklich abholzen lassen?«

Karen nickte. »Das Grundstück kann ich prima an einen Winzer verkaufen. Weißt du, ich sehe diese Bäume und denke nur an die viele Arbeit und die Sorge, die einem diese Bäume machen. Kommt noch ein später Frost? Haben wir Schorf, Mehltau, Fruchtfäule oder Feuerbrand? Ich habe Apfelbäume immer nur als ziemliche Sensibelchen erlebt. Und darauf hatte ich keine Lust. Ich wollte meine Freiheit.«

»Klar, du hattest ja noch nie Lust auf die Verpflichtung, die dein Erbe mit sich bringt. Deshalb hast du dich doch aus dem Staub gemacht«, kommentierte Sabine spitz.

Karen nahm einen langen Schluck von ihrem Wein, bevor sie betont ruhig antwortete: »Ich habe mir stattdessen meinen Traum von ökologischer Mode erfüllt.«

»Aber lebst du denn wirklich ein anderes, freieres Leben?« Sabine sah sie herausfordernd an. »Bei dir sind es jetzt nicht die Apfelbäume, sondern die Firma, die offenbar deine komplette Zeit frisst. Sonst wärst du doch wenigstens hin und wieder hier in der Gegend aufgetaucht, oder?«

Karen holte tief Luft. »Ich bin in meiner Firma für Dutzende von Menschen verantwortlich. Ich kümmere mich um ihre Krankenversicherung und zahle ihnen auch dann ein Gehalt, wenn sie krank sind. Bei jeder neuen Kollektion riskiere ich, dass plötzlich niemand mehr meine Kleidung tragen will – von der lila Latzhose bin ich nämlich schon ziemlich weit entfernt. Ja, das ist eine Verpflichtung. Vielleicht sogar größer, als es das Apfelgut für meine Mutter war. Aber es ist eine Verpflichtung, die ich mir selbst ausgesucht habe. Und ich denke, das ist ein Riesenunterschied.«

Sie stellte das leere Weinglas auf den Tisch und stand auf. »Vielen Dank für deine Einladung. Wir sehen uns ja sicher in den nächsten Tagen.« Sie nickte Christian zu. »Mir tut es leid, dass ich deinen Apfeltraum nicht erhalten kann. Aber da hängt wirklich zu viel Familiengeschichte dran. Manchmal muss man Dinge eben hinter sich lassen.«

Als die Haustür hinter ihr ins Schloss fiel, blieb sie reglos stehen. Draußen dämmerte es bereits. Es roch nach Erde, welken

Blättern und süßem Trester. Der Geruch ihrer ehemaligen Heimat, der in ihrem jetzigen Leben nichts mehr bedeutete.

Langsam machte sie sich zu Fuß auf den Weg in ihr Hotel. Das Auto konnte sie morgen noch abholen. Sie ging durch vertraute Nebengassen, über Kopfsteinpflaster und vorbei an engen Fachwerkhäusern und stolzen Winzerhöfen. Ob es Zufall war oder ob sie es geplant hatte, wusste sie nicht – aber mit einem Mal stand sie vor ihrem Elternhaus. Ohne weiter nachzudenken, nestelte sie den Schlüssel aus ihrer Jackentasche und schloss die Tür auf.

Sie sah sich einen Moment lang um, dann ging sie über die steile Treppe in den Keller, schaltete das Licht an und musste lächeln. Warum sollte ihre Mutter auch einen neuen Platz für das Weinregal suchen?

Hier lagen Dutzende von Flaschen fein säuberlich aufgereiht. Karen las die vertrauten Namen der Weingüter, nahm sich einen Grauburgunder und ging wieder nach oben.

Von wegen »Hauptsache, es knallt«. Wenn sie ehrlich war, dann musste sie doch auf die Säure im Wein achten, damit ihr Magen nicht wehtat. Aber das hatte sie vor Sabine auf keinen Fall zugeben wollen.

Sie schenkte sich auf der Terrasse ein Glas ein und sah nachdenklich in den Nachthimmel hinter den Bäumen. Stimmte alles, was sie vorher gesagt hatte? War das Apfelgut wirklich nicht mehr als ein Klotz am Bein der Frauen, die es geführt hatten? Was hatte ihre Großmutter nur bewogen, ausgerechnet Äpfel aus der alten Heimat mitzunehmen? Entwurzelt, wie sie war, hatte sie mit den Bäumen neue Wurzeln geschlagen.

Karen schenkte sich ein weiteres Glas ein, während sich in ihrem Kopf die Äpfel, der Kampf für Freiheit und die Suche nach einem besseren Leben oder gar einer besseren Welt zu einer merkwürdigen Einheit verbanden.

TEIL II

MARIE

Mandeln,
Herbst 1944

»Und wenn morgen die Welt in Stücke brechen würde,
so würde ich heute ein Apfelbäumchen pflanzen.«

Martin Luther zugeschrieben

EINS

»Luzie? Luzie, wo steckst du denn?«

Marie sah sich kopfschüttelnd um. Die Apfelbäume warfen ein wildes Muster aus Schatten und Sonne auf den Boden, sodass sie fast ihre kleine Tochter übersehen hätte. Die kauerte sich an einen der grauen Baumstämme, in der Hand hielt sie einen leuchtend roten Apfel, den sie mit Genuss verspeiste.

»Bist du wieder deinen Schwestern davongelaufen?« Marie streckte die Hand aus. »Dann komm mit. Wir müssen noch Abendessen machen. Und es sind jetzt mehr Mäuler als sonst ...«

»Klebt!« Das blonde Mädchen versteckte seine Hand vor der Mutter.

Marie lachte und strich der Kleinen eine blonde Strähne aus der Stirn. »Vom süßen Apfelsaft? Das macht nichts, komm mit!«

Auf dem Weg zum Kücheneingang sah sie Reinhold. Ihr großer, hagerer Mann war auch an diesem Tag unterwegs gewesen, um »Besorgungen« zu machen. Sein Ausdruck dafür, dass er Dinge tauschte, kaufte, erbettelte oder gegen ein paar Dienstleistungen bekam. Dafür war er mit seinem alten Lieferwagen irgendwo in der Gegend von Königsberg unterwegs. So genau wusste sie nicht, wo er war. Oder wann er zurückkam. Und mit wem er seine Geschäfte machte. Und sie war sich auch nicht sicher, ob sie es wissen wollte. Aber sie sah das Ergebnis: Neben ihm stand ein Weidenkäfig mit drei Gänsen darin.

»Schau nur, Marie! Und wehe, du machst daraus einfach Gänsebraten!« Seine Stimme wurde leiser. »Die musst du unbedingt haltbar machen. Damit wir Reiseproviant haben. Falls es doch noch nötig wird, weil die Wunderwaffe nicht fliegt.«

Marie sah sich schnell um. Das sollte keiner hören. Seit der Bombardierung von Königsberg war Mandeln so voll von Fremden, dass man sich nicht sicher sein konnte, ob jemand es weitertragen würde. Aber der Hofplatz lag gerade wie ausgestorben da.

»Weiß ich doch.« Sie flüsterte, fast gegen ihren Willen. »Ich kümmere mich morgen um die drei. Heute habe ich mit dem Kochen genug zu tun. Wo ist Ruth?«

Die älteste Tochter war oft mit ihrem Vater unterwegs. Mit einer Sondergenehmigung fuhr sie den Lieferwagen umher und nahm Reinhold nicht selten eine Fahrt ab.

»Ich habe sie nicht dabeigehabt. Wahrscheinlich ist sie mit einer Freundin unterwegs. Gönn ihr doch ein paar sorglose Stunden. Wenn du Hilfe brauchst, musst du Frau Kanzler fragen. Die will schließlich nachher auch am Tisch sitzen.«

Damit verschwand er im Haus. Er war ganz bestimmt der beste Mann, wenn es um das Herbeischaffen von Essbarem, Benzin oder auch Brennholz ging. Wenn dann allerdings aufgeräumt, geschlachtet und gelagert wurde, war er nur selten eine Hilfe. Marie sah den Käfig mit den drei Gänsen an und seufzte. Bis morgen konnten sie nicht im Hof stehen bleiben. Sie mussten in den alten Stall. Versuchsweise hob sie den Weidenkäfig an. Zu ihrer Überraschung war er weniger schwer als gedacht. Sie schleifte ihn über den Hof in den Stall. Die Gänse zischten aufgeregt und versuchten, durch den Käfig nach ihr zu schnappen.

Im Schweinestall entließ sie die schimpfenden Vögel in einen leeren Koben und schloss die Tür hinter sich ab. Sollten sie doch schnattern. Schon morgen Abend würden sie allesamt in Weckgläsern und im Räucherofen liegen. Aus den Federn konnte sie sicher noch ein oder zwei Kissen füllen. Hoffentlich waren sie wenigstens fett, dann hätten sie reichlich Schmalz. Der Winter stand vor der Tür. Und der Winter in Mandeln war kein freundlicher Geselle.

In der Küchentür stand Ada Kanzler. Sie war dünn und so zierlich, dass sie kaum als erwachsene Frau durchging. Ihr Mann war im Krieg, sie war seit dem 22. August ausgebombt und auf Empfehlung einer Bekannten bei ihnen untergekommen. Zum Glück gab es hier ausreichend Platz und dank Reinholds Besorgungsgeschick auch genug zu essen. Marie fragte sich, ob Ada etwa tatenlos zugesehen hatte, wie sie sich mit dem Weidenkäfig abmühte.

Sie winkte der Frau zu. »Können Sie das Abendessen machen, Ada? Kartoffeln und Wruken haben wir in den letzten Tagen ja ausreichend geerntet…« Sie sah auf das kleine Mädchen mit den klebrigen Fingern. »Und wenn Sie Luzie mitnehmen könnten? Die Kleine muss sich dringend die Hände waschen.«

Ada nickte. Tatsächlich machte sie sich nützlich, wenn man sie darum bat, denn sie wollte auf keinen Fall irgendjemandem auf dem Hof lästig werden. Leider war sie so schüchtern, dass sie häufig nicht wagte, ihre Hilfe anzubieten. Und sie sah nie, wenn es Arbeit gab – auch dann nicht, wenn sie fast darüber stolperte.

Marie blickte ihr sinnend hinterher. Waren es schon wieder acht Wochen her, dass der Horizont mit dem brennenden Königsberg die ganze Nacht rot geleuchtet hatte? Seitdem nahm der Flüchtlingsstrom kein Ende. Sie alle wollten heim ins Reich. Und auch Marie zweifelte an der Wunderwaffe, die Ostpreußen retten sollte. Es war doch nur noch eine Frage der Zeit, dass der Russe seine Hand auch nach ihrem Paradies in Mandeln ausstreckte.

Mit einem leisen Seufzer machte sie sich auf den Weg zurück in den Apfelgarten. Es war an der Zeit, die Lageräpfel zu ernten und in den Keller zu bringen. Die weniger haltbaren Sorten verarbeitete sie zu Kompott und Mus, dann konnte sie ihren Lieben auch im Winter etwas Süßes anbieten.

Den restlichen Nachmittag blieb sie mit ihren Steigen allein im Garten. Sie erntete die Äpfel, so vorsichtig es ging, und bettete sie behutsam in ein Bett aus Stroh. Wenn sie keine Druckstellen hatten, konnten die Früchte sie im Winter vor Hunger retten. Die eintönige Beschäftigung beruhigte sie und bewahrte sie vor den düsteren Gedanken, die ihr in letzter Zeit so oft den Schlaf raubten. Erst kurz vor der Dämmerung riss sie ein lautes Knallen aus ihren Gedanken.

Sie verharrte mit den Äpfeln in den Händen. War die Front schon so nah? Dann hörte sie das aufgeregte Bellen eines Hundes, und die Spannung fiel von ihr ab. Keine Front und keine Russen. Das war nur Reinhold, der mit seiner Hela unterwegs war, um ein paar Wildkaninchen zu schießen. Oder was auch immer ihm sonst vor die Flinte kam. Wahrscheinlich würde er ihr heute Abend noch ein paar tote Tiere in die Küche legen. Oder ein paar Kameraden von der Jagd mitbringen, die sie dann zusätzlich verköstigen musste.

Entschlossen legte sie die letzten Äpfel in die Steigen. Bevor sie die Früchte in den Keller brachte, sah sie in der alten Meierei nach dem Rechten. Anschließend ging sie am Gewächshaus vorbei, in dem die letzten Tomaten des Sommers noch auf ein bisschen mehr Farbe hofften, zu den Bienen, die nur noch träge zu den verblassten Blüten des Herbstes flogen, und schließlich in den alten Stall, wo die Gänse immer noch empört vor sich hin schnatterten und zwei knochige Pferde auf ihre abendliche Portion Heu warteten. Die beiden standen erst seit ein paar Tagen hier. Reinhold hatte sie mit einem alten Leiterwagen auf den Hof kutschiert. »Die brauchen kein Benzin«, hatte er erklärt. »Nur für den Fall, dass wir wegmüssen. Wenn alles wieder gut ist, können wir sie ja verkaufen.« Er hatte gelacht. »Oder sie enden als Gulasch. Auf jeden Fall sind sie zu etwas nutze.«

Bis dahin mussten die beiden knochigen Braunen gefüttert, bewegt und gestriegelt werden. Von Marie oder von Ruth, die allerdings wenig Interesse an der Stallarbeit zeigte. Sie schraubte lieber an dem alten Laster herum. Ein echter Teufelskerl war ihre Erstgeborene – aber eben wenig interessiert an der Landwirtschaft, der Meierei oder der Küche. Stattdessen verkündete sie bei jedem Luftangriff, dass sie Pilotin werden wollte. Dabei strahlten ihre blauen Augen vor Energie. Benzin im Blut, nannte Reinhold das. Womöglich war dieses Mädchen der Junge, der ihnen nicht vergönnt gewesen war.

Alles schien in bester Ordnung, auch wenn die Knallerei in einiger Entfernung sie immer wieder daran erinnerte, dass Reinhold noch unterwegs war. Wenigstens hatte ihn seine kranke Lunge vor der Einberufung bewahrt.

Keine guten Zeiten, um erwachsen zu werden, dachte Marie, während sie mit der Heugabel den Pferden das Abendessen in den Stall warf. Ihre mittlere Tochter Ulla absolvierte ihr Pflichtjahr bei einem Bauern, knapp hundert Kilometer entfernt. Und Ruth half hier in Mandeln auf dem Hof – wenn sie nicht gerade mit Freundinnen unterwegs war. An Tändeleien und Liebschaften, wie es den beiden in diesem Alter eigentlich anstünde, war nicht zu denken. Nur die Korrespondenz mit irgendwelchen Soldaten, die an der Front wohl Trost in diesen Briefen fanden ... Aber schon zweimal war der Briefwechsel plötzlich abgerissen. Und keines der Mädchen war naiv genug, um an ein gutes Ende zu glauben.

Marie streichelte den Pferden noch einmal über die weiche Nase, brachte die Steigen mit den Äpfeln in den Keller und machte sich im letzten Tageslicht in die Küche auf. Mit ein wenig Glück war schon alles vorbereitet.

Sie fand Luzie gemeinsam mit Ada Kanzler am Herd. Eifrig rührte sie in einem großen Topf, in dem ein Eintopf brodelte. Der Geruch von Kartoffeln und Steckrüben hing in der Luft und erinnerte Marie mit einem Mal daran, wie hungrig sie war.

»Ich koche!«, erklärte Luzie selbstbewusst.

Marie strich ihr über den Kopf. Ihre kleine Nachzüglerin ahnte nichts von den Sorgen der Großen. Die Nächte im Keller, die Sirenen und die Stromausfälle – für Luzie war das alles nur ein Spiel der Großen, um sie zu unterhalten. Bis jetzt war der Krieg an ihrem Leben vorbeigezogen, ohne tiefen Eindruck zu hinterlassen.

Sie hörte die schweren Tritte auf der Küchentreppe, noch bevor die Tür aufflog. Strahlend warf Reinhold drei Kaninchen auf den Tisch.

»Hela und ich haben noch eine kleine Runde gemacht, bevor es dunkel wurde!«, erklärte er mit zufriedenem Gesicht. »Und sieh nur, was uns vor die Flinte gerannt ist. Das wird ein Festmahl am Wochenende.«

Er sah Luzie über die Schulter. »Was hat meine Lusche denn gemacht?«

»Ich heiße Luzie!«, korrigierte ihn seine Tochter mit ernstem Gesicht. »Es gibt Kartoffeln! Und Wruken! Von mir!«

»Ohne Speck?« Reinhold hob eine Augenbraue.

»Es gibt keinen Speck«, erwiderte seine vierjährige Tochter mit ernster Miene. »Es ist Krieg. Da kriegt man nichts, sagt Ruth.«

»Kein Speck?« Reinhold sah seine Frau verwundert an. »Ist der denn schon wieder alle?«

»Heute ist nicht Sonntag«, verteidigte sich Marie. »Ich habe ihn aufgehoben. Ich konnte ja nicht ahnen, dass du heute überall Jagdglück hast. Gänse und Kaninchen – bei dir ist es ja wie im Frieden!«

Reinhold legte seinen Arm um die Taille seiner Frau und sah ihr in die Augen. »So soll es immer sein, nicht wahr?«

Marie wand sich aus seiner Umarmung und lächelte ihn an. Das war der Mann, in den sie sich vor bald fünfundzwanzig Jahren verliebt hatte. Gerade wegen seiner verrückten Ideen, die ihr im Laufe der Zeit Bienen, Tomaten und jetzt sogar Pferde eingebracht hatten. Groß, dünn, mit einer Adlernase und dunklen Augen war er genau das Gegenteil von ihr: Sie war zierlich, blond, pflichtbewusst.

Und doch hatte sie jeden Tag an der Seite dieses Mannes genossen. Sogar dann, wenn er wieder überraschend Gäste mitbrachte oder plötzlich für einige Tage auf einen Jagdausflug verschwand.

Sie setzten sich gemeinsam um die große Tafel: Reinhold, Marie, Luzie, Ada Kanzler und Ruth, die rechtzeitig zum Essen zurückgekommen war. Eine kleine Runde. Nicht selten kamen auch noch Freunde, Verwandte oder Arbeiter dazu. Ernst sprach Reinhold ein Tischgebet, bei dem er um Bewahrung vor jedem Schaden bat – und dabei klang, als würde er es ernst meinen und doch keine Hoffnung mehr haben.

»Hast du die Aussteuer der Mädchen verschickt, wie ich es dich geheißen habe?«, wollte er zwischen zwei Bissen wissen.

Marie nickte. »Ja, natürlich. Die Bettdecken und das Tafelsilber sind jetzt in Sicherheit bei meiner Familie in Schlesien. Mein Bruder hat mir versichert, dass er auf alles aufpassen wird, bis die Gefahr hier vorbei ist. Mach dir also keine Sorgen. Die Zukunft deiner Töchter ist gut verwahrt.«

Er nickte nur.

Marie sah ihn von der Seite an. Glaubte er wirklich an diese sichere Zukunft? Ihre Gedanken wanderten zu den Pferden im alten Stall. Reinholds Rückversicherung, dass sie hier auch dann noch wegkamen, wenn es schon lange kein Benzin mehr gab. Das war Antwort genug.

In den nächsten Wochen zog der Winter ein. Aus den schier endlosen Alleen wurden schneebedeckte Rutschbahnen, die man am besten auf Schlittschuhen bewältigte oder auf dem Bob, der sich hinten an einem Fuhrwerk befestigen ließ. Der Wind wehte eisig über die weite Landschaft, überzog alles mit einer frostigen Schicht und sorgte dafür, dass jeder ins Warme strebte. Auch in der kleinen Meierei in Mandeln spielte sich das Leben nicht mehr im Freien ab.

Marie, Ruth und Ada verbrachten die langen Abende damit, alte Pullover aufzutrennen und neue zu stricken. Damit war das Garn zwar nicht neu – aber die Kleidung fühlte sich doch wie neu an. Aus alten Hemden nähte Marie warme Unterwäsche für die kleine Luzie. Reinhold war an solchen Abenden selten daheim, sondern besuchte einen älteren Nachbarn aus dem Dorf, mit dem er manchmal auf die Jagd ging. Sie stießen auf ihre Treffsicherheit an und lenkten sich ein wenig von den Nachrichten über die nahende Front ab.

An einem dieser ruhigen Abende im Advent wurden sie von dem Geräusch schwerer Fahrzeuge im Hof aufgeschreckt. Marie rannte aus dem Haus und erkannte in der Dunkelheit ein paar schwere Militärlaster. Soldaten liefen hin und her, sahen sich auf dem Hofplatz um und schlugen die Arme gegen die Kälte um sich.

»Hallo?«, rief sie in die Dunkelheit. »Was machen Sie da?«

Einer der Soldaten drehte sich zu ihr um. »Sie wohnen hier?«

»Was sollte ich sonst hier mitten in der Nacht tun?« Marie sah ihn an.

»Na, die meisten Höfe sind verlassen. Es kommt immer seltener vor, dass noch jemand zu Hause ist.« Er zuckte mit den Schultern. »Kann ich auch verstehen.« Während er sprach, stand der Atem vor seinem Mund wie eine große Wolke. Wie alt er wohl sein mochte? Er sah aus wie höchstens achtzehn. Wussten so junge Kerle sich zu benehmen, wenn sie merkten, dass nur Frauen im Haus waren? Aber sie konnte sich beim besten Willen nicht vorstellen, dass von diesen Kindern eine Gefahr ausging.

Also machte sie eine einladende Handbewegung. »Ihr friert ja alle wie die arme Seele. Wollt ihr nicht in die Stube kommen?«

Der Soldat sah seinen Kameraden an, der neben ihn getreten

war. Zögernd nickten sie. »Wenn es keine Umstände macht. Wir warten hier nur auf einen Befehl, um wieder aufzubrechen. Wissen Sie, wo die Hauptkampflinie ist?«

Marie deutete unbestimmt gen Osten. »Irgendwo da drüben. Kann man nicht verfehlen, selbst wenn man wollte.«

Der Mann nickte nur.

Gemeinsam mit seinen Kameraden trat er in die gute Stube. Wie viele mochten es sein? Zwölf oder mehr? Auf jeden Fall füllten sie den Raum. Ada Kanzler sah die Soldaten an, als wären sie eine Erscheinung.

»Los, Ada, schieben Sie den Tisch zu Seite, dann können sich alle auf den Boden setzen. Ist besser als nichts, wir haben einfach nicht ausreichend Stühle. Und dann kommen Sie mit in die Küche!«

Sie feuerte den Ofen noch einmal an und stellte einen großen Topf mit Kartoffeln auf den Herd, als einer der Männer in der Tür auftauchte. Verlegen reichte er ihr ein Paket, das mit zerrissener Zeitung umwickelt war. »Wenn Sie schon für uns kochen, können Sie das hier verwenden?«

Neugierig schlug Marie das fettige Papier zur Seite – und hielt ein großes Stück Schwarzgeräuchertes in der Hand. Ob die Soldaten das in einem der leeren Häuser gefunden oder irgendwo eingetauscht hatten? Egal. Es roch köstlich, und sie lächelte dem Soldaten freundlich zu. »Ich bin mir sicher, dass mir damit etwas einfällt!«

Wenig später brieten die Kartoffeln in dem ausgelassenen Fett des Specks. Zusammen mit einigen Zwiebeln und Eiern entstand ein wunderbares Essen.

Offensichtlich zog der Duft durchs Haus, denn mit einem Mal stand auch die kleine Luzie im Nachthemd an der Tür. »Das will ich auch!«, erklärte sie mit leuchtenden Augen, während sie auf die Pfanne deutete.

»Und das bekommst du auch!«, erwiderte Marie lachend. Sie füllte dem kleinen Mädchen einen Teller und deutete auf die

Bank in der Küche. »Da, setz dich hin, während ich die Männer versorge!«

»Männer?« Luzie rieb sich die verschlafenen Augen. »Haben wir Besuch? Kenne ich den?«

»Nein, und morgen sind sie wieder weg, mach dir keine Sorgen.«

Luzie machte sich keine Sorgen, solange sie die Kartoffeln vor sich stehen hatte. Sie fing an, sich mit der Gabel das Essen in den Mund zu schaufeln, während Marie und Ruth weitere Teller füllten und den Soldaten brachten. Noch während sie ihnen das Essen servierten, kam Reinhold wieder.

Überrascht sah er die Männer an, die sich auf seinem Teppich niedergelassen hatten. »Du lässt fremde Männer ins Haus, wenn ich nicht da bin?«, brummte er.

»Ihnen war so kalt, da konnte ich doch nicht ...«, begann Marie.

Aber er winkte nur ab und setzte sich zu den Soldaten auf den Boden. »Kann ich auch einen Teller haben?«

»Sicher!« Marie ging hinüber in die Küche, in der Ada schon die zweite Portion briet.

Nach dem Essen wurde wenig geredet. Die Männer sahen müde aus, immer wieder fielen ihnen die Augen zu. Fast alle rauchten, der Qualm der Zigaretten stand im Raum wie eine Wand. Einer von ihnen sah die Geige, auf der Ruth viel zu selten spielte. Er deutete auf das Instrument. »Darf ich?«

Ruth nickte. »Wenn sie denn gestimmt ist. Ich habe sie schon tagelang nicht mehr angefasst.«

Vorsichtig griff er nach dem Instrument, als fürchtete er, es allein durch seine Berührung zu zerbrechen. Probeweise fuhr er über die Saiten, dann stimmte er eine wunderschöne Melodie an, langsam und wehmütig.

Leise wisperte Ruth in ihr Ohr: »Das ist das Largo. Aus *Xerxes* von Händel.« Zu jedem anderen Zeitpunkt wäre Marie stolz auf ihre gebildete Tochter gewesen. Jetzt nahm sie nur die unendliche Traurigkeit wahr, die sie überwältigte. Sie sah aus dem Fenster. Der zugefrorene kleine See, daneben der Apfelgarten, in dem die Bäume jetzt kahl gegen den Sternenhimmel standen. Bäume, die sie nie wieder würde blühen sehen. Das wurde ihr in diesem Augenblick klar.

Kaum waren die letzten Noten verklungen, wurde es draußen im Hof laut. »Aufbruch! Wo steckt ihr denn alle?«, erklang eine befehlsgewohnte Stimme.

Die Soldaten schreckten zusammen, sprangen auf und verabschiedeten sich hastig. Im Hinausgehen drehte sich einer von ihnen noch einmal um. »Bleiben Sie nicht. Noch ist es Zeit zu gehen, ein paar Wochen haben wir noch«, sagte er leise und wandte sich dann an Reinhold. »Das wird die Hölle hier, wenn die Russen kommen. Gehen Sie. Oder schicken Sie wenigstens Ihre Frau und Ihre Töchter heim ins Reich. Hören Sie auf mich!«

Seine Stimme war immer eindringlicher geworden. Ohne auf eine Antwort zu warten, verließ er das Haus. Nur wenig später hörten sie, wie sich die schweren Laster in Bewegung setzten.

Der Rauch der Zigaretten hing noch in der Luft wie die Melodie, die sie eben noch gehört hatten. Das Schweigen wurde erst durch die kleine Luzie gebrochen, die in der Zimmerecke geschlafen hatte und jetzt aufwachte. »Worauf wartet ihr denn?«, fragte sie mit ihrer hellen Stimme.

Langsam drehte sich ihr Vater zu ihr um. Sanft streichelte er ihr über die Haare. »Wir warten auf Ulla«, sagte er leise. Er musste den Satz nicht vollenden, damit Marie ihn verstand. Sie warteten auf Ulla, um zu gehen.

Marie wachte noch vor der ersten Dämmerung auf. Unruhig sah sie an die Decke, während sie im Kopf alles durchging, was sie retten konnte. Und was für immer verloren sein würde. Irgendwann hielt es sie nicht mehr im Bett. Vorsichtig hob sie die dicke Daunendecke an. Mit nackten Füßen huschte sie über den kalten Boden und sah aus dem Fenster, während Reinhold weiterschlief. Seine Lunge rasselte ein wenig. Das Asthma, das ihn bisher vor einem Einsatz an der Front bewahrt hatte.

Wieder fiel ihr Blick auf die Bäume. Niemand konnte Bäume mitnehmen, die konnte man nicht umziehen. Die hatten noch tiefere Wurzeln als Menschen.

Sie spürte, wie die Kälte von dem eiskalten Boden langsam nach oben kroch. Kurz entschlossen schlüpfte sie in Wollstrümpfe, dicke Unter- und Überröcke, einen warmen Pullover und eilte nach unten, um im Hausflur Fellstiefel anzuziehen und einen gefilzten Schal um ihre Schultern zu legen.

Dann schlüpfte sie hinaus in die klirrend kalte Winternacht. Beim Einatmen spürte sie, wie ihr der Atem in der Nase gefror. Besser, sie atmete durch den Mund – am besten mit einem Schal, den sie über ihr Gesicht wickelte. So vermummt lief sie über den Hof und an dem alten Stall vorbei zu ihrem Apfelgarten. Mit der Hand fuhr sie über die Rinde eines Baums, an dem Kläräpfel wuchsen, die als Erste im Jahr alle mit ihrem feinen Geschmack erfreuten. Daneben ein Zitronenapfel. Keiner schmeckte so frisch wie dieser. Ihre Hand streichelte über die Äste, als müsste sie jetzt schon Abschied nehmen. Boskoop, Herrgottsapfel, Prinzenapfel, Zuckerapfel … sie konnte bei jedem einzelnen fast den Geschmack auf der Zunge spüren, wenn sie sich die Früchte nur vorstellte.

Nachdenklich lief sie durch den Garten. Sie hatte ihn vorgefunden, als sie als junge Frau nach Mandeln gekommen war, um Reinhold zu heiraten. Damals war sie so aufgeregt gewesen, so nervös. Sie hatte nicht gewusst, was das Leben für sie bereithielt. Aber sie wusste, dass sie alles erleben wollte. Die ganze Freude und den ganzen Schmerz. Und dann hatte sie dieses Paradies gefunden. Viel Arbeit, gewiss. Aber eine Heimat mit weicher Erde und schattigen Alleen im Sommer, dem Gesang der Dreschflegel im Herbst und dem klirrenden Frost im Winter. All das würde jetzt verloren gehen – und niemand wusste, ob sie jemals zurückkommen konnten. Wenigstens würde ihre Familie zusammenbleiben, das war sicher.

Leise summte sie das Largo, das der Soldat in der letzten Nacht gespielt hatte, während sie zu den Bienenstöcken ging, in denen Winterruhe herrschte. Auch die konnte sie nicht mitnehmen. Das Gewächshaus, an dem Reinhold so lange herumgetüftelt hatte, würde ebenfalls hierbleiben müssen.

Im dunklen Stall konnte sie nicht einmal die Umrisse der Pferde erahnen. Sie hörte nur das langsame Mahlen ihrer Zähne, während sie Heu fraßen. Und sie spürte die Wärme ihrer großen Leiber.

Als sie den Stall wieder verließ, sah sie die Morgendämmerung am Horizont: Der Himmel leuchtete sanft orange. Oder war das bereits die nahende Front? Granaten, die das Gewächshaus in Stücke schießen und aus ihren Bäumen Brennholz machen würden?

Während sie nachdenklich in die Ferne sah, erinnerte sie sich an das, was ihr ein Landarbeiter vor ein paar Jahren gezeigt hatte. Man konnte Bäume veredeln, indem man aus seinem Lieblingsbaum kleine Reiser abschnitt und sie auf weniger wertvolle Exemplare aufpfropfte, die vorher nur harte, holzige unbrauchbare Äpfel getragen hatten. Mit dieser Technik hatte Marie Kopien ihrer besten Bäume geschaffen.

In den folgenden Jahren hatte sie es ein paarmal ausprobiert. Zu ihrer Überraschung war es gar nicht schwer, fast immer waren ihre Bemühungen von Erfolg gekrönt gewesen. Vielleicht konnte sie ja doch ihre Lieblingsbäume mitnehmen? Wenigstens ein paar davon?

Im Stall fand sie auch in der kompletten Dunkelheit das kleine, scharfe Messer, das an der Wand hing. Ihre Wehmut war wie weggeblasen. Egal, wo die Zukunft sie hintragen würde – sie würde ihre Äpfel dorthin mitbringen. Ein kleines Stück aus ihrer Heimat, ein bisschen Geschmack aus einem Land, das verloren war.

Schnell schnitt sie von jedem Baum einige Reiser. Dick wie ein Bleistift, nur eine Handbreit lang. Wenig Gepäck. Leicht genug, um es in den Rucksack zu packen, wenn sie Abschied nehmen mussten.

Während sie die kleinen Aststücke abschnitt, wurde es am Horizont immer heller. Es war kein Granatenfeuer, sondern wirklich nur die Sonne. Die würde an jedem Ort der Welt so zuverlässig aufgehen wie hier.

ZWEI

Heiligabend begann mit einem eisigen Schneesturm, der dafür sorgte, dass Ulla erst am frühen Nachmittag mit der Kleinbahn in Mandeln ankam. Die wenigen Meter vom Bahnhof bis zur Meierei hatten gereicht, um den Schal vor ihrem Gesicht festfrieren zu lassen.

Marie hatte den ganzen Morgen immer wieder aus dem Küchenfenster gespäht, um die Ankunft ihrer mittleren Tochter auf keinen Fall zu verpassen. Als dann die Tür aufflog, war sie doch überrascht.

»Endlich!«, jubelte sie und nahm Ulla in den Arm. Es war ihr egal, dass der Schnee auf Ullas Jacke in der warmen Stube sofort schmolz und nasse Flecken hinterließ.

Ulla warf ihren schweren Rucksack in die Ecke, schälte sich aus ihrem dicken Wintermantel und ließ sich wenig elegant auf einen der Küchenstühle fallen. »Ich könnte ein ganzes Schwein auf einen Sitz essen!«, behauptete sie.

Feine Bewegungen und eine besonders gewählte Ausdrucksweise waren noch nie Ullas Stärken gewesen. Die Zeit beim Reichsarbeitsdient hatte ihr Benehmen offensichtlich nicht verbessert.

Marie umschloss die Hände ihrer Tochter. »Haben sie dir etwa nichts zu essen gegeben? Für die Fahrt?«

Ulla schüttelte den Kopf. »Auf dem Hof gibt es nur wenig, meistens Grütze mit gestockter Milch oder ähnliche Schrecklichkeiten. Und für die Fahrt gab es nichts. Und ich bin seit gestern Nachmittag unterwegs!«

»Na, heute wirst du bestimmt satt!«, versprach Marie.

»Ich habe einen Hirsch erlegt!«, erklärte Reinhold mit unverhohlenem Stolz in der Stimme.

»Und ich habe ihm geholfen!« Ruth kam in die Küche und nahm ihre Schwester in den Arm. »Na ja, wenn ich ehrlich bin: Ich habe ihm Kandiszucker gereicht, als er müde geworden ist. Und bin mit ihm der Spur gefolgt, als er das Tier nur angeschossen hat. Zum Glück hat der Geselle sich zwei Kilometer weiter dann doch hingelegt und ist gestorben.«

»Heute gibt es die Leber!«, rief Luzie.

Ulla beugte sich zu ihrer kleinen Schwester. »Du bist aber groß geworden! Was bekommst du denn hier zu essen? Das Mastfutter für die Schweine?«

»Nein!« Luzie schüttelte heftig den Kopf. »Aber wir haben Kartoffeln! Die sind so lecker.«

Ulla sah in die Runde und strich sich die feuchten, dunklen Locken aus dem Gesicht. »Ihr habt keine Ahnung, wie schön es ist, wieder hier zu sein.«

»Erzähl!«, rief Ruth. »Wie ist es dir ergangen in den letzten Monaten? Musstest du hart arbeiten? Sind sie nett zu dir? Hast du vielleicht jemanden kennengelernt …?«

Ulla machte eine wegwerfende Handbewegung. »Ich kann jetzt prima Brot backen, den Stall ausmisten und Zuckersirup aus Rüben machen. Ratet mal, was ich euch mitgebracht habe!« Sie griff in ihren Rucksack und förderte eine Glasflasche mit einer dunklen Flüssigkeit zutage. »Zuckerrübensirup. Damit kann man wirklich alles süß machen. Ich mache euch heute Abend einen süßen Pudding. Ihr werdet staunen, wie gut das schmeckt!«

Ihre Augen leuchteten, während sie in die Runde sah.

Luzie klatschte in die Hände. »Oh, das wird fein! Wir haben auch Plätzchen gebacken!«

»Aber jetzt wird es erst einmal Zeit, dass du deine Sachen in dein Zimmer schaffst«, erklärte Marie. »Vielleicht möchtest du dich auch ein bisschen waschen nach der langen Fahrt? Oder ausruhen vor dem Fest?«

Ulla nickte nur, nahm ihren Rucksack und lief die Treppe nach oben in ihr altes Zimmer. Ihre Schritte im oberen Stockwerk waren gut zu hören. Nachdenklich sah Marie ihr hinterher. Ulla war eine gute Seele, aber seit ihrer Kindheit zog sie das Missgeschick an wie der süße Kuchen die Wespen. Marie wurde das Gefühl nicht los, dass sich daran nichts geändert hatte.

Sie legte ihre Hand auf Reinholds Schulter. »Wann wollen wir ...?«

»Heute nicht.« Abrupt stand er auf. »Lass uns heute Abend noch die Gemeinsamkeit genießen. Morgen ist es früh genug für die Wahrheit.«

Er vergeudet wertvolle Zeit, dachte Marie bei sich. Wir könnten schon planen. Mit den großen Mädchen alle Einzelheiten durchgehen. Stattdessen wollte er die heile Welt bewahren. Auch wenn sie schon nicht mehr existierte. Aber sie nickte nur. »Wenn du meinst.«

Damit verschwand sie in die Küche, wo sie gemeinsam mit Ada den Rotkohl raspelte, in dem letzten Gänsefett anbriet und dann mit viel Majoran auf den Herd stellte. Dazu sollte es Kartoffeln und die Hirschleber geben. Den Rest des Hirsches wollte sie in den nächsten Tagen zusammen mit fettem Schweinefleisch zu einer Dauerwurst verarbeiten. Für unterwegs. Wann auch immer es so weit sein mochte.

Später kam Ulla dazu und machte einen süßen Pudding. »Das wird mit dem Apfelkompott ein besonders festliches Nachtsteigerle«, verkündete sie, während sie fleißig rührte. »Du hast doch bestimmt noch Kompott?«

»Aber sicher«, meinte Marie. Das konnten sie ohnehin nicht mitnehmen, also war es besser, sie genossen es jetzt noch.

Als die Dämmerung über das verschneite Land hereinbrach,

gingen sie in die kleine Kirche – und später beschenkten sie sich unter dem Baum mit neu gestrickten Pullovern, Socken, Äpfeln und Nüssen. Für Luzies Stofftier hatte Marie eine kleine braune Weste gestrickt. Das rosa Schwein saß neben den anderen Geschenken unter dem Baum. Das war beileibe kein praktisches Geschenk. Aber hatte das kleine Mädchen nicht ein bisschen echte Weihnachten verdient?

Reinhold zog eine kleine Schachtel hervor. »Seht, was ich in den letzten Tagen bekommen habe«, flüsterte er, als er sie öffnete.

Weiße Herzen mit einem braunen Rand, süß duftend. »Vater, wo hast du denn jetzt noch Marzipan herbekommen? Mandeln gibt es nicht. Rosenwasser auch nicht. Und Puderzucker …«

»Das bleibt mein Geheimnis«, erwiderte Reinhold lächelnd. »Aber ich habe für jeden ein Stück. Weihnachten ohne Marzipan – das darf es doch nicht geben!«

Andächtig biss Marie von ihrem Herzen ab. Die Mandeln waren mit irgendetwas gestreckt, was ganz bestimmt keine Mandeln waren. Und der Zucker knirschte zwischen den Zähnen. Aber es war süß – und schmeckte fast nach Frieden.

Den Rest des Abends sangen sie Weihnachtslieder. Ruth stimmte dafür ihre Geige, Ulla setzte sich an das alte Klavier.

Während Marie die vertrauten Weisen sang, betrachtete sie ihre Familie. Lohnte es sich, die Geige mitzunehmen? Das Klavier musste hierbleiben. Wo würden sie im nächsten Jahr Weihnachten feiern? Und wer würde in diesem Haus leben und das Klavier und die Möbel benutzen?

»*Als der Herr vom Grimme befreit,*
in der Väter urgrauer Zeit,
aller Welt Schonung verhieß …«

Auch wenn das Lied es versprach: Die Welt würde nicht verschont werden, davon war Marie überzeugt.

Sehr viel später gingen sie alle zu Bett. Marie gab Reinhold einen Kuss. »Du hattest recht. Es war viel besser, heute Abend noch friedlich Weihnachten zu feiern. Schon morgen ist alles vorbei.«

Er legte seinen Arm um sie. »Nichts ist vorbei. Wir müssen vielleicht ein Weilchen fort, aber wir kommen bestimmt wieder zurück. Dann müssen wir nur ein bisschen aufräumen und können bald unser Leben weiterleben.«

»Glaubst du das wirklich?«

Er schwieg. So lange, dass Marie fast schon glaubte, dass er eingeschlafen sei.

»Ich will es glauben«, sagte er schließlich. »Alles andere wäre schrecklich. Das hier ist doch mein Land, meine Meierei. Was soll daraus werden, wenn wir nicht mehr da sind? Und was soll aus uns werden?«

Sie schmiegte sich an ihn. »Dann will ich das auch glauben. Aber versprich mir, dass wir morgen unseren Töchtern erzählen, dass wir gehen müssen. Gehen, um wiederzukommen. Irgendwann. Wenn der Wahnsinn vorbei ist.«

Der nächste Morgen brach mit einem strahlend blauen Himmel an. Die Schneekristalle tanzten im Wind und legten sich an die Fensterscheiben. Brot, Milch, Kaffee und Eier – ein festliches Frühstück, das sich alle schmecken ließen.

Marie sah Reinhold an und nickte ihm zu.

Er holte tief Luft. »Ihr habt es wahrscheinlich schon geahnt. Oder euch selber gefragt, wann wir endlich eine Entscheidung fällen. Und jetzt sind wir sicher: Wir müssen fliehen.« Schweigen breitete sich in dem Esszimmer aus. Langsam legten die beiden älteren Schwestern ihr Besteck zur Seite. Ada Kanzler sah erschrocken aus – ihr wurde wahrscheinlich erst in diesem Augenblick klar, dass sie damit auch ihr Quartier verlor. Nur die Standuhr in der Zimmerecke tickte weiter.

»Wir haben keine Wahl mehr«, erklärte Marie. »Es hat keinen Sinn zu warten, bis es zu spät ist.«

Ulla knetete ihre Hände und sah starr auf den Boden. Ruth biss sich auf die Lippen. Beide sagten kein Wort.

»Wir haben noch ein wenig Zeit«, ergänzte Reinhold. »So können wir noch einiges vorbereiten und genau überlegen, was wir mitnehmen.«

»Zum Glück haben wir den Laster«, murmelte Ruth. »Oder wenigstens die Pferde, wenn es kein Benzin mehr gibt.«

Alle nickten und betrachteten die Kerzen am Weihnachtsbaum. Sie rußten und flackerten, weil sie aus billigem Talg gemacht worden waren, aber verbreiteten immerhin ein wenig Stimmung.

»Wohin fliehen wir denn?«, fragte Luzie. »Ist das wie Sommerfrische? Fahren wir ans Meer?«

Reinhold sah seine Jüngste an, die ihn aus ihren großen blauen Augen neugierig anblickte, und streckte seine Hand aus. »Komm her, meine Lusche. Ich erkläre es dir.«

Die Kleine stand auf, kletterte auf seinen Schoß und schmiegte sich an ihn. »Also, wo fahren wir hin?«

»Das wissen wir noch nicht. Wir wissen auch noch nicht, wann es genau losgeht. Aber hier können wir nicht bleiben. Hierher kommt bald der Krieg. Und mit ihm kommen Soldaten…«

»Mit Speck?« Die Vierjährige schien sich genau an die Nacht mit den frierenden Soldaten zu erinnern.

Reinhold schüttelte den Kopf. »Kein Speck. Ich denke, die sind nicht so nett. Es sind Russen, denen haben wir viel Land weggenommen. Und jetzt wollen sie unser Land haben. Da ist es besser, wenn wir nicht da sind. Die sind böse auf uns, glaube ich.«

»Und wenn sie nicht mehr böse sind, dann gehen sie wieder. Oder?«

Reinholds Blick suchte den seiner Frau. »Ja, das hoffen wir. Und dann kommen wir wieder zurück.«

Das neue Jahr begann mit Frost und Schnee.

Marie packte ihren Rucksack immer wieder neu. Die wenigen Bilder aus der Kindheit ihrer Kinder, Dauerwurst, warme Kleidung, eine kleine Holzkiste mit den in Wachstuch gewickelten Reisern, Wolldecken. Die Aussteuer der Mädchen war schon längst verschickt, jetzt folgte das sorgfältig verpackte Porzellan – es sollte zu einer Tante nach Berlin. Schlesien galt nicht mehr als sicher, aber die Hauptstadt würde nicht fallen, das konnte sich keiner vorstellen.

Jeden Abend hörten sie im Rundfunk die Nachrichten. Berichte vom heroischen Kampf westlich von Königsberg. Die Deutschlandhymne kam Marie immer mehr wie eine Todeshymne vor. Ob heldenhafter Kampf oder Rückzug: Der Landweg Richtung Westen wurde immer gefährlicher. Wie sollten sie jetzt durchkommen, wo der Weg mitten durch die Front führte? Doch wie sollten sie sich sonst in Sicherheit bringen?

Nicht einmal die Aufforderung an die Bevölkerung zur Räumung Ostpreußens weckte Reinhold und Marie aus ihrer Schreckstarre. Dazu war ein Brief nötig, in dem die Evakuierung von Marie und Luzie angeordnet wurde. Sie sollten sich am nächsten Tag am Hafen von Königsberg einfinden.

»Wir fliehen alle zusammen!« Reinhold sah seine Familie an ihrem letzten Abend in Mandeln eindringlich an. »Die großen Mädchen passen auf Mutter und die kleine Luzie auf. Und wenn ihr euch verliert, dann schlagt ihr euch zu Tante Elise in Berlin durch. Jeder von euch muss die Adresse auswendig lernen.«

»Was wird denn aus … all dem hier?« Ruth machte eine unbestimmte Handbewegung, die wohl alles umfasste, was die Meierei in Mandeln ausmachte.

»Was nicht in den Rucksack passt, bleibt hier.« Reinhold nestelte einen Brief aus der Innentasche seiner Jacke. »Ich habe heute einen Brief bekommen. Ich muss mich morgen für den Volkssturm melden. Ihr müsst euch alleine auf den Weg machen. Das Gute daran: Ich kann weiter auf den Hof aufpassen.«

»Vati!«, rief Ulla. »Du hast Asthma. Du kannst doch nicht kämpfen! Vor allem nicht jetzt!«

»Ich fürchte, mein Asthma ist kein Argument mehr. Beim letzten Aufgebot darf auch einer mal nach Luft japsen. Unser Laster wird auf Holzgas umgerüstet, ich soll irgendetwas transportieren. Aber keine Sorge, morgen fahre ich euch erst einmal zum Hafen.«

Bis zu diesem Augenblick hatte Reinhold nicht einmal seiner Frau von dieser Einberufung erzählt. All die Jahre hatte seine Erkrankung ihn vor dem Soldatentum bewahrt – und Marie hatte mehr als einmal dem Schöpfer gedankt, dass er ihrem Mann diese schwache Lunge gegeben hatte.

Sie deutete auf den Brief in seiner Hand. »Seit wann hast du den schon?«

Ein Schulterzucken war die Antwort. »Der kam zusammen mit der Aufforderung zur Evakuierung für dich und Luzie. Ich wollte dir nicht noch mehr Sorgen machen.«

Langsam und tief atmete Marie ein. Was half es, jetzt zu jammern oder zu schimpfen? Morgen war nicht nur der Tag der Flucht, sondern auch der Tag der Trennung. Reinhold war bestimmt kein einfacher Mann, aber ein Leben ohne ihn? Noch letztes Jahr hatten sie ihre Silberhochzeit gefeiert, und sie war sich ganz sicher gewesen, dass sie irgendwann auch die goldene feiern würden …

Erst jetzt merkte sie, dass Luzie sich eng an sie drückte. »Darf Jolanthe mit?«, wisperte sie leise.

Das rosa Stoffschwein mit der braunen Weste umklammerte sie dabei fest mit beiden Händen. Sachte strich Marie Luzie über die rotblonden Haare. »Jolanthe darf mit, solange du sie tragen kannst.«

Luzie nickte ernst. »Gut. Ich passe auf sie auf!«

In der Zwischenzeit verteilte Reinhold die Reiselebensmittelmarken an seine Familie. »Die habe ich schon seit ein paar Monaten nicht mehr eingetauscht«, erklärte er. »Habe mir gedacht, dass wir die vielleicht brauchen können. Vielleicht könnt ihr dafür irgendwo unterwegs etwas erstehen.«

Irgendwann scheuchten Marie und Reinhold die drei Töchter ins Bett. »Es wird lange dauern, bis ihr wieder in einem anständigen Bett liegen könnt. Streckt euch noch einmal tüchtig aus!«

Die drei liefen die Treppe in das obere Stockwerk, dann wurde es still. Marie suchte nach einer passenden Formulierung. Etwas, was der Bedeutung der Stunde gerecht wurde. Aber ihr fiel nichts ein.

»Im Keller stehen noch Gläser mit Gänseklein und Schmalz«, sagte sie schließlich. »Davon kannst du noch ein paar Wochen essen. Kartoffeln sind auch genug da …« Sie legte ihre Hand auf seine. »Du passt doch auf dich auf? Versprichst du mir das?«

Er nickte nur. Reden war noch nie seine Sache gewesen.

Eine Weile saßen sie noch am warmen Ofen zusammen. Legten hin und wieder noch ein wenig Holz nach und schwiegen. Alles, was man sagen musste, war gesagt. Und so genossen sie nur die Gesellschaft des anderen. Bis Marie schließlich aufstand. »Ich versuche, noch ein wenig Schlaf zu kriegen. Wird ein langer Tag morgen.«

Reinhold nickte nur und blieb vor dem Feuer sitzen.

Als sie am nächsten Morgen aufwachte, war das Bett neben ihr immer noch kalt und leer. Marie fand ihn vor dem Ofen, so als hätte er sich die ganze Nacht nicht bewegt.

Sie machten sich Brote, die sie dick mit Gänseschmalz bestrichen, und legten den Proviant ganz oben in die schwer beladenen Rucksäcke. Dann zogen Marie und ihre Töchter mehrere Röcke, Pullover und Jacken übereinander, damit sie möglichst wenig Kleidung zurücklassen mussten. Luzie konnte kaum mehr laufen mit ihrem dicken Mantel, aber sie klammerte sich fest an ihr kleines Stoffschwein.

Irgendwann packten sie alles auf die Ladefläche ihres Lasters und kletterten in das Führerhäuschen. Als sie den Hof verließen, spähte Marie noch einmal aus dem Fenster. Ada Kanzler lehnte in der Tür und sah ihnen nach. Sie hatte sich in letzter Sekunde entschieden, doch in Mandeln zu bleiben.

Maries letzter Blick galt den kahlen Apfelbäumen.

Als sie sich eine halbe Stunde später dem Hafen näherten, kamen sie nur noch im Schritttempo voran. Hunderte, wenn nicht Tausende von Menschen drängten sich am Ufer.

»Wir müssen zum Hafenbecken 4!«, rief Marie.

Vorsichtig fuhr Reinhold weiter, bremste schließlich und drehte sich um. »Ab hier geht es nur noch zu Fuß weiter. Kommt, ich helfe euch!«

Er schulterte einen der Rucksäcke, pfiff nach seiner Hela, und bahnte sich einen Weg durch die Menschenmenge. Die anderen war ähnlich beladen wie sie. Marie und die Kinder folgten Reinhold, bis sie das Hafenbecken 4 erreichten. Hier lagen schwere, alte Kohlekähne und warteten auf ihre menschliche Fracht.

Marie reichte einem Soldaten ihren Brief mit dem Evakuierungsbefehl. Er las ihn durch und sah sie an. »Da steht Marie Adomeit und Tochter Luzie. Ich sehe drei Töchter.«

»Ein Fehler. Es sind drei Töchter.«

Einen Augenblick zögerte der Soldat, dann winkte er sie mit einer müden Bewegung zu einer Leiter, die in den Bauch des Kahns führte. »Steigen Sie ein. Der Kahn fährt nach Pillau. Da wird ein Geleitzug zusammengestellt.«

Reinhold sah seine Töchter eindringlich an. »Lasst Mutter nicht alleine. Und wenn ihr um etwas bitten müsst, dann mit einem lächelnden Gesicht. So kann man viel erreichen.«

Gefühlsausbrüche waren nie seine Sache gewesen – und jetzt wusste er nicht, was er tun sollte. Er rieb seine Hände an der Hose, dann bückte er sich, drückte die kleine Luzie. Hob eine Hand zum Winken und pfiff seiner Hela. Drehte sich um und ging, ohne seine Frau noch einmal anzusehen.

Marie starrte auf seinen Rücken. Wollte er ihr den Abschied leichter machen? Seine Tränen verbergen? Sollte sie ihm nachlaufen? Noch bevor sie sich rühren konnte, herrschte sie der Soldat an: »Jetzt aber schnell in den Kahn, wir können hier nicht ewig auf Sie warten. Los! Da wollen noch andere rein!«

So schnell es mit den schweren Rucksäcken ging, kletterten sie die Leiter nach unten. Auf den Boden des Kohlekahns war ein wenig Stroh aufgeschüttet, auf das sie sich setzen konnten. Marie blickte sich um. Alles, was sie sehen konnte, waren die glänzenden feuchten Wände, immer mehr Menschen und ein kleines Stück Himmel in der Öffnung über ihren Köpfen. Ein letzter Blick auf die Menschen am Hafenbecken oder die Stadt Königsberg war ihr verwehrt. Es wurde Nachmittag, der Kahn füllte sich an diesem eisigen Nachmittag immer weiter mit Menschen, die an den Leitern herabkletterten. Irgendwann wurde es eng, sie mussten immer dichter zusammenrücken. Eine dicke Frau presste sich so eng an Marie, dass sie ihren Geruch von Kohl, ungewaschenen Kleidern und fettigen Haaren riechen konnte.

Und dann, kurz bevor der Tag endgültig zu Ende war, ging ein Vibrieren durch den Kahn. Marie wusste: Jetzt legten sie ab. Sie dachte an den Anblick von Reinholds Rücken, wie er sich seinen Weg durch die Menschenmenge bahnte, weg von ihr. Ob er sich wohl doch noch einmal umgedreht hatte? Ihr Blick fiel auf die beiden großen Mädchen, die wortlos nebeneinandersaßen und mit glänzenden Augen in den dunkel werdenden Himmel sahen. Zwischen ihnen die kleine Luzie, die im Schlaf ihr Stoffschwein fest an sich gepresst hatte.

Die Kähne kamen ruhig und langsam voran, außer dem tiefen Vibrieren der Motoren und leisen Gesprächen der wach gebliebenen Passagiere war nichts zu hören. Sterne funkelten am Himmel.

Marie hing weiter ihren Gedanken nach. Mit jedem Meter, den sie sich von Königsberg entfernten, erschien ihr die Möglichkeit einer Rückkehr unwahrscheinlicher. Was würden die nächsten Tage bringen? Und wo würden sie nur landen?

Irgendwann döste sie ein. Als sie ihre Augen wieder öffnete, war der Himmel über ihr bleigrau, ihr Atem stand in kleinen Wolken vor ihrem Gesicht. Es war kälter geworden.

In Pillau mussten sie den Kahn so schnell wie möglich verlassen, denn er sollte sofort zurück nach Königsberg fahren und weitere Flüchtlinge über das Haff bringen.

Soldaten zeigten ihnen den Weg in Baracken. Jeder bekam ein Stück trockenes Kommissbrot und eine Schale mit dünner, warmer Suppe. Die vier Adomeits drängten sich in einer Ecke zusammen, löffelten ihr Frühstück und sahen sich um, während immer noch mehr Menschen in die Baracke kamen.

»Wann soll es weitergehen? Ob das irgendjemand weiß?«, wisperte Marie.

Ruth erhob sich und strich sich die Röcke glatt, bevor sie zu einem am Eingang stehenden Soldaten ging. Marie konnte nicht verstehen, was sie sagte. Sie sah nur, dass ihre Tochter mit freundlichem Lächeln nachfragte und der Soldat etwas erklärte, während er ratlos die Schultern hob.

Ruth bedankte sich mit einem kleinen Knicks bei ihm und kam dann zurück. »Er meint, dass sie jetzt einen Geleitzug aus mehreren Schiffen zusammenstellen. Der soll in den nächsten Tagen dann in Richtung Danzig aufbrechen.«

»Gibt es schon eine Vermutung, wann?« Marie sah ihre Älteste fragend an.

»Nein. Kann heute sein. Oder morgen. Oder übermorgen. Es kommt wohl darauf an, wann ausreichend Schiffe für einen Geleitzug zusammengekommen sind …«

Marie lehnte sich mit einem kleinen Seufzer zurück und ließ ihren Blick über die Reisenden gleiten. »Dann sollten wir uns wohl an all diese Menschen möglichst schnell gewöhnen, meinst du nicht?«

Das Warten begann. Mehrmals am Tag gab es Brot und

dünne Suppe, aber keine Auskunft über die Abfahrt. Es wurde Nacht und wieder Tag und wieder Nacht. Waren es drei oder vier Tage, bis mit einem Mal die Rufe laut wurden, dass sich alle zum Hafen begeben sollten?

Es war schon dunkel. Am Seehafen beleuchteten nur ein paar Lampen die großen Frachter, die hier auf sie warteten. Die rostigen Schiffswände glänzten nass, während die Flüchtlinge in langer Reihe über Leitern ins Innere kletterten. Die Frachter waren zwar größer als die Kohlekähne der ersten Fahrt, aber auch hier warteten nur graue, verklebte Strohschütten auf sie. Die Familie fand einen Platz fast direkt neben der Leiter.

Dieses Mal dauerte es nicht lange, bis die Frachter losgemacht wurden und in Richtung der offenen See Fahrt aufnahmen.

Nach ein oder zwei Stunden erhob Marie sich. Noch einmal wollte sie nicht fahren, ohne auch nur einen einzigen Blick auf die Umgebung zu werfen. Die drei Töchter schliefen bereits, und so kletterte sie leise die Leiter nach oben.

Oben standen einige Soldaten zusammen, rauchten und unterhielten sich halblaut. Dahinter beleuchtete der Mond die glatte Ostsee. In einiger Entfernung waren die anderen Schiffe des Geleitzuges zu sehen. Es sah so friedlich aus, ohne friedlich zu sein. In der Ferne war die Uferlinie schon nicht mehr zu erkennen.

So stand sie eine Weile in der Kälte, bis die Müdigkeit sie übermannte und sie wieder zu ihren Töchtern nach unten kletterte. Die beiden Großen schliefen tief und fest, nur Luzie wurde wach und übergab sich immer wieder in das Stroh hinein, auf dem sie lag. Marie streichelte ihrer kleinen Tochter über den Rücken. Es gab nichts, womit sie ihr helfen konnte.

Bei Tagesanbruch lief der Geleitzug in Neufahrwasser bei Danzig ein. Die Ankerkette rasselte ohrenbetäubend, dann kamen die Motoren zur Ruhe, und der Frachter lag still. Über ihren Köpfen tauchte ein riesiger Frachtkran auf und senkte sich in den Rumpf des Schiffes. Auf der Plattform des Krans drängten sich die Flüchtenden zusammen und wurden nach und nach auf die Mole gehoben. Dort wiesen ihnen Soldaten den Weg zu einer großen, zugigen Halle.

Sie hatten nicht einmal einen Platz gefunden, als es in den Lautsprechern knackte und eine knarzende Stimme erklärte, dass Halle 1 sofort wieder geräumt werden müsse. Die Eisenbahn stehe jetzt bereit.

Ein schier endlos langer Güterzug wartete am Gleis mit weit geöffneten Türen. Marie und ihre Töchter drängten sich in einen der Waggons, auch wenn geschimpft wurde, dass hier niemand mehr reinpasse. Aber mit ein wenig sanfter Gewalt fanden sie schließlich einen Platz, und als der Zug sich in Bewegung setzte, saßen sie auf ihren Rucksäcken.

Marie versuchte, aus dem kleinen Spalt an der Tür zu sehen. Sie erspähte nur riesige, frostige Felder und Wälder. Hin und wieder vereinzelte Häuser, dann wieder Landschaft. Der Zug schien ziellos dahinzufahren. Blieb stehen, setzte zurück und fuhr in eine andere Richtung. Blieb dann wieder stehen.

Der Durst quälte sie mit jeder Stunde mehr – und so sprang Ruth beim nächsten Halt auf.

»Ich gehe jetzt zum Dorf da drüben und suche nach etwas zum Trinken!«

»Was, wenn der Zug in der Zwischenzeit weiterfährt?«, gab Marie zu bedenken.

»Das passiert schon nicht, ich bin schnell. Und wir können hier nicht alle verdursten. Wenn etwas passiert: Wir sehen uns in Berlin ...«

Damit sprang sie aus dem Zug zu den vielen, die dort ihre Notdurft verrichteten oder einfach nur ihre Beine streckten. Besorgt sah Marie, wie Ruth sich in Bewegung setzte und in Richtung Dorf davonrannte. Sie war sportlich – aber ob sie bei der Kälte mit der dicken Kleidung schnell genug sein würde?

Nervös spielte Marie mit einem losen Faden. Täuschte sie

sich, oder setzte sich der Zug wieder in Bewegung? Die Räder knarzten, die Menschen neben dem Zug sprangen auf und kletterten, so schnell es ging, wieder in die dunklen Waggons zurück. In diesem Augenblick entdeckte sie Ruth. Sie hetzte über den gefrorenen Acker und presste dabei ein paar Pakete gegen ihre Brust. Immer schneller lief sie dem Zug entgegen, bis sie zuletzt von vielen helfenden Händen in den bereits fahrenden Zug gezogen wurde. Schwer atmend ließ sie sich fallen – und grinste doch über beide Ohren.

»Hat geklappt. Hab ich doch gesagt. Und die haben sogar unsere Reisemarken genommen!« Sie hielt einen großen Laib Brot, eine halbe Dauerwurst und eine Flasche Milch nach oben. »Damit halten wir bis morgen durch!«

»Das machst du nicht noch einmal, Ruth«, sagte Marie.

Doch ihnen blieb nichts anderes übrig. Niemand versorgte die Flüchtlinge auf der Reise. Wenn sie sich nicht selbst um Essen und Trinken kümmerten, würden sie niemals ihr Ziel lebend erreichen. Und so nahmen sie das Risiko der Exkursionen in benachbarte Dörfer auf sich – ohne die Garantie, ihren Zug wieder zu erreichen.

In ihrem Güterwaggon weinten am Anfang der Reise noch zwei Säuglinge. Irgendwann war es nur noch ein dünnes Wimmern, dann war nichts mehr zu hören. Bei einem der zahllosen Halts ließen die Mütter ihre Kinder einfach neben dem Gleis zurück, notdürftig mit ein paar Zweigen und ein wenig Schnee bedeckt. Marie zog immer wieder ihre kleine Luzie an sich. Die war so ruhig wie noch nie in ihrem Leben. Sie beobachtete das Geschehen rings um sich mit großen Augen und ließ ihr Schwein keine Sekunde aus den rot gefrorenen Fingern.

Nach drei Tagen verbreitete sich die Nachricht, dass der Zug jetzt die russische Umklammerung durchbrochen habe – sie seien in Sicherheit, auf der anderen Seite der Front. Von der Spitze beginnend pflanzte sich ein Lied nach hinten fort. Erst leise, dann immer lauter sang der Haufen verzweifelter Menschen zusammen *Lobe den Herren*.

Marie sang mit, obwohl sie das Gefühl hatte, dass der Herr ganz weit weg war. Warum mussten die kleinen Kinder sterben? Und der alte Mann, der irgendwann aufgehört hatte zu atmen? Und was war mit der Frau, die nur noch hysterisch schrie?

Zwei weitere Tage brauchte der Güterzug, bis sie in ihrem Zielbahnhof einliefen: Flensburg. Müde schleppten die vier Adomeits sich in eine Sporthalle, wo ein wenig warmes Essen, ein Tee, Strohsäcke und sogar eine Waschgelegenheit auf sie warteten. Marie nahm einen Bogen Papier aus ihrem Rucksack und fing an, ihrem Reinhold einen Brief zu schreiben. Fein säuberlich erzählte sie von den letzten Tagen und endete: »Ich hoffe, dieser Brief findet Dich bei bester Gesundheit. Wir können es kaum erwarten, wieder in Königsberg vereint zu sein. In Liebe, Marie und die Mädchen.«

Sorgfältig verklebte sie den Brief und brachte ihn zur Post. Merkwürdig, dass das noch funktionierte, während alles andere ringsherum zusammenbrach. Erst als sie von diesem Gang zurückkehrte, erlaubte sie sich, auf einem Strohsack in einen tiefen Schlaf zu fallen.

»Mutter Adomeit mit einer Tochter!«, rief ein Uniformierter am nächsten Tag in die Turnhalle.

Als Augenblicke später Marie, Ruth, Ulla und Luzie vor ihm standen, kratzte er sich nachdenklich am Kopf. »Ich sehe hier nur ein Kind und drei Frauen«, murmelte er. »Setzt euch erst einmal wieder!«

Marie starrte ihn an, ohne eine Miene zu verziehen. »Meine Mädchen sind noch keine Frauen. Sie können uns also ruhig eine Stelle für eine Frau mit einem Kind geben. Die Großen gehen mir dann zur Hand. Wo soll es hingehen?«

»Nach Eggebek. Dort holen euch die Bauern ab.« Er musterte noch einmal die Familie, die vor ihm stand, und zuckte schließlich mit den Schultern. »Mir soll es recht sein. Geht zum Bahnhof, und nehmt den Zug Richtung Süden.«

Die Fahrt nach Eggebek war ein Katzensprung, und tatsächlich standen dort mehrere Bauern mit ihren Kutschen bereit, um Flüchtlinge aufzunehmen. Wie merkwürdig, dass ein Reich zusammenbrach und die Organisation dieser Flucht trotzdem funktionierte.

Auch hier wurden sie aufgerufen und ihrem Quartier zugewiesen.

»Hof Jensen, Süderhackstedt!«

Vor ihnen stand ein magerer, älterer Mann, dem das Leben tiefe Furchen ins Gesicht gegraben hatte. Er sah sie überrascht an. »Drei Kinder haben Sie mitgebracht? Können die da oben nicht zählen?« Er schüttelte den Kopf. »Dann klettert mal hoch.«

Sie schoben ihre großen Rucksäcke auf die Ladefläche seiner Kutsche und setzten sich daneben. Aneinandergekauert sahen sie das erste Mal die fremde Landschaft: Wiesen mit frostigen Spitzen, dazwischen Wälle, auf denen Hecken wuchsen. Luzie sah sich alles mit großen Augen an und fragte irgendwann mit ihrer hellen Kinderstimme: »Warum haben die denn Hügel zwischen die Wiesen gemacht?«

Der Bauer drehte sich von seinem Kutschbock um und sah das kleine Mädchen ernst an. »Das sind Knicks. Die werden angepflanzt, damit uns die Saat nicht davonfliegt. Das hier ist die Geest, da wächst nicht viel. Und das wenige muss man festhalten.«

Damit drehte er sich wieder zu seinen Pferden um, schnalzte und ließ sie fleißig vorwärtstraben, bis sie einen Hof erreichten, der am Rand eins kleinen Dorfes lag.

Vor die Tür trat eine Frau mit verschränkten Armen und strengem Blick. In ihren Augen war keine Freundlichkeit zu entdecken. Ihre schwarze Kleidung und der straffe Dutt sorgten dafür, dass sie wie ein düsterer Engel an der Pforte zum Höllenfeuer wirkte. »Awer ji hebbt keen Lüüs, oder?«

Marie drückte ihren Rücken durch. Was für eine Begrüßung. Hatten die hier keinen Anstand? »Bis jetzt haben wir keine Läuse«, erklärte sie. »Kann ja noch kommen. Wir wissen ja nicht, was es hier so gibt.«

Die Bäuerin verzog bei der Beleidigung keine Miene.

»Sie kommen ins Altenteil«, erklärte sie auf Hochdeutsch. Sie ging voran zu einem kleinen strohgedeckten Haus, das ein bisschen abseits vom großen Hof lag. Eine alte Frau sah ihnen feindselig entgegen, drückte sich an ihnen vorbei und humpelte in Richtung Hof davon.

Marie sah verwundert hinter ihr her. Die Bäuerin Jensen beachtete sie nicht, drückte die Tür auf und ging voran.

»Bis eben hat Thilde hier gewohnt. Die Schwester von Carsten. Aber die Partei sagt, jetzt wohnen Sie hier.« Die Bäuerin deutete auf einige leere Bettgestelle, einen rostigen Herd, einen Schrank und ein paar wacklige Stühle mit einem Tisch. »Klo ist im Stall. Wasser auch. Zum Abendessen können Sie rüberkommen. Dat blifft awer nich so!«

Damit verschwand sie wieder.

Zum ersten Mal seit bald zwei Wochen war Marie alleine mit ihren Kindern. Sie ließ sich auf einen der Stühle fallen. Der knarzte zwar bedenklich, aber er hielt. Und es war der erste Stuhl nach all dieser Zeit.

»Wir werden uns einrichten«, murmelte sie. Um die Kinder zu beruhigen – und noch mehr sich selber. »Es wird sich schon alles weisen.«

Aber ihr war klar, dass sie ohne Geschirr, Töpfe oder auch nur Brennholz mitten im Februar auf das Erbarmen ihrer unfreiwilligen Gastgeber angewiesen waren. Der erste Eindruck ließ da nicht auf übertriebene Mildtätigkeit hoffen.

Sie zogen ihre Habseligkeiten aus den Rucksäcken. Wolldecken, ein wenig Kleidung zum Wechseln, alte Fotos und ganz unten die kleine Holzkiste, in dem die Reiser des alten Apfelgartens auf ein neues Zuhause warteten. Die stellte sie einfach in den Schrank. Erst einmal musste sie sehen, wie sie an warmes Essen kamen. Oder an saubere Wäsche.

Das erste Abendessen mit den Bauern verlief schweigend. Der dürre Bauer Carsten Jensen musterte nur hin und wieder die Frauen an seinem Tisch und schaufelte dann weiter das Essen in sich hinein. Seine Schwester, die sie offensichtlich aus ihrem Haus vertrieben hatten, funkelte sie böse an.

Nur Käthe Jensen, die sie so unfreundlich begrüßt hatte, konnte irgendwann ihre Neugier nicht mehr im Zaum halten. »Wo kommen Sie her?«

Marie erzählte in wenigen Worten von der Meierei, dem Gewächshaus, den Bienen und dem Laster. Käthe Jensen nickte nur. Als sie dann die Teller zusammenräumte, erklärte sie zum Abschied: »Ich habe Arbeit für Sie. Kommen Sie morgen früh, dann sehen wir weiter.«

An diesem Abend erschien Marie das Bett mit der Strohmatratze wie das Paradies. Endlich sich wieder ausstrecken, eine Decke benutzen und nicht die Geräusche und Gerüche von Dutzenden von fremden Menschen riechen und hören.

Sie sah an die Decke und lauschte auf den tiefen Atem ihrer drei Töchter. Es fehlte an so vielem, aber sie hatten überlebt. Das war schon mehr, als viele andere Familien sagen konnten.

Am nächsten Morgen fiel ein beharrlicher Graupelschauer aus dem grau verhangenen Himmel. Käthe Jensen empfing Marie in der Küche und zeigte auf den Herd. »Könnt ihr Brot backen? Dann macht mal. Soll für ein paar Tage halten.« Dann wandte sie sich an Ulla und Ruth: »Für euch kam heute früh der Postbote. Ihr müsst euch melden. Als Blitzmädels. Noch heute Nachmittag.«

Es war ihr nicht anzusehen, ob sie Mitleid mit den Flüchtlingen hatte, die nach einem einzigen Tag Ruhe schon wieder in den Dienst des Reiches treten sollten. Der Krieg war noch nicht vorbei. Nicht einmal an diesem entlegenen Fleckchen im Norden Deutschlands.

Unwillkürlich fassten Ruth und Ulla sich an den Händen. »Wo sollen wir denn hin? Was sollen wir machen?«

Ein einfaches Schulterzucken war die Antwort. »Woher soll ich wissen, was ihr da machen sollt? Mein Mann fährt euch wieder zum Bahnhof. Von dort geht es mit dem Zug weiter in die Grenzlandkaserne nach Glücksburg. Da sollt ihr zu Nachrichtenhelferinnen ausgebildet werden. Das ist alles, was ich weiß.« Sie griff in ihre Schürzentasche und förderte einen Brief zutage, der an Ruth und Ulla adressiert war. Dass er aufgerissen war, schien Käthe Jensen nicht einmal peinlich zu sein. »Hier, da könnt ihr es selber lesen. Carsten bringt euch in zwei Stunden. Hoffentlich habt ihr eure Rucksäcke noch nicht ausgepackt!«

Marie nahm den Brief an sich und las ihn noch einmal durch. Kopfschüttelnd gab sie ihn dann an Ruth weiter. »Frau Jensen hat recht. Ihr könnt hier nicht bleiben, ihr müsst euch melden.« Sie wandte sich an die Bäuerin. »Wo liegt denn dieses Glücksburg? Ist das weit?«

»Ach wo, ist gleich hinter Flensburg. Von Eggebek seid ihr da schnell mit dem Zug. Hätten sie euch aber auch gleich gestern hinbringen können. Als hätten wir nichts Besseres zu tun, als euch spazieren zu fahren …«

Marie sah ihre beiden ältesten Töchter an. »Na los. Geht wieder in das Häuschen, und packt eure Rucksäcke. Immerhin könnt ihr da zusammen hin, das ist doch schon mal etwas.«

Ruth nickte nur, drehte sich um und verschwand. Ihrer jüngeren Schwester liefen die Tränen über das Gesicht. »Jetzt haben wir die Zugfahrt gemeinsam überlebt und werden doch getrennt«, murmelte sie. »Was, wenn wir uns nie wiedersehen?«

Auf diese Frage gab es keine Antwort, dachte Marie. Aber ihre Töchter mussten gehen. Wenn die Partei rief, dann ließ man sie besser nicht warten.

Nur eine knappe Stunde später schirrte der Bauer wieder seine Gäule an. »Jetzt kommt schon, ich will zurück sein, bevor es dunkel wird!«

Die Rucksäcke flogen auf die Ladefläche, die beiden Mädchen kletterten hinterher, und noch bevor sie sich verabschieden konnten, knallte die Peitsche, und sie rollten vom Hof. Mit zugeschnürter Kehle sah Marie ihnen hinterher. Wenn dieser Krieg nur vorüber wäre – und die beiden wieder bei ihr wären. Und Reinhold dazu.

»Frau Adomeit? Kommen Sie? Der Backofen ist jetzt heiß!« Käthe Jensen ließ ihr keine Zeit für schwere Gedanken, ganz bestimmt nicht. Stattdessen stand sie auffordernd neben dem Bottich mit dem Teig. Marie rollte ihre Ärmel hoch und fing an, den schweren Teig noch einmal durchzukneten und dann zu kleinen Laiben zu formen. Wenigstens brachte sie die Arbeit auf andere Gedanken.

Luzie half ihrer Mutter, so gut es ging. Am Abend drückte Käthe Jensen ihnen ein kleines Brot und einen Liter Magermilch in die Hand. Die erste Mahlzeit, die sie mit der Arbeit ihrer Hände in der neuen Heimat verdient hatten.

Auf dem Weg zurück in das kleine Häuschen fiel Maries Blick auf einige verwilderte kleine Bäume, die sich am Rand des Grundstücks an einen Zaun lehnten.

»Nimm das, ich komme gleich nach!« Sie drückte Luzie das Brot und die Milch in die Hand und sah sich das Gestrüpp genauer an. Mit der Hand fuhr sie über die dünnen Äste und sah einen kleinen, vertrockneten gelben Apfel an einem der Zweige hängen. Wenn sie sich nicht irrte, dann waren das wilde Bäume. Niemals gepflegt und wahrscheinlich vom Wind an diese Stelle getragen. Sie dachte an die Reiser von ihren Apfelbäumen. Wenn die kleinen Aststücke die Flucht überlebt hatten, dann mussten sie bald einen neuen Ort finden. Wurzeln, Wasser, Licht und Sonne. Ob es wohl auffallen würde, wenn sie diese wilden Bäume ein wenig veredelte? Käthe Jensen sah nicht aus wie eine Frau, die täglich ihren Garten untersuchte. Sonst hätten diese traurigen Gesellen niemals hier Wurzeln geschlagen.

Ohne weiter nachzudenken, verschwand Marie in ihrem Häuschen und holte die Reiser aus dem Wachstuch. Mit einer schnellen Bewegung schnitt sie eines davon an, dann fuhr sie prüfend mit dem Daumen über die Schnittstelle. Es fühlte sich feucht an, gesund.

Mit geübten Schnitten bereitete sie die Wildlinge vor, setzte ihre Reiser auf und befestigte sie mit ein wenig Bast, den sie in die kleine Kiste zu den Reisern gelegt hatte. Es dauerte nicht einmal eine Stunde, bis die wilden Bäume allesamt ostpreußische Reiser trugen.

Als sie fertig war, verharrte Marie und sah sich ihr Werk noch einmal genau an. »Sind nicht unsere Wurzeln. Aber vielleicht sind es irgendwann unsere Blätter und Früchte«, murmelte sie.

DREI

An dem dürren Zweiglein streckte sich eine weiß-rosa Blüte der schwachen Sonne entgegen, umgeben von ein paar zartgrünen Blättern. Sie hatte sich aus einem ihrer ostpreußischen Reiser ans Licht gekämpft.

Maries Hände krampften sich um den Brief, den sie in der Hand hatte. Reinhold hatte geschrieben – von Kämpfen und Schüssen und Gefahr. Aber auch vom Hof, von Vorräten, die er ihnen leider nicht nach Schleswig-Holstein schicken konnte. Von der Hoffnung, dass sie schon bald zurückkehren konnten. Oder gemeinsam irgendwo einen Neubeginn wagen, »wenn es hier doch nichts mehr wird«.

Der Brief hatte aus dem von russischen Truppen umschlossenen Königsberg vier Wochen nach Süderhackstedt gebraucht. Ein Blatt Papier, das trotz aller Not und Verwirrung seinen Weg gefunden hatte. Sie beugte sich vor und roch an der zarten Blüte. Solange kein Apfel daraus wurde, konnte sie nicht sagen, welche Sorte sie da vor sich hatte.

»Frau Adomeit?«

Käthe Jensen stand in der Tür ihrer Küche. »Können Sie bitte mal kommen?«

Marie steckte den Brief schnell in die Tasche ihrer Schürze und wischte sich die Hände ab. »Was gibt es?«

Die Bäuerin deutete auf ein leeres Fass. »Das hat mein Mann auf dem Markt bekommen. Es ist nichts Besonderes, da waren

Heringe drin. Aber wenn man es tüchtig schrubbt und mit Seife bearbeitet, dann könnten Sie es vielleicht als Waschzuber verwenden. Dann müssten Sie sich beim Waschtag nicht immer einen ausleihen ...«

»Das ist wunderbar, vielen Dank. Zusammen mit dem Geschirr und den Töpfen aus dem aufgelösten Arbeitsdienst komme ich bald zu einem richtigen Hausstand.«

»Dann ist die nahende Front ja doch zu etwas gut«, entgegnete die Bäuerin. »Obwohl ich immer noch nicht verstehe, warum die in den Baracken einfach alles zurückgelassen haben. Kommen Sie nachher rüber? Wird Zeit für den Frühjahrsputz, da kann ich jede Hand gebrauchen.«

»Sicher, ich schaue nur eben, wo meine Luzie steckt.« Marie sah sich suchend im Garten um. »Je älter sie wird, desto mehr ist sie unterwegs.«

Während sie suchte, hörte sie das Geräusch von Flugzeugen, die in Formation über den Himmel brummten: Alliierte auf dem Weg nach Osten oder Süden. Dahin, wo die Kämpfe noch tobten und allmählich näher kamen. Sogar an diesem gottverlassenen Flecken Erde irgendwo zwischen den Meeren war der Krieg angekommen. Von ihren beiden Töchtern in Glücksburg hatte sie nichts mehr gehört, seit sie aufgebrochen waren. Sie konnte nur darauf hoffen, dass diese Flugzeuge ihre Bombenlast nicht dort abwarfen.

Im Haus hörte sie ein leises Geräusch unter dem Bett. Vorsichtig kniete sie sich hin und blickte darunter – und sah direkt in die Augen von Luzie.

»Was machst du denn hier?«, fragte sie leise.

»Ich versteck mich!« Die Stimme des Mädchens klang weinerlich.

»Und vor wem versteckst du dich?«

»Thilde hat gesagt, sie schneidet mir die Haare ab. Wegen der Läuse. Dabei habe ich keine. Bestimmt nicht. Das darf die doch nicht, oder, Mama?«

Vorsichtig streckte Marie ihre Hand aus und streichelte Luzie über den Rücken. »Nein, das darf sie nicht. Aber Thilde ist immer noch böse, weil sie denkt, dass wir sie aus dem Haus vertrieben haben. Das musst du verstehen. Für alte Leute ist es schwer, wenn sich alles ändert.«

»Aber bei ihr hat sich doch gar nicht alles geändert. Sie musste doch nur über den Hof ziehen. Das ist doch nicht schlimm, oder?« Immer noch kämpfte die Kleine mit den Tränen.

»Nein, das ist nicht so schlimm.« Marie umschloss die kleine Hand von Luzie. »Aber jetzt komm mit. Heute ist Großputz bei Frau Jensen, da wollen wir helfen. Wir müssen uns doch unser Essen verdienen, da darfst du nicht einfach hier unter dem Bett liegen.«

»Auch nicht, wenn Thilde so böse ist?« Sie versuchte, ihr die Hand zu entziehen.

»Auch dann nicht.« Marie griff fester zu und zog das widerstrebende Mädchen unter dem Bett hervor. »Da gibt es jetzt keine Diskussion. Wir sind hier nur zu Gast. Und uns fehlt die freundliche Einladung.«

In den nächsten Tagen waren immer mehr Flugzeuge zu hören. Einige Kilometer entfernt flogen wohl einige Bomben, aber am Leben in Süderhackstedt änderte sich dadurch nichts. Marie nahm jede Arbeit an, die Käthe Jensen ihr aufgab: Ausmisten, Putzen, Backen, den Garten umgraben oder auch beim Schlachten des Schweins helfen – sie krempelte die fadenscheinigen Ärmel ihres Pullovers hoch und packte an. Ganz bald würde es wieder nach Hause gehen, zurück in das friedliche Mandeln, wo Reinhold auf sie wartete. Da war sie sich sicher.

Als Belohnung für die Arbeit erhielt sie die Erlaubnis, sich einen eigenen Gemüsegarten anzulegen. Am abgelegenen Ende des Gartens, direkt bei den wilden Apfelbäumen, auf denen die Reiser alle so wunderbar angewachsen waren. Hier pflanzte sie Kartoffeln, säte Bohnen und freute sich, dass die Rüben so gut wuchsen. Jeden Abend lief sie nach der Arbeit noch einmal in ihren Gemüsegarten und kümmerte sich darum, dass auch jede einzelne Pflanze ausreichend Wasser und Sonne bekam.

»Frau Adomeit? Frau Adomeit!« Käthe Jensen stand vor der Haustür und winkte aufgeregt. »Eben war es im Radio: Der Krieg ist vorbei! Und der Führer ist tot!«

Marie sprang auf ihre Füße und rannte zu der Bäuerin. »Ist das wirklich wahr? Das ist auch bestimmt nicht nur so eine Nachricht, die dann doch nicht stimmt?«

Aus der Stube hörte man das laut gestellte Radio. Die Bäuerin deutete mit dem Daumen über ihre Schulter. »Aus unserem Radio wird doch kein Unfug kommen, Frau Adomeit! Das muss wahr sein!«

»Frieden …«, murmelte Marie. »Wie sich das anhört …«

»Wie uns wohl die Tommys behandeln? Die haben bei uns doch jetzt das Sagen.«

»Besser als die Russen, die bei uns zu Hause sind.«

Käthe Jensen nickte. »Nichts ist so schlimm wie die Russen.«

Noch am selben Abend näherten sich zwei Gestalten mit schweren Rucksäcken: Ruth und Ulla in ihren Uniformen als Nachrichtenhelferinnen. Beide waren dünner geworden in Glücksburg, aber jetzt standen sie strahlend in der Stube. Ruth hob einen Packen aus Stoff hoch. »Viele habe sofort ihre Uniform abgelegt, aus Angst vor den Tommys. Aber wir haben alles eingesammelt. Daraus kann man doch bestimmt noch etwas machen, oder nicht?«

Sie hatten auf dem Weg sogar noch ein paar der immer noch gültigen Lebensmittelmarken aus Königsberg in Milch, Zucker, Mehl und ein wenig Speck getauscht und zogen ihre Schätze jetzt stolz aus den Rucksäcken. Marie schloss beide in die Arme. »Ihr seid wahnsinnig! Und das habt ihr alles geschleppt? Vom Bahnhof bis hierher?«

»Das war nicht so schlimm. Das Wetter ist ja nicht mehr so

hart wie im Winter.« Ruth sah ihre Mutter prüfend an. »Hast ganz schön graue Haare gekriegt.«

»Das ist doch egal. Hauptsache, wir sind wieder zusammen«, erklärte sie, während Luzie um sie herumtanzte. »Über Morgen denken wir morgen nach. Und wie es weitergeht.«

Etwas überrascht sahen Ruth und Ulla sich an. »Was meinst du damit? Bleiben wir nicht hier?«

Ein Schulterzucken war die Antwort. »Ich weiß es noch nicht. Warten wir doch ab, was passiert. Und was Vater in seinem nächsten Brief schreibt. Jetzt, wo Frieden herrscht, können wir ja vielleicht wieder nach Hause ...«

»Zum Russen?« Ruth sah ihre Mutter kopfschüttelnd an. »Wir sollten froh sein, dass wir nicht miterleben mussten, was die Russen getan haben. Wir haben gehört, dass sie wie die Wilden über die Frauen hergefallen sind. Nein, da wollen wir wirklich nicht hin. Es muss einen anderen Ort geben, an dem wir leben können. Warum nicht hier?«

»Weil ich denke, wir sind hier nicht willkommen ...« Marie sah auf ihre Hände mit den roten, rauen Knöcheln. Der gestrige Waschtag hatte seine Spuren hinterlassen. Das war nicht schlimm, in Mandeln war das keinen Deut besser gewesen. Aber dieses Mal war es nicht die Wäsche ihrer Familie gewesen. Sondern die Wäsche der Jensens. Erst als deren Wäsche sauber war, durfte sie die dreckige Lauge ins alte Heringsfass füllen und darin ihre eigene Kleidung waschen.

»Wir werden sehen, wie es weitergeht«, wiederholte sie schließlich.

In den nächsten Wochen waren die Adomeits als Helferinnen bei den Bauern begehrt. Ob auf den Feldern Möhren verzogen oder Rüben gehackt werden mussten, ob Hilfe in der Küche oder bei den Kühen im Stall gebraucht wurde – es sprach sich herum, dass Marie, Ruth und Ulla für ein paar Kartoffeln oder wenige Pfennige anpackten.

Es wurde Sommer, und kein Tag verging, an dem Marie nicht

nach dem Brief in ihrer Schürze griff. Warum nur hörte sie nichts von Reinhold? War er bei den Russen in Kriegsgefangenschaft geraten?

Immerhin kam ein Brief von Ada Kanzler, die wenige Tage nach ihnen geflohen und ebenfalls in Schleswig-Holstein gestrandet war. Sie erzählte, dass sie sich von Reinhold bei bester Gesundheit verabschiedet habe. Im Krieg konnte sich so etwas schon einen Tag später wieder ändern – und doch klammerte Marie sich an diese Neuigkeit aus Mandeln. Wenn er nur in Gefangenschaft war, dann musste sie sich wohl in Geduld üben, bis sie auch nur ein Lebenszeichen erhalten würde.

Bis dahin reichte das Tageslicht kaum, um alle Arbeiten zu erledigen: Heuernte, Kartoffelernte, das Einkochen von Zuckerrübensirup und das Spinnen von Wolle. Ihre Kleidung aus Mandeln wurde schnell dünn und fadenscheinig bei der Arbeit. Die Sachen, die Ruth und Ulla mitgebracht hatten, waren schnell so löchrig wie die Sachen aus der alten Heimat. Eines Tages entdeckten sie auf einem Feld einen Haufen Uniformen. Vermutlich hatten sich die Soldaten auf dem Heimweg aus der Gefangenschaft der verhassten Hosen und Jacken entledigt. Für Marie und ihre Töchter ein wahrer Segen: Sie nähten sich praktische Arbeitskleidung und konnten damit ihre guten Röcke und Pullover aus der Heimat ein wenig schonen. Gleichzeitig gab ihnen Käthe Jensen für die Spinnarbeit immer wieder Wolle mit, aus der sie sich sogar neue Pullover stricken konnten.

Sehr viel schwieriger war es mit der Unterwäsche. Der feine Stoff aus den Geschäften war einfach unerschwinglich. Eines Tages entdeckte Ruth das Bindegarn, mit dem im Sommer die Heu- und Strohballen zusammengebunden wurden. Es war aus grauem Papier, fest gedreht und haltbar. Aus diesem Garn ließen sich tatsächlich BHs, Höschen und sogar Binden stricken. Diese »Wäsche« war zwar hart und unbequem – aber besser als nichts.

Carsten Jensen hatte beobachtet, dass der Gemüsegarten

seiner ostpreußischen Untermieter reichlich Ernte brachte. Aus Gründen, die er nicht einmal ahnen konnte, trugen sogar die wilden Apfelbäume am unteren Ende einige wenige Früchte von ansehnlicher Größe.

»Da haben Sie wirklich ein Händchen für«, meinte er, wenn er am Zaun lehnte und in der Abendsonne zusah, wie Marie noch ein wenig den Boden hackte.

Sie sah müde zu ihm auf. »Das Händchen hätte jeder, wenn er sein Händchen nur bewegen würde.«

»Nein.« Der Bauer schüttelte den Kopf. »Unsere Frauen sagen, dass hier auf dem Boden nicht viel wächst. Das haben sie schon ausprobiert.«

»Dann haben sie es wohl nicht hart genug probiert.« Marie wischte ihre Hände ab und sah sorgenvoll gen Horizont. »Ich frage mich, was ich im Winter machen soll, um nicht zu frieren. Haben Sie eine Idee? Kann ich irgendwo Brennholz lagern?«

»Wenn Sie wollen, können Sie in dem Wäldchen dort drüben Holz sammeln. Da liegen immer trockene Äste vom Winter herum.«

Marie hatte in der Nähe des Hofes noch keinen Wald gesehen, der diesen Namen verdient hätte. »Wo soll das denn sein?«, wollte sie wissen.

»Na, so eine Stunde Fußmarsch entfernt. Wenn Sie genug Holz beisammenhaben, dann können Sie meine Kutsche nehmen. Dann müssen Sie nicht frieren im nächsten Winter.«

»Vielen Dank. Das schaue ich mir gleich morgen an«, entgegnete Marie.

Gemeinsam mit Luzie wanderte sie nach dem Frühstück den Weg entlang, den der Bauer ihr beschrieben hatte. Tatsächlich: Sechs oder sieben Kilometer vom Hof entfernt lag ein kleines Wäldchen. Ein schmaler Pfad wand sich zwischen den Bäumen dahin.

Verwirrt sah Marie sich um. Der Waldboden wirkte so sauber, als hätte ihn jemand gefegt. Was immer Bauer Jensen hier vermutete – es war nicht da. Probeweise zog Marie an einem der trocken aussehenden Äste. Er gab nicht nach und würde es auch dann nicht tun, wenn ein Orkan durch die Bäume tobte.

Mit einem Seufzer griff Marie nach Luzies Hand. »Komm. Wir sind zu spät. Wenn es hier jemals etwas gab, was wir brauchen könnten, dann haben es schon andere eingesammelt. Lange, bevor wir überhaupt wussten, dass es hier Holz geben könnte.«

Sie war davon überzeugt, dass die vielen Flüchtlinge, die man auf die schleswig-holsteinischen Dörfer verteilt hatte, schon Holz geholt hatten. Viel zu spät hatte sie an den kommenden Winter gedacht – und jetzt waren die Holzvorräte längst aufgeteilt.

Auf dem langen Rückweg spürte sie, wie ihre Hoffnung mit jedem Schritt tiefer sank. Sicher, sie hatten während der Ernte auch Kartoffeln geschenkt bekommen. Aber wo sollten sie die lagern? Das Altenteil hatte keinen frostsicheren Keller, es hatte ja kaum einen funktionierenden Herd. Sie hatten die Knollen unter die Betten geschoben und auf das Beste gehofft. Aber was, wenn sie keimten? Unbrauchbar wurden, bevor der Winter vorbei war?

Der Winter würde kommen und kein Erbarmen mit ihrer Familie haben.

Es wurde kälter, als sie erwartet hatten.

Der erste Schneesturm kam im November über das Land. Fegte die Felder blank und sammelte sich an den Knicks zu hohen Haufen. In ihrer kleinen Kate war es so kalt, dass sie im Schlafzimmer Mützen trugen und die wollenen Socken und Unterröcke lieber anbehielten. Zumindest trieben die Kartoffeln und die Rüben unter dem Bett nicht aus – denen war es auch zu kalt.

So viel sie im Sommer auch zu tun gehabt hatten: Jetzt spannen sie nur ab und zu ein wenig Wolle, strickten für sich und andere warme Kleidung und knüpften aus den Strohbändern haltbare Taschen.

Die kurzen Tage vergingen schnell. Aber die langen Abende und noch kälteren Nächte zogen sich endlos.

Eines Abends setzte sich Marie an den kleinen Tisch und verfasste eine Suchanzeige für das Rote Kreuz. In der Zeitung hatte sie gelesen, dass man sich bemühte, Familien wieder zusammenzubringen. Über den halben Kontinent verstreut waren Kinder, Mütter, Väter und Geschwister, die nicht mehr wussten, wo sie ihre Lieben wiederfinden konnten. Vielleicht war ja auch Reinhold irgendwo verloren gegangen? Oder das Rote Kreuz hatte Einblick in die Listen der russischen Kriegsgefangenen? Womöglich war er in irgendeinem Lager vergessen worden?

Sorgfältig schrieb sie alles auf, was ihr irgendwie wichtig erschien. Sein Aussehen, sein letzter Aufenthaltsort, sein Asthma, seinen kleinen Lastwagen und sogar seine Jagdhündin Hela. Als sie die Anfrage in einen Umschlag steckte und zur Post trug, kam es ihr vor, als ob all ihre Hoffnung in diesem einen Brief steckte.

Später an diesem Abend lag sie in ihrem klammen Bett und lauschte auf den Wind, der über die Geest fegte und um das kleine Haus heulte. Was, wenn diese Anfrage kein Ergebnis brachte? Wie konnte eine Zukunft aussehen? Für immer in einem Austragshäuschen in Süderhackstedt? Geduldet als billige Hilfskraft für alles, was die Bauern und ihre Familien nicht gerne selber machten? Bald waren sie ein Jahr hier, und noch immer hatten ihre Bettdecken keine Bezüge und die Strohsäcke keine Laken. Sie und ihre Kinder trugen die umgenähten Hosen der Landser als Röcke und gestrickte Strohschnüre als Unterhosen. Armut und Kälte hielt sie aus. Aber hier gab es keine Hoffnung auf ein besseres Leben oder einen Weg aus der Armut, egal was und wie viel sie arbeitete. Und das war schwer zu ertragen.

Weihnachten kam und ging. Das neue Jahr brach bitterkalt an. Zum Glück hatte Käthe Jensen immer wieder Mitleid mit ihren Flüchtlingen. Dann klopfte es abends an der Tür, und sie stand mit einem zugedeckten Topf davor. »Ich habe ein wenig zu reichlich gekocht, vielleicht haben Sie Appetit ...«

Den hatten sie, immer. Marie hatte die Vermutung, dass das »reichliche Kochen« nicht selten geplant war. Luzie war im letzten Jahr gewaltig gewachsen, war jetzt ein spindeldürres Mädchen in viel zu kurzen Kleidern. Dazu jammerte sie immer wieder über Schmerzen in den Knien, die in der Kälte nicht besser wurden.

Als Marie an einem Januarnachmittag die Stube der Bauern durchwischte, fiel ihr eine Zeitung in die Hände. Sie steckte beim Holz, das für den Kamin bereitlag – offensichtlich zum Anfeuern.

Vorsichtig öffnete sie die Seiten. Nachrichten aus der Welt kamen nur selten zu ihnen. Sie hatten kein Radio und leisteten sich nie eine Zeitung. Es gab Meldungen über den Beginn eines Prozesses gegen Kriegsverbrecher in Nürnberg. Die geplanten ersten freien Wahlen. Berichte über den Schwarzhandel und die Lage in den Besatzungszonen. Ihr Blick fiel auf eine kleine Meldung. Die Länder im Süden hatten viel weniger Flüchtlinge aufgenommen als der Norden. Hier wurden im Aufbau noch Helfer benötigt. Marie sah sich um, dann riss sie den kleinen Artikel aus der Zeitung und steckte ihn in die Tasche. Rheinhessen, Pfalz, Baden oder Württemberg ... Sie hatte von all diesen Orten bisher nur wenig gehört. Aber es schien eine fruchtbare Gegend zu sein, weniger unwirtlich als hier zwischen den Meeren.

Was, wenn sie da hinzogen? War das überhaupt erlaubt? Wo konnten sie dort wohnen? Hier waren sie noch von der Partei den Jensens zugewiesen worden. Die Partei gab es nicht mehr. Bedeutete das, dass sie einfach weiterziehen konnten? Oder mussten sie hierbleiben, bis man ihnen erneut befahl, in einen

Zug zu steigen? Durften sie die britische Besatzungszone überhaupt verlassen?

Doch erst einmal wollte sie auf Nachricht von Reinhold warten. Sie würde von ihm hören, ganz bestimmt. Es gab doch noch so viele Männer, die in Gefangenschaft waren. Wenn Reinhold erst wiederkäme, hätte er ganz bestimmt ein paar neue Ideen. Wie das Gewächshaus oder die Bienen … Irgendetwas, auf das hier noch niemand gekommen war.

Der Frühling kam, und der Jahreslauf auf dem Hof begann von Neuem. Möhren verziehen, Feldfrüchte ackern, die Heuernte einfahren, die Ernte des Getreides und das tägliche Melken der Kühe. Wenig Zeit für Gedanken und Trübsal. Ruth fand eine Anstellung auf einem benachbarten Hof und verdiente damit ihr eigenes Geld. Nur fünfzig Mark im Monat, aber sie konnte sich endlich neue Schuhe leisten, während ihre Mutter und Ulla Aufträge zum Spinnen, Stricken und dem Knüpfen von Taschen annahmen. Aber sie blieben vorerst in Schleswig-Holstein. Marie mästete ein Ferkel, züchtete Kaninchen und schaffte es, dass allmählich der Speiseplan etwas reichhaltiger wurde.

Vier Jahre gingen ins Land. Luzie ging in die kleine Schule, lernte Platt und Mathematik. Ruth und Ulla waren immer wieder in Anstellung auf den Höfen der Gegend. Ganz allmählich wurde das Leben besser: Aus den Daunen der Gänse, die sie sich gekauft hatten, und einfachem Nesselstoff entstanden warme Decken, die wenigen Einkünfte legten sie zusammen und kauften erst ein Spinnrad, dann eine Nähmaschine. Irgendwann kamen die ersten Nachrichten. Tante Elise in Berlin, wo sie sich ursprünglich mit Reinhold treffen wollten, hatte das Kriegsende wie durch ein Wunder unbeschadet in ihrer Wohnung erlebt und fragte an, ob Marie nicht mit ihren Töchtern nach Berlin ziehen wolle, in den sowjetisch besetzten Teil der Stadt. Marie lehnte ab.

Sie gab die Hoffnung nicht auf, dass Reinhold doch noch zu

den Spätheimkehrern zählen würde. Das Rote Kreuz hatte ihr einen langen Brief geschrieben. Darin waren alle Kampfhandlungen um Königsberg ausführlich beschrieben – aber das Ergebnis war ernüchternd: Im Chaos des Kriegsendes seien viele Unterlagen verschwunden. Es lasse sich also nicht mehr feststellen, was aus Reinhold Adomeit geworden sei, allerdings sei sein Tod sehr wahrscheinlich.

Der Winter 1949/1950 brach an – und mit ihm kamen Vertreter der Arbeitsämter aus Rheinland-Pfalz, aus Baden und Württemberg.

Eines Tages stand ein Mann mit Anzug, Krawatte und Hut auf dem Hof der Jensens. Er sah aus wie aus einer anderen Welt und überreichte Marie einen gedruckten Zettel. »Wir suchen Arbeitskräfte für den Südwesten. Bei uns gibt es nicht genügend Arbeiter, wir brauchen Frauen wie Sie für den Aufbau.«

Er sah sich auf dem Hof um. »Oder sind Sie hier zufrieden? Bei uns müssen Sie sich nur sechs Monate verpflichten, danach können Sie gerne auch eine andere Stelle nehmen. Was hält Sie hier? Kommen Sie zu uns! Außer Sie wollen das hier nicht aufgeben.«

Marie erinnerte sich an den kleinen Zeitungsausschnitt, den sie sich vor Jahren ausgerissen hatte.

»Ist es bei Ihnen denn wirklich schöner?«, wollte sie wissen.

»Schöner als hier?« Er lachte ein wenig. »Ja. Das ist es. Und noch viel mehr.«

Damit verschwand er. Nicht ohne ihr einen Antrag auf Umsiedlung in die Hand zu drücken.

»Wollen wir wirklich fort von hier?« Marie sah ihre älteren Töchter fragend an.

»Hier kommen wir niemals weiter«, meinte Ruth. »Seit vier Jahren sind wir hier und leben immer noch in dem alten Austraghaus ohne fließend Wasser. Das Klo ist im Stall, und zum Waschen haben wir nur einen Zuber Wasser. Das wird nicht besser. Niemals. Für die Bauern werden wir für immer nur die Flüchtlingsdeerns sein, die günstig die schwere Arbeit machen. Nein, überall ist es besser als hier.«

Marie wandte sich an Ulla. »Und du? Willst du da auch hin?«

»Ja. Wir melden uns! Ich bin dabei!«

Luzie sollte vorerst nichts von ihren Plänen erfahren. Vielleicht würde ja doch nichts daraus werden. In einem Atlas aus der Bücherei sahen Marie und ihre beiden Großen sich die Bilder und die Beschreibungen der Länder im Süden an. Und dann fällten sie im Advent eine Entscheidung: Es sollte die Pfalz werden. Dort gab es Wein und alte Burgen, Wälder und sanfte Hügel. So stand es zumindest in den alten Büchern aus der Zeit vor dem Krieg.

Marie setzte die Unterschrift unter ihren Antrag zur Umsiedlung. Es wurde Zeit, ihr Leben und das ihrer Kinder wieder in die eigene Hand zu nehmen. Mit jedem Monat, in dem Kriegsgefangene aus den Lagern im fernen Russland heimgekehrt waren und Reinhold nicht an ihre Tür geklopft hatte, war ihre Hoffnung ein wenig kleiner geworden. Sie fühlte sich immer noch nicht wie eine Witwe. Eher wie eine verlassene Frau, die nicht wahrhaben wollte, dass ihr Mann längst in den Armen einer anderen lag. Sie lebte einfach weiter wie eine verheiratete Frau, gewöhnte sich daran, dass sie allein war. Und jetzt eben allein in der Pfalz – egal wohin sie das Arbeitsamt dort schicken würde.

VIER

Der Brief kam direkt nach Neujahr – und landete wie immer im Briefkasten der Jensens. Das kleine Häuschen, in dem die Adomeits wohnten, hatte keinen eigenen. Das war auch nicht nötig: Post kam nur selten an – und nie der ersehnte Brief von Reinhold.

Käthe Jensen lief winkend durch den Garten. »Frau Adomeit! Ich habe Post für Sie!« Immerhin hatte sie sich im Lauf der letzten Jahre abgewöhnt, die Post ihrer Gäste zu öffnen.

Neugierig blieb sie stehen, während Marie las, von wem dieses amtlich aussehende Schreiben wohl kam. Kreis Bad Dürkheim stand da. Marie riss das Kuvert wortlos auf. Käthe Jensen rührte sich nicht von der Stelle.

»Gute Nachrichten?«, fragte sie möglichst beiläufig.

Sorgfältig las Marie die knappe Benachrichtigung durch. Dann sah sie auf. »Kommt ganz darauf an«, sagte sie schließlich bedächtig.

»Worauf denn?« Käthe Jensen bemühte sich, aus Maries merkwürdigem Verhalten schlau zu werden.

»Nun, für Sie ist es gut, denn das Altenteil wird endlich frei. Vielleicht will Thilde ja nach fünf Jahren doch wieder einziehen? Sie hat sich doch nie damit abgefunden, dass sie unseretwegen ausziehen musste.«

»Und Sie?« Käthe Jensen sah Marie mit großen Augen an. »Und was wird aus Ihnen? Wo wollen Sie denn hin?«

Es klang ein bisschen so, als würde sie sagen: Wer will euch denn haben?

Marie warf einen Blick auf den Brief in ihrer Hand. »Wir ziehen nach Wachenheim im Kreis Bad Dürkheim. Das liegt in der Pfalz.«

»Aber ...« Käthe Jensen war nur selten um Worte verlegen. Aber jetzt wusste sie nicht, was sie sagen sollte. Sie nahm einen neuen Anlauf. »Warum wollen Sie denn nicht hierbleiben? Waren wir nicht gut zu Ihnen?«

Mit einem Lächeln sah Marie sich um. »Doch, Sie waren so gut, wie es eben ging. Nie haben Sie uns beschimpft, und Sie haben uns immer geholfen, wenn es hinten und vorne nicht gereicht hat. Aber wir sind hier immer noch Flüchtlinge und werden es immer bleiben. Uns wollte niemand hierhaben, wir waren einfach eines Tages da. In der Pfalz ist das hoffentlich anders. Die haben uns angeworben und wollen, dass wir kommen und arbeiten. Wir haben uns entschieden zu gehen.«

Käthe Jensen schwieg. Es war schwer einzuschätzen, ob sie sich freute, dass sie den Hof nun bald wieder allein mit ihrem Mann und ihrer Schwägerin bewohnen durfte. Oder ob ihr mit einem Schlag klar geworden war, dass sie sich künftig wieder allein um den Großputz, die Kühe und die Äcker kümmern mussten.

»Warum haben Sie denn nie etwas gesagt? Und wann soll es denn losgehen? Doch nicht vor dem Frühling, oder?« Sie deutete auf den Brief. »Steht da schon drin, wann Sie aufbrechen sollen?«

»Ja, wir werden zum 1. Februar erwartet. Da ist nicht mehr viel Zeit zum Packen und Räumen, denke ich.« Sie lächelte Käthe Jensen an. »Wir haben bisher nur deshalb nichts gesagt, weil wir nicht wussten, ob wir wirklich abreisen. Hätte ja sein können, dass es plötzlich keine Plätze mehr in der Pfalz gibt. Oder dass sie an einer Frau ohne Mann nicht interessiert sind.«

Seufzend hob Käthe Jensen die Hände. »Reisende soll man nicht aufhalten. Wenn wir irgendwie helfen können ...«

»Sie haben uns immer geholfen, das wissen wir. Und wir sind auch dankbar. Wirklich.« Marie deutete auf den Gemüsegarten. »Allein dafür, dass wir hier pflanzen durften.«

»Ich weiß nicht, was Sie mit den alten wilden Äpfeln dahinten gemacht haben«, meinte die Bäuerin und lachte. »Gut, dass Sie die nicht mitnehmen können. Sie verraten mir nicht, welchen Zauber Sie angewandt haben, dass sie plötzlich schmecken?«

»Ganz bestimmt lasse ich die Bäume hier – und nehme sie doch mit. Ich zeige Ihnen gerne, wie das geht. Das ist keine Hexerei, sondern nur ein Trick mit kleinen Aststücken, die ich aus der alten Heimat mitgebracht habe. Und auch dieses Mal nehme ich sie mit. Ich bin mir sicher, dass es in dieser Pfalz irgendwelche Apfelbäume gibt, die ein wenig Veredelung vertragen können.«

Käthe Jensen musterte Marie nachdenklich. »Sie sind eine Frau mit vielen Talenten, Frau Adomeit. Ich bin mir sicher, dass man in der Pfalz einiges von Ihnen wird lernen können.«

Marie winkte ab. »Warten wir ab. Erst einmal muss ich sehen, wie wir am besten unsere Habseligkeiten verpacken.«

Im Austragshäuschen traf sie auf Luzie, die sich vor dem kleinen Ofen aufwärmte und ihrer Mutter mit großen Augen entgegensah. »Ich habe gehört, was ihr geredet habt. Wir gehen von hier weg. Das ist gemein!« Sie presste ihr Stoffschwein fest an sich und kämpfte mit den Tränen.

»Luzie, du bist doch kein kleines Mädchen mehr! Du wirst doch nicht etwa weinen?« Fragend sah Marie das Mädchen an.

Die Kleine schniefte. »Doch. In meiner Klasse sind meine Freundinnen. Vor allem Helene. Und meine Katze Susanne Kunterbunt darf ich auch nicht mitnehmen. Du bist gemein!«

»Bin ich nicht. Du wirst dich schnell eingewöhnen, du wirst schon sehen. Und wenn dann alles gut ist, dann kannst du auch wieder eine Katze haben.« Während Marie ihrer Tochter über den Kopf streichelte, sah sie sich in der Stube um. Sie hatten nicht viel, aber die wenigen Dinge waren ihr wertvoll. Das Spinnrad, die Nähmaschine, die kleine Bank, Töpfe und Geschirr. Wie sollte sie das nur alles mitnehmen?

»Eine andere Katze ist doch nicht dasselbe wie Susanne Kunterbunt! Die kann man doch nicht einfach austauschen!«

Luzie stampfte auf und rannte aus der Stube hinaus in den Garten.

Das kleine Mädchen hatte recht. Weder Heimat noch Freunde oder Haustiere konnte man einfach nachkaufen. Eine Wahl gab es trotzdem nicht. Hier würde sich ihr Leben kaum ändern. Als Flüchtlingsdeerns würde die großen Mädchen keine Männer finden. Und die kleine Luzie? Irgendwann in den letzten Tagen hatte sie Antwort von der Oberschule bekommen, bei der sie um ein Stipendium nachgefragt hatten. Doch die Stipendien waren schon allesamt vergeben.

Sie hatte keine Ahnung, ob es in der Pfalz wirklich besser war. Aber schlechter konnte es kaum werden. Luzie würde schon irgendwann aufhören zu weinen. Und ihre Susanne Kunterbunt würde dann nur noch durch ihre Träume geistern.

Keine vier Wochen später luden sie Säcke und Kisten auf die Kutsche von Bauer Jensen. Die Kiste hatte Marie aus dem Bettgestell bauen lassen, die Säcke waren geliehen, und die Rucksäcke waren schon bei der Flucht vor fünf Jahren dabei gewesen. Gemeinsam mit Ulla und Ruth hatte Marie beschlossen, so wenig wie irgendwie möglich in Schleswig-Holstein zurückzulassen. Und so nahmen sie auch ihre restlichen Kartoffeln mit, außerdem Weckgläser mit Kompott und Konserven mit dem Fleisch der letzten Gänse, die sie aufgezogen hatten.

Jensen sah das Gepäck nachdenklich an. »Als Sie gekommen sind, war das weniger«, stellte er fest. »Ist Ihnen gut bei uns ergangen, nicht wahr?«

»Haben wir auch tüchtig für gearbeitet«, entgegnete Marie trotzig.

»Und Sie wollen nicht bleiben? Sind Sie sich da sicher?« Er sah sie an. »So schlecht war es bei uns nicht.«

»In zwei Stunden fährt unser Zug«, entgegnete Marie. »Die Entscheidung ist längst getroffen.«

Sie sah sich um. Luzie kniete neben der Kutsche und streichelte immer wieder ihre Katze. »Sie passen doch gut auf meine Susanne auf?«, fragte sie Käthe Jensen.

Die Bauersfrau lächelte. »Aber sicher. Ist doch unsere beste Mäusejägerin, da sind wir froh, dass wenigstens die hierbleibt, wenn ihr schon alle geht.«

Es ging ans Abschiednehmen. In den vergangenen Jahren war keine große Freundschaft zu den Bauersleuten entstanden, und doch wusste Marie, dass sie die beiden vermissen würde. Nur an Thilde, die immer nur böse dreinblickte, wollte sie in Zukunft keinen einzigen Gedanken vergeuden.

»Wenn Reinhold schreibt, schicken Sie mir den Brief doch nach?«, bat sie. »Nicht, dass ich ihn jetzt noch verliere. Ich kann mich auf Sie verlassen?«

»Ganz bestimmt. Wir melden uns auf jeden Fall – und wir wollen natürlich von Ihnen hören, wenn Sie gut angekommen sind. Und jetzt los, nicht dass Sie noch den Zug verpassen!«

Carsten Jensen schnalzte mit der Zunge, alle stiegen auf die Kutsche, und schaukelnd machten sie sich auf den Weg. Schon wieder ins Ungewisse. Marie sah sich noch einmal um. Der geduckte Hof und das kleine Häuschen am Ende des Gartens. Hier hatten sie das Ende des Krieges erlebt. Es wurde Zeit, einen Ort für den Frieden zu finden.

In Eckernförde wurde ein Zug zusammengestellt, in dem die Flüchtlinge die lange Reise in den Süden antreten konnten. Dieses Mal war es wenigstens kein Güterzug – und auch die Verpflegung an Bord funktionierte. Luzie saß mit Jolanthe im Arm da und starrte schweigend aus dem Fenster, während sich die älteren Töchter die Zeit mit einem Schachspiel vertrieben, das sie aus Pappe gebastelt hatten.

Draußen zog Deutschland vorbei. Hamburg mit den vielen zerstörten Häusern. Endlose, schneebedeckte Felder. Irgendwann der Rhein. Köln und noch mehr Ruinen ohne Dächer und ohne Wände. Ein kaputtes Land.

Es dauerte zwei Tage, bis sie nach vielen Umstiegen endlich in Neustadt ankamen. Am Bahnhof standen einige Lastwagen und Kutschen, mit denen die Flüchtlinge von ihren neuen Arbeitgebern abgeholt wurden.

Im Brief stand »Eberhard Münzer, Winzer« als ihr neuer Arbeitgeber. Suchend sah Marie sich um und entdeckte auf einem grünen Kastenwagen tatsächlich die Aufschrift *Münzer Weine.*

»Bleibt hier stehen, bis ich wiederkomme!«, ermahnte sie ihre Töchter. Dann lief sie mit forschen Schritten zu dem Lastwagen. Von diesem ersten Eindruck hing vieles ab, das wusste sie. Zumindest die nächsten sechs Monate war sie verpflichtet, bei diesem Münzer zu arbeiten.

An dem Lastwagen lehnte ein kräftiger, kleiner Mann mit rundem Gesicht, der behaglich an einer Pfeife zog. Um seine Augen lag ein ganzer Kranz von Lachfältchen. Er unterhielt sich mit zwei oder drei anderen Männern und wirkte dabei freundlich.

»Guten Tag.« Marie sah ihn unsicher an. »Sind Sie Eberhard Münzer?«

»Ganz bestimmt, gute Frau. Und Sie sind Marie Adomeit?«

Sie nickte und deutete unbestimmt nach hinten. »Und dahinten sind meine Töchter.«

»Dann holen Sie die doch besser auch her. Brauchen Sie Hilfe mit dem Gepäck? Warten Sie, ich komme gleich mit.«

Während sie zu den drei Mädchen gingen, musterte Marie ihren neuen Arbeitgeber verstohlen von der Seite. Er war um die fünfzig, seine Haare wurden schon grau, aber sein Gang zeugte noch von einiger Energie.

»Das sind Ulla, Ruth und Luzie«, erklärte Marie. »Und unser Gepäck.«

Münzer pfiff leise, als er den Stapel aus Säcken und Kisten

ansah. »Das habt ihr alles quer durch die Republik geschleppt?«
Er hob probeweise einen Sack an. »Sind das Kartoffeln? Die
habt ihr mitgebracht?«

»Wir hatten schon zu oft keine Kartoffeln.« Mit einem schiefen Lächeln sah Marie den Winzer an. »Jetzt gehe ich lieber auf
Nummer sicher, verstehen Sie?«

»Na, dann: willkommen in der Pfalz.« Damit schulterte er
einen schweren Sack und lief zurück zu seinem Lastwagen.
Ruth und Ulla folgten mit der großen Transportkiste, die sie
zwischen sich trugen. Luzie nahm nur ihren Rucksack und das
Stoffschwein und rannte allen hinterher.

Sie mussten einige Male hin- und herlaufen, bis endlich alles
verstaut war. Dann drängten sie sich eng im Fahrerhaus zusammen und machten sich auf den Weg.

»Ich dachte, es kommt nur eine Mutter mit einem kleinen
Mädchen«, erklärte der Winzer. Er sah Luzie an. »Das musst
dann du sein. Du bist die Luzie?«

Verschreckt nickte Luzie und brachte kein Wort heraus.

»Die beiden Großen bleiben nicht lange«, erklärte Marie.
»Sie finden sicher bald eine Anstellung, die sind ja erwachsen.
Aber ich wollte nicht, dass sie alleine in Schleswig-Holstein
bleiben.«

»Stimmt, in Notzeiten sollte man sehen, dass man seine
Familie nicht aus den Augen lässt«, erwiderte der Winzer.
Neugierig sah er die beiden jungen Frauen an. »Was könnt ihr
denn?«

»Ich kann einen Lastwagen fahren«, erklärte Ruth. »Und das
Übliche: spinnen, stricken, nähen ...«

»Und ich kann einen Haushalt führen«, ergänzte Ulla.
»Kochen und backen und natürlich alles, was man auf einem
Bauernhof können muss.« Sie spähte aus dem Fenster. »Gibt es
hier überhaupt Bauernhöfe?«

»Sicher gibt es die. Wir können ja nicht nur vom Wein leben.
Auch wenn es so mancher gerne würde ...«

Schwungvoll steuerte er seinen Laster durch ein eisernes Hoftor und hielt vor einem großen Gebäude.

»Ich zeige euch am besten erst einmal, wo ihr bleiben könnt.« Mit diesen Worten sprang er aus seinem Laster und ging auf die Haustür zu, wobei er einige gackernde Hühner zur Seite scheuchte. Über großzügig geschwungene Treppen ging es in den zweiten Stock. Hier deutete Münzer auf einige Türen. »Ihr könnt euch hier einrichten, wie ihr wollt. Dieses Stockwerk benutze ich nicht. Nicht mehr.«

Neugierig öffnete Luzie die nächstbeste Tür – und stand in einem kleinen, hellen Zimmer. Die Wintersonne fiel durch den Erker und brachte das alte Parkett zum Leuchten. »Das gefällt mir!«, rief das Mädchen und rannte in das Zimmer. »Darf ich hier wohnen?«

»Langsam, langsam.« Marie lachte. »Wir müssen uns doch erst alles ansehen!«

Gemeinsam liefen sie von Zimmer zu Zimmer, die alle hell und freundlich waren. Am Ende des Flures gab es sogar ein Bad. Andächtig stand Marie vor der alten Badewanne aus schwerer Emaille. »Dürfen wir die wirklich benutzen?«, fragte sie leise.

»Aber sicher! Wie wollt ihr euch denn sonst waschen? Ich meine, wie habt ihr das denn die letzten Jahre gemacht? Oder in eurer Heimat?« Ihr neuer Dienstherr schien überrascht angesichts ihrer Begeisterung.

»Die letzten Jahre? Wir hatten einen Zuber mit kaltem Wasser aus dem Brunnen. Und in unserer Heimat? Da gab es wohl eine Badewanne – aber das ist fünf Jahre her. Seitdem habe ich von einem Bad in heißem Wasser nur geträumt. Das ist wunderbar!« Sie sah sich noch einmal um. »Aber wer hat denn hier gelebt? Das hat doch nicht immer leer gestanden?«

Ein Schatten zog über das Gesicht des Winzers. »Das ist eine lange Geschichte. Hier oben haben meine Eltern gewohnt, aber die sind leider nach Kriegsende an Typhus erkrankt. Denen konnte keiner mehr helfen. Und meine Frau starb schon vor dem Krieg im Kindbett. Jetzt bin ich hier allein in einem viel zu großen Haus. Und so habe ich mir gedacht, dass ich gerne eine Hilfe hätte. Jemanden, der für mich putzt, bügelt und kocht. Das können Sie doch, oder? Im Arbeitsamt hieß es, das sei kein Problem.«

»Ist es auch nicht.« Marie sah sich um. »Vor allem in einem so schönen Haus. Wir werden uns alle Mühe geben.«

»Dann bringen wir doch mal die Kisten hoch.« Ein Lächeln zeigte sich in seinen Augenwinkeln. »Aber die Säcke mit den Kartoffeln stellen wir vielleicht besser in den Keller, nicht wahr?«

Noch am gleichen Abend kochte Marie mit ihren Töchtern das erste Abendessen für den Winzer.

Als er am Esstisch saß, sah er mit hochgezogenen Augenbrauen den Kartoffelsalat an. »Ist das saure Sahne?«

»Ja.« Marie nickte. »Die habe ich im Kühlschrank gefunden, da dachte ich, das wäre ein einfaches, gutes Gericht. Stimmt etwas nicht?«

»Mit saurer Sahne machen das die Frauen bei uns eigentlich nicht.« Er griff nach seiner Gabel und probierte. »Aber warum nicht? Man soll ja neuen Gerichten gegenüber aufgeschlossen sein.«

»Und wie bereiten die Frauen hier den Kartoffelsalat zu?«, erkundigte sich Marie. Sie konnte sich kaum etwas anderes vorstellen.

»Mit Brühe, Öl und etwas Essig, denke ich.« Während er sprach, schaufelte er sich eine große Portion auf den Teller. Dann erst bemerkte er, dass der Tisch nur für ihn gedeckt war.

»Wollt ihr denn nicht auch essen? Setzt euch doch!«

»Wir essen später, wir wollen Sie doch nicht stören«, wehrte Marie ab.

»Ach, Blödsinn. Setzt euch! Ich habe lange genug allein gegessen.«

Die Frauen ließen sich nicht lange bitte. Sie holten Teller und nahmen sich ebenfalls von dem Kartoffelsalat, in dem sich sogar ein paar Speckwürfel fanden. Ein wahres Festmahl, befand Luzie.

»Und was wollt ihr arbeiten?« Fragend sah Münzer Ulla und Ruth an.

Die Älteste zuckte mit den Schultern. »Ich mache alles, was ich finde. Haben Sie eine Idee, wo ich vielleicht gebraucht werde?«

»Du sagst, du kannst auch einen Laster oder einen Bulldog fahren? Dann wird das nicht schwer. Es fehlen die Männer, die so etwas gemacht haben. Sind zu viele im Krieg geblieben, das merkt man heute noch. Vielleicht kannst du bei den Gemüsebauern die Ware ausfahren oder so etwas. Ich höre mich mal um.« Er musterte Ruths lange Beine und die dicken blonden Zöpfe. »So etwas wie dich hat doch jeder gerne auf dem Hof.«

»Und ich suche eine Anstellung als Haushälterin. Oder vielleicht in einer Krankenstation?« Unsicher sah Ulla den Winzer an. »Was meinen Sie? Gibt es da etwas?«

»Ich höre mich auch für dich um.« Er sah in die Runde. »Kann ich euch noch einen Willkommenstrunk anbieten? Ein wenig Wein vielleicht?«

Etwas später gingen Marie und ihre Mädchen beschwingt nach oben in ihr Stockwerk. Ein Anfang war gemacht. Und der Anfang fühlte sich sehr viel besser an als vor ein paar Jahren im Norden.

FÜNF

In den nächsten Wochen lernte Marie nicht nur den Haushalt des Winzers kennen, sondern auch seine Weinberge, die rings um Wachenheim verteilt lagen. Schon bald fiel ihr ein kleines Stück Land auf, das er nicht bebaute. Auf einer Wiese standen vereinzelte Bäume: Mandeln, Mispeln und auch Äpfel wuchsen hier. Kleine, wilde Bäume, die sicher wenig Ertrag brachten. So recht schien sich um diesen Fleck Erde keiner zu kümmern – und so pfropfte sie kurzerhand ihre Reiser aus Schleswig-Holstein auf einige wilde Triebe der Apfelbäume. Sie war sich sicher: Münzer würde erst einmal nichts bemerken. Die kleinen Reiser fielen nicht auf, wenn die Bäume erst einmal im Saft standen und Blüten und Blätter austrieben.

Im Haus des Winzers bemühte sie sich, unentbehrlich zu werden. Egal, ob in Küche, Vorratskammer oder auch beim Putzen, Waschen und Bügeln: Sie kümmerte sich darum, dass alles perfekt an seinem Platz war.

Tatsächlich waren ihre beiden großen Töchter schon nach wenigen Wochen in Stellung. Ulla arbeitete in Ludwigshafen im Krankenhaus als Stationshilfe und zog in das Schwesternheim, Ruth fuhr bei einem Gemüsebauern den Laster in der Auslieferung. Sie kamen zwar jedes Wochenende auf Besuch – aber an allen anderen Tagen war Marie alleine mit ihrer Jüngsten.

Luzie besuchte widerwillig die Schule. Sie konnte ihre Mitschüler kaum verstehen, sosehr sie sich bemühte. »Die sprechen alle so komisch«, erklärte sie ihrer Mutter.

»Dann lerne, sie zu verstehen. Es wird dir nichts anderes übrig bleiben, sie werden kaum Hochdeutsch für dich sprechen. Plattdeutsch hast du ja auch gelernt.«

Die sechs Monate, für die sie sich bei Münzer verpflichtet hatte, flogen nur so vorbei.

An einem lauen Spätsommerabend räusperte sich der Winzer bedeutungsvoll beim Abendessen. »Sie dürfen ja bald gehen, wohin Sie wollen, liebe Frau Adomeit. Haben Sie sich dazu schon Gedanken gemacht? Ich habe mir gedacht, dass es doch eine feine Sache wäre, wenn Sie bei mir blieben. So muss auch die kleine Luzie nicht noch einmal umziehen.«

»Das ist überaus nett von Ihnen ...«, begann Marie. Aber der Winzer ließ sie nicht zu Wort kommen.

»Wissen Sie, endlich muss ich mich nicht mehr selber um Dinge kümmern, von denen ich keine Ahnung habe. Bitte bleiben Sie! Die Lese beginnt schon in ein paar Tagen, da kommen die Erntehelfer auf den Hof. Die wollen verpflegt werden – und es reicht nicht, nur ein Brot aufs Feld zu bringen.«

Verlegen nickte Marie. »An mir soll es nicht liegen.«

»Dann machen wir doch einen Vertrag! Sie arbeiten bei mir. Kost und Logis sind dabei, und obendrein zahle ich Ihnen einen kleinen Lohn. Wäre Ihnen das recht?«

Marie dachte nach. Dann nahm sie ihren ganzen Mut zusammen. »Sie haben da ein leeres Stück Wiese, nicht weit weg vom Ort. Da stehen ein paar Apfelbäume ...«

»Ich weiß, was Sie meinen. Das Stück ist zu feucht für guten Wein. Es gehört zum Hof, seit ich denken kann – aber normalerweise hole ich keine Früchte von dort. Was ist mit dem Land?«

»Ich würde es gerne pachten oder kaufen. Dann kann ich mir etwas anbauen, das macht mir Freude. Ginge das? Vielleicht als Teil meiner Bezahlung?«

Eberhard Münzer war sichtlich überrascht. Dann hob er die Hände. »Wenn Ihr Glück an einem nassen Stück Land hängt, dann gerne. Ich schlage vor: Sie dürfen es behalten, wenn Sie ein weiteres Jahr bei mir gearbeitet haben. Etwas anbauen können Sie gerne jetzt schon, wonach Ihnen der Sinn steht. Was halten Sie davon?«

Marie nickte. »Einverstanden.«

Erst jetzt merkte sie, wie wichtig ihr dieses eigene Stück Land war. Wahrscheinlich konnte das ein Winzer, der seit Generationen seine eigenen Wingerte besaß, nicht ganz verstehen. Aber für sie war das ein Stück Rückkehr zu ihrem alten Leben.

Lächelnd schenkte Münzer Wein in zwei Gläser. »Dann lassen Sie uns auf unser neues Arbeitsverhältnis anstoßen. Ich versichere Ihnen, Sie werden es nicht bereuen.«

Von jetzt an stand Marie jeden Morgen im aller Herrgottsfrühe auf und machte sich auf den Weg zu ihrem eigenen Land. Eine gute halbe Stunde war sie unterwegs. Dabei hielt sie Ausschau nach wilden, kleinen Apfelbäumen, die sie ausgrub und auf ihrem Land einpflanzte. Im nächsten Winter wollte sie mit neuen Reisern dafür sorgen, dass sie bald mehr Bäume mit Äpfeln aus ihrer alten Heimat hatte. Am Rand hackte sie das Gras unter und legte einen kleinen Acker an. Kartoffeln, Rüben, Rapunzel, Zwiebeln und Spinat – sie probierte im ersten Jahr mit dem eigenen Stück Land beharrlich aus, was auf diesem Boden wuchs. Wenn es Zeit wurde, das Frühstück für Luzie und den Winzer vorzubereiten, lief sie wieder zurück zum Hof.

Anschließend besorgte sie den ganzen Tag den Haushalt in dem großen Haus und bekochte dabei nicht nur Eberhard Münzer, sondern auch seine vielen Arbeiter, die die Reben pflegten und später im Jahr bei der Ernte halfen. Das fühlte sich dann fast wie früher in Mandeln an, wo sie doch auch für die Arbeiter der Meierei gekocht hatte.

Nach getaner Arbeit kehrte sie wieder zu ihrem eigenen Stück Land zurück. Hackte, zupfte Unkraut aus der Erde – oder setzte sich einfach an den höchsten Punkt und sah auf die Landschaft hinunter. Eine wunderschöne Aussicht. Sie träumte davon, hier irgendwann in ihrem eigenen Haus zu sitzen und nicht mehr auf das Wohlwollen anderer Menschen angewiesen zu sein.

Langsam legte sie den Kopf in den Nacken und sah in den Himmel. Der gleiche Himmel wie über Mandeln. Nur die Luft war anders. In Mandeln hatte immer eine leichte Ahnung von Ostsee in der Luft gelegen. Hier war im Herbst der süße Geruch der reifen Trauben allgegenwärtig. Schon zum zweiten Mal war sie jetzt zu dieser Jahreszeit in Wachenheim.

»Darf ich mich zu Ihnen setzen?«

Marie fuhr auf und sprang auf die Füße. Vor ihr stand Eberhard Münzer und hob beschwichtigend die Hände. »Ich wollte Sie nicht erschrecken! Aber Sie sahen so ruhig und entspannt aus, da wollte ich mich nur eben dazusetzen.«

»Ja, sicher.« Sie deutete verlegen auf den Boden. »Ich habe aber nicht einmal einen Stuhl oder wenigstens ein Kissen …«

»Das habe ich doch gesehen.« Münzer setzte sich ohne Umschweife hin.

»Was hat Sie denn hierhergebracht?« fragte sie vorsichtig.

»Meine Neugier«, bekannte Münzer freimütig. »Seit Sie dieses Grundstück haben, sehe ich jeden Morgen, wie Sie hierherlaufen. Und dann, wenn alle froh sind, dass ein wenig Ruhe einkehrt, dann geht es wieder los. Ich wollte jetzt endlich einmal sehen, was Sie hier machen.«

»Ich sitze hier in der Abendsonne und träume davon, wie es weitergehen soll.«

Münzer sah sich um. »Aber Sie haben doch so einiges geschafft, bevor Sie sich hingesetzt haben, oder etwa nicht? Die Bäume sehen gesund aus – und dort am Feldrand wachsen Kartoffeln, Rüben und sogar … Sind das Tomaten? Wie sind Sie denn darauf gekommen?«

»Wir hatten früher ein Gewächshaus, in dem Tomaten gewachsen sind. Eine Idee meines Mannes. Verrückt, aber es hat funktioniert. Bei dem Klima hier war ich mir sicher, dass Tomaten kein Gewächshaus brauchen.« Sie lächelte.

»Und wer hat Ihnen das mit den Äpfeln beigebracht? Wie geht das? Innerhalb von einem einzigen Jahr hängen schon die ersten Früchte am Baum? Das grenzt an Zauberei!«

»Keine Zauberei.« Marie schüttelte den Kopf. »Eigentlich das Gleiche, was Sie mit den Reben tun: Ich habe meine Steckreiser mit den guten Sorten auf ein paar wilde Bäume gepfropft. Dann habe ich mir weitere kleine, wilde Apfelbäume zusammengesucht, hier angepflanzt und neu gepfropft. Und inzwischen stehen hier richtig viele Apfelbäume, die in den nächsten Jahren weiter wachsen werden.«

Nachdenklich sah Münzer die Reihen mit den dünnen Bäumen an. »Und was passiert, wenn sie wachsen? Was wird aus den Äpfeln? Wer braucht denn so viele Bäume?«

»Ach, mir wird schon etwas einfallen. Apfelkuchen isst doch jeder gern, oder?«

Offensichtlich glaubte Münzer ihr nicht so recht. »Nächstes Jahr sind das mehr Äpfel, als wir Kuchen essen können.«

Marie stand auf und ging zu einem der Bäume, der nur eine Handvoll Früchte trug. Sie brach einen Apfel ab und reichte ihn dem Winzer.

»Probieren Sie! Das sind unsere Prinzenäpfel. Die sind unvergleichlich im Geschmack. Deswegen habe ich sie damals aus Mandeln mitgenommen. Ich war der Meinung, dass ich so etwas nicht einfach zurücklassen kann.«

Er biss ab, und sie sah ihm gespannt ins Gesicht. Bedächtig kaute er und nickte schließlich. »Ich verstehe, was Sie meinen. Hoffentlich fühlen sich die Bäume weiter so wohl in der Pfalz.« Er biss noch einmal ab. »Tatsächlich habe ich so etwas noch nie geschmeckt. Da muss man doch mehr draus machen als einfach nur Apfelkuchen. Wenn Sie ausreichend Bäume haben, können Sie mit solchen Äpfeln sicher Geld verdienen.«

Darüber hatte Marie bisher nicht nachgedacht. Oder nur ganz heimlich, wenn sie sich erlaubte, ein wenig zu träumen. »Wie sollte ich das anstellen? Hier redet jeder nur von Wein.«

»Na, ganz einfach. Wenn es ausreichend Äpfel sind, dann verarbeiten Sie die einfach weiter. Zu Saft, zu Apfelmus, zu Apfelringen, was auch immer. Und das bieten Sie dann auf den Märkten hier in der Gegend an.« Er sah sich um. »Wie lange brauchen die Bäume, bis sie richtig viel tragen? Was meinen Sie?«

»Ich denke, nach fünf oder sechs Jahren wird das eine ordentliche Menge sein. Wenn es keine Schädlinge gibt. Oder einen späten Frost...«

»Es sieht jedenfalls so aus, als fühlten sich Ihre ostpreußischen Sorten hier wohl, oder?«

Marie nickte. »Das tun sie bestimmt...«

»Und Sie?« Mit einem Mal schien Münzer ernst zu werden. »Fühlen Sie sich wohl hier?«

Marie sah nachdenklich über die Wiese mit den Bäumen hinunter in die Ebene, in der dicht an dicht die Reben standen. »Ich bin mir noch nicht sicher. Aber ich denke, hier könnte ich mich wohlfühlen. Hier ist gut sein. Für meine Äpfel und vielleicht auch für mich.«

Befriedigt nickte Münzer. Dann stand er auf. »Darf ich Ihnen anbieten, mit mir zusammen zurück zum Haus zu fahren? Mein Traktor steht unten an der Straße.«

»Gern, vielen Dank.«

Seite an Seite mit Münzer lief Marie zur Straße. Wenn sie jetzt ihr Reinhold sehen würde – was würde er dann wohl sagen? Aber er sah sie nicht – und sie schob den Gedanken an ihren Mann zur Seite. Es half nichts, wenn man sich zu lange mit den Möglichkeiten eines anderen Lebens beschäftigte.

In dem großen Haus des Winzers lief ihr Luzie entgegen und wedelte mit einem Brief. »Ruth hat geschrieben! Mach schnell auf, und lies vor!«

Während Marie den Brief öffnete, sprang Luzie um sie herum. Die Ärmel ihres fadenscheinigen Pullovers waren zu kurz. Offensichtlich war die Kleine schon wieder gewachsen.

Marie entfaltete den Brief, der nur wenige Zeilen lang war.

Liebe Muttel,
nur ein paar schnelle Zeilen, bevor ich wieder die Ernte
ausfahre. Ist ja gerade Erntezeit, da ist viel zu tun – aber das
weißt Du ja sicher selber. Stell Dir vor: Ich habe einen Mann
kennengelernt. Er ist hochanständig, kann gut tanzen und
macht hier auf dem Hof die Buchhaltung. Letztes Wochen-
ende waren wir auf einem Tanz, da hat er mich gefragt, ob
ich seine Frau werden will. Jetzt will ich unbedingt, dass Du
ihn kennenlernst. Passt es am kommenden Wochenende?
Bitte sag Ja! Du musst mit ihm sprechen, bevor ich ihm mein
Versprechen gebe. Ich kann es gar nicht glauben: Nächstes
Jahr bin ich vielleicht schon eine verheiratete Frau!
Deine glückliche Ruth

»Was schreibt sie denn? Sag schon, was steht in dem Brief?« Luzie tanzte um sie herum und zupfte immer wieder an ihrem Ärmel.

Marie zwang sich zu einem Lächeln. »Sie kommt nächstes Wochenende zu Besuch.«

Luzie drehte sich vor Freude einmal um die eigene Achse.

»Sie kommt nicht allein«, fuhr Marie fort. »Sie hat einen Mann kennengelernt, den sie uns vorstellen will.«

»Oh, wie spannend!« Luzies Augen leuchteten. »Ob ich wohl bald Tante werde?«

»Na, wir wollen doch hoffen, dass sie erst einmal heiratet.« Marie zwang sich zu einem Lächeln. Irgendwie hatte sie immer davon geträumt, dass Reinhold spätestens zur Hochzeit seiner Töchter wieder auftauchen würde. Aber inzwischen kamen nur noch selten Spätheimkehrer aus der Gefangenschaft zurück.

Reinhold war nicht dabei – und er würde auch nicht zur Hochzeit von Ruth kommen.

»Wir müssen uns vor allem überlegen, was wir zu essen machen, wenn sie kommt. Hast du denn schon eine Idee?« Marie strich ihrer Tochter über den Kopf.

»Ja, ich mache einen Apfelkuchen. Und zwar den besten Apfelkuchen der Welt!«

»Na, dann suche doch am besten schon einmal ein Rezept heraus.« Lächelnd sah sie zu, wie ihre Tochter die Treppen in das Haus nach oben hüpfte.

»Trinken Sie noch ein Glas Wein mit mir?«

Überrascht sah Marie ihn an. »Ich bin mir nicht sicher, ob sich das schickt. Ich möchte nicht, dass irgendjemand über mich redet...«

»Machen Sie sich keine Sorgen. Hier bedeutet es nicht sehr viel, wenn man gemeinsam ein Glas Wein trinkt.« Er lächelte. »Aber ich würde mich sehr freuen. Ich habe schon viel zu viele Gläser Wein alleine getrunken, finde ich.«

Sie setzten sich an den Tisch im Hof, an dem tagsüber meist die Arbeiter zusammensaßen. Jetzt war er verwaist. Sorgfältig entkorkte Münzer eine Flasche und schenkte ein.

»Auf Ihr Wohl!«

Sie stießen an und tranken schweigend. Es dauerte ein Weilchen, bis Marie sich leise räusperte. »Die Sache mit der Vermarktung der Äpfel... Haben Sie das ernst gemeint? Denken Sie wirklich, dass das eine Zukunft hat?«

Nachdenklich rieb Münzer sich mit der Hand über den Nacken. »Ja. Das glaube ich. Ich habe keine Erfahrung mit dem Anbau von Obst, aber ich denke, dass sich ein gutes Produkt immer durchsetzt. Außerdem ist das vereinbarte Jahr fast vorbei. Das Grundstück gehört also Ihnen. Wir sollten das schriftlich machen, sonst gibt das irgendwann Ärger.«

»Warum? Bereuen Sie es schon?« Ihre Stimme klang ängstlicher, als es Marie lieb war. Aber sie hatte diesen Flecken Erde irgendwie ins Herz geschlossen. Land, das ihr gehörte. Das war fast schon ein bisschen wie Heimat.

»Nein, nein. Aber irgendwann werde ich meinen Hof vererben. Und wenn es ans Erben geht, dann gibt es fast immer Ärger. Das wünsche ich mir nicht, aber wer weiß schon, was die Zukunft bringt ...«

»Wer wird den Hof denn eines Tages bekommen?« Erst jetzt fiel Marie auf, dass sie eigentlich nie Verwandtschaft gesehen hatte.

»Nun, das werden dann wohl die Kinder meines Schwagers sein. Ich habe keine Nachkommen und auch keine Geschwister – da bleibt niemand anderes. Sie waren allerdings noch nie hier und haben wohl auch kein besonderes Interesse am Wein.« Er zuckte mit den Schultern. »Wahrscheinlich verkaufen sie die Wingerte. Besser, ich denke nicht darüber nach.«

»Das ist traurig. Man möchte doch irgendetwas hinterlassen. Etwas, was bleibt. Was fortgeführt wird. Oder nicht?«

»Das wäre schön gewesen. Ich habe von einem Leben mit vielen Kindern geträumt und habe dann nicht einmal eines gehabt. Aber was für einen Sinn hat es, wenn ich damit hadere? Ich führe ein gutes Leben, dafür sollte ich dankbar sein.« Er sah sie an. In der Dämmerung konnte sie sein Gesicht kaum erkennen. »Ich musste nie fliehen, ich lebe da, wo ich geboren wurde. Das ist doch um einiges besser als Ihr Schicksal. Finden Sie nicht?«

Langsam nahm Marie einen Schluck von ihrem Wein. Sie war dankbar, dass er ihr Gesicht nicht sehen konnte. »Das mag sein. Ich habe mir darüber nie Gedanken gemacht. Es ging doch immer nur darum, ausreichend Essen zu haben. Ein Dach über dem Kopf. Einen Ofen, der Wärme gibt. Alles andere ist Luxus. Doch wäre es trotzdem ungerecht, wenn ich mit meinem Leben unzufrieden wäre. Drei gesunde Töchter und viele Jahre mit meinem Mann – das ist mehr, als Sie haben. Warum sollte ich Sie beneiden? Vielleicht bin ich ja die reicher Beschenkte von uns beiden.«

»So kann man das wohl sehen. Sie sind eine ungewöhnliche Frau, Frau Adomeit. Ich bin sehr froh, dass Sie ausgerechnet hier auf meinem Hof gelandet sind. Und ich bin dankbar, dass ich sehen darf, wie es weitergeht …«

SECHS

»Eine Mark, bitte.«

»Dann nehme ich drei davon!«

Marie griff hinter sich und nahm die Gläser aus dem Regal.

»Dieser Brei ist aus unserem Herrgottsapfel gemacht. Den haben wir den Kindern in meiner Heimat seit jeher gegeben, wenn sie Bauchgrimmen hatten. Sie müssen sich also keine Sorgen machen, dass der Brei schlecht vertragen wird. Wenn Sie wollen, dass Ihr Kind ein wenig länger satt ist, dann könnten Sie noch Haferflocken untermischen.« Sie lächelte und reichte die Gläser über den Tisch.

Die Frau legte drei Mark auf den Tisch, verstaute ihren Einkauf in ihrem Korb und schlenderte weiter zum nächsten Stand.

Marie drehte sich um und sah das Regal an. Da stand nur noch ein Dutzend Gläser, dabei war es erst später Vormittag. Für den nächsten Wochenmarkt musste sie noch sehr viel mehr von dem Apfelbrei für Säuglinge dabeihaben. Die Mütter schienen sich gegenseitig von ihrer Entdeckung zu erzählen – jede Woche kamen mehr von ihnen an Maries Stand.

Suchend sah sie sich auf dem Markt um. Irgendwo musste Luzie doch stecken. Die Fünfzehnjährige war inzwischen eine echte Hilfe. Wenn sie denn da war. Nur zu gern verschwand sie mit ihren Freundinnen zum Kaffeetrinken, zum Tanz oder auch auf ein Weinfest. Das gönnte sie ihr von Herzen, aber jetzt brauchte sie Luzie wirklich. Bei Eberhard in der Küche standen ganz bestimmt noch einige Gläschen mit dem begehrten Apfelbrei, die könnte sie doch schnell holen.

Es dauerte einige Minuten, bis sie Luzie entdeckte, die mit zwei Freundinnen zusammenstand und lachte. Hübsch war sie geworden. Groß und schmal mit blonden Locken und großen blauen Augen.

Marie winkte heftig, bis Luzie sie bemerkte, sich von ihren Freundinnen verabschiedete und schnell zu ihr herüberkam. Ihr Gesicht zeigte, dass sie von der Unterbrechung alles andere als begeistert war.

»Was gibt es denn, Muttel?«

Marie zeigte auf das leere Regal. »Ich habe nicht alles mitgenommen. Könntest du bei Eberhard noch eben die restlichen Gläser holen? Ich bin mir sicher, die bringe ich heute noch an den Mann.«

Luzie seufzte theatralisch. »Und warum hast du nicht gleich ausreichend mitgenommen? Ich amüsiere mich doch gerade so gut ...«

»Luzie!« Marie funkelte ihre Jüngste wütend an. »Von nichts kommt nichts. Du willst doch unbedingt die neuen Schuhe, oder? Dann musst du auch etwas dafür tun. Los.«

Widerwillig machte Luzie sich auf den Weg. Marie konnte sogar ihrem Rücken ansehen, dass sie in diesem Augenblick alles ungerecht fand.

»Haben Sie noch von dem Apfelkuchen?« Eine weitere Kundin riss sie aus ihren Gedanken. Mit einem Lächeln verkaufte sie den Rest des gedeckten Apfelkuchens – sie hatte an diesem Morgen fünf Exemplare gebacken. Offensichtlich waren die alten ostpreußischen Rezepte hier in der Pfalz durchaus beliebt.

Es dauerte nicht lang, bis Luzie die letzten Gläser mit dem Brei brachte und sich hastig verabschiedete. Offensichtlich fürchtete sie, von ihrer Mutter noch zu weiteren Diensten herangezogen zu werden.

Für Marie endete der Markttag vorzeitig: Kuchen, Brei und auch der Saft waren viel zu schnell ausverkauft. Sie räumte ihren einfachen Tisch und das Verkaufsregal auf den kleinen Leiterwagen, um ihn wieder nach Hause zu schieben. Prüfend griff sie noch einmal an ihren Geldbeutel, der sich beruhigend voll anfühlte. Fünf Jahre war es jetzt her, dass Eberhard Münzer ihr das Grundstück überschrieben und sie dazu ermutigt hatte, aus ihren Äpfeln ein wenig Gewinn zu schlagen. Kuchen und Saft, damit hatte sie im ersten Jahr die Märkte besucht.

Dann hatte Ruths Sohn, der so schrecklich an Koliken litt, sie auf den Gedanken mit dem alten Herrgottsapfel gebracht. Sie hatte ihrer Tochter die Gläschen mitgebracht – und die hatte schon bald Nachschub für sich und ihre Freundinnen mit kleinen Kindern geordert. Fertigen Brei für Säuglinge gab es nicht – außer bei Marie Adomeit.

Während sie den Leiterwagen zurück zum Hof von Eberhard Münzer zog, plante Marie weiter. Es war die Zeit der Weinlese, für die Erntehelfer musste sie tagsüber ausreichend Kartoffeln kochen, die dann mit weißem Käse und Leberwurst in die Wingerte gebracht wurden. Das Kochen des Apfelbreis musste sie also auf die Abendstunden verschieben. Zum Glück hatte Eberhard nichts dagegen, wenn sie die Küche abends noch nutzte. Im Gegenteil: Nicht selten kam er dazu, schenkte sich und Marie ein Glas Wein ein und leistete ihr Gesellschaft.

Ein Blick auf die Uhr sorgte dafür, dass sie ihren Schritt beschleunigte. Es war schon fast Mittag, sie musste sich auch an diesem Markttag darum kümmern, dass niemand von den Arbeitern im Feld hungrig blieb. Luzie war wieder einmal nirgends zu sehen. Sie hatte offensichtlich geahnt, dass ihre Mutter heute noch mehr Aufträge für sie hatte, und sich möglichst schnell mit ihren Freundinnen aus ihrem Blickfeld bewegt.

Marie erreichte den Hof außer Atem und lief in die Küche. Im Vorbeigehen stellte sie das Wasser auf – und dankte nicht zum ersten Mal dem Erfinder des Elektroherdes. Nicht auszudenken, wenn sie jetzt auch noch Feuer machen müsste.

Während die Kartoffeln kochten, packte sie die Leberwurst und den Quark in Körbe – um nur eine halbe Stunde später mit dem Leiterwagen in Richtung der Wingerte zu laufen. Die warme Herbstsonne sorgte dafür, dass ihr der Schweiß über den Rücken lief. Dieser Tag war zu kurz, so wie fast alle anderen. Wo steckte nur Luzie?

Zum Glück kam sie rechtzeitig zur Mittagspause am Wingert an. Müde ließ sie sich neben dem Leiterwagen ins Gras fallen. Jetzt konnte sie wenigstens ein wenig ausruhen, bevor sie sich im Münzerhof wieder um den Haushalt kümmern musste. Abends würde sie wieder Brei für den nächsten Markt kochen. Die Sonne schien ihr warm ins Gesicht, und sie schloss die Augen. Wenigstens für ein paar Minuten wollte sie sich entspannen.

»Na, Zeit für eine Pause?«

Marie fuhr hoch. Eberhard Münzer stand vor ihr und lachte sie an. »Entschuldigung, ich wollte dich nicht bei deinem Nickerchen stören … Du sahst so friedlich aus.«

»Ich wollte gar nicht schlafen«, stammelte Marie und fuhr sich verlegen durch die Haare. »Ich muss in der warmen Sonne eingenickt sein.«

»Das ist doch nicht schlimm. Jeder braucht mal eine Pause.« Er musterte sie. »Und du gönnst dir viel zu selten eine.«

»Weil dann die Arbeit niemals fertig wird!« Sie deutete auf die vielen Erntehelfer, die am Feldrand saßen und gerade die letzten Kartoffeln aßen. »Und deine Arbeiter wollen wohl etwas essen, oder?«

Er nickte. »Sicher. Aber wenn wir unseren Wein gelesen haben, dann haben wir auch Feierabend. Du nicht.«

»Das macht mir nichts«, wehrte Marie ab. »Ich weiß, warum ich das alles tue.«

»Und das wäre?«

»Na, irgendwann mal habe ich ein eigenes Haus, pass nur

auf.« Sie lächelte ihn an. »Ich kann ja nicht für immer bei dir unter dem Dach leben.«

»Aber warum nicht?« Er zuckte mit den Schultern. »Bei mir ist doch gut sein, oder etwa nicht?«

»Ich hätte es nicht besser treffen können. Aber irgendwann möchte ich auch wieder etwas Eigenes haben. Und zwar mehr als nur ein Stück Land mit Apfelbäumen drauf.« Sie sprang auf und fing an, die Teller und Messer der Arbeiter wieder einzusammeln. »Aber keine Sorge, eine Weile bleibe ich noch.«

Damit belud sie wieder den Wagen und zog ihn über den holprigen Weg zurück zum Hof.

Weit und breit keine Spur von Luzie. Dabei brauchte sie für den Nachschub an Apfelbrei unbedingt noch ein oder zwei Steigen von dem Herrgottsapfel, der in diesen Tagen überreif in den Ästen hing. Zu zweit wäre das schnell erledigt – aber so wie es aussah, blieb Luzie lieber unsichtbar.

Erst zum Abendessen tauchte ihre Tochter wieder auf. Setzte sich an den Tisch, nahm sich Brot und einige Tomaten und aß mit gesundem Appetit.

»Wo bist du denn gewesen?« Marie merkte selber, wie vorwurfsvoll ihre Stimme klang. »Ich hätte dich heute gut gebrauchen können.«

»Aber ich habe die Gläser doch auf den Markt gebracht, reicht das etwa nicht?« Luzie klang gereizt.

»Nein. Du bist allmählich alt genug, beim Geldverdienen mitzuhelfen. Du kannst nicht einfach immer deinem Vergnügen nachgehen, bloß weil dir der Sinn danach steht.«

»Ach, Muttel, bloß weil du dir alles verbietest, was auch nur entfernt mit Spaß zu tun haben könnte, muss ich das nicht auch tun. Ich bin jung, ich will etwas erleben. Und es ist nicht zu viel verlangt, dass ich hin und wieder mit meinen Freundinnen reden will, ohne dass du mit immer neuen Aufträgen auftauchst! Außerdem gehe ich zur Schule. Da muss ich lernen, du sagst doch selbst immer, wie wichtig das ist.«

»Ach, und da schaffst du es nicht, nebenher ein bisschen zu helfen?« Sie deutete auf das Brot in Luzies Hand. »Aber essen möchtest du schon?«

»Du bist einfach zu dramatisch. Als ob mein Brot am Abend nur mit deinen vielen Arbeitsstunden auf den Tisch käme.« Luzie griff nach der letzten Scheibe Brot und sprang auf. »Ich gehe jetzt in mein Zimmer und lerne noch ein bisschen. Gegen ein Abitur wirst du ja wohl kaum etwas sagen.«

Damit war sie auch schon verschwunden. Mit gerunzelter Stirn sah Marie ihr hinterher.

Es wurde wieder ein später Abend. Lange stand sie noch in der Küche und rührte in dem großen Topf, in dem aus dem saftig-mürben Fruchtfleisch der Herrgottsäpfel allmählich ein milder Brei für kleine Kinder wurde. Sie hing ihren eigenen Gedanken nach, als Eberhard Münzer hereinkam und sich auf einen der Stühle an dem großen Tisch setzte. Er sah sie nachdenklich und ohne ein Wort zu reden an.

Schnell wurde ihr das unheimlich. »Was ist? Habe ich irgendetwas falsch gemacht?«

»Nein, nein. Ich war nur in Gedanken.« Er rieb sich seine großen, kräftigen Hände, denen man die jahrelange Arbeit im Wingert ansah.

»Gute Gedanken?« Sie sah ihn nur kurz von der Seite her an, dann rührte sie weiter in ihrem Brei.

»Ich weiß es nicht. Ich bin erschrocken. Heute, als du gesagt hast, dass du irgendwann auch wieder ausziehen willst. Ich habe mir vorgestellt, wie das ist, wenn du nicht mehr hier wohnst.«

»Na, in deiner Küche wird es wieder ruhiger zugehen.« Marie probierte einen kleinen Löffel von dem Brei und nickte. »Und weniger gut riechen, nehme ich an. Was sollte sich denn sonst ändern?«

»Nun, vielleicht gefällt es mir ja ganz gut, dass in meiner Küche immer jemand steht und etwas kocht oder bäckt. Wenn du wieder gehst, ist es wie in den Jahren, bevor du gekommen bist: sehr einsam. Das will ich aber nicht mehr.«

»Dann solltest du dir eine Frau suchen. So alt bist du doch noch gar nicht.« Sie sah über die Schulter und lächelte ihn an. »Und ich denke, ein verwitweter Winzer wie du ist keine ganz schlechte Partie, oder?«

Mit einem Ruck sprang er auf und fing an, durch den Raum hin und her zu gehen. »Ja, das ist richtig. Aber ich will nicht irgendeine Frau, die auf meinen Hof oder meine Wingerte erpicht ist. Nein, ich will …« Er blieb stehen und sah sie an. »Ich habe nachgedacht, Marie. Ich will dich. Ganz bestimmt. Seit du hier bist, ist das Leben auf diesem Hof plötzlich lebenswert.«

Verlegen schwieg Marie. Was sollte man dazu schon sagen?

Nach einer kurzen Pause redete Münzer weiter. »Seit bald fünf Jahren leben wir unter einem Dach. Du erzählst mir von deinen Plänen für die Zukunft, und ich bespreche mit dir alles, was meinen Hof angeht. Wir kommen gut miteinander aus. Verstehst du, was ich meine?«

Marie fuhr weiter mit der großen Kelle durch den sämigen Brei, der atemberaubend süß roch.

»Wir sollten heiraten«, erklärte Münzer mit Nachdruck.

Endlich drehte Marie sich um, den tropfenden Löffel in der Hand. »Ich bin verheiratet.«

»Marie, du glaubst doch selber nicht mehr daran, dass dein Mann noch irgendwann zurückkehrt. Es ist Zeit, dass du ihn endlich loslässt. Und dann können wir heiraten!«

Langsam drehte Marie sich wieder um und tauchte den Kochlöffel erneut in den Brei. Sie redete eher zu sich selbst, als sie ihm endlich antwortete. »Du verlangst von mir, dass ich meinen Mann für tot erklären lassen soll. Dabei weiß ich es nicht. Vielleicht lebt er ja noch. Es kann doch sein, dass er mich nicht findet. Oder immer noch in Ostpreußen ist …« Ihre Stimme war leiser geworden. Endlich schaltete sie den Herd aus und fing an, den Brei durch einen Trichter in die bereitstehenden Gläser zu füllen. »Und außerdem brauchst du eine jüngere Frau. Eine, die vielleicht noch Kinder kriegen kann. Du brauchst doch noch einen Erben, wenn nicht alles an deinen Neffen fallen soll, oder? Damit kann ich nicht mehr dienen ... Nein, ich bin vielleicht eine bequeme Wahl. Aber ganz bestimmt nicht die beste.«

»Das werde ich ja wohl immer noch selbst entscheiden dürfen.« Münzer stellte sich neben sie und sah zu, wie sie geschickt ein Glas nach dem anderen füllte, verschloss und auf den Kopf stellte. »Und ich mag, wie du die Dinge anpackst. Du wartest nicht darauf, dass du gerettet wirst, du rettest dich selber. Ich möchte dich weiter in meiner Nähe haben – und das wurde mir heute klar, als du davon geredet hast, dass du ausziehen möchtest.«

»Das passiert ja noch nicht so schnell. Im Augenblick habe ich noch nicht das Geld für ein eigenes Haus zusammen. Oder auch nur die Anzahlung. Du musst dich also nicht so schnell nach einer neuen Haushälterin umsehen.« Ihre Hände arbeiteten mechanisch weiter, während sie redete.

»Ach, Marie! Als ob es mir nur um eine Haushälterin ginge. Du bist doch so viel mehr.«

»Wirklich?« Zum ersten Mal sah sie ihm in die Augen. »Was denn?«

»Du bist ...« Er schien nach einer passenden Formulierung zu suchen, dann zuckte er mit den Schultern. »Ich bin nicht so gut mit Worten. Aber ich würde mich freuen, wenn du bei mir bleiben würdest. Wenn du dich dazu durchringst, deinen Mann für tot erklären zu lassen, dann würde ich mich gut um dich kümmern. Das verspreche ich dir.«

Langsam drehte Marie den Deckel auf ein weiteres Glas. Die Gedanken in ihrem Kopf überschlugen sich. War das die Lösung? Der Ausweg zu einem bequemeren, sicheren Leben? Es klang so einfach, so verlockend. Luzie und sie müssten sich keine Sorgen mehr machen. Und Eberhard Münzer war ganz sicher keine schlechte Wahl. Seit fünf Jahren kannte sie ihn jetzt, keinen einzigen Tag hatte sie ihn unbeherrscht oder wütend erlebt. Er war immer gleichbleibend freundlich, und das war mehr, als man über die meisten Männer sagen konnte.

Langsam nickte sie. »Ich werde darüber nachdenken. Das kommt etwas plötzlich – und ich bin mir nicht sicher, ob ich das wirklich kann. Aber ich verspreche dir, dass ich ernsthaft darüber nachdenke. Mehr kann ich dir an diesem Abend nicht bieten.«

»Mehr habe ich im Augenblick auch gar nicht erwartet.« Er nahm ihre Hand in seine Hände. »Ich werde dir alle Zeit geben, die du brauchst.«

Marie sah auf die Hände. Und musste plötzlich lachen. »Wenn du mich nicht bald loslässt, werden wir ohnehin für immer zusammenbleiben. Mein Apfelbrei ist sehr süß und noch sehr viel klebriger.«

Lachend lösten sie sich wieder voneinander. Energisch wusch Marie ihre Hände unter dem Wasserhahn und räumte dann die noch warmen Gläser ins Regal.

Verlegen wandte sie sich dann zu Eberhard um. »Ich gehe dann mal nach oben.« Damit nickte sie und verschwand, bevor er noch auf die Idee kommen konnte, dass sie ihn anders verabschieden könnte. Mit einem Kuss etwa.

Unter dem Dach öffnete sie kurz die Tür zu Luzies Schlafzimmer. Offensichtlich hatte sie sich nach ihrem Streit beruhigt und war dann ohne einen weiteren Nachtgruß ins Bett gegangen. Jetzt schlief sie mit halboffenem Mund, während die blonden Locken ihr Gesicht umrahmten. Sie sah völlig unschuldig und friedlich aus. Bis zu ihrem nächsten Streit. Was Luzie wohl davon halten würde, wenn sie Reinhold jetzt für tot erklären ließe?

SIEBEN

»Es ist das Beste, was du überhaupt tun kannst!« Ruth drückte ihr Neugeborenes fest an ihre Brust, während sie mit ihrer Mutter redete.

Ihre Wohnung in Ludwigshafen war dunkel und klein, denn sie lag im Souterrain eines alten Ziegelhauses in einer schmalen Straße. Eines der wenigen alten Häuser der Stadt, die von den Bomben verschont geblieben waren. Seit drei Jahren lebte Ruth hier mit ihrem Mann, der kleine Junge in ihren Armen war schon das zweite Kind. Die Große war gerade bei einer Freundin zum Spielen, so hatten Mutter und Tochter Zeit, in Ruhe miteinander zu reden.

Marie kam sonst nur selten zu Besuch, aber heute wollte sie den Rat ihrer ältesten Tochter. Ruth stand mit beiden Beinen fest im Leben und verlor sich nie in irgendwelchen Träumen. Vielleicht hatte sie auch keine. Auf jeden Fall sah sie das Leben immer sehr realistisch. Von Eberhard Münzers Antrag war sie nicht sonderlich überrascht.

»Der fand dich doch vom ersten Tag an gut«, meinte sie. Dann erklärte sie ihrer Mutter, warum sie auf keinen Fall so ein Angebot ablehnen sollte.

»Aber ich müsste Reinhold für tot erklären lassen«, versuchte Marie ihre Bedenken zu begründen.

»Na und?« Mit hochgezogenen Augenbrauen sah Ruth ihre Mutter an. »Glaubst du wirklich, dass Vater eines Tages noch nach Hause kommt? Er ist noch in Königsberg gefallen, oder er ist in Gefangenschaft gekommen und irgendwo in Sibirien erfroren. Oder verhungert. Oder an einer Krankheit gestorben. Egal was: Er lebt nicht mehr.«

»Aber das hätte ich doch spüren müssen ... Wie du es sagst, klingt es so brutal.« Marie biss sich auf die Lippen. Sie sah Reinhold vor sich, wie er über den Hof lief, immer mit Hela auf den Fersen. Oder wie er am Kai stand und ihnen kurz zuwinkte, bevor er sich umdrehte und in der Menge verschwand. Oder bei ihrer Hochzeit, als er sie so stolz am Altar angesehen hatte. Damals hätte sie keinen einzigen Schritt ohne ihn gemacht.

»Muttel, das ist nicht brutal. Das ist die schlichte Wahrheit, auch wenn sie nicht schön ist. Du hast schon viel zu lange an deinem Traum von einem glücklichen Ende festgehalten. Hör auf. Und denk dran, du würdest endlich eine Witwenrente bekommen.«

»So eine Entscheidung kann man doch nicht nur wegen des Geldes fällen. Da steckt doch sehr viel mehr dahinter.« Nachdenklich sah Marie auf die Kaffeetasse in der Hand. Sie drehte den Ring an ihrem Finger. Musste sie den auch ablegen, wenn sie ihren Reinhold für tot erklären ließe?

»Kannst du vielleicht den Münzer nicht leiden? Ist es das?«, wollte Ruth wissen, während sie ihren Sohn in den Schlaf schaukelte.

»Nein, das ist es nicht. Eberhard ist ein guter Mann, der noch kein einziges Mal einen Zweifel an seiner Anständigkeit hat aufkommen lassen. Er hilft mir ja auch bei allen meinen Unternehmungen.« Sie deutete auf die mitgebrachten Gläser, die auf dem Tisch standen. »Er war der Erste, der die Idee von Babybrei in Gläsern für machbar hielt. Und jetzt weiß ich kaum, wo ich ausreichend Äpfel herbekommen soll.«

Vorsichtig legte Ruth ihr kleines Kind in den Kinderwagen. Sie streichelte ihm sanft über die Wangen, bevor sie sich wieder ihrer Mutter zuwandte.

»Also, dann ist doch alles klar. Du lässt Vater für tot erklären – und heiratest Eberhard Münzer. Hast du schon mit Luzie darüber geredet?«

»Ach wo. Nein, die hat gerade nur ihre eigenen Launen und Wünsche im Kopf. Wann immer ich ein wenig Hilfe von ihr will, dann ist sie auch schon fort.« Sie sah ihrer ältesten Tochter ins Gesicht und lächelte. »Wenn ich mich allerdings recht erinnere, wart ihr auch nicht viel anders. Immer, wenn ich glaubte, du würdest für die Schule lernen, lagst du mit einem Schraubenschlüssel in der Hand unter unserem Laster.«

»Und was hat mir in meinem Leben mehr gebracht? Der Schraubenschlüssel oder das Wurzelziehen?« Ruth sah auf die Uhr an der Wand. »Sei mir nicht böse, aber es wird allmählich Zeit, dass ich einkaufen gehe. Der Kleine schläft gerade in seinem Wagen, da kann ich ihn gut mitnehmen. Gerhard hat gerne etwas Ordentliches auf dem Tisch, wenn er nach Hause kommt.«

Prüfend sah Marie ihre Tochter an. »Bist du denn glücklich?«

»Glücklich ist ein ganz schön großes Wort. Was mich wirklich glücklich macht, sind meine Kinder.«

Sie stand auf und zog sich ihre Jacke an.

»Versprich mir, dass du diese Gelegenheit nicht einfach verstreichen lässt«, fuhr sie fort. »Etwas Besseres als den Münzer findest du nicht mehr. Das ist zumindest meine Meinung.«

Marie war mit ihr aufgestanden und half ihr, den Kinderwagen auf die Straße zu tragen. Eine quietschende Straßenbahn fuhr vorbei.

»Ich habe keine Ahnung, wie du mit diesem Lärm leben kannst!«, sagte sie und verzog das Gesicht. »Und dass der Kleine davon gar nicht aufwacht?«

»Ach, das hört man nach ein paar Wochen gar nicht mehr. Mach es gut, Muttel!«

Ruth drückte ihrer Mutter noch einen Kuss auf die Wange

und schob den Kinderwagen in das nächste Geschäft. Marie sah ihr sinnend nach. Aus dem patenten Mädchen, das für ihre Begeisterung für alles Technische jeden Widerstand überwunden hatte, war eine brave Hausfrau geworden, die sich keine Illusionen mehr über das Glück machte. Eigentlich traurig.

Nach einem Blick auf die Uhr beschloss sie, auch noch Ulla zu besuchen. Die lebte immer noch im Schwesternheim, ein Verehrer war nicht in Sicht. Oder sie verheimlichte ihn erfolgreich.

Langsam lief sie durch die Straßen und sah sich um. Nur wenige alte Häuser, viele Lücken oder Ruinen, dazwischen Neubauten, die an Hässlichkeit schwer zu überbieten waren. Es dauerte ein Weilchen, bis sie das Krankenhaus erreichte, das erst vor wenigen Jahren wieder eröffnet worden war.

Ulla hatte Dienst und damit auch keine Zeit für ihre Mutter. Sie winkte ihr nur zu, während sie von einem Zimmer vom anderen lief, und rief etwas von einem Besuch am kommenden Wochenende.

Es blieb Marie nichts anderes übrig, als sich wieder auf den Weg zurück nach Wachenheim zu machen. Aus dem Fenster der Straßenbahn sah sie auf die endlosen Gemüsefelder. Es roch sogar durch die geschlossenen Fenster durchdringend nach dem Kohl, der in diesen Tagen geerntet wurde. Vermisste sie die endlosen Alleen ihrer Heimat? Sie war sich nicht mehr sicher. Zwar hatte sie die glücklichste Zeit ihres Lebens in Ostpreußen verbracht. Aber war das deswegen für immer ihre Heimat? Oder konnte sie sich doch an diese Gegend gewöhnen? Die flache Rheinebene und dahinter der dunkle Rand des Pfälzer Waldes mit seinem Saum aus Reben – man konnte es wahrlich schlechter treffen.

Etwas Besseres als den Münzer findest du nicht mehr. Ruths Satz hallte in ihrem Kopf nach. Warum sollte sie denn nicht etwas Besseres finden? Bloß weil sie zu alt war? Nachdenklich biss sie sich auf die Lippen. Die Zeit war nicht stehen geblieben. Aber alt fühlte sie sich deswegen noch lange nicht. Sie steckte doch voller Ideen und Energie, um aus ihrem kleinen Apfelgarten etwas zu machen. Längst baute sie neben den Äpfeln auch Pfirsiche, Kirschen, Birnen und Zwetschgen an – und sie hatte sich auch schon nach anderen Grundstücken umgehört. Sie brauchte weitere Äpfel, um den Verkauf von Brei, Saft und Kuchen auszuweiten. Damit wäre ihre Zukunft und die ihrer Kinder gesichert. Mit der Hilfe von Eberhard wäre das allerdings leichter zu bewerkstelligen. Entscheidungen nicht mehr alleine treffen zu müssen klang verlockend. Die letzten zehn Jahre hatte sie sich nur auf sich selbst verlassen, jeden Schritt selbst geplant und durchgeführt.

Das letzte Stück des Weges musste sie laufen, denn die Bahn fuhr nicht bis Wachenheim. Sie lief über einen unbefestigten Weg und spürte die Wärme der Sonne auf ihrer Haut.

»Wie würde es dir hier gefallen?« Sie stellte sich vor, sie könnte mit Reinhold reden.

Und sie meinte fast, seine Stimme zu hören: »Ist ein bisschen sehr schönes Wetter hier, meinst du nicht?«

»Mir gefällt das. Ich muss nicht frieren, um mich über einen Ofen zu freuen.«

»Ja, aber hast du hier auch Freunde, Marie? Erinnerst du dich, wie voll es an unserem Tisch oft war?«

»Ich habe gelernt, dass es nicht auf die Menge der Freunde ankommt. Viel wichtiger ist es doch, dass man sich auf sie verlassen kann.«

»Und auf wen kannst du dich verlassen? Und zwar so richtig verlassen, auch wenn es eng wird?«

»Ich denke, Eberhard ist wirklich ein Freund. Er nimmt mich und meine Ideen ernst. «

»Warum bleibst du dann nicht beim ihm?«

»Weil ich dich nicht vergessen kann …«

Erschrocken blieb Marie stehen. Seine Stimme schien noch in der Luft nachzuhallen. So als wäre er doch noch einmal kurz zu ihr gekommen. Oder war das alles ihre lebhafte Fantasie? Ihr Wunsch, dass er noch einmal mit ihr reden würde? Ein einziges Mal, das würde ihr schon genügen.

Während sie die letzten Meter in Richtung Münzerhof lief, fällte sie einen Entschluss. Morgen noch würde sie zum Amtsgericht gehen und Reinholds Todeserklärung beantragen. Es wurde höchste Zeit. Sie fing ja schon an zu fantasieren.

Schon zwei Tage später hing das Aufgebot im Schaukasten vor dem Amtsgericht.

Als sie das letzte Mal ihren Namen auf einem Aufgebot gelesen hatte, da war sie verlobt gewesen. Neunzehn Jahre alt, nur zwei Jahre älter als Luzie heute. Zierlich, blond und voller Vorfreude aufs Leben. 1927 war das gewesen. Eine andere Welt. Eine Hochzeit mit vier Schimmeln vor einer Kutsche, der Einzug als junge Braut in die Meierei in Mandeln und nur ein Jahr später die erste Tochter Ruth.

Und jetzt wieder: Aufgebot.

*Marie Adomeit beantragt, ihren verschollenen
Ehemann Reinhold Adomeit für tot zu erklären.
Der bezeichnete Verschollene wird aufgefordert,
sich am 17. Dezember 1955, mittags 16 Uhr vor
dem Gericht zu melden, widrigenfalls die
Todeserklärung erfolgen kann.*

Wie lächerlich. Jetzt sollte sich der ostpreußische Reinhold ausgerechnet im pfälzischen Bad Dürkheim auf einem Amtsgericht melden, um zu vermeiden, dass er doch nicht tot war. Sie sah den ordentlichen, amtlichen Vordruck, drehte sich um und lief weg.

Alles, was sie jetzt tun musste, war, auf den 17. Dezember zu warten. Ein willkürlicher Termin, zehn Wochen entfernt vom heutigen Datum. Das Gesetz wollte es so, da war es egal, wie befremdlich dieses Aufgebot in dem Schaukasten wirkte. Nicht einmal ihre Töchter wurden befragt, obwohl sie fest damit gerechnet hatte.

Wenigstens würde kaum jemand aus Wachenheim in die Nachbarstadt gehen und die Aufgebote durchsehen – mit ein bisschen Glück blieb dieser Zettel also unbemerkt.

Sie machte einen kleinen Umweg über ihren Apfelgarten. Die meisten Früchte waren schon abgeerntet, die ersten Blätter färbten sich im Licht der Herbstsonne gelb. Sie ließ sich an ihrem Lieblingsplatz am oberen Ende des Gartens ins trockene Gras fallen.

Nun hatte sie es also getan. Und immer noch spukte ihr Mann in ihrem Kopf herum. Sie hörte seine Stimme, mit der er alles kommentierte, was sie machte. Und nicht selten ihre gute Idee durch eine bessere ersetzte.

Sie sah Eberhard schon von Weitem. Wie so oft fuhr er mit seinem kleinen Trecker direkt zu den Apfelbäumen, schaltete den Motor aus, sah sich suchend um und winkte ihr zu, als er sie zwischen den Bäumen sitzen sah. Während er die letzten Meter zu ihrem Sitzplatz lief, musterte er ihr Gesicht.

»Du siehst traurig aus«, stellte er fest.

Marie versuchte abzuwinken. »Es ist nichts. Nur ein paar düstere Gedanken, das ist alles.«

»Gedanken, die du mit mir teilen willst?« Er klang überraschend behutsam.

»Ich weiß nicht ...« Sie schwieg eine Weile, bevor sie weiterredete. »Ich habe die Todeserklärung von Reinhold beantragt. Und seitdem höre ich seine Stimme mit jedem Schritt, den ich mache. Er scheint mir so nahe ... dabei bin ich mir sicher, dass ich das Richtige getan habe. Dass es an der Zeit ist, endlich loszulassen.« Sie spürte, wie ihr die Tränen in die Augen stiegen, und hörte auf zu reden.

»Aber du hast das Gefühl, ihn zu verraten. Ist es das, was dich so bedrückt?«

»Ja. Ich dachte, es sei eine vernünftige Entscheidung, wenn

ich ihn jetzt endlich für tot erklären lasse. Aber bei aller Vernunft – seit ich dieses Aufgebot gesehen habe, fühle ich mich wie eine Betrügerin. Schlimmer, wie eine Mörderin.« Ihre Stimme klang merkwürdig brüchig.

Nachdenklich saßen sie eine Weile nebeneinander und sahen hinunter auf den Garten. In den Wipfeln versammelten sich einige Vögel, denn für sie war es schon bald an der Zeit, wieder in den Süden zu ziehen.

»Vielleicht sollten wir doch nicht heiraten.« Jetzt klang Eberhards Stimme wie ein heiseres Flüstern. »Ich müsste für immer eifersüchtig auf deinen Reinhold sein. Und immer, wenn ich nicht so gut wie er bin, dann würdest du mir einen Vorwurf daraus machen. Wir würden vielleicht verlieren, was wir haben. Und das wäre das Schlimmste.«

»Was haben wir denn?«, fragte Marie vorsichtig nach.

»Nun, ich denke, wir haben eine ähnliche Vorstellung davon, wie wir leben wollen. Wir kämpfen beide für unseren Erfolg und sind auch bereit, dafür zu arbeiten. Wir verbringen gerne Zeit miteinander.« Er lächelte. »Zumindest hoffe ich das.«

Marie nickte. »Ganz bestimmt. Ich habe Reinhold erklärt, dass du hier im Ort mein bester Freund bist.«

»Du hast es Reinhold erklärt?« Er sah sie belustigt an. »Du lässt deinen Mann mit dem heutigen Tag für tot erklären, aber du redest mit ihm?«

»Redest du denn nie mit deiner Frau?« Jetzt war Marie überrascht.

»Nein. Ich erinnere mich gerne an sie, aber ich habe mich auch zu Lebzeiten nie mit ihr unterhalten, wie ich es mit dir tue. Ich habe sie nie gefragt, was sie denkt. Und sie hat es mir nie gesagt. Und das holen wir auch heute nicht mehr nach.« Er betrachtete seine großen kräftigen Hände und kratzte verlegen an einer schorfigen Stelle auf dem Daumen. »Es war keine Liebesheirat damals. Unsere Eltern haben uns einander vorgestellt, weil sie die Grundstücke der beiden Höfe zusammenbringen wollten. Du weißt doch: Liebe vergeht, Hektar besteht.«

»Wir hatten beide keine Hektar, vielleicht war das ein Segen. Für die Meierei haben wir einen Kredit aufgenommen, der bis heute nicht abbezahlt ist. Aber das scheint heute keinen mehr zu interessieren.« Sie brach ab, drehte einen Moment lang den Ehering an ihrem Finger und sah dann Eberhard ins Gesicht. »Wie meinst du das: Wir sollten doch nicht heiraten?«

»Genau so, wie ich es gesagt habe: Wir ändern nichts, sondern freuen uns weiter über die Gesellschaft des anderen, helfen einander und geben uns gute Ratschläge – wir bleiben Freunde. Und um diese Freundschaft nicht zu gefährden, heiraten wir lieber nicht.« Er legte einen Arm um ihre Schultern. »Aber das bedeutet nicht, dass ich jemals bereit wäre, auf deinen Kartoffelsalat zu verzichten!«

Marie liefen die Tränen über das Gesicht. »Das würdest du machen? Bist du mir denn nicht böse?«

»Warum sollte ich? Ich bin derjenige, der erkannt hat, dass man besser nicht mit einem Gespenst in Wettstreit treten sollte. Außerdem wollte ich dich glücklich machen – und nicht dafür sorgen, dass du ein schlechtes Gewissen hast, wann immer du mich ansiehst.«

»Was werden denn die Leute sagen?« Sie wischte sich die Tränen aus dem Gesicht und bemerkte nicht, dass sie mit ihrer dreckigen Hand einen schwarzen Streifen hinterließ.

Vorsichtig griff Eberhard zu einem Taschentuch und wischte ihr damit über das Gesicht. »Was kümmert es uns? Sie werden sagen, dass der alte Münzer mit der hübschen Flüchtlingsfrau befreundet ist. Sie werden spekulieren und reden und irgendwann wieder aufhören und sich daran gewöhnen.«

Vorsichtig legte sie ihre Hand auf seine. »Du bist ein sehr großherziger, kluger Mann, Eberhard. Ich bin so dankbar, dass ich vor fünf Jahren ausgerechnet bei dir gelandet bin.«

»Gut, dass du das so siehst. Denn ich möchte weder auf deinen Kartoffelsalat noch auf deine Gegenwart verzichten. Und auch wenn du irgendwann ein eigenes Haus hast, wirst du trotzdem weiter bei mir ein und aus gehen? So wie jetzt?«

Sie lächelte ihn an. »Das verspreche ich dir von ganzem Herzen. Aber ich habe auch schon eine Bitte: Ich brauche Land. Mehr Land. Wenn ich aus einer Wiese mit Apfelbäumen ein richtiges Geschäft machen will, dann brauche ich mehr Wiesen.«

»Du bist unglaublich.« Münzer schüttelte den Kopf. »Du arbeitest schon für dieses Stück Land viel zu viel. Wie willst du die Zeit finden, um noch mehr zu bearbeiten?«

»Ich werde Menschen finden, die mir helfen. Aber als Erstes brauche ich mehr Platz. Ich dachte an zwei oder drei Hektar.«

Er zog eine Augenbraue nach oben.

»So viel? Bist du dir sicher?«

»Ja. Ich habe alles genau durchgerechnet. Es dauert drei oder vier Jahre, bis die Bäume ordentlich tragen. Aber dann kann ich Gewinn damit machen. Und beim Boden bin ich nicht wählerisch – das sind die Apfelbäume nämlich auch nicht. Wenn es irgendwo zu feucht ist für guten Wein, dann ist das umso besser für meine Äpfel, denn die können Wasser gut gebrauchen!«

»Wie weit würdest du denn fahren für deinen Apfelgarten? Würdest du auch Grund kaufen, der ein paar Kilometer entfernt liegt? In Ellerstadt oder so? Da gibt es mehr Land zu kaufen als hier. Aber zu Fuß kommst du da nicht mehr hin. Erst recht nicht in der Mittagspause. Du wirst einen Traktor brauchen.«

»Ein Traktor ist doch viel zu teuer! Die meisten Winzer und Obstbauern hier in der Gegend haben Pferde. Oder Ochsen.«

Eberhard machte eine wegwerfende Handbewegung. »Entweder du willst das wirklich groß aufziehen, oder du lässt es. Aber wie willst du drei oder vier oder mehr Hektar mit einem sturen Ochsen bearbeiten? Die Bauern, die zu lange an ihren Gespannen festhalten, werden eines Tages untergehen, glaub mir.«

Nachdenklich betrachtete Marie seinen Traktor. Für so ein Gerät müsste sie einen Kredit aufnehmen. Wie sollte sie den jemals zurückzahlen? Mit Babybrei? Aber vielleicht war es jetzt an der Zeit, mutig zu sein. Sie sah Eberhard von der Seite an. »Hilfst du mir? Dann kriege ich das hin, denke ich.«

»Genau das haben wir doch gerade eben verabredet.« Er sah Marie in die Augen und lächelte. »Natürlich helfe ich dir. Eine Frau allein beim Land- oder Traktorkauf – ich denke, dafür sind die Zeiten noch nicht reif.«

ACHT

»Luzie? Wo steckst du denn?«

Laut rufend lief Marie durch das Haus. Sie öffnete die Tür zu Luzies Zimmer, aber fand nur ein ungemachtes Bett, einen Stuhl, über dem ein ganzer Haufen Schmutzwäsche hing, und zwei verwelkte Zimmerpflanzen. Keine Spur von ihrer Tochter.

Wütend warf Marie die Tür hinter sich zu.

»Luzie! Ich brauche dich!«

Aus dem Badezimmer hörte sie das Geräusch von plätscherndem Wasser. Sie riss die Tür auf und fand ihre Tochter unter der Dusche.

»Luzie! Werde jetzt bitte fertig! Ich brauche dich in der Produktionshalle!«

Luzie stellte das Wasser aus und sah hinter dem Duschvorhang hervor. »Du brauchst mich ... wo?«

»In der Produktionshalle. Der alten Scheune. Stell dich nicht dumm. Ich habe heute zwei neue Hilfen fürs Verpacken der Gläschen, die müssen beaufsichtigt werden. Wann kommst du?«

»Ich wollte heute eigentlich ...« Luzie sah das Gesicht ihrer Mutter und brach ab. »Ich bin in spätestens einer halben Stunde da. Lass mich wenigstens fertig duschen, in Ordnung?«

»Ich verlasse mich auf dich!« Damit klappte die Tür des Badezimmers wieder zu.

Auf dem Weg nach unten schüttelte Marie den Kopf. Luzie

hatte nach dem Abitur so hochfliegende Pläne gehabt. Ein Studium. Betriebswirtschaft oder Lehramt, das hatte sie sich vorgestellt. Um dann erst einmal nichts zu machen. Sie beschwerte sich, wann immer sie im Apfelgut helfen musste – aber es war nicht klar, was eigentlich so dringend war und sie von der Arbeit abhielt.

Das Apfelgut war in den letzten Jahren rasend schnell gewachsen. Immer neue Grundstücke, neue Bäume. Dann der Umbau der alten Scheune für die Produktion: Babybrei, Apfelsaft, Apfelmus. Alles mit dem hübschen Logo versehen, das aus zwei verschlungenen As bestand: *Adomeits Apfelgut*. Letztes Jahr hatte Marie sich schließlich ihren Traum erfüllt: ein eigenes Haus nur wenige Schritte von der Produktionshalle entfernt, mit Blick auf die Rheinebene und einem großen Garten voller Blumen. Und natürlich Apfelbäumen.

Tag und Nacht arbeitete sie an der Verwirklichung ihres Plans. Und hin und wieder erwartete sie von Luzie eben auch ein bisschen mehr, als sich immer nur an den gedeckten Tisch zu setzen und die Früchte der Arbeit ihrer Mutter zu ernten.

Es war Herbst, und das hieß, dass die Erntehelfer in den nächsten Wochen unterwegs sein würden, um die kostbaren Früchte von den unzähligen Bäumen zu holen. In der Halle waren Frauen damit beschäftigt, die besten Äpfel für den Direktverkauf auf dem Obstmarkt auszuwählen. Die weniger guten Früchte wurden dann je nach Sorte zu Brei oder trockenen Apfelringen verarbeitet, während die Ware mit den Druckstellen zu Saft gepresst wurde.

Mit dem Fahrrad fuhr Marie die wenigen Meter zu der Halle, lehnte das Rad gegen die Wand und öffnete die Tür. Wie immer war sie einen Augenblick lang wie betäubt von dem intensiven fruchtigen Geruch.

An dem einen Ende der Halle kamen die frischen Äpfel vom Feld an und wurden sofort sortiert. Hier waren zwei Frauen aus Wachenheim angestellt, deren schnellen Augen kein brauner

Fleck entging. Marie sah in die andere Ecke, in der in großen Kesseln der Brei gerührt werden sollte. Zwei Frauen standen etwas ratlos herum.

»Ich bezahle euch nicht fürs Herumstehen!«, rief Marie. »Warum ist der Kessel nicht schon angeheizt? Wollt ihr die Äpfel nicht vorbereiten?«

Eine der Frauen deutete auf sich und die andere. »Das haben wir noch nie gemacht. Wie soll das gehen?«

Mit einem Seufzer griff Marie zu einem der kleinen Messer und griff in die große Tonne mit den dunkelroten Äpfeln. »Das hier ist etwas ganz Besonderes, es sind Äpfel für den Babybrei. Ihr müsst jeden einzelnen Apfel erst einmal putzen: Stiel und Kerngehäuse müssen weg, die Schale darf dranbleiben. Vierteln oder achteln – je nachdem wie groß der Apfel ist – und dann ab in den Kessel.« Sie warf ihre Apfelschnitze in den großen Behälter und sah dabei zur Hallentür. Wo steckte Luzie nur? Sie musste unbedingt weiter, um mit dem Leiter des Großmarktes in Bad Dürkheim über den Verkauf ihrer Äpfel zu sprechen.

»Und wenn der Kessel voll ist?« Die Frau sah Marie fragend an.

»Der ist elektrisch. Ihr macht ihn an, gebt noch ein bisschen Apfelsaft dazu, damit nichts anbrennt – und wenn er kocht, dann müsst ihr fleißig rühren. Könnt ihr das? Dann kümmert euch um die Äpfel, meine Tochter kommt später vorbei und sieht nach dem Rechten.«

Damit drehte sie sich um und verschwand. Vor der Halle fuhr ein Mann mit dem Traktor vor. »Chefin, der verliert Öl und muss in die Werkstatt.«

Marie schüttelte den Kopf. »Das dauert doch viel zu lange. Jetzt kann ich keinen einzigen Tag auf den Bulldog verzichten. Sonst verfault mir die Ernte noch auf dem Baum. Haben Sie denn keine andere Idee?«

»Na ja, mein Bruder ist ganz geschickt, der könnte sich daran versuchen …«

»Rufen Sie ihn an. Es soll sein Schaden nicht sein, wenn das Ding heute Nachmittag wieder läuft.«

Aus dem Augenwinkel sah sie, wie Luzie kam und in der Halle verschwinden wollte. »Luzie!«

Ihre Tochter drehte sich um. »Ja? Was gibt es?«

»Passt du auf die Frauen mit dem Brei auf? Wir haben heute eine komplett neue Besetzung, die kennen weder den Kessel noch sonst irgendetwas.«

Luzie murmelte leise vor sich hin und drehte sich um.

»Was sagst du da?«, rief Marie ihrer Tochter hinterher.

»Ich habe gesagt, es wäre besser, wenn in einer Arbeitsgruppe immer jemand dabei wäre, der die Tätigkeit schon kennt. Aber du tauschst die Leute mitten während der Ernte aus, bloß weil sie deiner Meinung nach zu lange Zigarettenpausen machen. Das ist Blödsinn, das macht nämlich nur extra Arbeit.«

Marie ballte die Fäuste. »Wenn du den ganzen Tag nur in deinem Zimmer herumliegst, mein Fräulein, kann es durchaus sein, dass nicht alles perfekt läuft. Kein Wunder: Ich muss ja alles alleine machen. Aber du darfst dich gerne mehr beteiligen, kein Problem.«

Luzie fuhr herum. »Ich kann mir nicht vorstellen, dass du auch nur einen Bruchteil deiner Macht abgibst. Oder etwa doch?«

Eigentlich wollte Marie sie zurechtweisen. Luzie war mal wieder faul und rotzfrech. Aber dann dachte sie nach. Ein feines Lächeln umspielte ihre Lippen.

»Du irrst dich. Wenn du dich künftig um die Angestellten kümmerst und auch darum, dass sie immer bestmöglich eingesetzt werden, dann soll mir das recht sein. Leg los.«

»Ehrlich?« Die Überraschung war Luzie ins Gesicht geschrieben.

»Aber sicher. Mach nur. Als Erstes wirst du allerdings sehen müssen, ob die beiden in der Halle den Brei anbrennen lassen.«

Luzie nickte nur und verschwand hinter der Tür.

Marie sah ihr einen Augenblick hinterher. Dann kümmerte sie sich um den Traktor mit der tropfenden Ölleitung und fuhr anschließend weiter nach Bad Dürkheim zu ihrem Termin mit Herrn Berger vom Großmarkt. Sie musste einfach noch andere Absatzwege als nur den großen Wochenmarkt finden.

Berger sah ihr mit unbewegter Miene zu, wie sie ihm drei ihrer Äpfel aufschnitt und auf Teller legte. Sie schob ihm den ersten zu.

»Das ist ein Prinzenapfel. Er schmeckt ein wenig nach Ananas, sehr fruchtig, fast exotisch ...«

Berger griff nach einem Schnitz, roch daran und biss ab. Während er kaute, nickte er nur.

Ein wenig unsicher griff Marie nach dem zweiten Teller. »Zitronenapfel. Da sagt der Name schon alles über den Geschmack, denke ich.«

Wieder das gleiche Spiel. Er roch, kaute und nickte. Ob der Apfel ihm schmeckte oder nicht, war für Marie nicht ersichtlich.

»Und dann habe ich Ihnen noch meinen Zuckerapfel mitgebracht. Er ist vielleicht eher für einen Kuchen geeignet, den süßen Geschmack mögen manche nicht so gerne.«

Ein Schnitz wanderte in Bergers Mund, er kaute mit nachdenklichem Gesicht auf dem Apfel herum.

»Was meinen Sie? Könnte das etwas für Ihre Kundschaft sein? Ich weiß, die Sorten sind vielleicht ungewöhnlich, aber ich denke, sie könnten sich trotzdem verkaufen.« Sie sah ihn an. »Oder wie sehen Sie das?«

Der kräftige Mann griff in seine Tasche, holte ein Tuch hervor und tupfte sich sorgfältig die Lippen sauber.

»Meine liebe Frau Adomeit ...«, begann er langsam.

Marie hielt die Luft an. Wenn sie wirklich Erfolg mit ihren Äpfeln haben wollte, dann war dieser Mann wichtig. Was er für gut befand, das wollten auch seine Konkurrenten haben. Wenn er etwas ablehnte, dann war das überall unverkäuflich. Den

Termin hatte sie nur bekommen, weil Eberhard ihn kannte und seit Jahren privat mit Wein belieferte.

»Sie haben mich schon mit dem ersten Apfel überzeugt«, fuhr er fort. »Sie haben ungewöhnliche Sorten, das ist wahr. Aber damit unterscheiden Sie sich wenigstens von den anderen Apfelbauern. Und ich unterscheide mich damit von den anderen Markthallen.«

»Und es stört Sie nicht, dass diese Äpfel nicht ursprünglich aus der Pfalz kommen?« Fragend sah Marie ihn an.

»Wer sagt das denn? Ich denke, sie werden hier angebaut, also kommen sie von hier. Auf den Kisten wird ›Pfälzer Äpfel‹ stehen. Das reicht mir.« Er setzte eine Brille auf und zückte einen kleinen Block. »Wann können Sie mir welche Menge liefern? Und noch viel wichtiger: zu welchem Preis?«

Längst hatte sie sich einen Preis für ihre Äpfel überlegt, der hoch genug war, aber nicht unverschämt. Als sie Berger die Summe nannte, zog er nur eine Augenbraue nach oben und schrieb die Summe ungerührt auf seinen Zettel. »Und wie viele Zentner? Bei einem so teuren Apfel kann ich leider nicht so große Mengen abnehmen, das ist Ihnen sicher klar.«

»Ich denke, dass ich für den Anfang fünf Zentner pro Woche liefern kann. Die Sorten werden nicht immer in gleichen Anteilen dabei sind, denn die Bäume tragen nicht alle gleich und vor allem nicht alle gleichzeitig. Ist das in Ordnung?«

Der Stift kratzte weiter über das Papier. »Eberhard hat mich gewarnt, dass Sie immer gleich zur Sache kommen und seine Erwartungen in der Regel mehr als erfüllen. Das kann ich nur bestätigen.«

Er legte seinen kratzenden Stift zur Seite und streckte ihr die Hand entgegen. »Dann möchte ich Ihnen die Hand reichen. Auf eine lange und erfolgreiche Partnerschaft in der Vermarktung Ihrer Äpfel! Ich freue mich, dass wir künftig Adomeits Äpfel im Sortiment haben.«

Er griff nach einem weiteren Schnitz des Zitronenapfels.

»Und von dieser Sorte werde ich mir künftig immer etwas mit nach Hause nehmen. Wenn mein Geschmack mit dem meiner Kunden zusammentrifft, kann ich auch mehr davon nehmen.«

Marie stand auf und nickte ihm zu. »Es ist mir ein Vergnügen, mit Ihnen Geschäfte zu machen.«

Sie ging langsam zu ihrem kleinen Auto, setzte sich hinter das Lenkrad und fuhr vom Hof. Erst als sie außer Sichtweite war, fuhr sie an den rechten Fahrbahnrand, machte den Motor aus. Und dann erlaubte sie sich einen Freudenschrei. Klopfte auf ihr Lenkrad und fing an zu lachen.

Pfälzer Äpfel, hatte er gesagt.

So als wäre es eine Selbstverständlichkeit, dass die ostpreußischen Reiser auf den pfälzischen Wildäpfeln zu einer Ware aus der Pfalz wurden.

Sie hatte es geschafft.

TEIL III

LUZIE

Wachenheim,
Frühling 1968

»Hey little apple blossom
What seems to be the problem?
All the ones you tell your troubles to
They don't really care for you.«

The White Stripes

EINS

»Aufwachen! Schnell! Der Frost kommt!«

Nur langsam kämpfte Luzie sich aus ihren tiefen Träumen. Träume, in denen das Wetter bestimmt keine Rolle spielte. Es polterte weiter an ihrer Tür.

»Wach auf! Wir haben keine Zeit zu verlieren! Mach schon! Es wird kalt!«

Einen Moment lang lag Luzie reglos da. Sie hörte die Schritte vor der Tür. Ihre Mutter, die ins Badezimmer rannte. Um nur Augenblicke später wieder an die Tür zu klopfen.

»Jetzt komm endlich! Los!«

Luzie schwang ihre Beine aus dem Bett. Die kalte Luft aus dem offen stehenden Fenster biss empfindlich in ihre nackten Beine. »Bin ja schon da!«, rief sie und rieb sich die Augen. »Einen Moment!«

Sie griff nach den dicken Socken, die sie gestern schon angehabt hatte, den Arbeitshosen und dem bunten Norwegerpullover. Dann rannte sie die Treppe nach unten, zog sich einen Parka und eine dicke Mütze an und trat vor die Tür. Ihre Mutter saß schon im Auto und winkte heftig, während der Motor lief.

Luzie ließ sich auf den Beifahrersitz fallen. Dabei fiel ihr Blick auf die Uhr. Kurz vor Mitternacht.

»Hast du schon nach Hilfe gerufen?«, fragte sie.

Ihre Mutter nickte, während sie den Gang einlegte und vom Hof jagte. »Ja, aber ich habe niemanden erreicht. Die schlafen jetzt alle. Wir schaffen das auch alleine, ist ja nicht das erste Mal. Als Erstes brauchen wir Stroh, Fässer und Feuer.«

Sie fuhren über den holprigen Weg zu der großen Arbeitshalle des Apfelhofes. In den Wingerten konnte man die blinkenden Lichter von Traktoren zwischen den Zweigen sehen. Ein später Nachtfrost – das sorgte bei allen, die vom Ertrag der Bäume und Reben abhängig waren, für Panik. Wenn die zarten Blüten der beißenden Kälte zum Opfer fielen, dann war die Arbeit eines Jahres zunichtegemacht.

In der Arbeitshalle rannte Luzie zu den alten Fässern, die in einer Ecke für genau solche Einsätze bereitstanden. Sie wuchtete eines nach dem anderen auf den flachen Anhänger und warf einige Strohballen hinterher, während ihre Mutter mit dem Traktor herumrangierte und den Anhänger ankuppelte. Ein letzter Strohballen flog hinauf, dann ging es los.

Luzie krallte sich an die eiskalten Griffe des Traktors, während sie durch die steinigen Fahrrinnen holperten. Sie verfluchte den dünnen Parka. Und warum nur hatte sie nicht nach den Handschuhen gegriffen? Der Mond schien hell von einem sternenübersäten Himmel – aber sie hatte jetzt keinen Blick für die Schönheit dieser Nacht. Keine Wolken bedeutete Kälte ...

»Hat der Wetterbericht das vorhergesagt?«, rief sie ihrer Mutter ins Ohr.

Ein Kopfschütteln war die Antwort. »Wann hat der schon jemals recht gehabt? Ich glaube, die würfeln nur.«

Der Traktor erreichte eines der Felder, das in einer flachen Senke gelegen war. Der Frost floss unweigerlich an die tiefste Stelle, ähnlich wie Wasser – nur unsichtbar.

Eine Gestalt stand am Wegesrand und winkte.

Matthias Winter. Seit einem Jahr arbeitete er bei ihnen – und hatte sich längst unentbehrlich gemacht. Er leitete den Betrieb, als wäre es sein eigener. Bestimmt hatte Marie ihn hierhergerufen.

Zusammen mit Luzie rollte Matthias die Fässer vom Anhänger, während ihre Mutter langsam durch die Reihen fuhr. Dann stopften sie das Stroh in die Fässer und hielten eine Fackel an die Halme. Qualmend züngelten die Flammen empor.

»Hoffentlich reicht das.« Luzie sah an den Himmel. Der warme Qualm stieg in die Nase und reizte die Schleimhäute. Aber er lag wie eine schützende Decke über den Bäumen. Das schwächte zwar den schärfsten Nachtfrost ab, doch wenn es in dieser Nacht noch kälter wurde, dann konnte nichts und niemand mehr die Apfelblüten retten.

»Bestimmt. Wir waren früh genug hier, und ich glaube nicht, dass es heute Nacht noch sehr viel kälter wird.« Matthias' Stimme klang beruhigend.

Luzie blies sich in die rot gefrorenen Hände. »Für mich ist es kalt genug.«

Sein Blick auf ihre Finger war voller Mitgefühl. »Möchtest du nicht meine Handschuhe anziehen?« Eilfertig zog er seine Fäustlinge aus. »Hier, nimm sie. Ich habe sowieso warme Hände!«

»Das kann ich doch nicht ...«

Aber Matthias drückte ihr die Fäustlinge in die Hand. »Los, deine Mutter möchte weiter, sie winkt schon.«

Dankbar schlüpfte Luzie in die viel zu großen Handschuhe, in denen noch die Wärme von Matthias' Händen hing. »Das ist sehr lieb, vielen Dank!«

»Ich ...« Er kam nicht dazu, seinen Satz zu beenden. Luzies Mutter unterbrach ihn mit der Hupe und winkte ihre Tochter zu sich. In Richtung Matthias rief sie: »Du passt hier auf, dass das Feuer nicht ausgeht. Wir fahren eine Runde zu den anderen Gärten – vielleicht müssen wir da auch noch etwas machen.«

In einer weiteren Senke verteilten sie große, rußende Kerzen. Die restliche Nacht fuhren sie herum und brachten immer wieder neues Stroh zu den Fässern. Die Stunden direkt vor Sonnenaufgang waren die kältesten.

Irgendwann wurde es hell. Luzie schlug die Arme um sich

und schwor sich, dass sie nie wieder zu einer solchen Arbeit gehen würde, ohne den dicken Wintermantel anzuziehen.

»Ich glaube, es wird Zeit für ein Frühstück«, sagte sie schließlich. »Gehen wir heim? Hier sollte die Sonne den Rest der Arbeit erledigen.« Sie wandte sich an Matthias, der die ganze Nacht unermüdlich an ihrer Seite gekämpft hatte. »Willst du mitkommen? Es gibt nur Kaffee, Brot und Eier – aber das haben wir uns redlich verdient.«

»Aber gern!« Matthias lächelte sie an. Er konnte wahrscheinlich gar nicht unfreundlich sein, dachte Luzie bei sich. Zumindest hatte sie noch nie erlebt, dass er ungerecht war oder gar laut wurde. Mit seiner ruhigen Art erreichte er die Herzen der Arbeiter. Und vor allem ihre Hände.

Zurück in der Küche, brühte Luzie heißen Kaffee auf und briet dann reichlich Speck in einer Pfanne an, bevor sie noch einige Eier dazugab.

Im Radio sang Peter Alexander hingebungsvoll irgendetwas vom letzten Walzer, als sie ihrer Mutter und Matthias zwei vollgeladene Teller brachte. »Lasst es euch schmecken!«, meinte sie lächelnd, holte sich noch selber einen Teller und setzte sich zu den beiden anderen.

»Noch einmal danke für die Handschuhe!«, sagte sie zwischen zwei Bissen. »Ich hoffe, du hast dann selber nicht zu sehr gefroren.«

»Nein, wirklich nicht ...«, begann Matthias, doch auch diesmal wurde er von Luzies Mutter unterbrochen.

»Du hast keine Handschuhe mitgenommen? Wie alt musst du denn noch werden, damit du endlich ein bisschen Verstand annimmst?« Sie schüttelte erbost den Kopf.

»Genug Verstand, um mich jeden Tag um das Apfelgut zu kümmern. Da beschwerst du dich auch nicht.« Der Ton klang rauer als beabsichtigt. Aber gerade vor einem Gast wollte Luzie nicht wie ein kleines Kind behandelt werden.

»Mir bleibt ja nichts anderes übrig. Du wolltest ja nichts Vernünftiges lernen.« Ihre Mutter bohrte die Gabel in ein Stück Speck, als wollte sie es noch einmal töten.

»Bitte? Ich wollte nichts lernen?« Luzie funkelte ihre Mutter an. »Ich bin die Einzige, die hiergeblieben ist. Meine großen Schwestern haben sich ja schneller vom Hof gemacht, als du bis drei hättest zählen können. Ich bleibe hier und helfe dir – und daraus machst du mir einen Vorwurf?«

»Ich gehe dann mal lieber«, unterbrach Matthias sie und sprang auf. Offensichtlich war ihm der Streit zwischen den beiden Frauen unangenehm. »Ich sehe mal nach den Fässern. Die müssen weggeräumt werden. So ein Frost kann ja jederzeit wieder passieren …«

Damit verschwand er. Es sah eher nach einer Flucht aus.

Luzie legte ihre immer noch durchgefrorenen Finger um die heiße Tasse und sah nachdenklich zu ihrer Mutter.

Die schaufelte weiter das Rührei auf die Gabel, ohne auch nur für einen Moment ihre Tochter anzusehen. Nicht zum ersten Mal bemerkte Luzie die tiefen Falten, die ihre Mundwinkel nach unten zogen. Marie sah sehr viel älter aus als sechzig. Über zwanzig Jahre harte Arbeit hatten ihre Spuren hinterlassen und auch nicht dafür gesorgt, dass Marie Milde oder Freundlichkeit ausstrahlte. Im Gegenteil: Es schien so, als ob sie mit dem zunehmenden Erfolg von Adomeits Apfelgut immer noch verbissener wurde.

Luzie schob ihren Stuhl nach hinten. »Ich helfe Matthias. Er hat ja recht, die Fässer müssen wieder in die Scheune. Vielleicht war das nicht der letzte Frost in diesem Frühling.«

Ihre Mutter griff nach der Morgenzeitung und schlug sie auf, ohne ein weiteres Wort zu sagen.

Einen Moment lang zögerte Luzie. Dann drehte sie sich um und verschwand nach draußen.

Tatsächlich fand sie Matthias wenig später in dem Apfelanbau in der Senke. Bedächtig rollte er die Fässer über eine Rampe wieder zurück auf den Anhänger.

»Komm, ich helfe dir!« Luzie lächelte ihn an und hob ihre

Hände in die Höhe. »Und dieses Mal habe ich sogar an Handschuhe gedacht!«

»Deine Mutter ...« Er stockte. »Es steht mir eigentlich nicht zu, etwas zu sagen, aber sie wirkt hin und wieder ziemlich verbittert. Und streng. Dabei finde ich gut, was du machst ...« Er sah sie ernst an. Dann ging er zum nächsten Fass und schob es über die Rampe nach oben.

»Sie meint es nicht so. War eine anstrengende Nacht. Und sie ist nicht mehr die Jüngste, da hinterlässt so etwas Spuren. Muss man nicht ernst nehmen.« Sie versuchte, dabei möglichst leicht zu klingen. Auf keinen Fall zugeben, dass ihre Mutter sie verletzt hatte.

»Hättest du Lust, dass wir vielleicht mal ausgehen? In Dürkheim hat eine neue Tanzbar aufgemacht. Ich war noch nicht da, aber es soll da richtig gut sein.«

»Du meinst aber nicht so schreckliche Musik wie im Radio heute Morgen?« Luzie lachte. »Klar, können wir machen.«

»Schön. Nächsten Samstag?« Er sah sie hoffnungsvoll an. Wie ein kleiner Hund, der auf einen Knochen wartet, dachte Luzie, verbot sich den Gedanken aber sofort wieder. Matthias war nett und hilfsbereit. Aber ganz bestimmt nicht mehr. Seine kräftige Statur und sein rundes Gesicht erinnerten sie eher an einen Teddybären als an einen attraktiven Mann. Trotzdem. Tanzbar klang gut. Auf jeden Fall besser als ein Abend mit ihrer reizbaren Mutter.

»Ja, Samstag passt. Holst du mich ab?«

Sein Gesicht leuchtete auf. »Mache ich. Das wird bestimmt ein toller Abend!«

Er klingelte um Punkt zwanzig Uhr. Genau wie vereinbart. Unsicher fingerte er an seiner Krawatte – und Luzie musste sich eingestehen, dass sie ihn noch nie damit gesehen hatte. Oder gar in seinem schwarzen Anzug, den er für diesen Abend angezogen hatte.

Sie zog sich die kurze Lederjacke über das flaschengrüne Kleid. Nein, sie hatte es nicht extra für diesen Abend gekauft. Tatsächlich hing es schon seit Wochen im Schrank und wartete auf seinen ersten Einsatz, der im Alltag auf einem Apfelhof niemals kommen würde.

»Los geht's!« Sie lächelte ihn an.

Er öffnete die Tür seines kleinen NSU Prinz, als wäre es eine große Limousine. Luzie setzte sich. »Ich wusste nicht einmal, dass du ein Auto hast!«, bekannte sie.

Matthias war auf dem Obstgut immer nur mit dem Traktor oder zu Fuß unterwegs. Dazu die ausgebeulte, nie ganz saubere Arbeitshose und der braune Pullover mit dem ausgefransten Bund. Beschämt musste Luzie sich eingestehen, dass sie nie auch nur einen Gedanken an den Matthias außerhalb des Apfelgutes verschwendet hatte.

In seinem Auto roch es nach Äpfeln und ganz leicht nach Zigaretten. »Du rauchst?«, fragte Luzie. So etwas Verwegenes hätte sie ihm ebenfalls nicht zugetraut.

»Nicht bei der Arbeit!«, erklärte er hastig. »Aber an meinen freien Tagen, da gönne ich mir hin und wieder ein Zigarettchen. Das entspannt. Hast du das etwa noch nie probiert?«

»Zigaretten? Nein, bloß nicht. Ich möchte mir nicht ausmalen, was passiert, wenn meine Mutter mich mit so etwas entdeckt.« Sie lachte auf, eine Spur zu schrill. »Ich weiß, ich bin achtundzwanzig. Wenn ich rauchen möchte, dann darf ich das. Aber nicht im Haus meiner Mutter, auf der Terrasse, im Garten oder irgendwo auf dem Apfelgut. Also lasse ich es lieber. Ich habe es allerdings auch noch nie probiert.«

Das kleine, cremefarbene Auto knatterte über die Landstraße Richtung Dürkheim. Auf dem großen Parkplatz beim Riesenfass hielt er an. »Von hier aus können wir gut zum Holzwurm laufen. Ich bin gespannt, wie es dir gefällt.«

An seiner Seite lief sie Richtung Innenstadt. »Bist du da schon öfter gewesen?«

Die Antwort war ein Kopfschütteln. »Nein, aber ich habe schon oft davon gehört. Die Arbeiter in der Produktionshalle haben davon erzählt. Die meisten sind jung, da ist so eine Tanzbar schon sehr beliebt. Vor allem können sie da Mädchen kennenlernen ...«

Als er die Tür aufschob, schlug ihnen ein Gemisch aus lauter Musik, noch lauterer Unterhaltung, Zigarettenrauch und der Geruch von zu vielen schwitzenden Menschen entgegen.

»Gib mir deinen Mantel«, meinte Matthias lächelnd. »Du kannst ja schon vorgehen, ich komme gleich nach.«

Neugierig betrat sie das Lokal. Im Schein der blinkenden Lichter, die in allen Farben des Regenbogens leuchteten, konnte man nicht viel sehen. Aber auf der Tanzfläche war einiges los: Da tanzten Männer und Frauen durcheinander, während aus den Boxen an der Decke *Mustang Sally* dröhnte.

Luzie fing an zu wippen. Das klang gut.

Matthias tauchte neben ihr auf und sagte etwas. Zumindest bewegte er den Mund. Fragend sah Luzie ihn an.

Er beugte sich vor und brüllte in ihr Ohr: »Was trinken?«

Sie nickte, und Matthias verschwand in Richtung der Bar, an der noch mehr Menschen darauf warteten, dass die Frau hinter dem Tresen sie bediente.

Vorsichtig drängte Luzie sich an den Tanzenden vorbei an die andere Seite des Raumes, lehnte sich gegen eine Wand und beobachtete das Treiben.

Einige tanzten, andere standen nur dicht beieinander, nickten zur Musik und tranken dazu ihren Wein. Oder andere Getränke, die sie nicht einordnen konnte.

Ein Mann mit buntem Hemd lächelte ihr von der Seite zu. Als sie zurücklächelte, kam er sofort zu ihr. »Ganz allein hier?«

Auch er musste ihr ins Ohr brüllen, damit sie etwas verstand. Und ihre Antwort über den Freund, der nur gerade kurz an der Bar sei, schien er auch nicht zu verstehen. Oder vielleicht wollte er sie auch nicht verstehen.

Ein schnelleres Lied begann, und die Tanzfläche wurde noch voller. Er griff nach ihrer Hand und zog sie mit sich. Luzie versuchte, sich zu wehren. Was tanzte man schon zu dieser Musik? Sicher, sie war in der Tanzstunde gewesen, aber das brachte hier überhaupt nichts. Und bei ihren bisherigen Besuchen in solchen Tanzlokalen hatte sie lieber zu den Beobachtern gehört – nicht zu den Tänzern.

Er beachtete ihren Protest nicht, sondern hielt sie an der Hand und fing an zu tanzen. Vorsichtig machte sie ein wenig mit. Fühlte sich gar nicht so schlecht an. Wie machten die anderen Frauen das? Sie sah sich um und machte nach, was die anderen vortanzten.

Bevor sie sich's versah, fing das nächste Lied an. Sie tanzte einfach weiter. Bis ihr jemand auf die Schulter tippte. Matthias. Der hatte in jeder Hand ein Glas und deutete auf einen freien Platz an einem der Tische. Sie nickte nur und bedeutete ihm, dass sie am Ende dieses Liedes nachkommen würde.

Doch der Mann, der sie auf die Tanzfläche gezogen hatte, reichte ihr ein kleines Glas mit einer klebrig süßen Flüssigkeit, die er Amaretto nannte. Natürlich musste sie das erst mal leeren. Der kleine Schluck lief brennend durch ihre Kehle, und sie tanzte weiter.

Irgendwann fiel ihr Blick doch wieder auf Matthias. Er saß vor seinen zwei Gläsern, eines davon halb leer. Aber er war offenbar nicht sauer. Warum sollte er ihr sonst zulächeln? Ob Matthias überhaupt fähig war, wütend zu werden?

»Kommst du mit raus? Ein bisschen frische Luft schnappen?« Der Mann schaffte es, ihr zwischen zwei Liedern seine Frage ins Ohr zu schreien.

Lächelnd ging sie hinterher und winkte Matthias noch einmal zu. Bestimmt würde sie gleich zu ihm kommen und sich an seinen Tisch setzen. Aber jetzt war sie erst einmal neugierig, wer dieser Mann in dem bunten Hemd war.

»Ich bin der Lu!«, erklärte er. »Und du?«

»Luzie. Wo kommst du denn her? Du bist doch nicht von hier, oder?«

»Nein. Ich bin nur zu Besuch. Bei einer Cousine, die ist noch drinnen. Eigentlich wohne ich in München, genauer gesagt in Schwabing. Ich habe schon gedacht, in diesem Kaff gibt es nichts, was Spaß macht, aber zum Glück hat mich meine Cousine mit hierhergenommen.« Er lachte sie an. Griff nach einer Zigarettenschachtel und schüttelte zwei Zigaretten heraus. »Willst du eine?«

»Ich habe noch nie ...«

»Dann wird es höchste Zeit.« Er steckte sich zwei Zigaretten in den Mund, zündete beide an und gab ihr eine davon. Eine Sekunde lang zögerte Luzie. Konnte man wirklich eine Zigarette rauchen, die ein fremder Mann schon im Mund gehabt hatte? Dann beschimpfte sie sich selbst als eine alte Spießerin und nahm an. Was war schon dabei? Sie hatte sich das verdient. Mehr als ihre tägliche Beschimpfung auf dem Gut ihrer Mutter.

Sie zog und wurde in der nächsten Sekunde von einem Hustenkrampf geschüttelt.

»Das ist wohl nichts für mich!« Sie japste immer noch nach Luft, als Lu ihr die Zigarette abnahm und einfach weiterrauchte. Er lächelte sie an. Dabei sah er eigentlich ganz nett aus. Und gar nicht so brav wie ihr Begleiter, der drinnen am Tisch saß und auf sie wartete. Das schlechte Gewissen, das sie einen Augenblick lang packte, schüttelte sie ab. Was hatte sie Matthias schon versprochen?

»Und wie lange bleibst du noch?«, wollte sie wissen.

»Gar nicht mehr. Ich fahre schon heute Nacht wieder nach Schwabing. Meine Cousine kommt mit. Du auch?« Belustigt grinste er sie an, als hätte er einen guten Witz gemacht, den nur er verstehen konnte.

»Quatsch, ich hab hier doch meine Arbeit. Da kann ich nicht so einfach verschwinden!«

»Was wäre denn, wenn du einfach am Montagmorgen nicht

da wärst? Würde die Welt zusammenbrechen? Oder würde alles weitergehen wie immer – und nach ein paar Tagen weiß keiner mehr, dass du nicht da bist?« Er wurde ernst. »Es wäre doch jammerschade, wenn man nicht einmal auch das richtige Leben kennengelernt hätte. Und ausprobiert, ob nicht vielleicht ein anderes Leben viel besser zu einem passt. Oder siehst du das anders?«

»Schon. Vielleicht. Ach, ich weiß es nicht.« Sie sah über seine Schulter zum Eingang hinüber. »Ich bin auch nicht alleine da, ich sollte wirklich wieder reingehen. Matthias wartet schon auf mich …«

»Ich auch. Komm mit. Und bei mir hast du nicht mehr lange Zeit …« Er lachte, während sie sich umdrehte, um sich endlich zu Matthias zu setzen. Sie hatte ihn schon viel zu lange warten lassen.

Tatsächlich saß er immer noch etwas verloren in der lauten Menge an seinem Tisch. Ihr Glas war immer noch randvoll, seines dagegen schon leer.

Luzie ließ sich neben ihn fallen. »Stell dir vor, der Typ wollte mich mit nach Schwabing nehmen. Unglaublich, was einem hier passieren kann …«

Matthias deutete auf das Glas. »Ich fürchte, dein Wein ist ein bisschen warm geworden,«

»Das macht gar nichts!« Sie nahm einen tiefen Schluck. »Ich bin so durstig, ich würde auch Spülwasser trinken.«

»Das glaub ich dir nicht.« In diesem Augenblick wurde die Musik wieder lauter, und sie konnten sich nicht mehr verstehen. Luzie lächelte nur entschuldigend, während sie noch mehr von ihrem Wein trank.

Die Musik hämmerte in ihrem Kopf. Und die Frage, was denn wäre, wenn sie morgen nicht mehr in ihrem Kinderzimmer aufwachen würde, sondern in München. So weit weg war sie noch nie gewesen. Immer, wenn Luzie ihrer Mutter eine Reise vorschlug, verkündete diese, dass sie nie wieder reisen wolle. »Ich bin für ein ganzes Leben genug unterwegs gewesen«, war ihre Antwort. Rimini, Lago Maggiore oder München – keiner dieser Namen schien in ihr irgendeine Sehnsucht zu wecken.

Wenn sie schon nicht mit ihrer Mutter reisen konnte – dann vielleicht ohne sie? Den Bäumen entkommen, die immer irgendetwas wollten. Wärmendes Feuer in dieser Woche, gepflügten Boden in der nächsten, Hilfe gegen den Apfelwickler etwas später und dann die große Ernte, bevor alle Bäume nach einem Winterschnitt verlangten. Was würde passieren, wenn morgen ihr Bett leer blieb?

Gedankenverloren sah sie Matthias an. Er verdiente sein Geld bei Marie Adomeit. Sie sorgte dafür, dass er sich diesen Anzug und das kleine Auto leisten konnte. So einer ging nicht einfach fort.

Luzie trank einen weiteren Schluck.

Was hielt das Leben für sie bereit? Bäume und eine Mutter, die von ihr mehr Hingabe forderte. Mehr Arbeit. Mehr ... was auch immer. Ruth und Ulla hatten recht daran getan, einfach zu verschwinden. Sie führten ihr eigenes Leben. Wahrscheinlich auch nicht ständig glücklich, aber auf Distanz zur fordernden Mutter.

Während sie einfach geblieben war. Der Ausflug in eine Tanzbar in Dürkheim war der Höhepunkt des Wochenendes.

Langsam stand sie auf. »Ich tanze noch!«, brüllte sie Matthias ins Ohr.

Sie wartete nicht auf seine Reaktion.

Auf der Tanzfläche empfing sie ein stampfender Beat. »You'll not see nothing like the Mighty Quinn!«

Luzie schloss die Augen und gab sich dem Rhythmus hin. Sie bemerkte nicht einmal, wie die Tanzfläche leerer wurde. Irgendwann tippte Matthias sie an die Schulter und bedeutete ihr, dass er jetzt heimfahren wolle. Luzie machte eine abwehrende Handbewegung.

»Ich komme schon alleine klar!«, rief sie ihm ins Ohr.

Kopfschüttelnd ging er an die Garderobe, holte seine Jacke und verschwand. Einen winzigen Moment empfand sie etwas wie schlechtes Gewissen. Sie hatte den ganzen Abend kein einziges Mal mit ihm getanzt.

Noch bevor sie ihren Gedanken länger nachhängen konnte, kam Lu wieder auf die Tanzfläche. Ganz offensichtlich hatte er einiges von seinem Amaretto getrunken oder vielleicht auch etwas anderes.

Auf jeden Fall war seine Zunge schwer, als er ihr den Arm um die Schulter legte und direkt in ihr Ohr redete. Sie spürte seinen heißen, feuchten Atem. »Wie sieht es mit uns aus? Kommst du mit? Wir fahren jetzt los. Wird bestimmt ein Riesenspaß!«

»Aber ...« Sie sah an sich herunter. »Ich muss wirklich erst etwas zum Umziehen holen. Oder eine Zahnbürste. Geld.«

»Wir fahren bei dir vorbei, kein Problem. Die paar Sachen hast du doch schnell zusammen!«

München. Das klang nach Freiheit und Studenten und Spaß. Jeden Abend tanzen. Das Gegenteil von Wachenheim.

Sie nickte.

»Aber ihr müsst bei mir halten! Ganz ohne irgendwas kann ich das nicht.«

»Klar, machen wir. Und los geht's!«

Sie holten ihre Jacken und trafen vor der Tür eine kräftige Rothaarige.

»Ich bin die Elli!«, erklärte sie. »Du fährst mit uns mit?«

Luzie nickte. An der frischen Luft klang ihr Plan noch verwegener. Was würde nur ihre Mutter dazu sagen? Aber wer wollte das schon wissen?

Elli steuerte auf einen bemalten VW-Bus zu. »Kannst du Auto fahren?«, rief sie über ihre Schulter, während sie hinter das Steuerrad kletterte.

»Klar. Ich fahr zwar meistens Traktor, aber Bus geht auch«, meinte Luzie.

»Gut.« Elli drehte den Zündschlüssel um. »Kannst mich später ablösen.«

»Ich habe aber ganz schön was getrunken!« Luzie lachte und deutete auf Lu. »Das klebrige Zeug.«

»Ich auch, aber am frühen Morgen wird nicht kontrolliert. Du musst zuerst rüber nach Wachenheim?«

Ohne die Antwort abzuwarten, fuhr sie in die richtige Richtung. Ein paar Minuten später hielten sie vor dem Haus an, das Luzies Mutter sich gebaut hatte. In der Morgendämmerung saß nur eine gähnende Katze auf dem Teppich vor der Tür.

Luzie fischte den Schlüssel aus seinem Versteck unter einem Blumentopf hervor, schloss auf und schlich die Stufen nach oben. Sie schmiss ein paar Kleidungsstücke in eine große Tasche, dazu eine Jacke und den Geldbeutel.

Als sie wieder an die Haustür kam, hörte sie ein Geräusch über sich. Es klang wie eine knarzende Tür. Erschrocken hielt sie inne. War ihre Mutter etwa wach geworden?

Aber es blieb leise, und so zog sie leise die Haustür hinter sich zu.

Sie überlegte kurz, dann schloss sie noch einmal auf und setzte sich an den Esstisch. Vom Block am Telefon riss sie einen Zettel ab und nahm sich einen Bleistift. *Liebe Mutter! Ich bin unterwegs nach München.* Kurz sah sie aus dem Fenster. Dann lächelte sie und schrieb weiter. *Mach dir keine Sorgen. Zur Ernte bin ich wieder da!*

Sie legte den Zettel gut sichtbar auf den Tisch, zog die Haustür ein zweites Mal hinter sich zu und sprang zu Elli auf den Beifahrersitz. Ihre Tasche warf sie nach hinten, wo Lu schon laut schnarchend auf einer Matratze lag.

»Gib Gas!«, sagte sie.

Elli nickte und startete den VW-Bus.

ZWEI

Krachend öffnete sich die Bustür, ein Schwall kühler Nachtluft kam herein. Und mit ihm zwei kichernde Mädchen in langen Fellmänteln.

»Super, wir dachten schon, heute hält niemand mehr!«

Luzie blinzelte und sah aus dem Fenster. Das Heute war noch nicht so alt, die Sonne ging gerade eben erst auf.

»Wo soll's denn hingehen?«, fragte Elli, während sie schon wieder auf die Autobahn fuhr.

»Egal. Nur weg.« Der schwäbische Akzent war unverkennbar.

»Das kriege ich hin.« Elli fädelte zwischen zwei Lastern ein.

Die beiden Mädchen sahen erst jetzt, dass auf der Matratze noch ein Mann lag. »Hallo! Wer bist denn du?«

Lu antwortete nicht. Er schlief weiter mit halb offenem Mund seinen Rausch aus. Luzies Kopf pochte ganz verdächtig. Wein, Amaretto und kein Schlaf – das war sie nicht gewohnt. Sie stöhnte leise.

»Kopfweh?«, fragte Elli mitfühlend von der Seite.

Luzie nickte.

»Schau mal in meine Tasche, da liegen irgendwo Kopfschmerztabletten. Man muss sich ja nicht quälen. Du kannst sie ja mit einem Schluck Wasser aus der Flasche da drüben runterspülen.«

Luzie wühlte in Ellis Tasche und beförderte schließlich eine Packung Aspirin zutage. Sie nahm eine Tablette und trank dazu einen Schluck Wasser aus der Flasche.

»Schlaf ruhig weiter«, meinte Elli.

Das nächste Mal wurde Luzie wach, als der Bus an eine Tankstelle fuhr. »Hat jemand ein paar Mark für die Tankkasse?« Elli sah auffordernd in die Runde.

Die beiden schwäbischen Tramperinnen suchten in ihren Taschen und spendierten jede eine Mark.

Luzie sah in ihren Geldbeutel. Für das komplette Abenteuer München hatte sie hundert Mark dabei. Und das auch nur, weil sie am Vortag noch einmal Apfelbrei ausgeliefert und auch abkassiert hatte. Allzu viel durfte sie nicht ausgeben, wenn sie nicht nächste Woche schon wieder nach Hause wollte. Sie kramte ein 5-Mark-Stück hervor. »Reicht das?«

Elli zog eine Augenbraue nach oben. »Muss reichen.«

Lu setzte sich verschlafen auf. »Wenn du tanken gehst, kannst du mir auch eine Cola mitbringen?«

»Kapitalistenlimo? Wirklich?« Mit schief gelegtem Kopf sah Elli ihren Cousin an.

»Schmeckt lecker. Und außerdem ist Brause doch unpolitisch. Oder etwa nicht?« Er nestelte eine Packung Zigaretten aus seiner Hemdtasche und steckte sich eine Zigarette zwischen die Lippen. »Und wenn du schon dabei bist, nimm auch ein paar Zigaretten mit. Roth-Händle.«

Erst jetzt sah er die beiden neuen Mitfahrerinnen. Ein Grinsen machte sich auf seinem Gesicht breit. »Mir fliegen die schönen Frauen offenbar im Schlaf zu. Wo kommt ihr denn her?«

»Kennst du nicht. Ein Kaff bei Plochingen, Baltmannsweiler. Das liegt ...«

Lu winkte ab. »Ich kenne nicht mal Plochingen, kein Bedarf. So wie ihr klingt, muss es sehr schwäbisch sein.« Er sah sie einen Moment an. »Und ihr seid auf dem Weg ins große Abenteuer?«

»So kann man das nicht sagen ...«, meinte die eine, während die andere heftig nickte.

Lu machte eine unbestimmte Handbewegung, die wohl den

Bus ebenso umfasste wie die Matratze, auf der er lag. »Seid meine Gäste.«

Elli kam von der Kasse zurück und warf ihm eine Zigarettenpackung zu.

»Keine Cola?«

Ein Kopfschütteln war die Antwort. »Zu teuer. Mein Geld hat für Sprit und Kippen gereicht. Wenn du Cola willst, dann musst du dich an unsere spendablen Schwäbinnen wenden.«

»Jetzt sei nicht so wüst!«, wehrte sich eine der Anhalterinnen, während Elli den bunten Bus wieder zurück auf die Autobahn lenkte.

»Wie weit ist es denn noch?«, wollte Luzie wissen.

»Noch zwei Stunden.« Elli sah sie von der Seite her an. »Wo willst du denn genau hin?«

»Keine Ahnung. Ich wollte erst einmal weg. Über das Wohin habe ich mir noch keinen Kopf gemacht ...«

»Dann wird es langsam mal Zeit, würde ich sagen.«

Luzie seufzte. »Hast du einen Vorschlag? Leider habe ich wenig Geld. Und noch weniger Ahnung. Ich war da ja noch nie.«

»Du warst noch nie in München?« In Ellis Stimme war die Überraschung zu hören.

»Ich war noch nie irgendwo. Meine Mutter hält nicht viel vom Reisen. Also bin ich daheimgeblieben. Wo bist du denn schon überall gewesen?«

Elli lachte. »Zumindest schon ein paarmal in München. Und einmal in Italien. Aber ich bin mir ganz sicher: Ich will bis nach Indien. Sex am Strand und spirituelle Erleuchtung beim Guru.«

Luzie war sich nicht ganz sicher, ob sie sich über sie lustig machte.

»Ganz schön mutig«, sagte sie vorsichtshalber. »Da reicht mir erst einmal München.«

Es war später Vormittag, als sie in die Stadt kamen. Elli fuhr über eine breite Straße, die von prachtvollen Bauten gesäumt war. Luzie kurbelte das Fenster nach unten und streckte den Kopf hinaus. »Das sieht toll aus! Wo sind wir?«

»Da, wo etwas los ist! Das ist die Leo mit dem Siegestor. Schwabing! Hier sind die Studenten, die Uni, die Bars und die Clubs!«

Luzie sah die jungen Frauen an, die hier auf der Straße waren. Manche mit Miniröcken und hohen Stiefeln, darüber Lammfellmäntel. Andere in weiten Hosen mit bunten Jacken und strähnigen, langen Haaren. Wieder andere mit toupierter Haarpracht und braven Kostümen. Männer mit Anzügen – und andere mit Jeans und Cordjacken.

Sie kamen an einem Brunnen vorbei, an dem Studenten saßen und redeten. Daneben lagerten ein paar auf dem Rasen neben dem Brunnen, spielten Gitarre und rauchten. Es sah unfassbar bunt aus, so ganz anders als in Wachenheim, wo Männer entweder Arbeitskleidung oder Anzug trugen. Und Frauen in ordentlichen Röcken oder Kittelschürzen herumliefen.

Lu drängte seinen Kopf zwischen Elli und Luzie. »Fahr in die Türkenstraße rein. Wir finden bestimmt in einer Seitenstraße einen Parkplatz. Und dann zeige ich den drei Schönen hier erst einmal das wahre Leben.«

Elli schüttelte den Kopf. »Ich dachte, wir fahren erst einmal zu dir? Nein?«

»Pläne sind dafür da, dass man sie ändert.« Lu streichelte seiner Cousine über den Kopf, und Luzie beschlichen erste Zweifel, ob sie wirklich mit ihm verwandt war.

»Wenn du meinst«, seufzte sie nur und bog in eine Seitenstraße ein. Wenig später stand der bunte Bus unter einem Baum, eingekeilt zwischen einer Mülltonne und einem Käfer.

Lu stieg aus und winkte seine Gäste heraus. »Jetzt kommt, die Führung beginnt!«

Einen Moment lang sah Luzie unschlüssig ihre Tasche an. Sollte sie ihre Habseligkeiten hierlassen – oder doch mitnehmen?

»Kommen wir wieder hierher zurück?«, fragte sie unsicher.

»Man steigt nie zweimal in denselben Fluss. Oder Bus!« Lu sah sie feixend an. »Keine Ahnung.«

Sie zog ihre Tasche aus dem Bus und hängte sie sich über die Schulter. Zum Glück hatte sie wenig dabei.

Lu legte einen Arm um Elli und lief voraus, Luzie und die beiden Anhalterinnen hinterher.

Sie kamen nicht weit.

Vor einem Gasthaus hielt er an. »Jetzt wird es Zeit, dass ihr das echte Schwabing kennenlernt!«, erklärte er mit erhobenem Zeigefinger, öffnete die Tür und verschwand im dicken Zigarettenqualm. Zögernd folgte Luzie ihm. Sie fanden einen Platz an einem Ecktisch, während Lu längst schon wieder bei einer anderen Gruppe saß und wild gestikulierend eine Zigarette nach der anderen anzündete.

Luzie sah ihre beiden schwäbischen Schicksalsgenossinnen an. »Und? Was habt ihr vor? Wisst ihr schon, wo ihr heute Nacht bleibt?«

»Wir haben von einer Kommune gelesen. Die kann man auch besuchen, die freuen sich. Muss hier in der Nähe sein. Willst du mitkommen?«

»Die freuen sich? Über jeden Besuch? Ehrlich?« Sie konnte nicht recht glauben, was sie da hörte.

»Klar, die probieren ganz neue Gesellschaftsformen aus. Ganz ohne Besitz und so. Alles wird der Gemeinschaft zur Verfügung gestellt. Finde ich aufregend!«

Luzie dachte an die kümmerlichen zwei Mark, die die beiden Schwäbinnen an der Tankstelle hervorgekramt hatten. Und ausgerechnet die beiden träumten davon, kein Eigentum mehr zu haben?

»Was ist, kommst du mit? Vorher wollen wir aber noch in den Englischen Garten. Darüber haben wir so viel gelesen!«

Achselzuckend erhob Luzie sich und sah sich kurz um. »Okay. Dann gehen wir doch in diesen Garten. Lu kann ich sowieso nicht mehr sehen. Und seine Elli eigentlich auch nicht.«

»Na, dann machen wir uns doch am besten selbst auf den Weg!«

Die Redselige der beiden streckte Luzie ihre Hand entgegen. »Ich heiße übrigens Maggie!« Sie deutete auf ihre Begleitung. »Und das hier ist Susa.«

Auf dem kurzen Weg in den Englischen Garten erzählte Maggie von sich selbst. Gerade die Schule beendet, Vater Beamter, Mutter streng – ehe sie sich's versah, kannte Luzie alle Probleme und Höhepunkte eines Lebens in der schwäbischen Provinz. Klang nicht so anders als das Leben in Wachenheim.

Sie folgten einfach den anderen, die vor ihnen zielstrebig in eine Richtung liefen. Ein griechisch aussehender Tempel auf einem Hügel tauchte auf.

»Der Monopteros«, jauchzte Maggie.

Als sie näher kamen, sahen sie einige Gruppen von jungen Leuten, teilweise mit Gitarre. Maggie setzte sich einfach zu einer der Ansammlungen dazu, und keiner schien daran Anstoß zu nehmen. Oder es auch nur merkwürdig zu finden.

Neugierig sah Luzie sich um. Einige genossen einfach den lauen Frühlingsnachmittag, doch sie sah auch viele ernste Gesichter, und einige der jungen Leute redeten wild aufeinander ein. Es lag eine Unruhe in der Luft, die sie nicht recht benennen konnte. So, als wären diese Studenten ein Bienenvolk kurz vor dem Ausschwärmen.

Irgendwann beugte sie sich vorsichtig zu Maggie hin. »Was ist denn los? Die wirken ja nicht gerade entspannt, oder?«

Ein kleines Achselzucken war die Antwort. »Ach, das sind alles Studenten. Die sind halt so. Müssen immer diskutieren. Hast du noch nicht *Zur Sache, Schätzchen* gesehen? Da sagt der Enke doch so etwas Ähnliches wie: ›Pseudophilosophie ist, wenn man lange und kompliziert redet, und am Ende kommt dann nichts bei raus.‹ Ich glaube, so ist das hier. Das war vielleicht gar kein Witz.«

Nur halb beruhigt nickte Luzie. Sie schnappte immer wieder Ausdrücke auf, die sie nicht verstand. Was war ein »Teach-in«? Oder ein »Sit-in«? Und was sollte das eigentlich?

Der Nachmittag verging, und allmählich wurde es kühl – kein Wunder, es war ja erst Mitte April. Der Kampf gegen den Nachtfrost in den Apfelgärten lag erst ein paar Tage zurück – auch wenn es ihr wie in einem anderen Universum vorkam.

Sie hing ihren eigenen Gedanken nach. Als Maggie sie in die Seite knuffte, fuhr sie erschrocken zusammen.

»Sollen wir jetzt zu dieser Frauenkommune gehen? Und mal schauen, ob die wirklich so gastfreundlich sind?«

Luzie nickte, und sie liefen wieder zurück in die Türkenstraße. Vor der Haustür mit der 68 blieben sie stehen.

»Hier muss das sein!« Maggie drückte die Haustür auf und sah sich neugierig um. Wispernd drehte sie sich zu Luzie. »Wusstest du, dass hier, in diesem Haus, *Zur Sache, Schätzchen* gedreht worden ist? Sonst hätte ich ja nie davon gelesen ...«

Luzie wollte nicht zugeben, dass sie diesen Film nicht gesehen hatte. Also nickte sie einfach nur. Immerhin erinnerte sie sich daran, dass der Film auch in Dürkheim gelaufen war. Oder immer noch lief? Ein paar Freundinnen hatten davon erzählt. Dann immer »Das wird böse enden!« gesagt und albern gekichert. Sie richtete sich ein wenig auf. Wenn sie wieder nach Hause kam, dann konnte sie diesen Freundinnen wenigstens etwas Aufregendes erzählen!

Auch die Wohnungstür zu der Frauenkommune stand offen. Maggie lief so selbstverständlich hinein, als wäre sie dort zu Hause. Luzie folgte etwas langsamer. Zu ihrer Überraschung handelte es sich um eine richtig schöne Wohnung mit leuchtend blauen Teppichen und Türen zu den einzelnen Zimmern. Diese Zimmertüren standen nur zum Teil offen. Aus einigen drang Musik nach außen, man hörte Leute reden. Auch Männerstimmen waren darunter – so wie es aussah, durften in der Frauenkommune auch Männer auftauchen. An der Wand hing ein Münztelefon mit einem handgeschriebenen Zettel: *20 Pfennig einwerfen*. Irgendjemand hatte dahinter etwas von Kapitalismus gekritzelt.

Eine Frau mit langen Haaren und stark geschminkten Augen tauchte auf, betrachtete die drei Besucherinnen im Flur und winkte dann nur. »Kommt. Ich zeige euch die Küche, da spielt sich alles ab!«

Einige Besucher saßen schon dort. Oder waren es die wirklichen Bewohner? Auf jeden Fall rückten sie zur Seite und ließen sich in ihrer jeweiligen Beschäftigung nicht stören. Sie redeten, küssten, tranken oder rauchten einfach weiter. Schon vorhin im Park hatte Luzie einiges aufgeschnappt. Es war um Berlin gegangen und um die Bildzeitung. Hier diskutierten die Leute über ähnliche Themen. Luzie setzte sich in eine Ecke und sah sich um. Zwei oder drei Frauen schienen tatsächlich hier zu wohnen, so selbstverständlich, wie sie an den Kühlschrank gingen. Ein paar andere nutzten die Küche eher, um hier lautstark ihre Meinung kundzutun.

Irgendwann stand Luzie auf und lief den Gang entlang, bis sie eine Toilette fand. Ein kleines Bad mit Waschmaschine, einem Becher mit einigen Zahnbürsten – und einer Toilette, die dringend geputzt werden müsste. Dafür ließ sich die Tür nicht verschließen.

Mit einem Seufzer zog Luzie die Tür, so gut es ging, hinter sich zu und griff nach der Klobürste. Sie bearbeitete die Krusten und versuchte, nicht zu tief einzuatmen, als hinter ihr die Tür aufflog. Erschrocken sah Luzie auf – und direkt in das Gesicht der Frau, die sie in die Küche gebracht hatte. Mit einem Blick auf die Klobürste lächelte sie. »Du bist die Erste, die hier auf so eine Idee kommt. Wenn du magst, kannst du bleiben.«

»Echt?« Luzie sah sie mit großen Augen an. »Einfach so?«

»Na, wenn du eine freie Matratze findest und nicht zu viel Platz brauchst, ist das kein Problem. Entspann dich. Und du musst auch nicht immer das Klo putzen. Ist nur ein bourgeoiser

Putzfimmel, von dem du dich frei machen musst.« Sie sah auf das fast saubere Klo. »Auch wenn ich das Ergebnis leiden kann.«

Damit verschwand sie wieder – und zum Glück kam auch sonst niemand mehr in das kleine Bad, solange Luzie darin war.

Danach sah sie sich neugierig in der wahrlich riesigen Wohnung um. Wo sollte sie hier schlafen – einfach auf einer der Matratzen? Was, wenn die Besitzerin dieser Matratze auftauchte, oder noch schlimmer: ein Besitzer? Denn auch wenn diese Gemeinschaft sich Frauenkommune nannte, wohnten hier offenbar auch Männer.

Zurück in der Küche, traf Luzie auf die immer noch diskutierende Runde. Maggie drückte ihr ein Bier in die Hand – und Luzie beschloss, erst einmal den Augenblick und ihre Freiheit zu genießen.

Es wurde spät – und irgendwann zogen sich auch die hartnäckigsten Redner in ihre Betten zurück. Maggie und ihre Freundin waren schon früher verschwunden. »Noch einmal um die Häuser ziehen«, hatten sie gemurmelt und waren seither nicht mehr aufgetaucht.

Anita – so hieß die Frau, die Luzie eingeladen hatte – zeigte ihr ein Zimmer, in dem einige Matratzen lagen. »Mach es dir gemütlich«, meinte sie lächelnd und ließ Luzie allein. Das heißt, nicht ganz allein. Auf zwei Matratzen schliefen schon einige Gestalten. So müde, wie Luzie nach den letzten dreißig Stunden war, kümmerte sie sich nicht weiter darum, sondern ließ sich einfach auf eine leere Matratze fallen, wo einige Decken mit Rotweinflecken lagen. Egal. Sie schlief ein. Und wurde erst am nächsten Morgen wieder wach, als es intensiv nach frischem Kaffee roch.

Müde ging sie in die Küche, wo sich niemand daran störte, dass sie immer noch ihr inzwischen reichlich mitgenommenes Samtkleid trug. Wahrscheinlich hatte so mancher von ihnen auch in den Kleidern geschlafen. Suchend sah Luzie auf den

Tisch, auf dem nur noch ein paar Krümel eine Geschichte von Brot oder Brötchen erzählten.

»Ich hol mal was vom Bäcker«, schlug sie vor. »Habt ihr auch noch Hunger?« Alle nickten. Und Luzie fragte sich, ob die Krümel womöglich schon älter waren.

Als sie wenig später mit einer großen Tüte voller Brötchen wieder in der Wohnung auftauchte, entdeckte sie auch Maggie, die sich an einen gut aussehenden, schwarzhaarigen Mann lehnte. Es war ziemlich klar, wie und wo sie ihre Nacht verbracht hatte. Ihre schwäbische Freundin saß wieder schweigend am Tisch. Luzie war sich inzwischen fast sicher, dass sie überhaupt nicht reden konnte.

Das Essen war schneller weg, als sie bis zehn zählen konnte. Danach verschwanden alle in ihre Zimmer oder zur Uni oder zu was auch immer. Auch Maggie winkte, hakte ihre stille Freundin unter und verschwand. Nach dem Ausflug ins wilde Leben trampte sie wahrscheinlich wieder zurück in den schwäbischen Alltag.

Luzie blieb sitzen.

Und jetzt?

Nachdenklich stand sie auf und räumte den Tisch leer. Ließ Wasser ins Spülbecken und fing an, die vielen Teller abzuspülen. Am Besteck klebte getrocknetes Ei, auf manchen Tellern waren Zigaretten ausgedrückt worden, einige Tassen hatten Teeränder und Reste von Lippenstift.

Anita kam in die Küche, lehnte sich an den Türstock und sah Luzie zu.

»Du musst das wirklich nicht machen«, sagte sie schließlich.

»Ist eine Gewohnheit von mir. Oder besser: Erziehung. Meine Mutter beschwert sich immer, wenn ich nicht im Haushalt mithelfe. Nach achtundzwanzig Jahren habe ich jetzt das zwanghafte Bedürfnis, dreckiges Geschirr abzuspülen.« Luzie lachte. »Außerdem hilft es mir beim Nachdenken. Wenn die Hände beschäftigt sind, dann fällt mir vielleicht eine Lösung ein.«

»Lösung wofür?« Anita zog eine Augenbraue nach oben.

»Wie du deinen Putzfimmel überwindest?«

»Nein. Was ich mit dem Rest des Tages anstelle. Wie lange ich bleibe – und wo. Wie ich das finanziere. Ob und wann ich wieder zurück nach Hause gehe.«

»Ganz schön viele Fragen.« Anita zündete sich eine Zigarette an. »Ich schlage vor, du bleibst erst einmal hier. Schau dich um. Es könnte ja sein, es gefällt dir. Und du gehst zum Studentenschnelldienst und suchst dir einen Job. Da gibt es immer etwas, vieles davon macht Spaß. Und dann siehst du weiter.«

»Einfach hierbleiben?« Luzie sah sich um.

Ein Schulterzucken war die Antwort. »Warum nicht? Die meisten von uns sind so ähnlich hier gelandet wie du. Außerdem wird es Zeit, dass du dich nicht mehr für jeden dreckigen Teller verantwortlich fühlst. Daran könntest du arbeiten, oder nicht?«

Langsam nickte Luzie. »Ja. Du könntest recht haben.«

Luzie trat auf die Straße. Ihre erste Schicht an der Garderobe einer Nachtbar lag hinter ihr. Erst vor wenigen Minuten hatte der letzte betrunkene Anzugträger seinen Mantel von ihr bekommen und sich davongemacht.

Jetzt stand sie selbst in der kühlen Nachtluft, für die ihre Lederjacke viel zu dünn war. Sie schlang die Arme fest um sich und sah sich um. Sie wusste inzwischen, wo sie fast jeden Abend ein bekanntes Gesicht fand. Das *Minon* oder das *Chez Margot* waren für die anderen fast wie ein zweites Wohnzimmer. Luzie fühlte sich immer noch fremd. Oder alt. Oder beides.

Langsam ging sie weiter.

Morgen war Karfreitag. Durfte da überhaupt Musik gespielt werden? Oder war das nur in den kleinen Käffern wie Wachenheim verboten?

Noch bevor sie um die Ecke bog, hörte sie es.

»Springer-Mörder!«

»Sie haben den Dutschke erschossen!«

Über Rudi Dutschke redete man viel in der Küche der Frauenkommune. Manchen ging er zu weit, anderen nicht weit genug. Sie selbst hatte sich aus all diesen Diskussionen herausgehalten. Sie wusste zu wenig von den Unterschieden zwischen Marxismus, Kommunismus und Leninismus.

Vorsichtig spähte sie um die Ecke und sah sich einer Menge von wütenden Studenten gegenüber. Sie waren alle eingehakt und liefen auf sie zu, als wäre ihnen jemand auf den Fersen.

Luzie presste sich an die Hauswand, um die wütenden Studenten vorbeizulassen.

Sie waren unterwegs, um Ärger zu suchen. Und sie würden ihn finden. Garantiert.

Noch minutenlang hörte sie die Menge. Am Ende der Straße flammte ein Feuer auf.

Luzie rannte in eine Nebenstraße und lief weiter, bis sie nichts mehr hören konnte. Es mochte ja sein, dass dieses Schwabing das pralle Leben war. Aber genau heute war ihr das viel zu viel. Ob dieser Dutschke wirklich tot war?

Als sie die Tür zur Frauenkommune aufdrückte, hörte sie aufgeregte Stimmen. In der Küche wurde noch lauter als sonst diskutiert, niemand ließ den anderen ausreden oder hörte ihm zu.

Luzie setzte sich unauffällig dazu und neigte sich nach vorn zu einem Mann, den sie bisher noch nicht gesehen hatte. »Ist er wirklich tot?«, wisperte sie leise.

Er drehte sich zu ihr um und sah sie verständnislos an. »Wer ist tot?«

»Rudi Dutschke!«

»Nein. Der ist wohl nur angeschossen. Nur halb so schlimm, der wird schon wieder.«

»Und woher weißt du das?« Luzie sah ihn fragend an.

»Na, im Fernsehen haben sie das gesagt. Warum sollten die lügen?«

Einer der anderen Männer fuhr herum. »Warum die lügen sollten? Na, damit wir still sind. Da draußen ist Krieg, das ist doch klar!«

»Das ist die Aufrechterhaltung des Status quo, das ist genau das, was die Machthabenden wollen!«, mischte sich ein anderer ein.

Heute Abend hatten die Männer das Wort. Luzie hörte eine Zeit lang zu und erhob sich dann. Auf der Straße brach gerade eine Revolte los, und hier drinnen stritten sich alle um den korrekten theoretischen Ansatz. Sie war froh, dass dieser Rudi Dutschke vielleicht doch nicht tot war. Und sie war verdammt müde.

Luzie verschwand zu »ihrer« Matratze, um ein wenig zu schlafen.

Und wachte mit einem Ruck auf, als sich jemand neben sie legte. »Du hast doch nichts dagegen?«, flüsterte er ihr leise ins Ohr. »Ich brauche nur einen Platz zum Schlafen. Ich tu dir nichts.«

Widerwillig rückte Luzie ein wenig zur Seite und schob seine Hand von ihrer Hüfte. »Wenn du deine Finger bei dir behältst, ist alles gut.«

Heimlich war sie stolz auf sich. Ganz langsam wurde sie ihre Bürgerlichkeit los.

Am nächsten Morgen fand sie sich neben dem Mann wieder, der am Abend zuvor erklärt hatte, dass Dutschke noch am Leben sei. Sie musterte ihn, während er noch schlief. Blonde Haare, die Nase ein bisschen schief, breite Schultern. Nicht verkehrt.

Plötzlich öffneten sich seine Augen. Sehr blaue Augen.

»Du beobachtest mich?«

»Ich muss doch sehen, mit wem ich die Nacht verbracht habe«, erwiderte Luzie grinsend. »Oder etwa nicht? Ich weiß ja nicht einmal, wie du heißt!«

»Rocco. Du musst Luzie sein.«

Sie fing an zu lachen. »Rocco. Das ist nicht dein Ernst? Klingt ja wie ein italienischer Kleinganove!«

»Ist ja auch nicht mein richtiger Name. Ich heiße Richard. Aber ich werde, seit ich denken kann, Rocco genannt.« Er hob eine Hand. »Indianerehrenwort!«

»Ist schon gut, ich glaube dir. Und warum bist du hier?« Sie sah ihn fragend an.

»Na, wahrscheinlich bin ich schon öfter hier gewesen als du.«

Er stand gelassen auf, streckte sich und zog sich langsam seine Jeans an.

Luzie wusste nicht, wo sie eigentlich hinsehen sollte. Ein Mann in Unterhose, noch dazu in ihrem Bett – das war ihr etwas zu viel Abkehr von der Bürgerlichkeit. Während sie versuchte, möglichst gelassen auszusehen, zog er sich noch einen Rollkragenpullover und ein Cordsakko an.

»Gehst du mit mir frühstücken? Ich muss mich ja irgendwie bedanken, dass du mir heute Nacht Asyl gewährt hast.«

Luzie hob eine Augenbraue. »Ich kann mich nicht erinnern, dass ich irgendwann Ja gesagt habe. Du bist mir also zu nichts verpflichtet.«

Er grinste, hob eine Hand und verschwand.

Kurz sah sie ihm hinterher. Dann schüttelte sie den Kopf, kramte sich ein wenig frische Wäsche aus der Tasche und verschwand im Bad.

Die nächsten Tage verschwendete sie keinen Gedanken an Rocco. In Schwabing vibrierte es. Rudi Dutschke mochte überlebt haben, aber er war schwer verletzt. Und für die Studenten – und die meisten anderen, die hier unterwegs waren – stand fest: Schuld war die Springerpresse. Auf der Straße und in der Kommune wurde es lauter, daran änderte auch das Osterfest nichts.

Am Ostermontag machte Luzie sich auf den Weg zur Nachtbar, wo sie jeden Abend an der Garderobe stand und den harmlosen Touristen ins Gesicht lächelte, bevor sie mit viel zu hohen Preisen für Sekt, Bier und eine Kleinigkeit zu essen ausgeraubt wurden. Zumindest kam es ihr so vor.

Aber an diesem Abend war alles anders. Schon als sie auf die Straße trat, spürte sie die veränderte Stimmung. Aufgeregter. Unberechenbarer. Sie spürte, wie sich die Härchen auf ihren Unterarmen aufstellten.

Trotzdem machte sie sich auf den Weg. Wieder traf sie in einer Nebenstraße auf eine Gruppe von Studenten. Luzie presste sich ängstlich gegen die Hauswand, aber einer der Männer, die an ihr vorbeiliefen, hakte sie einfach unter. »Komm herunter, reih dich ein!«, rief er. Ein anderer nahm ihren zweiten Arm – und Luzie blieb keine Wahl: Sie musste mit ihnen laufen.

Und es fühlte sich nicht schlecht an.

Sie alle gemeinsam, im selben Rhythmus, mit einem Ziel – vielleicht konnten sie wirklich etwas bewegen? Eine Veränderung zum Besseren hin?

Sie dachte an ihre Mutter, die sich niemals aus dem Schatten des Krieges gelöst hatte. Die ihr ganzes Leben damit verbracht hatte, wieder ein wenig Sicherheit zu erlangen. Verbissen und unbarmherzig zu sich selbst, zu Angestellten oder zu ihrer Tochter war sie gewesen und kannte nichts als Arbeit.

Womöglich waren diese Studenten auf dem richtigen Weg in ein freieres, leichteres Leben ohne den Muff der Nachkriegszeit? Und sie konnte mit ihnen zusammen etwas bewegen? Hier, in diesem Protest gegen den sinnlosen Angriff auf Rudi Dutschke. Gegen eine Presse, die unbedingt die alte Ordnung aufrechterhalten wollte. Die eine steinerne Zeit herbeischrieb.

Und sie wurden immer mehr. Aus den Seitenstraßen kamen andere Gruppen, singend und skandierend. Mit Plakaten und Bannern. Zum ersten Mal in ihrem Leben fühlte Luzie sich als Teil von etwas Größeren.

In Wachenheim war sie immer nur das Mädchen vom Apfelhof. Ein Fremdkörper, egal wie lange sie dort lebte. Aber hier und
heute gehörte sie dazu. Eine Revolution aller, die nicht mehr
zulassen wollten, dass die Vergangenheit über ihre Zukunft be-
stimmte.

Die Demonstration näherte sich dem Gebäude, in dem die
Bild-Zeitung ihren Sitz hatte. Sie konnte an der Wand den
hingeschmierten Schriftzug *Springer-Mörder* sehen. Und davor
Polizisten, viele Polizisten. Mit Helmen und Schildern. Der
Mann neben ihr, der sie die ganze Zeit fest eingehakt hatte, ließ
sie jetzt los. Bückte sich und hob einen Stein. Warf ihn.

Luzie trat einen Schritt zurück.

Eine neue Welt konnte man nicht mit Gewalt aufbauen.
Oder doch?

Aus dem Augenwinkel sah sie, wie ein Auto von einigen
Demonstranten umgeschmissen wurde und dann Feuer fing.
Sie drehte sich um und sah in aufgerissene Augen und schrei-
ende Münder. Und bekam plötzlich Angst.

Die Euphorie der letzten Minuten verflog. Der kurze Moment,
in dem sie wirklich glaubte, man könnte die Welt verändern,
wenn man nur zusammen für einen Traum einstand. Jetzt sah es
so aus, als ginge es nur um Zerstörung. Und sie wollte ganz bestimmt kein Teil davon sein.

Das nächste Auto ging in Flammen auf.

Luzie wich zurück und spürte viel zu viele Menschen in
ihrem Rücken. Noch jemand warf einen Stein und traf sie ver-
sehentlich am Arm. Mit einem Schrei drehte sie sich um. Unter
den vielen Menschen hatte keiner auch nur bemerkt, dass sie
getroffen worden war.

Luzie spürte, wie sie in Panik geriet.

Sie wollte hier weg, aber sah nur Menschen und Häuser und
Polizisten und brennende Autos. Am liebsten hätte sie sich
irgendwo versteckt, aber sie konnte nicht sehen, wo. Oder wie.

In diesem Augenblick griff eine Hand nach ihrer.

»Komm mit! Hier ist doch kein Platz für einen schönen Abend!«

Sie drehte sich um und sah in die tiefblauen Augen, die sie vor ein paar Tagen in ihrem Bett entdeckt hatte.

»Rocco!«

Er zog sie hinter sich her, quer durch die aufgeregte Menschenmenge, weg von dem Lärm und dem Geschrei. Und dem Geräusch von zerberstendem Glas.

Erst nach ein paar Hundert Metern ließ Rocco ihre Hand los. »Bei diesen Idioten kommt heute Abend noch jemand um!« Er drehte sich um und schüttelte den Kopf. »Die Polizei drückt denen doch höchstpersönlich die Brandsätze in die Hand. Und unsere Revolutionäre sind so blöd, die Dinger wirklich zu benutzen!«

»Wirklich? Was hätten sie denn davon? Die wollen doch auch nicht, dass heute jemand verletzt wird!«

»Wirklich nicht?« Rocco sah sie von oben herab an, denn er war ziemlich groß. Er strich sich eine lange Strähne aus der Stirn. »Wenn es heute Abend wirklich Randale gibt, dann haben sie doch jedes Recht, ihre Notstandsgesetze zu fordern. Und die Oberen träumen doch jede Nacht davon, dass sie endlich die passenden Gesetze kriegen, um ihre Meinung durchzusetzen!«

Luzie drehte sich um. »Aber... sie würden doch niemals riskieren, dass heute wirklich jemand zu Schaden kommt. Und mit dem Feuer und den Steinen – das ist gefährlich.« Sie deutete auf ihren Arm. »Mich hat der Stein nur am Arm getroffen. Stell dir vor, der Nächste wird am Kopf getroffen. Da kann man sterben.«

Rocco nickte. »Und deswegen solltest du heute Abend nicht in der Barer Straße sein. Zu gefährlich.«

Es klang, als würde er zu einem Kind reden. Verärgert hob sie ihr Kinn. »Woher willst du das wissen? Vielleicht stehe ich ja auf die Gefahr. Auf jeden Fall brauche ich niemanden, der auf mich aufpasst.«

Er legte den Kopf auf die Seite und musterte sie. »Verzeih, wenn ich widerspreche. Du bist ein Mädchen, das aus der Provinz nach München gekommen ist und hier nach dem Abenteuer sucht. Und ich finde, das heute ist ein bisschen zu viel Abenteuer.«

»Provinz? Woher willst du das denn wissen?« Sie funkelte ihn wütend an.

»Wie du redest. Irgendwo aus dem Südwesten, richtig? Und wie du dich anziehst... Das kommt nicht aus den angesagten Geschäften in Schwabing, sondern aus dem Dorfladen.«

Irritiert sah Luzie an sich herunter. Was war verkehrt an Rollkragenpullover und Rock? Sicher, der Rock war ein bisschen zu lang. Und der Pullover ein bisschen zu weit. Aber Provinz? Sie schüttelte den Kopf.

»Vielen Dank, dass du mich da weggezogen hast. Du hast recht, Steine werfen und Feuer machen – das ist nicht mein Ding. Aber ich glaube, ich komme jetzt ohne deine Aufsicht zurecht. Auch wenn ich aus der Provinz komme: Einen Aufpasser brauche ich nicht. Und dich auch nicht.«

Abwehrend hob Rocco die Hände. »Langsam, langsam. Ich wollte dich nicht beleidigen. Ich schaue nur gerne den Menschen zu. Und in dieser Kommune fällst du auf. Weil du anders bist. Überlegter. Du beobachtest gerne, bevor du dir eine Meinung bildest. Da habe ich mir den Rest eben zusammengereimt.« Er streckte ihr die Hand hin. »Frieden?«

Zögernd schlug sie ein. »Ja, aber bitte behandle mich nicht wie ein Provinzhuhn, das keine Ahnung hat.« Sie grinste schief. »Auch wenn das hin und wieder stimmen mag.«

Er rieb sich die Hände. »Und was machen wir jetzt mit dem angebrochenen Abend?«

»Na, ich muss zur Arbeit. Im Nachtclub. Mein Geld aus der Provinz hat hier in der Weltstadt keine Woche gereicht.«

Rocco musterte sie noch einmal. »Nachtclub? Ziehst du dich da um? Ich muss mich in dir getäuscht haben.«

Lachend winkte Luzie ab. »Ich ziehe mich nicht um. Ich sitze an der Garderobe. Da könnte man auch eine alte Frau hinsetzen. Ich nehme Mäntel und gebe sie wieder aus. Von den schicken Frauen mit den tiefen Ausschnitten bin ich weit entfernt ... Leider auch von ihren Trinkgeldern.«

»Dann kann ich dir nur anbieten, dich sicher zu deiner gefährlichen Arbeit zu begleiten.« Er bot ihr einen Arm an.

»Bin weder Fräulein, weder schön, kann unbegleitet zur Arbeit gehen ...« Sie lachte und hakte sich ein. »Aber an so einem Abend kann ich ja eine Ausnahme machen.«

Er stimmte in ihr Lachen ein. Gemeinsam setzten sie sich in Bewegung. »Und was machst du hier in der Stadt?« Sie sah ihn von der Seite an. »Studierst du?«

»Klar, sonst müsste ich ja arbeiten. Meine Eltern zahlen mein Jurastudium hier in München. Und ich genieße meine Zeit, auch wenn ich nicht bei jedem Teach-in, Go-in oder Was-weiß-ich-in dabei bin.« Er sah sie an. »Enttäuscht? Zu bürgerlich?«

»Nein. Ich habe mich nur gefragt, was dich dann vor ein paar Tagen in die Kommune verschlagen hat.«

»Ich habe viele Freunde, mit denen ich mich gerne treffe, auch wenn ich nicht immer ihrer Meinung bin. Wir diskutieren, wir trinken, wir rauchen ... und wenn es mal zu spät ist, dann übernachte ich auch in fremden Betten. Offensichtlich.«

Sie liefen gemeinsam durch die dunklen Straßen.

Als sie den Club erreicht hatten, löste Luzie sich von seinem Arm. »Danke – auch für die Rettung aus der Demo.«

»Bist du jeden Tag hier?« Er sah sie fragend an.

»Nein. Dienstag ist Ruhetag – da habe ich nichts vor. Warum?«

»Das ist ja morgen! Dann könnten wir uns doch treffen. Ich zeige dir die schönsten Plätze von München. Hast du Lust?«

»Wenn du dich nicht mehr über meine Provinzkleidung lustig machst ... gerne!«

Sie winkte ihm zu und lief beschwingt die Treppe nach unten

zu ihrem Arbeitsplatz. Und gestand sich ein, dass sie sich wirklich auf morgen freute.

Leise vor sich hin summend, stellte sie sich hinter die Theke.

Der Frieden sollte nicht lange dauern. Noch bevor die ersten Gäste auftauchten, stand der Besitzer des Clubs in der Tür. »Du kannst nach Hause gehen!«

»Was ist denn los? Habe ich etwas falsch gemacht?« Luzie sah ihn überrascht an.

»Hast du denn gar nichts mitbekommen von den Kämpfen in der Barer Straße?«

»Ich habe einen weiten Bogen darum gemacht. Die waren nur vor dem Gebäude der *Bild*-Zeitung. Was ist das Problem?«

»Da soll einer gestorben sein. Kam gerade im Radio. Wenn heute Nacht die Randale richtig losgeht, dann möchte ich meinen Laden nicht offen haben. Nachher machen diese sogenannten Revolutionäre hier alles kaputt. Einsperren sollte man die.«

»Und mein Geld?«, wagte Luzie zu fragen.

»Da gehst du am besten zu den Studenten, mit denen du befreundet bist, und fragst mal nach!« Er wedelte mit der Hand und bedeutete ihr zu gehen. »Komm am Mittwoch wieder. Morgen haben wir ja sowieso zu. Vielleicht hat die Polizei das ja bis übermorgen im Griff.«

Langsam stieg Luzie die Treppe nach oben. Leider hatte sie jetzt keine Begleitung mehr und musste den Weg alleine finden. Aber das würde sie schon hinkriegen …

Auf dem Rückweg hörte sie immer wieder Polizeisirenen durch die Straßen hallen. Ob da wohl wirklich einer gestorben war? Gut, dass Rocco sie von dort weggeholt hatte. Er war vielleicht ein schräger Vogel – aber er hatte ganz bestimmt das Herz auf dem rechten Fleck.

DREI

Er trug eine Krawatte zum weißen Hemd, nur das Cordsakko war wohl noch dasselbe wie am Vortag: dunkelbraun mit abgeschabten Stellen an den Ellenbogen.

Luzie zog eine Augenbraue nach oben. »Was hast du vor?«

»Ich weiß, heute ist niemandem zum Feiern zumute. Aber ich wollte trotzdem mit dir in diesen neuen Club. Soll total abgefahren sein, angeblich ist er sogar im englischen Fernsehen gewesen. Als der beste Club Europas. Ich dachte, da müssen wir hin.« Er grinste. »Außerdem habe ich heute keine Lust auf große Diskussionen, und ich wette, bei euch haben sich alle schon die Köpfe heißgeredet.«

Luzie sah über ihre Schulter nach hinten in die Wohnung. »Da kannst du drauf wetten. Einen Augenblick, ich ziehe mich eben um. Für einen Club sehe ich gerade wirklich nicht gut genug aus.«

Damit drehte sie sich um und verschwand in ihre Zimmerecke. Das grüne Samtkleid kam noch einmal zum Einsatz. Immerhin hatte sie es inzwischen gewaschen. Dazu ein dicker Lidstrich und mit einem Kamm ihre Locken in Form gebracht – und schon konnte es losgehen.

»Und du bist dir sicher, dass wir da reinkommen?«

»Nach allem, was ich gelesen habe, wurde der Club am ersten Tag gestürmt. Daraus habe ich gelernt, dass man mit ein bisschen Hartnäckigkeit wohl gute Chancen hat.« Er zwinkerte ihr zu.

»Na, ich bin gespannt.« Sie war froh, dass er mit ihr nicht über die Ereignisse des Vorabends reden wollte. Zwei Tote. Und sie hatte direkt danebengestanden. Wenn der Stein ein bisschen anders geflogen wäre, dann hätte sie heute keinen blauen Fleck am Arm, sondern einen Zettel am Zeh. Und ihr Bild würde auf der Titelseite aller Zeitungen zu sehen sein. Rocco hatte sie in letzter Sekunde weggezogen.

Seit dem Vormittag wurde in der Küche der Kommune diskutiert. Waren Demonstrationen noch das Mittel der Wahl – oder musste man radikaler denken? Ihr waren die Wut und die Entschlossenheit am Küchentisch unheimlich. Was sollten sie mit ihrem Gerede schon bewegen? Und wenn den Worten auch Taten folgen sollten, dann würde es sicher noch schrecklicher.

Die Erinnerung an die Euphorie und Begeisterung, die sie am Tag vorher gespürt hatte, erschreckte sie inzwischen. So war es also, wenn man Teil einer Masse war und das eigenständige Denken einstellte.

Der Club war nicht weit entfernt. Eine Schlange vor dem Eingang zeigte, dass heute nicht alle Menschen über Revolution nachdachten. Die Besucher hier wollten wohl eher Spaß haben. Neugierig sah Luzie sich bei den anderen Frauen um. Offenbar konnte ein Lidstrich gar nicht breit genug sein. Im Gegensatz zu den Röcken, die ein ganzes Stück über dem Knie endeten.

Sie sah an sich herunter. Das Samtkleid, das ihr zu Hause wie der letzte Schrei erschienen war und beinahe gewagt ausgesehen hatte, hing hier zu lang und zu weit an ihr herunter. Egal. Sie beschloss, sich heute Abend zu amüsieren.

Rocco hatte einen Arm um sie gelegt, und sie genoss die Berührung und die Aufmerksamkeit dieses gut aussehenden Typen.

Im Club empfingen sie laute Musik, Schmierereien an den Wänden, ein paar umgeworfene Absperrungen, bunte Möbel und vor allem unglaublich viele Menschen.

»Komm, wir tanzen!«, rief Rocco.

Es war so voll auf der Tanzfläche, dass es unmöglich war, sich nicht zu berühren. Nach zwei oder drei Liedern wurde es unerträglich warm. Die Hitze der vielen sich im Rhythmus bewegenden Menschen schien durch jede Faser ihres Kleides zu dringen. Heimlich beneidete sie die Mädchen mit den knappen Oberteilen und den kurzen Röcken. Denen war bestimmt nicht so wahnsinnig heiß.

Rocco hatte sein Cordsakko längst ausgezogen, als ein langsameres Lied zu einem engeren Tanz einlud. Luzie schloss die Augen und wiegte sich langsam im Takt. Ein neues, anderes Leben. Das fühlte sich gut an. Auch die Hand von Rocco, die sich langsam an ihrem Rücken entlang nach unten tastete, war richtig.

Später tranken sie Bier, doch es brachte kaum Erfrischung. Der Zigarettenqualm stand so dick im Raum, dass die Lampen zu bunten Punkten wurden.

»Gefällt es dir?« Rocco sah sie fragend an.

»Klar. Das ist riesig hier. Toll.« Sie zog eine Grimasse. »Und heiß. Und verqualmt.«

»Ach was? Bei euch auf dem Land ist mehr frische Luft?« Er zwinkerte ihr zu. Das schien eine Marotte von ihm zu sein.

»Jetzt hör auf«, sagte sie mit gespielter Empörung. »Es kann ja nicht sein, dass man das hier mögen muss, wenn man sich nicht als Landpomeranze zeigen will.«

»Nein«, gab er zu. »Ist tatsächlich ein bisschen viel von allem hier. Sollen wir gehen? Wie wäre es mit einem Spaziergang durch den Englischen Garten?«

»Klingt verlockend!«

Arm in Arm machten sie sich auf den Weg. Erst durch die lauten, belebten Straßen, dann über dunkle Wege. Am Chinesischen Turm saßen noch einige Besucher auf den Bänken – der Ausschank war schon lange geschlossen.

Sie redeten nicht viel, aber Roccos Griff um ihre Taille wurde fester. »Und jetzt?«, fragte er schließlich.

Sie zuckte mit den Schultern. »Woher soll ich das wissen?«

Weiter kam sie nicht. Rocco küsste sie sanft auf den Mund. Und dann heftiger. Sie lehnte sich gegen einen Baum und erwiderte seinen Kuss. Er schmeckte nach Bier und Rauch. Sie nahm den Geruch von feuchter Erde wahr, der in der Luft hing.

»Gehen wir zu mir?«, meinte er schließlich.

Sie nickte.

Es war Frühling, sie war jung und zum ersten Mal wirklich frei. Warum sollte sie da vernünftig sein? Dafür hatte sie noch alle Zeit der Welt.

Als sie am nächsten Morgen aufwachte, musste sie lächeln. Sie dachte daran, wie sie vor einigen Tagen schon einmal in dieses Gesicht gesehen hatte. Jetzt erschien die schiefe Nase schon sehr viel vertrauter.

Vorsichtig fuhr sie ihm über die Wange.

Nichts. Er schlief weiter.

War ja auch spät geworden in der letzten Nacht.

Sie sah aus dem Bett, vor dem das Samtkleid lag, achtlos ausgezogen. Sein Hemd, zerknüllt, verschwitzt und mit ihrem Lidstrich verschmiert.

Erschrocken fuhr sie sich mit der Hand ins Gesicht. Wie sah sie nur aus? Wahrscheinlich wie ein Waschbär.

Sie stand vorsichtig auf und lief die wenigen Schritte zu der Tür, hinter der sie das Bad vermutete. Immerhin hatte sie gestern bemerkt, dass Rocco allein in einer kleinen Wohnung lebte. Da war die Gefahr einer ungewollten Begegnung gering.

Aus dem Spiegel sah sie eine Frau mit verschmiertem Make-up an. Die Locken standen in alle Richtungen, die Lippen waren rot geküsst. Wild und verwegen, dachte sie und streckte sich selbst die Zunge heraus.

Luzie griff nach einem Handtuch, hielt einen Zipfel unter warmes Wasser und rieb sich die Reste des Lidstrichs vorsichtig aus dem Gesicht. Einen Moment lang versuchte sie, mit den

Händen ihre Haare wieder zu einer Frisur zu bändigen – dann schüttelte sie den Kopf. Nein. Heute würde sie einfach wie ein Wischmopp aussehen, was sie nicht störte. Sie fühlte sich so schön wie noch nie zuvor.

Vorsichtig legte sie das Handtuch wieder auf den Rand der Badewanne.

Als sie zurück ins Bett kam, öffnete Rocco ein Auge. Lachfältchen machten sich breit, als er sie sah. »Ich habe schon befürchtet, du hättest dich aus dem Staub gemacht, während ich geschlafen habe.«

»Sollte ich?«

»Nein. Ich freue mich, dass du da bist.« Er beugte sich zu ihr und küsste sie ganz sacht auf den Mund. »Und ich hoffe, du bist noch oft hier. Möchtest du einen Kaffee?«

»Ja, gerne.«

Er stand auf und ging in die Küche. Luzie schloss die Augen und lauschte auf das Klappern von Geschirr. Es war alles so einfach. Wenn es nach ihr ginge, dann sollte es niemals enden.

Später saßen sie zusammen, hörten sich durch Roccos Schallplattensammlung und gingen wieder spazieren. Als sie zu ihrer Schicht in den Nachtclub aufbrach, versprach Rocco, dass er sie abholen würde.

»Musst du nicht deine Sachen aus der Kommune holen?« Roccos Frage klang so selbstverständlich, dass es ihr den Atem verschlug.

»Willst du das denn?«, fragte sie vorsichtig nach.

Er nickte nur. »Deine Matratze wird wahrscheinlich schon vom nächsten Gast benutzt. Seien wir ehrlich: Du gehörst da nicht hin. Die endlose Diskussion um die Haushaltskasse, die Milch im Kühlschrank und die bourgeoise Kraft des Putzens ist auf Dauer nicht gerade zukunftsweisend.«

Sie nickte. »Aber willst du mich denn jeden Morgen sehen?«

»Und jeden Abend!« Er küsste sie. »Mach jetzt kein größeres Ding draus, als es ist. Du besitzt nur eine Tasche voller

Kleidung. Das kann man wohl kaum als Einziehen bezeichnen.«

Luzie nickte. Und wünschte sich einen winzigen Augenblick lang, dass die Mädchen in Wachenheim sie sehen könnten. Sie, Luzie Adomeit. Das langweiligste Mädchen von ganz Wachenheim erlebte in Schwabing ein Abenteuer: die echte, große, sorglose Liebe.

Sie lächelte.

Und holte noch am selben Abend ihre Tasche aus der Kommune in der Türkenstraße ab. Auf dem Gang begegnete sie Anita. Die nickte nur in Richtung der Tasche. »Hast du was Besseres gefunden?«

»Ja. Ich bin jetzt bei Rocco.«

»Rocco?« Anita lächelte. »Dann pass auf, dass du dich nicht zu sehr verliebst. Der Rocco ist nett. Aber ein Hund ist er auch.«

»Was meinst du denn damit?«

»Wirst schon sehen.« Damit verschwand sie in ihrem Zimmer und ließ die sonst immer offen stehende Tür vernehmlich zuklappen.

Einen Moment war Luzie verdattert. Ob Rocco wohl mal etwas mit Anita gehabt hatte? Unwahrscheinlich, er machte doch immer Witze über die diskutierfreudige Kommune ...

Sie dachte nicht weiter nach und machte sich wieder auf den Weg zurück in seine kleine Wohnung.

Rocco empfing sie mit einem Glas Wein, einem Topf voller Nudeln und einem Kuss. Als sie sich endlich zum Essen hinsetzten, war der Wein warm und die Nudeln kalt. Aber das war egal. Zum ersten Mal in ihrem Leben fühlte Luzie sich komplett. Sie wurde geliebt – was konnte es da Besseres geben?

Nach dem Essen liefen sie Hand in Hand durch den Englischen Garten. Am Monopteros setzten sie sich zu den anderen, die an diesem lauen Frühlingsabend sangen und einen Joint nach dem anderen kreisen ließen. Anfangs wehrte Luzie ab. »Ich rauche nie!«

»Das hat doch mit Rauchen nichts zu tun!«, erklärte Rocco mit gespieltem Ernst und hielt ihr beharrlich das qualmende Ding unter die Nase.

Vorsichtig nahm sie es und probierte, daran zu ziehen. Sie musste niesen, wie schon bei ihrem ersten Versuch. Aber dieses Mal versuchte sie es noch einmal. Der beißende Qualm stieg ihr in die Nase, und richtig gut schmeckte es eigentlich auch nicht. Also reichte sie den Joint weiter.

Dann legte sie den Kopf in den Nacken und sah zu, wie das Abendrot allmählich in ein tiefes Dunkelblau überging und die ersten Sterne anfingen zu funkeln. Sie fühlte sich herrlich leicht und geborgen. Rocco streichelte ihr gedankenverloren weiter über den Rücken.

Irgendwann wurde es in ihrer Nähe unruhig. Luzie hörte den lauten Flüsterton von einigen, die hier auf der Wiese saßen.

»Weißt du, was da los ist?«, fragte sie leise.

Er kniff die Augen zusammen und versuchte, im Dunkeln etwas zu erkennen. »Wenn ich das richtig sehe, dann ist dahinten die Uschi Obermaier. Die meisten hier pfeifen zwar auf das Establishment. Aber einen Promi wollen sie trotzdem alle sehen.«

Sie richtete sich ein wenig auf und versuchte, in die richtige Richtung zu sehen. Erkennen konnte sie nichts, dafür war es viel zu dunkel. »Ich sehe niemanden. Du?«

Er winkte ab. »Keine Ahnung, vielleicht ist sie auch schon wieder weg. Wer weiß – vielleicht schläft sie ja inzwischen auf deiner Matratze in der Türkenstraße. Das kann schnell gehen ...«

»Dann solltest du vorbeigehen und deinen Trick mit der Überraschungsübernachtung wiederholen.« Sie grinste in die Dunkelheit. »Dann hast du wenigstens etwas Aufregendes zu erzählen.«

»Mein Leben ist aufregend genug.« Er beugte sich über sie und küsste sie. Er schmeckte nach dem Gras, von dem er an diesem Abend reichlich geraucht hatte. Luzie genoss den Kuss.

Später nahm er sie an die Hand und führte sie über mondbeschienene Wege zu einem Teil des Parks, in dem kein Mensch mehr war. »Hattest du schon einmal Sex im Freien?«, flüsterte er ihr dabei ins Ohr.

Wahrscheinlich würde er staunen, wenn er wüsste, wie selten sie bisher überhaupt Sex gehabt hatte, dachte Luzie. Dann schüttelte sie den Kopf. »Nein. Hier kann doch jederzeit jemand vorbeikommen. Das geht nicht. Und ist sicher auch verboten!«

»Verboten ist vieles. Und fast alles macht Spaß ...«

Er küsste sie, nahm sie an die Hand und führte sie abseits des Weges zu einer Bank. Setzte sich und zog sie auf seinen Schoß. »Dein Rock ist so weit, da kann doch sowieso niemand etwas sehen«, flüsterte er ihr leise ins Ohr.

Ihr Kopf fühlte sich merkwürdig leicht an. Lag das an dem bisschen Gras, das sie geraucht hatte? Sie genoss es, von ihm verführt zu werden. Und irgendwann vergaß sie, darauf zu lauschen, wer da näher kam. Oder ob überhaupt jemand in der Nähe war.

»Komm mit, da spielt eine neue Band!« Rocco stand ungeduldig vor ihr. »Soll ein Geheimtipp sein.«

»Einen Augenblick!« Luzie verknotete die langen Bänder ihrer Schuhe. »Wo spielen die denn?«

»In der Eingangshalle.« Er musterte sie. »Ist dir nicht gut? Du siehst ganz schön grün aus.«

Sie machte eine abwehrende Handbewegung. »Das liegt nur daran, dass es gestern im Nachtclub viel zu spät geworden ist. Ein paar Gäste haben sich über Abzocke beschwert und sogar die Polizei gerufen. Als ob sie nicht wüssten, dass in diesem Laden jeder kleine Schluck ein Vermögen kostet ...«

»Provinzeier, die in der großen Stadt das Abenteuer suchen ...« Er streckte ihr seine Hand entgegen. »Jetzt komm.«

»Das Provinzei ist schon da!« Sie lachte und lief mit ihm über die sonnenheißen Straßen in Richtung Uni. Zwei Monate war sie jetzt schon bei Rocco – und sie hatte dabei nicht einen Gedanken an ihre Heimat verloren.

Vor der Eingangshalle standen einige Studenten, aus dem Inneren hörte sie Musik. Oder zumindest Instrumente.

»Stimmen die noch?«, wollte sie wissen. Es klang ziemlich quietschig.

Rocco fing an zu lachen. »Nein, das ist schon das Konzert. Komm rein!«

Die Band stand auf der Bühne vor einer Menge Studenten, die sich allesamt im Rhythmus des Schlagzeugs wiegten. Luzie versuchte weiterhin, eine Melodie auszumachen oder irgendetwas anderes, das für sie vertraut klang. Ohne Erfolg. Es klang nach Lärm. Lärm mit einem Rhythmus. Der zu allem Überfluss ständig wechselte.

Zum Glück gab es nach einer halben Stunde eine Pause.

»Machen die das immer so?« Sie sah Rocco fragend an.

»Amon Düül? Ich finde, die sind wenigstens von diesem Berufsmusikertum befreit. Jeder, der Spaß an Musik hat, sollte sie auch machen. Findest du nicht?«

»Nein. Kunst kommt von Können.« In der Sekunde, in der sie diesen Satz sagte, hätte sie sich auf die Zunge beißen mögen. Das klang ja fast, als stamme es von ihrer Mutter. Die hatte das zwar auf moderne Kunst oder die Rolling Stones bezogen, aber sie hatte genau das gemeint, was Luzie gerade gesagt hatte. Sie schüttelte den Kopf. »So wollte ich das nicht sagen. Aber ich finde schon, dass es hilft, wenn ein Gitarrist auch Gitarre spielen kann und nicht nur Musik fühlt. Ich meine: Du willst doch in Zukunft auch nicht Anwalt sein, um Recht zu fühlen, oder?«

Er zuckte mit den Schultern. »Wenn das möglich wäre, würde ich es ganz bestimmt tun.«

»Dann kann man sich auf nichts mehr verlassen, das ist doch …«, setzte sie an.

Doch ihr Satz ging in dem wiedereinsetzenden Lärm unter. Sie sah auf ihre Uhr. Es war höchste Zeit, in den Nachtclub zu gehen. Und ein guter Vorwand, um dem melodielosen Krach zu entgehen. Sie dachte an Peter Alexander und seinen letzten Walzer, der sie bei ihrer Mutter so genervt hatte. Vielleicht war das ja doch nicht so schrecklich, verglichen mit dieser Dilettantenmusik.

Wenig später stand sie wieder in der Garderobe des Nachtclubs und lächelte den aufgeregten Stadtbesuchern zu, die nicht ahnten, dass sie in wenigen Minuten das teuerste Bier ihres Lebens trinken würden.

Es war weit nach Mitternacht, als sie in die kleine Wohnung von Rocco kam. Er war immer noch nicht da – und einen Augenblick lang war sie enttäuscht. So großartig konnte er diese Amon-Düül-Musik doch nicht finden?

Langsam zog sie die unbequemen Schnürsandalen aus und sah regungslos aus dem Fenster auf die stille Straße. Es dauerte eine ganze Weile, bis ihr aufging, dass Rocco heute erst sehr spät heimkommen würde.

Oder überhaupt nicht, wie sie am nächsten Morgen feststellte, als sie beim Aufwachen das leere Kopfkissen neben sich entdeckte.

Langsam lief sie durch die kleine Wohnung. Nahm ratlos eines der juristischen Bücher in die Hand, legte es wieder auf den Tisch und machte sich schließlich einen Kaffee. Sei nicht albern, beschimpfte sie sich selbst. Hier war alles unverbindlich. Nur ein Spaß – und wenn es ernster wurde, dann war es wahrscheinlich zutiefst bürgerlich und deswegen abzulehnen.

Sie stellte sich mit der Tasse in der Hand ans offene Fenster und sah hinunter auf die Straße. Gehörte sie nach all diesen Wochen und Monaten jetzt wirklich zu diesen freien Studenten? Mal davon abgesehen, dass sie nicht studierte … War sie auf der Suche nach einem neuen Weg für die Welt oder nur für sich selbst?

Mit einem kleinen Seufzer stellte sie die Tasse in die Spüle und machte sich auf den Weg nach draußen. Ein Spaziergang würde ihren Kopf wieder frei machen. Außerdem gab es hier in der Wohnung nichts zu essen. Nur noch zwei Flaschen billigen Wein – und Gras für den einen oder anderen Joint.

Als sie auf der Straße an einer Telefonzelle vorbeikam, warf sie, ohne lange nachzudenken, ein paar Groschen ein und wählte die vertraute Nummer in Wachenheim.

»Apfelgut Adomeit.« Ihre Mutter meldete sich schon nach zweimaligem Läuten im gewohnt geschäftsmäßigen Ton.

»Hallo ...« Plötzlich wusste Luzie nicht mehr, was sie eigentlich sagen wollte. Oder warum sie überhaupt diese Nummer gewählt hatte.

»Luzie? Wo steckst du denn? Wie geht es dir? Ich habe seit Wochen nichts mehr von dir gehört und mache mir Sorgen ...« Die Stimme ihrer Mutter klang tatsächlich weniger streng, als Luzie es gewohnt war.

»Alles ist in Ordnung«, beeilte sie sich zu sagen. »Ich wollte mich nur kurz melden. Ich bin in München und genieße den Sommer – es gibt also keinen Grund für Sorgen.«

»Und wie kann ich dich erreichen? Es könnte doch sein, dass etwas passiert.« Sie klang drängend.

»Mutter? Ist denn irgendwas passiert?«

Luzie kramte in ihrem Geldbeutel nach weiteren Groschen und warf hektisch nach. Für ein längeres Telefonat hatte sie nicht ausreichend dabei, das war klar.

»Nein, nichts Besonderes. Na ja, bei Ruth ist wieder ein Baby unterwegs, aber das ist ja nichts, was dich beunruhigen sollte. Auf dem Apfelhof ist alles in Ordnung. Ich vermisse dich natürlich, aber Matthias ist wirklich eine große Hilfe.« Eine kurze Pause, dann die Frage, die ihr offenbar unter den Nägeln brannte. »Wann kommst du denn wieder nach Hause?« Etwas unsicherer fügte sie hinzu: »Du kommst doch, oder?«

»Ja, sicher. Ich weiß aber noch nicht, wann. Bis zur Ernte ist ja viel Zeit. Mein Geld ist gleich durch, sag Grüße an alle. Ich melde mich!«

Sie legte auf.

Reglos stand sie da und starrte den Hörer an, ohne ihn wirklich zu sehen.

Sie wusste genau, was gerade auf dem Apfelhof passierte. Zwischen den Bäumen musste jetzt gepflügt werden. Ihre Mutter hatte wieder neue Wiesen gekauft, da musste man mit dem Obstbauinspektor nach den besten Sorten suchen – auch wenn sie wahrscheinlich wieder nur die bewährten ostpreußischen Sorten pflanzen würde. Da war sie eigensinnig, egal was der Inspektor sagte. Beim Pflanzenschutz hörte sie mehr auf ihn. An den Bäumen hingen jetzt kleine Früchte, die noch einige Zeit wachsen und reifen mussten. Jede kleine Verletzung, die sie jetzt erfuhren, wuchs mit und machte aus einem schönen Apfel einen Mostapfel. Fast hörte sie den Wind zwischen den Bäumen, der sacht vom Wald in Richtung Rhein wehte.

»Darf ich rein – oder wollen Sie Wurzeln schlagen?« Die genervte Frage der alten Frau riss Luzie aus ihren Tagträumen.

»Entschuldigung, ich war in Gedanken«, murmelte sie und verließ die Telefonzelle. Fast automatisch ging sie wieder in Richtung des Englischen Gartens. Sie brauchte jetzt ein bisschen Natur – und der Park war das, was dem am nächsten kam.

Im Schatten der Bäume lief sie an der Isar entlang. Überall Studenten. Fröhlich oder ernst, allein oder in Gruppen. Und allesamt jung.

Mit einem Mal fühlte Luzie sich alt. Sie war keine Studentin, auch wenn sie sich die letzten Monate wie eine benommen hatte. Ihre Zukunft war nicht ungewiss, sondern auf einem Apfelgut in der Pfalz. Die drängende Stimme ihrer Mutter hing ihr noch im Ohr. Sie konnte sie nicht allein lassen, auf keinen Fall. Das wäre Verrat. Und was wollte sie denn sonst machen? Für immer als Garderobiere in einem Münchner Nachtclub arbeiten, der seine Besucher mit überteuertem Essen und Trinken abzockte? Was sollte aus ihr und Rocco werden? Sie dachte wieder an das leere Kopfkissen am Morgen.

Hatte er eigentlich jemals von einer Zukunft gesprochen? Nein. Sie hatte nicht darüber nachdenken wollen, aber wahrscheinlich hatte er nicht von einer Zukunft geredet, weil er keine sah. Oder nicht so weit dachte. Das war wahrscheinlicher.

Langsam lief sie wieder zu ihm nach Hause.

Er saß am Küchentisch und rührte in seinem Kaffee, als wäre nichts passiert.

»Hast du Semmeln mitgebracht?«

Sie sah ihn fassungslos an. »Ob ich was habe?«

»Semmeln. Wir haben nichts mehr zum Frühstück hier. Da habe ich mir gedacht, dass du vielleicht ...« Er sah ihren Gesichtsausdruck. »Was ist denn?«

»Du bist die ganze Nacht nicht heimgekommen.« Sie hörte selbst, dass ihre Stimme anklagend klang.

»Honey, wir sind nicht verheiratet. Ich kann bleiben, wo und wann und solange ich will.« Er sah sie fragend an. »Oder siehst du das anders?«

»Aber ich ...« Sie brach ab.

»Kein Mensch kann einem anderen gehören. Ich denke, da sind wir uns doch einig.« Er hob die Kaffeekanne an. »Möchtest du auch eine Tasse? Setz dich doch hin! Sollen wir nachher noch zum Chinesischen Turm gehen? Das Wetter ist so schön.«

Er benahm sich wirklich so, als wäre es das Normalste der Welt, dass er seine Nacht woanders verbracht hatte. Zögernd setzte Luzie sich zu ihm.

»Sicher, können wir machen.« Nachdenklich rührte sie in ihrem Kaffee. Das Gefühl des Morgens kehrte wieder: Sie gehörte nicht dazu. Sie war nicht wie die anderen, die alle Konventionen ablehnten und von einer neuen Freiheit träumten.

Eine Weile saßen sie schweigend nebeneinander, bis Rocco seufzend aufstand. »Du bist heute aber schlecht gelaunt. Du hast wirklich etwas versäumt bei dem Konzert. Wir sind nachher noch zusammen mit den Musikern losgezogen.«

»Schön für dich«, murmelte Luzie.

»Du hättest ja mitkommen können. Deine freie Entscheidung. Dann musst du eben damit leben, dass du etwas versäumt hast. Also, kommst du mit?«

Luzie erhob sich und lief an seiner Seite zurück in den Englischen Garten. Sie wollte weder eine Spielverderberin sein noch sich so spießig verhalten, wie sie sich eigentlich fühlte. Ohne ein weiteres Wort zu wechseln, erreichten sie den Chinesischen Turm. Rocco holte ein schäumendes Bier, und sie setzten sich an den Tisch zu ein paar anderen übernächtigt aussehenden Gestalten, die Luzie nur vom Sehen kannte.

Sie redeten über das Konzert, eine anstehende Demo, eine neue Verordnung der Regierung und angebliche Verhaftungen. Das Gespräch rauschte an Luzie vorbei. Sie war nicht dabei gewesen und konnte nicht mitreden. Also trank sie Bier, schnorrte eine Zigarette, paffte lustlos und sah dem Rauch hinterher, der in den blau-weißen Himmel zog.

»Rocco! Wie schön, dich wiederzusehen!« Anita tauchte hinter ihnen auf, umarmte Rocco und drückte ihm einen langen Kuss auf die Lippen. Einen viel zu langen. Den Rocco auch noch erwiderte.

Luzie schloss für einen Augenblick die Augen. Da war er also gewesen. Hatte sie nicht schon bei ihrem Auszug aus der Frauenkommune vermutet, dass Anita ein engeres Verhältnis mit Rocco hatte? Sie hatte damals nur nicht weiter darüber nachgedacht.

Langsam drückte sie die Zigarette aus.

Schaute noch einmal in die Runde und stand dann auf und ging.

Die anderen sahen nicht einmal auf und redeten weiter.

Über das Konzert, Dutschke, Vietnam, Professoren, Verordnungen und Prüfungen.

Alles nicht ihre Welt.

Langsam entfernte sie sich. Es kam ihr vor, als wäre sie nach einem monatelangen Rausch plötzlich nüchtern. In Roccos Wohnung packte sie ihre Tasche – es waren ein paar bunte Kleider mehr als bei ihrer Ankunft in der Stadt. Und ein paar Erinnerungen an Lieder und Sex, Diskussionen und für einen winzigen Moment das Gefühl, wirklich dazuzugehören.

Und natürlich an Rocco, immer wieder Rocco. Der sich über die anderen lustig machte, aber alle Freiheiten für sich beanspruchte. Einfach deswegen, weil Verpflichtungen ihm ein Graus waren. Oder er sich dann anders verhalten müsste. So lief er weiter. Küsste alle, die ihm gefielen und es ihm erlaubten.

Seine Einladung, bei ihm zu wohnen, bedeutete nichts, egal was sie sich eingebildet hatte.

Sie setzte sich an den Küchentisch, auf dem immer noch die halb volle Tasse von ihrem schweigsamen Frühstück stand. Luzie nahm einen Stift und schrieb schwungvoll:

Lieber Rocco!

Dann verharrte sie. Der Stift schwebte über dem Papier. Was sollte sie ihm schon schreiben? Er würde sie ohnehin nicht vermissen.

Das war's!

Luzie

Sie legte den Stift aufs Papier, warf noch einen letzten Blick auf das unordentliche Zimmer, das zerwühlte Bett und das dreckige Geschirr in der Spüle.

Dann zog sie die Tür hinter sich zu und machte sich in Richtung Hauptbahnhof auf.

Heute Abend würde sie wieder zu Hause sein.

Oder morgen früh.

Aber sie war auf dem Weg.

VIER

Der Schlüssel war da, wo er immer war: unter der üppig blühenden Hortensie. Luzie zog ihn heraus und öffnete die Haustür.

Es war später Vormittag, der leichte Geruch des Frühstückskaffees hing noch in der Luft. Langsam ging sie in die Küche – aber es war niemand da. Warum auch? Es war ein heißer Hochsommertag, sicherlich war in den Apfelgärten genug zu tun. Sie hatte also Zeit, um sich nach der Reise zu duschen. Der Zug nach Mannheim hatte Verspätung gehabt, anschließend war der kleine Zug zur Weinstraße ausgefallen, und beim Trampen hatte sie das Glück verlassen.

Im Bad musste Luzie lächeln. Sie hätte nie gedacht, dass sie irgendwann einmal froh über eine saubere Dusche und ein frisches Handtuch sein würde.

Eine knappe Stunde später saß sie in frischen Jeans und einem sauberen T-Shirt auf der Terrasse und genoss die Sonne, als sie das Auto ihrer Mutter in der Einfahrt hörte. Luzie sprang hoch und lief ihr entgegen.

»Da bin ich wieder!«

Ihre Mutter stieg aus dem Auto und musterte sie. »Du bist dünn geworden«, stellte sie fest. »Willst du mit uns essen?«

Einen Augenblick war Luzie von dem »uns« überrascht, dann entdeckte sie Matthias auf dem Beifahrersitz.

»Sicher. Kann ich helfen?«

Ein Kopfschütteln war die Antwort. »Es gibt nur ein Rührei und Brot, das macht keine Arbeit. Wir müssen wieder zurück zu den Abfüllanlagen. Da scheint etwas nicht zu funktionieren.«

Wenig später saßen sie zu dritt an dem gedeckten Tisch. Luzie konnte sich nicht erinnern, dass ihr jemals etwas so gut geschmeckt hätte wie dieses Rührei.

Sie sah Matthias und ihre Mutter an. »Was ist bei euch passiert? Erzählt!«

»Nichts Ungewöhnliches.« Marie dachte nach. »Nein, es war ein ganz normales Jahr. Der Nachtfrost hat uns kaum Ernte gekostet, da hat sich die Arbeit in der Nacht wohl ausgezahlt. Wir haben auf den neuen Grundstücken neue Apfelbäume angebaut, die haben schon ganz ordentlich Wurzeln geschlagen ...«

»Und sonst? Ich meine, wie geht es dir? Und erzähl mir jetzt nicht, wie es den Äpfeln geht.«

Ihre Mutter schüttelte den Kopf, ohne eine Miene zu verziehen. »Wie soll es mir schon gehen? Ich darf nicht klagen, alles ist in Ordnung. Der Arzt sagt, dass es in meinem Alter ganz normal ist, wenn mir die Knochen ein wenig wehtun. Ruth bekommt noch ein Kind, das habe ich dir schon am Telefon gesagt. Ich bin mir sicher, du hast sehr viel mehr zu erzählen.« Neugierig musterte sie Luzie. »Wie ist es dir in der großen Stadt ergangen? Und warum bist du jetzt so schnell wieder nach Hause gekommen? Klang gestern nicht so, als ob du heute schon wieder hier sein würdest.«

Nachdenklich sah Luzie auf die Tischplatte und fuhr mit einem Finger die Maserung nach, während sie redete. »Ich habe gemerkt, dass die große Freiheit nicht meine große Freiheit ist. Dass die Revolte der Studenten nicht mein Aufstand ist. Ich meine, das mit Dutschke und den Toten aus der Barer Straße, das ist schlimm. Aber ich kann nicht in einem fort protestieren und diskutieren und dabei vergessen, dass ich auch noch ein echtes Leben führen sollte.« Sie sah auf und lächelte ihre Mutter an. »Man könnte also sagen, dass ich die letzten Monate genossen habe. Und dann habe ich alles gesehen, alles erlebt und beschlossen, dass es an der Zeit ist, wieder nach Hause zurückzukehren. Ende der Geschichte.«

Es wurde still in der Küche. Eine Fliege summte beharrlich am Fenster.

Matthias räusperte sich. »Und jetzt? Ich meine, arbeitest du jetzt wieder hier auf dem Apfelhof?«

»Was ist denn das für eine Frage?«, fuhr ihre Mutter ihn unvermittelt an. »Luzie kann nichts anderes – und ich brauche Hilfe. Also wird sie selbstverständlich mithelfen.« Sie sah Luzie in die Augen. Das erste Mal, seit sie an diesem Tisch Platz genommen hatten. »Oder?«

»Sicher.« Luzie senkte den Kopf. Sicher. Was sollte sie sonst tun?

In diesem Augenblick wurde ihr schlagartig übel. Sie stand auf, rannte auf die Toilette und übergab sich. Mit einem schiefen Lächeln kehrte sie zurück an den Tisch. »Ich hätte nicht so viel von dem Rührei essen sollen. Mein Magen ist es nicht mehr gewöhnt. Der war seit April nicht mehr richtig voll. Die Studenten können besser reden als kochen.«

Den argwöhnischen Blick ihrer Mutter ignorierte sie.

Die nächsten Tage arbeitete sie auf dem Apfelgut mit, als wäre sie niemals weg gewesen. Einige der Angestellten sahen sie zwar fragend an – und tuschelten hinter ihrem Rücken über ihre wilde Zeit in München. Aber eigentlich war alles wie immer. Als wären die letzten Monate nur ein wilder, bunter Traum gewesen.

Nur die beständige Übelkeit begleitete sie weiter. Nach dem Aufstehen in der Früh, nach jedem Essen, beim Geruch von Wein oder beim Geschmack von Kaffee – immer wieder hing Luzie über der Kloschüssel und würgte, bis nur noch Galle kam.

Ihre Mutter sah schweigend zu. Bis sie nach ein paar Wochen nachfragte: »Meinst du nicht, es ist an der Zeit, dass du endlich einen Arzt besuchst? Du wirst immer weniger, da muss doch etwas dahinterstecken.«

»Ach, das vergeht schon wieder«, murmelte Luzie.

Aber dieses Mal war ihre Mutter hartnäckig. »Nein. Das vergeht offensichtlich nicht. Vielleicht hast du dir in München eine Krankheit geholt. Könnte ja sein, bei den wilden Studenten, die von einem Bett ins andere springen. Oder irgendetwas anderes.«

»Was soll das denn anderes sein? So ein Blödsinn. Das ist nur das Ergebnis von zu viel schlechtem Essen in München. Mein Magen muss sich eben erst einmal wieder eingewöhnen.«

Nur zwei Tage später hielt Marie ihr einen Zettel unter die Nase. »Ich habe einen Arzttermin für dich ausgemacht. Heute Nachmittag um halb fünf. Und ich will keine Diskussion. Ich kann doch keine Mitarbeiterin brauchen, die mir hinter jeden Baum kotzt. Die Angestellten reden schon.«

»So schlimm ist es doch auch wieder nicht. Du übertreibst.« Ein Blick in das Gesicht ihrer Mutter machte Luzie klar, dass es an dieser Stelle keine Diskussion mehr gab.

Mit einem Seufzer nahm sie ihr den Zettel aus der Hand. »Wenn es dich beruhigt ... Ich bin schon unterwegs. Dann weißt du wenigstens sicher, dass ich nichts habe!«

Nur zwei Stunden später saß sie im Untersuchungszimmer des Arztes, den sie schon seit ihrer Kindheit kannte. Er hatte jeden Husten, jede Verstauchung und auch die Platzwunde am Ellenbogen begleitet, als sie einmal auf eine Glasscherbe gefallen war. Jetzt sah er sie ernst an. »Du weißt es doch sicher schon, oder?«

Luzie schüttelte den Kopf und sah auf ihre Hände, die sie ineinander verknotet auf dem Schoß liegen hatte. »Nein. Was soll ich wissen?«

»Deine Periode muss schon seit einiger Zeit ausgeblieben sein. Du bist schwanger. Und wenn ich das richtig sehe, dann schon fast im dritten Monat.«

Er schwieg und schien auf irgendein Zeichen von ihr zu warten. Aber sie starrte weiter auf ihre Hände.

Rocco. Im Park oder in seiner Wohnung oder sonst wo.

Sie hatte nie auch nur eine Sekunde an die Folgen gedacht. Wie unendlich naiv. Die ausbleibende Periode hatte sie einfach darauf geschoben, dass sie so dünn geworden war.

»Wer ist denn der Vater?« Die Stimme des Arztes unterbrach ihre Gedanken.

Sie zuckte zusammen. »Das tut nichts zur Sache«, sagte sie schließlich. »Mein Baby wird es gut haben.«

Damit stand sie auf, schlüpfte wieder in ihre Turnschuhe und nickte dem Arzt zu. Der gab ihr zum Abschied die Hand. »Geh bitte zum Frauenarzt. Der kann dich besser untersuchen und dir den genauen Geburtstermin ausrechnen. Versprichst du mir das?«

Sie nickte nur und ging.

Wie kam dieser Arzt nur dazu, sie zu duzen? Bloß, weil er sie schon so lange kannte?

Auf keinen Fall wollte sie jetzt nach Hause. Bevor sie ihrer Mutter irgendetwas erklärte, musste sie sich selbst im Klaren darüber sein, was sie wollte. Und was nicht. Sie lenkte ihre Schritte in Richtung der Weinberge. Kaum hatte sie Wachenheim hinter sich gelassen, wurden ihre Schritte länger. Ihr Atem passte sich dem Rhythmus ihrer Schritte an – Hauptsache, sie kam voran. Immer an der Straße entlang. Durch den nächsten Ort und weiter.

Ein heiseres Hupen ließ sie den Kopf heben. Matthias in seinem NSU Prinz. Er winkte ihr zu, beugte sich zur Seite und öffnete die Tür.

»Kann ich dich irgendwohin mitnehmen?«

Kopfschüttelnd wehrte Luzie ab. »Nein danke. Ich wollte ein bisschen spazieren gehen. Den Kopf freibekommen. Ein paar Sachen durchdenken …«

»Na, wenn das so ist, dann will ich dich nicht stören.« Er

musterte sie mit besorgter Miene. »Du bist dir sicher? Wir können auch irgendwo hinfahren und ein bisschen reden. Du siehst aus, als hättest du es nötig. Versteh mich nicht falsch, du siehst gut aus. Wie immer. Aber traurig ...«

Durch seine ungebremste Freundlichkeit brachen bei Luzie plötzlich alle Dämme. Sie wandte ihr Gesicht ab, damit er nicht sehen konnte, dass ihr die Tränen übers Gesicht liefen. »Ich ... ich ... weiß nicht.« Ihre Stimme klang brüchig.

»Aber ich.« Matthias klopfte auf den Beifahrersitz. »Setz dich. So schlimm kann es doch nicht sein!«

Sie schniefte und wischte sich die Nase mit dem Handrücken ab.

Er fragte nicht. Ließ sie weinen und fuhr tiefer in den Wald und hielt schließlich an einem kleinen Parkplatz an.

»Komm, wir gehen ein Stück. Vielleicht willst du mir ja erzählen, was passiert ist. Und wenn nicht, ist das auch in Ordnung.«

»Ich habe mich noch gar nicht entschuldigt«, schniefte Luzie.

Er sah sie mit einem Lächeln an. »Und deswegen weinst du? Wirklich?«

»Nein. Aber ich musste gerade eben daran denken. Ich habe dich wirklich nicht nett behandelt, als du mich das letzte Mal mitgenommen hast. In den Holzwurm. Erinnerst du dich nicht?«

»Das werde ich bestimmt nie vergessen.« Er bemühte sich um ein schiefes Grinsen. »Ich gehe mit einer tollen Frau aus – und sie tanzt nicht mit mir, redet nicht mit mir und verschwindet für mehrere Monate. Du hättest mir auch einfach sagen können, dass du nicht mit mir ausgehen möchtest.«

»Das war es doch nicht. Es lag nicht an dir, sondern an mir: Ich wollte weg, egal wie und egal wohin. Wenn an diesem Abend jemand eine Fahrt nach Wanne-Eickel angeboten hätte, wäre ich vielleicht auch mitgefahren.« Sie schniefte. »Auch wenn ich nicht weiß, wo dieses Wanne-Eickel eigentlich liegt.«

»Aber deswegen weinst du nicht, oder?«

»Wegen Wanne-Eickel? Nein. Auch nicht wegen München. Oder doch.« Sie holte tief Luft. »Ich bin schwanger. Es lohnt sich also nicht mehr, nett zu mir zu sein.«

»Du glaubst, ich bin nett zu dir, weil ich dich für eine unberührte Jungfrau halte?« Matthias lachte leise auf. »Dann wirke ich wohl noch blöder, als ich wirklich bin.«

Der Weg wurde steiler, und Luzie merkte, wie sie außer Atem geriet.

»Und was machst du jetzt? Weiß es denn der Vater schon? Ziehst du nach München? Willst du…?« Er brach mitten im Satz ab. »Verzeih mir. Ich bin zu neugierig.«

»Nein, bist du nicht.« Sie hielt keuchend an und sah durch eine Lücke in den Bäumen hinunter auf die Ebene. »Aber ich habe keine Antwort.« Nachdenklich kaute sie auf ihrer Unterlippe. »Der Vater … Ich glaube nicht, dass er von seinem Glück erfährt wird. Er ist nicht der Typ, der sich dann seiner Verantwortung stellt, weißt du? Das bringt nichts. Also ziehe ich auch nicht nach München. Obwohl ich da sicherlich als ledige Mutter inmitten all der Studenten nicht so auffalle. Hier in Wachenheim: Katastrophe. Die Reaktion meiner Mutter: noch größere Katastrophe.«

»Und du bleibst trotzdem?«

Sie nickte. »Ja. Glaube ich zumindest. Ich lebe gerne hier.«

»Wenn ich dir irgendwie helfen kann, dann sagst du es mir, oder?«

Sie nickte. »Ja. Aber wenn ich ehrlich bin, dann weiß ich im Augenblick noch nicht einmal, wie die nächsten Tage aussehen. Erzähle ich alles meiner Mutter? Nein. Jedenfalls nicht sofort. Ziehe ich aus? Keine Ahnung. Sollte ich?«

Vorsichtig legte Matthias eine Hand auf ihre Schulter. »Es wird dir keine große Hilfe sein, aber wenn du jemanden zum Reden brauchst – ich bin da!«

Lächelnd sah sie zu ihm hoch. »Das ist lieb. Das habe ich gar nicht verdient…« Sie spürte, wie ihr die Tränen schon wieder in die Augen schossen. Sie lehnte sich an ihn an, und er nahm sie sacht in seine Arme. Etwas unbeholfen klopfte er ihr auf den Rücken. Fast wie bei einem Baby, dachte sie und musste bei diesem Gedanken gleich noch mehr weinen.

»Muss ich jetzt dafür bezahlen, dass ich mir ein paar Monate alle Freiheiten genommen habe?«

»Quatsch. Ein Baby bedeutet doch nicht, dass du büßen musst. Du musst nur Verantwortung für dein Handeln übernehmen. Denke ich.« Er redete einfach in ihr Haar, und sie fühlte sich plötzlich auf eine wunderbare Weise geborgen.

Eine Weile standen sie bewegungslos da, bis ein anderer Spaziergänger den Weg nach oben geklettert kam und sich mit einem forschen »Guten Tag!« an ihnen vorbeidrängte.

Luzie wischte sich über die Augen. »Vielleicht sollten wir allmählich wieder zurückgehen? Du hast heute doch bestimmt noch etwas anderes vor.«

»Nein. Habe ich nicht. Ich wäre jetzt einfach nur nach Hause gefahren und hätte mir etwas zum Essen gemacht.« Er sah sie an. »Möchtest du vielleicht mitkommen? Meine Spätzle sind wirklich gut. Sagt sogar meine Mutter!«

»Wirklich? Ich würde nicht Nein sagen. Wo wohnst du eigentlich genau?« Sie hatte ihn noch nie danach gefragt. Er tauchte jeden Morgen auf dem Apfelgut auf, war bei jedem Problem zur Stelle und half, wo er nur konnte – und am Abend verschwand er wieder.

»Ich habe eine kleine Wohnung in Deidesheim. Direkt in Wachenheim habe ich nichts gefunden.«

Sie gingen den Weg langsam wieder zurück. Als Matthias ihr über ein steileres Stück half, nahm er ihre Hand. Und ließ sie bis zum Parkplatz nicht mehr los. Luzie war nicht klar, ob er sie damit trösten wollte. Oder ob das etwas bedeutete. Aber ihr war das zum ersten Mal auch wirklich egal.

Eine knappe Stunde später fand sie sich vor einem Teller Spätzle mit einer Hackfleischsoße wieder.

»Das schmeckt sensationell«, erklärte sie. »Woher kannst du so gut kochen?«

»Meine Mutter hat es mir beigebracht. Sie hat gearbeitet – und sie wollte, dass ich mich selbst versorgen konnte, wenn ich nach Hause kam. Außerdem macht es mir Spaß.«

Er gab ihr eine zweite Portion auf den Teller und tat auch sich selbst reichlich von dem Essen auf. Dann deutete er auf sein schmucklos eingerichtetes Esszimmer. »Wenn ich gewusst hätte, dass ich heute einen Gast bekomme, dann hätte ich Blumen gekauft.«

»Blödsinn. Die Spätzle sind wunderbar genug! Mit denen im Bauch sieht die Welt wieder etwas besser aus.« Sie seufzte, als sie die Gabel hinlegte. »Aber mehr schaffe ich jetzt wirklich nicht mehr.«

»Soll ich dich nach Hause fahren? Nicht, dass deine Mutter sich noch Sorgen macht.«

Luzie nickte. »Ja. Irgendwann muss ich wohl nach Hause. Sie wird sicher wissen wollen, was der Arzt festgestellt hat ... und im Lügen bin ich nicht gut.«

»Dann bleib doch bei der Wahrheit: Es fehlt dir nichts, du sollst dich nur ein bisschen schonen. Für die nächsten Tage sollte das reichen. Danach siehst du vielleicht klarer, wie die nächsten Monate aussehen.«

»Danke. Gute Idee. Genau so mache ich es.«

Sie hatte Glück. Ihre Mutter war schon im Bett, als Luzie nach Hause kam. Nur ein kleiner Zettel lag auf dem Esstisch neben dem Teller: *Wurst und Käse sind im Kühlschrank. Bis morgen!*

Typisch Muttel. Bloß keine Gefühle zeigen. Aber in diesem Fall war Luzie mehr als froh, dass sie um alle Fragen herumkam.

Im Bett rollte sie sich zusammen und legte eine Hand auf ihren Bauch. »Hallo, Baby!«, flüsterte sie ganz leise. Es hörte sich eigentlich gut an. So, als hätte sie etwas ganz für sich allein.

Am nächsten Morgen verlor ihre Mutter kein Wort darüber, dass Luzie so spät nach Hause gekommen war. Während sie ihr

Kaffee zum Frühstück einschenkte, erkundigte sie sich: »Hat der Arzt herausgefunden, warum dir immer wieder schlecht ist?«

»Er meint, es ist alles in Ordnung. Ich soll mich nur nicht zu sehr anstrengen, das ist alles.«

Ihre Mutter gab ein leises, missbilligendes Geräusch von sich. »Als würdest du dich jemals zu sehr anstrengen. Aber immerhin gibt dir das eine gute Ausrede, um es in Zukunft noch etwas ruhiger angehen zu lassen.«

Es klang wie ein Vorwurf.

Schweigend trank Luzie ihren Kaffee. Es würde der Tag kommen, an dem sie ihrer Mutter die Wahrheit sagen musste. Aber jetzt wollte sie ihr Geheimnis mit niemandem teilen. Außer mit Matthias.

Der tauchte an diesem Morgen wie immer freundlich, fleißig und gut gelaunt auf dem Apfelgut auf. Erst als niemand in der Nähe war, fragte er leise: »Wie geht es dir denn heute? Hast du gut geschlafen?«

Sie lächelte ihn dankbar an. »Wie ein Stein. Vielen Dank, dass du dir gestern Zeit für mich genommen hast.«

»Du kannst heute Abend gerne wiederkommen. Heute stehen Fleschknepp auf dem Programm.«

»Da sage ich ganz bestimmt nicht Nein! Soll ich etwas mitbringen?«

Ein Kopfschütteln war die Antwort. »Nein. Ich freue mich auf dich, das ist genug.«

Zu ihrer Überraschung freute sie sich wirklich auf diesen Abend. Aus dem Augenwinkel beobachtete sie Matthias. Er war das genaue Gegenteil von Rocco. Verlässlich, ruhig, besonnen. Vor ein paar Monaten war ihr das noch langweilig vorgekommen.

Ein paar Stunden später legte er nach dem Essen sein Besteck zur Seite und sah sie nachdenklich an. »Wann willst du es deiner Mutter sagen?«

»Keine Ahnung. Sie wird entsetzt sein – und ich bin mir nicht sicher, ob ich ihre Missbilligung aushalten kann. Sie legt so viel Wert darauf, nicht aufzufallen. Und dann komme ich als ledige Mutter. Jeder weiß: Ich bin nach München und habe es da so richtig krachen lassen. Sex, Drugs und Revolution...« Luzie seufzte und legte unwillkürlich ihre Hand auf den Bauch.

»Wie wäre es denn, wenn...?« Er zögerte und drehte nachdenklich sein Weinglas zwischen den Fingern. »Ich könnte dich heiraten. Alles Gerede wäre vom Tisch. Na ja, fast alles Gerede. Die Leute würden denken, dass es ein Sechsmonatskind wäre und dass schon vor der Hochzeit und vor deinem Münchentrip etwas gelaufen ist. Aber mit einer Hochzeit wäre alles in Ordnung.«

Eine Sekunde lang war es still in dem Zimmer. Matthias schien den Atem anzuhalten, während Luzie nach Luft schnappte.

»Das würdest du tun? Aber – du hättest dann ein fremdes Kind. Und mich dazu. Warum...?«

Er lächelte. »Was passiert ist, ist passiert. Warum sollte ich mich jetzt noch darüber aufregen? Die Wahrheit ist: Ich habe mich vom ersten Moment an in dich verliebt. Jetzt habe ich meine Chance. Als rettender Prinz in der Not – und am Schluss habe ich die Prinzessin gewonnen.«

»Ehrlich?« Ihre Gedanken überschlugen sich. Bilder aus München. Wild und bunt. Rocco, frei und ohne Verantwortung. Das Apfelgut. Matthias bei der Ernte, beim Aufstellen der brennenden Fässer gegen den Nachtfrost, im Büro und in der großen Lagerhalle. Gestern. Seine Schulter, an der sie sich ausgeheult hatte.

Er griff nach ihrer Hand. »Komm schon, sag Ja! Du wirst sehen: So schlimm bin ich nicht.«

Sie lächelte. »Ja. Aber versprich mir, dass du das niemals bereuen wirst. Und das Kind so wie deine eigenen behandelst.«

»Mache ich. Keine Reue. Und auf die Sache mit den eigenen

Kindern komme ich dann noch zurück.« Er hob sein Glas. »Komm, darauf trinken wir. Wenigstens einen kleinen Schluck.«

Luzie hob ihr Glas. Sie fühlte sich ein bisschen feierlich und ziemlich verwegen, als die Gläser aneinanderklirrten.

»Auf die Zukunft.«

Einige Augenblicke lang hörte sie nur auf das schnelle Schlagen ihres Herzens. Dann beugte sie sich vor und gab ihm einen Kuss. »Und wann verkünden wir die frohe Botschaft?«

»Ich würde sagen: Du bleibst heute gleich bei mir. Morgen können wir mit deiner Mutter reden – und dann machen wir ganz schnell einen Termin beim Standesamt.« Er sah sie fragend an. »Ich meine, wenn du willst. Aber ich dachte, wenn wir Aufsehen vermeiden wollen ...«

Luzie nickte. »Du hast recht. Da fällt mir ein: Ich habe deine Familie noch gar nicht kennengelernt.«

Matthias nickte. »Stimmt. Mein Bruder und meine Eltern kommen bestimmt gern zu unserer Hochzeit. Sie sind nett, keine Sorge. Meistens jedenfalls.«

»Wie finden sie eigentlich deine Arbeit auf dem Apfelgut?«

»Sie haben ein bisschen Sorge, dass ich ausgebeutet werde. Aber wenn ich jetzt die Alleinerbin heirate, dann sollten sie zufrieden sein.« Er sah ihr überraschtes Gesicht und legte ihr beruhigend die Hand auf den Arm. »Mach dir keine Gedanken. Sie wissen, dass ich glücklich bin, wenn ich mit den Bäumen zu tun habe. Weißt du, für dich mag es ganz normal sein, immer nur mit den Apfelbäumen zu arbeiten. Vielleicht fühlst du dich sogar eingeengt von all den Pflichten. Aber für mich ist das einfach wunderbar. Ich liebe den Duft der Apfelblüten im Frühling. Den Geruch der reifen Früchte – frisch am Baum, süß in der Lagerhalle. Ein Apfel ist für mich wie ein kleines Wunder. Wahrscheinlich empfinden das die Winzer hier in der Gegend genauso mit ihren Reben. Aber für mich sind es die Apfelbäume.«

So hatte Luzie die endlosen Reihen der Bäume noch nie gesehen. Sie waren für ihre Mutter die Eintrittskarte in eine gesicherte Zukunft gewesen. Für sie waren sie einfach nur eine Menge Arbeit und sehr wenig Freiheit.

Sie wagte ein kleines Lächeln. »Schön, wenn wenigstens einer von uns sein Herz an den Apfelhof hängt. Ich muss mich an diesen Gedanken wahrscheinlich erst gewöhnen.«

Vorsichtig nahm er ihre Hand. »Wahrscheinlich müssen wir uns beide noch an einiges gewöhnen. Aber das Wichtigste ist doch erst einmal, dass du den bösen Weibern von Wachenheim entgehst. Jetzt haben sie weniger Stoff, über den sie sich das Maul zerreißen können...«

Als sie am nächsten Morgen auf dem Apfelhof auftauchten, sah Marie ihnen streng entgegen. Eine steile Falte zeigte sich zwischen ihren Augenbrauen, die Luzie noch nie aufgefallen war.

»Wo warst du denn?«, fuhr sie ihre Tochter an. »Muss ich mich jetzt daran gewöhnen, dass du immer wieder bei irgendwem übernachtest?«

»Ich habe doch gar nicht...«, begann Luzie. Aber noch bevor sie weiterreden konnte, nahm Matthias ihre Hand.

»Wir wollen heiraten! Sie müssen sich also keine Sorgen mehr um Luzie machen. Künftig bin ich für sie verantwortlich. Und Sie können wieder in aller Ruhe jeden Abend mit Eberhard über das Leben reden.«

Marie sah von Matthias zu Luzie. Und dann wieder zurück. »Heiraten? Ihr beide? Ich wusste nicht einmal, dass ihr ein Paar seid.« Sie sah Luzie an. »Bist du dir sicher?«

Luzie nickte. »Ja. Und wir wollen möglichst schnell heiraten. Noch vor der Ernte. Wir gehen nachher zum Standesamt und schauen, wann der nächstmögliche Termin ist.«

»Warum denn die Eile?« Maries Blick fiel auf Luzies Taille, und die Falte wurde noch tiefer. »Oder ist da etwa schon was unterwegs? Das würde wenigstens diese ständige Übelkeit erklären.« Kopfschüttelnd sah sie Matthias an. »Das hätte ich nicht von Ihnen gedacht!«

Fast hätte Luzie aufgelacht. Ausgerechnet Matthias bekam jetzt den Ärger ab. Dabei hatte er garantiert nichts Verbotenes getan. Sogar letzte Nacht hatte er sie nur zärtlich in den Arm genommen. Sie hatten sich die ganze Nacht an den Händen gehalten – aber mehr war nicht passiert.

Matthias ließ sich nichts anmerken. Er streckte einfach seine Hand aus und lächelte. »Von mir aus können Sie mich ab sofort duzen. Ich werde doch jetzt Teil der Familie!«

Verkniffen nahm Marie seine Hand. »Gut. Dann bin ich für dich also künftig Marie. Aber untersteh dich, mich als ›Mutter‹ zu bezeichnen.«

»Würde ich nie tun!«

Sie deutete noch einmal streng auf Luzies Bauch. »Und? Habe ich recht? Ihr müsst heiraten?«

Stolz legte Matthias den Arm um Luzies Schultern. »Von müssen ist doch gar keine Rede. Wir wollen heiraten. Und ja, wir werden schon sehr schnell für Nachwuchs sorgen.«

»Deswegen bist du also erst einmal abgehauen«, meinte Marie kopfschüttelnd. »Das habe ich wirklich nicht gedacht. Gut, dass du dich noch einmal besonnen hast.«

Matthias warf Luzie einen vielsagenden Blick zu und meinte dann: »Jetzt sollten wir erst einmal an die Arbeit gehen. Und später, wenn das Standesamt geöffnet hat, sehen Luzie und ich nach einem passenden Termin. In Ordnung?«

Arbeiten, das war für Marie Adomeit eindeutig vertrautes Terrain. Sie nickte zustimmend und ratterte dann die Liste der Dinge herunter, die an diesem Tag unbedingt erledigt werden mussten. Bevor sich die jungen Leute um ihre Ehe kümmerten.

Keine zwei Wochen später stand Luzie mit einem Glas Sekt in der Hand unter den Apfelbäumen und stieß auf ihre eigene Hochzeit an. Sie hatten sich für eine schlichte Feier entschieden. Nur die engste Familie, ein kleiner Sektempfang im Garten und dann ein gemeinsames Essen. Immerhin hatte Luzie sich ein neues Kleid geleistet – und so stand sie in ihrem nicht zu eng geschnittenen Traum in Weiß neben Matthias.

Ruth, deren Schwangerschaft nicht mehr zu übersehen war, nahm Luzie beiseite. »Das ging jetzt aber schnell. Von diesem Matthias haben wir vorher ja überhaupt nichts gehört. Ging ja nicht anders, hat Muttel gesagt.«

»Wäre schon anders gegangen. Hätte aber viel Gerede gegeben. Und du kennst ja Muttel ...« Luzie verdrehte verschwörerisch die Augen. Aber Ruth war offenbar der Humor abhandengekommen. Sie ließ jedenfalls nicht erkennen, dass sie den Scherz ihrer kleinen Schwester verstanden hatte.

»Du warst also schon vor deiner Flucht nach München in anderen Umständen?« Ruth begutachtete Luzies Taille. »Dafür bist du aber noch dünn. Wann ist es denn so weit?«

»Im März.« Schon in der nächsten Sekunde biss Luzie sich auf die Lippen. Ruth konnte rechnen. Natürlich.

»Dann ist es ja doch aus München. Hat dich Matthias etwa besucht?« Ruth starrte ihre kleine Schwester an. »Oder schiebst du ihm etwa ein Kuckuckskind unter? Das ist doch das Letzte!«

»Ich schiebe ihm nichts unter. Er weiß alles. Wir sind uns einig. Und wehe, du hältst nicht deine Klappe. Das muss keiner wissen, verstehst du?«

Beschwichtigend hob Ruth die Hände. »Ich finde es unmöglich, was du da von ihm verlangst. Was für ein gutmütiger, verliebter Trottel. Hoffentlich bereut er es nie.«

Das hoffte Luzie auch. Aber sie würde es niemals zugeben.

Noch bevor sie etwas erwidern konnte, kam Eberhard mit seiner neuen Kamera und bat das Brautpaar vor die Linse. Matthias umfasste Luzies Taille und strahlte. Luzie bemühte sich sehr, es ihm gleichzutun. Aber irgendwie hatte sie sich den schönsten Tag in ihrem Leben anders vorgestellt. Zumindest nicht mit einer leichten Übelkeit ...

Matthias' Eltern lächelten das Brautpaar an. »Und wohin soll es in den Flitterwochen gehen?«, fragte seine Mutter neugierig. Von ihr hatte Matthias wohl seine sanften Augen geerbt. Unwillkürlich streichelte sie über ihren Bauch. Wie würde ihr Baby wohl aussehen? Zum Glück war Rocco ebenso blond und blauäugig wie sie selber. Da musste sie beim Aussehen des Babys wenig erklären ...

»Flitterwochen?«, mischte Marie sich in das Gespräch ein. »Meine Tochter hat sich eben erst ziemlich viele Wochen freigenommen, um sich in München die Revolution anzusehen. Dieses Jahr will ich sie nicht mehr entbehren. Jetzt ist erst einmal Arbeiten angesagt!«

»Aber man heiratet doch nur einmal. Und die beiden sind noch jung.« Matthias' Mutter war überrascht.

»Na und? Wer jung ist, kann auch arbeiten.« Damit war für Marie das Thema beendet.

Beruhigend legte Eberhard seine Hand auf ihre – und nicht zum ersten Mal fragte sich Luzie, wie die Freundschaft zwischen diesen beiden Menschen wohl wirklich beschaffen war.

Er räusperte sich. »Frau Adomeit ist der Meinung, dass Urlaube und Reisen überbewertet werden«, erklärte er mit einem Lächeln. »Um das zu verstehen, muss man wohl in der Landwirtschaft tätig sein. Weder ihre Bäume noch meine Reben mögen es, wenn man sie zu lange allein lässt.«

»Da scheint es unsereinen nun wirklich an Verständnis zu fehlen«, erklärte Matthias' Mutter leise. »Mein Mann hat immer nur als Beamter am Schreibtisch gearbeitet. Wir waren ja schon überrascht, als unser Matthias unbedingt in einem landwirtschaftlichen Betrieb arbeiten wollte. Er redet von Ihren Bäumen, als wären sie seine Kinder ...«

»Das ist sentimentaler Blödsinn«, beschied Marie der Frau schroff. Die zuckte etwas zusammen.

»Wird es nicht allmählich Zeit, dass wir alle zum Essen fahren?«, versuchte Luzie die etwas angespannte Stimmung aufzuheitern.

»Gute Idee!«, befand Eberhard. »Höchste Zeit, dass wir endlich etwas Feines zwischen die Zähne bekommen.«

Luzie hängte sich bei Matthias ein. »Weißt du, worauf ich mich am meisten freue?«, wisperte sie ihm ins Ohr.

Er hob nur fragend eine Augenbraue, während er weiter in Richtung seines geschmückten NSU Prinz lief.

»Auf heute Abend. Wir beide allein in deiner Wohnung. Und niemand, der uns über Arbeitsmoral, Schwangerschaften oder die angemessene Menge an Urlaubstagen aufklärt.«

Matthias lächelte und drückte sie enger an sich. »Das freut mich. Wirklich. Du wirst sehen: Heute fängt ein wunderbares Leben an!«

FÜNF

Sie schrie.

Laut.

Durchdringend.

Seit Stunden.

Blinzelnd sah Luzie auf die Uhr. Es war drei Uhr nachts, und sie war seit dem Abendessen mit dem Baby im Arm unterwegs. Treppe hoch, Treppe runter. In die Küche und wieder zurück ins Esszimmer. Einmal um den großen Tisch, dann wieder die Treppe hoch.

»Wenn du mir nur sagen könntest, was dir wirklich wehtut.« Sie klopfte dem sieben Monate alten Baby auf den Rücken. Das Schreien wollte trotzdem nicht aufhören, wurde jetzt aber von einem Schluckauf begleitet.

»Brauchst du eine Pause?« Matthias stand in der Tür und deutete auf das schreiende Bündel in ihrem Arm. »Ich nehme sie, und du stopfst dir Watte in die Ohren. Muss ja nicht sein, dass wir beide kein Auge zumachen.«

»Du bist der Beste!« Luzie drückte ihm einen Kuss auf die Wange und legte ihm das kleine Mädchen in die Arme. Krebs-rot und verschwitzt vor lauter Anstrengung – aber keineswegs bereit, endlich zu schlafen. Oder wenigstens still zu sein.

So ging es seit ihrer Geburt. Karen kam auf die Welt und fing an zu schreien. Seitdem hatte sie nicht mehr aufgehört. Zumin-dest kam es Luzie so vor.

Wenn sie andere Mütter fragte, dann war die Antwort nur ein Schulterzucken oder ein mitleidiger Blick. Manche Babys waren eben echte Schreikinder. Da musste man geduldig sein. Klang so einfach. Aber Geduld war Mangelware, wenn man keine einzige Nacht mehr schlafen konnte. Zum Glück war Matthias stets an ihrer Seite: Er nahm ihr die Kleine ab, wann immer er konnte.

Mit einem dankbaren Seufzer streckte Luzie sich in ihrem Bett aus. Ein paar Stunden hatte diese Nacht noch, die wollte sie nutzen. Sie fiel in einen unruhigen Schlaf, aus dem sie immer wieder hochschreckte. In ihren Träumen rannte sie durch endlose Reihen von Apfelbäumen. Sie sollte ernten, alle Bäume. Und dafür reichte die Zeit nicht, sosehr sie sich auch beeilte.

Als sie in der ersten Morgendämmerung wieder einmal aufwachte, war sie ebenso verschwitzt wie ihr schreiendes Baby. Was sollte nur dieser Traum von Äpfeln? Sicher, es war gerade Erntezeit. Aber in diesem Jahr versuchte sie, sich aus dem größten Stress herauszuhalten – und ihr war egal, was ihre Mutter dazu sagte. Seit Karens Geburt hatten sie ohnehin nicht viel miteinander geredet. Marie lebte jetzt allein in ihrem Haus – und sie war auf dem besten Weg, eine verbitterte alte Frau zu werden. Dabei war sie doch erst vor Kurzem sechzig geworden.

Wahrscheinlich hatte sie zu viel Zeit mit Äpfeln verbracht. Oder diesem Apfelbrei. Nachdenklich runzelte Luzie die Stirn. Als Marie angefangen hatte, Apfelbrei einzukochen, hatte sie immer nur eine Sorte verwendet. Erst später, mit zunehmendem Erfolg, hatte sie das weniger genau genommen. Wie hatte sie gesagt? »Der Herrgottsapfel ist fast Medizin. Den brauchen die Kinder doch überhaupt nicht. Auch die Mütter merken den Unterschied nicht. Da kann man andere Äpfel nehmen. Pflegeleichtere als diesen Herrgottsapfel.«

Medizin. Herrgottsapfel. Warum hatte sie nur nicht früher daran gedacht? Jeder hatte ihr gesagt, dass Muttermilch das Beste für ein Schreikind wäre. Außerdem hatte sie seit Monaten so viel Tee mit Anis, Fenchel und Kümmel getrunken, dass sie sich sicher war: Irgendwann würde sie genau diese Aromen aus ihrer Küche verbannen. Für immer.

Also ein Apfel. Allerdings hatte sie keine Ahnung, ob sie den immer noch anbauten.

Sie schlüpfte in Jeans und ein weites Shirt und rannte die Treppe nach unten.

Matthias und Karen lagen im Wohnzimmer auf der Couch. Matthias auf dem Rücken, die Tochter auf seinem Bauch. Beide schliefen mit offenem Mund und sahen unglaublich friedlich aus. Die Erschöpfung musste gesiegt haben, die Kleine war endlich still.

Vorsichtig fasste sie Matthias an die Schulter. »Weißt du, ob wir noch Herrgottsäpfel haben?«

Er gähnte und legte Karen vorsichtig in den Stubenwagen, der in einer Ecke stand. »Herrgottsapfel... wie kommst du denn darauf?«

»Den hat meine Mutter aus der alten Heimat mitgebracht. Der Brei aus diesen Äpfeln war ganz am Anfang der Verkaufsrenner. Sie hat dann später, als sie mehr Brei produziert hat, andere Sorten verwendet. Ertragreichere Bäume mit unproblematischeren Früchten. Aber am Anfang, da hat sie nur auf diesen Apfel geschworen. Der war dunkelrot und klein, wenn ich das richtig in Erinnerung habe... Es ist mir ein Rätsel, warum sie uns nie einen Brei aus ihrem Herrgottsapfel empfohlen hat.«

Mit zusammengezogenen Augenbrauen dachte Matthias nach. »Sie hat da mal etwas gesagt, aber ich habe sie nicht ernst genommen. Wenn ich mich richtig erinnere, dann wächst dieser Apfel nur noch im alten Apfelgarten. Der schmeckt wohl nicht so toll. Deswegen hat sie ihn nicht weiter angepflanzt... Ich fürchte, ich habe ihr erklärt, dass die Ärzte heutzutage zu Muttermilch raten und ich nichts von alten Hausmitteln halte. Danach hat sie nichts mehr gesagt.«

Langsam erhob er sich und streckte sich mit einem Seufzer. »Ich glaube, ich weiß, wo der steht. Ich mache mich mal auf den Weg ...«

Es dauerte keine Stunde, bis er wieder in der Haustür stand. In seiner Hand lagen einige rote Äpfel.

»Und das soll der Herrgottsapfel sein? Wirklich?« Zweifelnd nahm sie ihm ein Exemplar aus der Hand. »Sieht doch ziemlich normal aus.«

»Dann beiß mal ab. Du wirst sofort verstehen, warum deine Mutter keinen großen Wert auf diese Bäume gelegt hat. Schmecken nämlich ...«

Luzie biss ab und nickte. »... scheußlich. Die sind so mürbe, dass sie einem im Mund zerfallen. Jetzt erinnere ich mich auch wieder. Lagern lassen sich diese Dinger auch nicht. Für einen wirtschaftlich arbeitenden Apfelhof sind die nicht rentabel. Und meine Mutter hatte recht: Nur für Apfelbrei muss man eigentlich nicht eine Spezialsorte anbauen.«

»Und jetzt? Wollen wir ihr die einfach geben?« Er nickte in Richtung des immer noch schlafenden Babys.

»Ja. Schlimmer wird es nicht. Wir reiben einen Apfel, lassen ihn richtig braun werden und geben ihn ihr dann.«

Eine Stunde später leckte Karen den letzten Rest des Apfels von dem Löffel, mit dem Luzie sie gefüttert hatte. »Geschmeckt hat es ihr auf jeden Fall«, stellte sie fest.

»Und es wird nicht lange dauern, bis wir wissen, wie sie den Apfel verträgt. Deine Mutter hätte ruhig etwas beharrlicher sein können, oder nicht?«

»Ich denke, sie ist beleidigt, weil du ihren Rat nicht annehmen wolltest. Und weil wir nicht bei ihr wohnen wollen. Und weil ich nicht so viel arbeite, wie sie das gerne hätte. Für sie ist es eine Sünde, wenn man nicht arbeitet.«

Vorsichtig wischte sie Karen einen kleinen Spritzer Apfel von der Wange. »Wir sollten froh sein, wenn wir ein weniger hartes Leben führen müssen.«

Karen leckte sich noch einmal die Lippen, schmatzte ein wenig und schien zu lächeln. Sie weinte nicht. Zumindest für den Augenblick.

Später am Tag weinte sie natürlich doch. Luzie stillte sie und gab ihr dazwischen noch einen weiteren geriebenen Apfel. Sie schien es gut zu vertragen.

Zwei Wochen später nahm Luzie ihre kleine Tochter mit zu den Erntearbeiten. Auf langen Leitern holten die Arbeiter die reifen Früchte vom Baum. Wenig überraschend war Marie vor Ort und überwachte den sorgsamen Umgang der Arbeiter mit den Äpfeln. Und natürlich die Geschwindigkeit, in der sie arbeiteten.

Sie winkte ihr zu. »Du hast die Kleine dabei?«

»Ja, es geht ihr besser. Sie weint nicht mehr so oft. Ich habe mich wieder an deinen Herrgottsapfel erinnert – ich glaube, der hat sie wirklich geheilt. Oder sie hat einfach aufgehört, ständig zu schreien. Das kann natürlich sein ...«

Sie musterte ihre Mutter. »Ich habe mich gefragt, warum du uns nicht an den Apfel erinnert hast. Waren deine Breie aus dieser Sorte nicht der Ursprung deines Erfolgs?«

»Habe ich doch. Ich habe Matthias davon erzählt. Aber er hat kein besonderes Interesse gezeigt. Was soll ich dir meine alten Geschichten erzählen? Ihr jungen Leute glaubt mir ohnehin nicht.« Während sie redete, überprüfte sie die korrekte Lagerung der Äpfel in den Steigen. Jeden einzelnen fasste sie mit ihren knotigen Händen an. Drehte ihn zurecht, bis er sich von seiner besten Seite zeigte.

»Doch. Tun wir. Wahrscheinlich hättest du uns nachdrücklicher auf deinen heilenden Apfel hinweisen müssen. Ich bin mir sicher, dann hätten wir auf dich gehört ... Warum hast du den Apfel überhaupt aus deinem Apfelbrei entfernt?«

Marie zuckte mit den Schultern. »Der war unglaublich süß, das wollten manche Mütter nicht haben. Sie fanden den Geschmack nicht frisch genug. Als einfacher Speiseapfel ist der

Herrgottsapfel unverkäuflich. Da ist es doch sinnvoller, wenn ich Äpfel mit besserem Ertrag anbaue. Für Sentimentalitäten ist das Leben zu hart.«

»Gut, dass in dem alten Garten noch ein Baum stand«, bemerkte Luzie. »Bei dir muss man ja befürchten, dass du unrentable Bäume mit Stumpf und Stiel entfernst.«

»Sicher, das tue ich.« Marie nahm einen der Äpfel aus der Steige und untersuchte ihn genauer. Dann schüttelte sie den Kopf und legte ihn wieder zurück. »Ich dachte schon, ich hätte ein Wurmloch gesehen.« Sie sah ihre Tochter an. »Den ersten Apfelgarten werde ich belassen, wie er ist. Da stecken so viele Erinnerungen drin, auf die ich nicht verzichten möchte. Da musst du also keine Sorge haben.«

Sie deutete auf die schlafende Karen. »Wenn du allerdings ausreichend Herrgottsapfel haben möchtest, dann musst du jetzt anfangen, die Äpfel einzukochen. Sonst hält er keine paar Wochen, egal wie sorgfältig du ihn lagerst.«

»Mache ich, keine Sorge.« Luzie drückte ihre schlafende Tochter fester an sich.

Marie nickte nur. Die Falten in ihrem Gesicht wurden dabei tiefer. Lachfalten konnte Luzie nicht entdecken.

»Papa!«

Die Dreijährige lief auf Matthias zu, beide Arme weit ausgestreckt. Er fing sie auf und hob sie weit nach oben.

»Was ist denn, mein Schatz?«

Sie strahlte ihn an. »Ich hab dich lieb!«

Er setzte sie wieder auf den Boden, und sie rannte zwischen den blühenden Apfelbäumen davon. Ihre blonden Locken waren zu zwei kleinen Zöpfen gebunden und wippten bei jedem Schritt mit. Mit einem Lächeln sah er ihr hinterher.

Luzie legte einen Arm um ihn. »Unglaublich, wie schnell sie groß wird.«

»Ja. Nicht mehr lange und sie geht in die Schule. Der erste

Freund kommt, und sie zieht aus, und wir werden Großeltern.«
Er drückte Luzie fester an sich. »Und uns bleibt nichts anderes
als die Erinnerung an das niedliche blonde Mädchen, das sie
einst war.«

»Na, ich hoffe doch, dass wir es schaffen, noch ein Kind zu
bekommen, bevor sie uns zu Großeltern macht!«, widersprach
Luzie.

Matthias wurde ernst. Er sah nachdenklich Karen hinterher,
die immer wieder zwischen den Baumstämmen verschwand.

»Ich glaube, es wird Zeit, dass wir der Wahrheit ins Auge
sehen«, sagte er schließlich. »Ich denke, wir wissen es beide: Wir
werden keine Kinder mehr kriegen. Drei Jahre lang haben wir
wirklich alles versucht.« Ein leises Lächeln kehrte in sein Gesicht
zurück. »Und ich würde sagen, wir haben jeden Augenblick genossen. Aber du bist trotzdem nicht schwanger geworden. Ich
denke, das bedeutet, dass es mit mir eben nicht funktioniert.
Einmal im Monat sehe ich die Enttäuschung in deinem Gesicht,
wenn du wieder einmal feststellst, dass es nicht geklappt hat.
Dass du wieder nicht schwanger bist. Wir sollten uns von dieser
Hoffnung verabschieden und genießen, was wir haben. Uns.
Und unser kleines Mädchen. Was könnte besser sein als Karen?«

Luzie presste die Lippen aufeinander. Vor drei Jahren war ihr
Matthias noch wie ein Ausweg von dem Gerede im Ort vorgekommen. Eine praktische Lösung für viele Probleme. Seit sie
aber diesen fürsorglichen, freundlichen Mann geheiratet hatte,
war etwas passiert, womit sie am wenigsten gerechnet hätte: Sie
hatte sich in ihn verliebt.

Sie freute sich jeden Morgen, an seiner Seite aufzuwachen
und mit ihm den Tag zu verbringen. Er gab ihr den Rückhalt,
den sie bei ihrer eigenen Mutter nie gehabt hatte. Er liebte
sie – und gemeinsam genossen sie ihre Reisen, ihre Abende,
ihre kleinen Auszeiten von Äpfeln und Marie Adomeit. Das
Einzige, was in ihren Augen zum perfekten Glück fehlte, war
ein gemeinsames Kind. Ein Junge oder ein Mädchen mit den

freundlichen Augen von Matthias, mit seiner bedächtigen und gründlichen Art.

Sie sah Karen, die sich am entferntesten Ende der Baumreihe unter einen Baum gesetzt hatte und irgendetwas auf dem Boden untersuchte. Sie war ihr Ebenbild. Blond, blaue Augen, lebendig und immer bereit, irgendwo Unfug zu machen. Marie verdrehte regelmäßig die Augen, wenn ihr diese Enkelin unter die Augen kam. »Ein kleiner Teufel!«, pflegte sie zu sagen – und es klang aus ihrem Mund wenig liebevoll.

Luzie geriet mit ihrer Tochter immer wieder aneinander. Zu ähnlich waren sie sich vom Charakter her. Aber Matthias und seine Tochter waren ein unschlagbares Gespann. Er vergötterte sie – und sie liebte ihn mit aller Kraft, derer sie mit ihren drei Jahren fähig war.

Langsam atmete Luzie aus.

»Ich hätte dir so gerne ein Kind geschenkt«, murmelte sie schließlich. »Du hast es so sehr verdient ...«

»Aber ich habe doch ein Kind von dir. Es würde nichts an meinen Gefühlen ändern, wenn sie meine leibliche Tochter wäre. Nein, ich bin glücklich mit dieser Tochter. Ich habe nur eine einzige Bitte ...«

»Und die wäre? Egal, was es ist, ich werde ganz bestimmt Ja sagen.«

»Ich finde, Karen muss es niemals erfahren.« Sein Gesicht war ernst, so als würde er einen großen Gefallen von ihr erbitten.

»Was meinst du damit?«

»Ich möchte, dass sie niemals erfährt, dass ich nicht ihr leiblicher Vater bin. Wahrscheinlich ist es völlig lächerlich – aber ich habe das Gefühl, es würde etwas in unserem Verhältnis zueinander verändern. Wir wären distanzierter, wenn sie es erfahren würde ...« Er zuckte mit den Schultern. »Wahrscheinlich ist dieser Wunsch lächerlich. Aber ich wäre so stolz, wenn sie mich als ihren einzigen Vater sehen würde.«

»Daran ist nichts lächerlich. Im Gegenteil. Du könntest mir kein größeres Geschenk machen.« Sie küsste ihn auf die Wange. »Ich hatte nicht vor, ihr jemals von ihrem wahren Vater zu erzählen. Es macht mich froh und stolz, wenn du ihr Vater bist. Und ich kann dir aus vollem Herzen versprechen: Sie wird niemals von mir etwas anderes hören als: Das ist dein Vater.«

Sinnend sah sie wieder an den Bäumen entlang. »Wenn sie allerdings nach mir kommt, wirst du dir irgendwann wünschen, dass sie nicht deine Tochter ist. Als ich erwachsen wurde, war ich schwierig. Meine Mutter würde heute noch behaupten, dass ich die Pest gewesen bin. Und faul war ich obendrein. Sagt sie ...«

Er beugte sich zu ihr hinunter und küsste sie. »Dem kann ich nicht zustimmen. Du bist für mich die beste Frau der Welt. So einfach ist das.«

Sie erwiderte seinen Kuss, bis sie schnelle Schritte im Gras hörten. Karen baute sich vor Matthias auf und hielt ihm ihre offene Hand entgegen. Sie war gefüllt mit zarten Blütenblättern in Weiß und Rosa.

»Für dich!«, erklärte Karen mit kindlichem Ernst. »Für den besten Papa der Welt!«

Matthias beugte sich nach unten und nahm ihr die leicht zerknitterten Blütenblätter ab. Dabei sah er Luzie in die Augen und lächelte. »Ich liebe dich.«

»Ich dich auch!«, erwiderte Karen strahlend.

Luzie betrachtete ihren Mann und ihre Tochter und war sich in diesem Augenblick sicher, dass ihr Leben einfach perfekt war.

TEIL IV

KAREN

Wachenheim,
Herbst 1985

»An apple a day is not enough.«

Dr. Stephan Barth

EINS

Krachend fiel die Tür hinter Karen ins Schloss.

Sie hörte aus dem Wohnzimmer die Eurovisionsfanfare. Klar. Samstag. Da stand *Wetten, dass...?* auf dem Programm.

Sie schlüpfte aus ihren schlammverklebten Schuhen und warf den Parka auf die Garderobe, bevor sie ins Wohnzimmer ging und sich auf die Couch fallen ließ.

»Heute war es der Wahnsinn!«, erzählte sie begeistert. »Wir waren bestimmt über tausend in der Blockade. Die haben Stunden gebraucht, bis sie zum Militärgelände gekommen sind!«

Ihre Mutter starrte weiter auf die Mattscheibe, wo Frank Elstner gerade Zuschauer in Deutschland, Österreich und der Schweiz begrüßte – und sich dann seinem ersten Gast auf der Couch zuwandte. Boris Becker.

»Hast du schon etwas gegessen?«, fragte sie.

Karen seufzte. »Nein. Ja. Ein bisschen. Ich hole mir gleich noch etwas aus der Küche. Aber du hörst mir ja gar nicht zu: Wir waren heute so viele! Sie müssen auf uns hören! Keine Pershing-II-Raketen...«

»Ich weiß doch, Liebling. Aber jetzt lass mich einen Moment lang zuhören. Dann bin ich wieder ganz Ohr...«

Mit einem Augenrollen lehnte Karen sich zurück. »Die Welt geht vor die Hunde, und du lässt dich davon ablenken, dass ein Sechzehnjähriger eine Filzkugel begabt über ein Netz spielen kann. Es ist nicht zu fassen!«

Wortlos griff ihre Mutter zur Fernbedienung und stellte den Fernseher lauter. Kopfschüttelnd stand Karen auf und ging in die Küche. Auf dem Herd fand sie die Reste des Mittagessens: ein paar kalte Nudeln und Gulasch. Hungrig griff sie nach einer Gabel, angelte sich die Nudeln aus dem Topf und steckte sie in den Mund.

»Du solltest sie aufwärmen, dann schmecken sie gleich viel besser!«

Karen fuhr herum. Offensichtlich war ihr Vater ihr in die Küche gefolgt. Er legte ihr den Arm um die Schultern. »Und während das alles warm wird, erzählst du mir, wie es heute in Mutlangen war, in Ordnung?« Er deutete über seinen Rücken ins Wohnzimmer, wo der Tennisspieler gerade erklärte, wie es ihm seit dem sensationellen Sieg in Wimbledon ergangen war. »Vor Ende der Sendung wird sie dir kaum zuhören.«

Karen schmiegte sich an ihn. »Papa, du bist ein Schatz …«

Er gab Nudeln und Gulasch in eine Pfanne und schaltete den Herd an. »Ich hoffe, du hast keine Schwierigkeiten mit der Polizei bekommen? In den Nachrichten hieß es, dass Dutzende verhaftet worden sind.«

»Ja, aber das war weit genug weg von uns. Keine Sorge, ich provoziere niemanden. Wir wollen doch nur unsere Meinung sagen, das muss ja wohl noch erlaubt sein.«

»Ist es ja auch. Und wie bist du hingekommen? Wer ist noch einmal gefahren?«

»Einer von den Älteren in der AG Frieden. Kennst du nicht, der schreibt nächstes Jahr schon sein Abi. Und die Eltern leihen ihm das Auto. Finde ich total cool.«

»Cooler als deine Eltern?« Sie sah, wie seine Lachfältchen tiefer wurden, und knuffte ihn in die Seite.

»Quatsch, ihr seid die Allerbesten. Wenn Mama nicht gerade hypnotisiert vor der Glotze hängt …«

»Jetzt lass ihr den Spaß. Es ist Herbst, du weißt doch, wie es da bei uns zugeht. Da darf sie sich ein bisschen entspannen, oder etwa nicht?«

Karen verdrehte die Augen. »Ja, schon. Aber du musst dich doch auch nicht den ganzen Abend von der Ernte erholen, oder etwa doch?«

»Bei mir ist das was anderes. Du weißt doch, seit Oma gestorben ist, fühlt Mama sich dafür verantwortlich, dass es mit Adomeits Apfelgut weitergeht. Sie nimmt jeden braunen Fleck auf den Äpfeln persönlich.« Er schaufelte die Nudeln mit dem dampfenden Gulasch auf einen Teller und stellte ihn auf den Küchentisch.

»Hier, setz dich. Und erzähl mir, wer noch alles dabei gewesen ist.«

Karen drückte ihrem Vater einen Kuss auf die Wange und setzte sich vor den Teller. Aus dem Wohnzimmer erklang inzwischen das erste Lied. Peter Maffay sang *Diese Sucht, die Leben heißt*.

Währenddessen erzählte Karen von der Fahrt, von den Liedern und wie sie sich gemeinsam hingesetzt hatten, um die Zufahrt zu blockieren. Und sie berichtete von der Polizei mit den Schilden, Helmen und Knüppeln. Als ihr die Geschichten ausgingen und der Teller leer war, streichelte ihr Vater ihr über den Rücken.

»Das machst du schon richtig. Möchtest du jetzt nicht doch noch ein bisschen mit ins Wohnzimmer kommen und den Rest der Sendung ansehen? Ist doch immer ganz lustig … und wir machen ja nicht mehr so viel gemeinsam.«

Karen beugte sich vor und drückte ihm einen Kuss auf die Wange. »Ich glaube, ich mache mir lieber noch einen Tee und gehe in mein Zimmer. Noch ein bisschen lesen und Musik hören … Nicht böse sein, Papa!«

Matthias Winter sah seiner großen Tochter einen Augenblick zu, während sie sich einen Tee aussuchte. Dann stand er auf und ging zu seiner Frau ins Wohnzimmer.

Karen suchte sich eine Schallplatte aus und legte sie auf. Während die ersten Takte von Marillions *Kayleigh* durch den

Raum klangen, steckte sie noch ein Räucherstäbchen an und sah aus dem Fenster. Der Blick ging direkt über den Garten zu den Wingerten und den Apfelgärten. Seit einigen Jahren wohnten sie in diesem Haus, das sich einst Oma Marie gebaut hatte. Karen erinnerte sich nur ungern an die ernste, leicht gebeugt gehende Frau mit den vielen Falten, dem strengen grauen Knoten im Nacken und dem verkniffenen Mund. Oma Marie hatte nur selten gelächelt und schien in ihrem Leben nichts zu genießen. Außer die Gesellschaft ihres langjährigen Freundes Eberhard. Seinen Tod hatte sie keine sechs Monate überlebt. Karen erinnerte sich, dass ihre Eltern über das merkwürdige Verhältnis von Eberhard und Marie immer wieder Mutmaßungen angestellt hatten. Ob die beiden jemals mehr verbunden hatte als das gemeinsame Glas Wein in Eberhards Hof? Keiner wusste es – und Oma Marie hatte dieses Geheimnis mit ins Grab genommen.

Jetzt wohnten sie im Haus der Oma, und der Winzerhof von Eberhard Münzer war längst verkauft.

Karen trank langsam ihren Tee. Eigentlich sollte sie jetzt Andreas anrufen. Ihren Freund. Er hatte sie darum gebeten, weil er sich Sorgen um sie machte, wenn sie mit den anderen von der Friedensbewegung nach Mutlangen fuhr.

»Dann fahr doch mit, und pass auf mich auf!«, hatte sie gesagt.

Aber Andreas hatte nur gelacht. »Ich? Im Kampf um den Weltfrieden? Da passe ich nicht hin. Am Schluss helfe ich noch den Polizisten, wenn sie euch von der Straße tragen.«

Sie mochte ihn. Wirklich. Aber er war unsagbar brav und spießig. Er glaubte nicht an einen drohenden Weltkrieg, hielt Atomenergie für sicher und die Berichte über Waldsterben und Ozonloch für übertrieben. Nur beim Anblick der hungernden Kinder in Afrika wurde er weich. »Da muss man etwas machen«, erklärte er immer wieder, wenn die Bilder im Fernsehen liefen. Aber es blieb bei den Lippenbekenntnissen –

und dem Verteilen der »Brot für die Welt«-Zettel in der Kirche.

Karen trank noch einen Schluck Tee, dann ging sie in den Flur. Auf der kleinen Kommode stand das Telefon. Immerhin hatte ihre Mutter irgendwann durchgesetzt, dass neben dem Telefon auch eine kleine Bank stand. Bis zu diesem Zeitpunkt hatte man sich beim Telefonieren die Beine in den Bauch gestanden. Oder sich auf den Boden gesetzt.

Karen wählte die vertraute Nummer und lächelte, als Andreas sich so geschäftig wie immer meldete. »Andreas Hahne!«

»Ich bin's! Wollte nur eben sagen, dass ich wieder einmal überlebt habe. Sollte die Erde in zwanzig Jahren doch keine Atomwüste sein, darfst du dich bei mir bedanken.«

»Ich mache mir eine Notiz ins Tagebuch.« Sie konnte hören, dass er lächelte. »Wie war es denn? In den Nachrichten habe ich gehört, dass es wieder Verhaftungen gab?«

»Mich haben sie nicht gekriegt. Ich sehe viel zu harmlos aus. Mich würden sie nie mitnehmen. Wie sähe das denn auf den Bildern aus?« Sie betrachtete sich selbst im Spiegel an der Garderobe. Ihre blonden Haare fielen bis auf die Taille, die großen blauen Augen waren nach dem Tag in Mutlangen von verwischtem Kajal und verlaufener Wimperntusche umgeben. Um den Hals trug sie das Palästinensertuch, dazu ein verwaschenes Sweatshirt und eine Jeans. Hochwasser, ihre Beine waren einfach zu lang. Sie grinste sich an und stellte sich auf die Zehenspitzen. So schlecht sah das nicht aus.

»Sei dir mal nicht so sicher! Vielleicht hätten sie gerne mal eine Blondine wie dich in ihrer Haftzelle!« Seine Stimme klang ehrlich besorgt. »Sehen wir uns denn morgen?«

»Morgen?« Karen dachte kurz nach. »Klar, ich habe nichts vor. Wo?«

»Wir treffen uns beim Wolf. Neuer Wein und Flammkuchen. vierzehn Uhr. Ich freu mich auf dich!«

»Ich mich auch.«

Karen sah den Hörer an. Andreas legte immer schneller auf, als man sich verabschieden konnte. Seine Eltern hatten ihm die Sache mit den hohen Telefonrechnungen gründlich eingebläut.

Sie lauschte kurz ins Wohnzimmer. Frank Elstner erklärte die nächste Wette – irgendein Mensch konnte offensichtlich mit dem Bagger Bierkisten stapeln. Oder so ähnlich. Sie lächelte und ging lieber in ihr Zimmer.

»Na, haben sie dich diesmal laufen lassen?« Einer von Andreas' Freunden fand sich offensichtlich besonders witzig.

»Nein, aber ich habe mich mit der Feile aus dem Gefängnis befreit!« Karen zog eine Grimasse. »Aber du musst aufpassen. Der Verfassungsschutz beobachtet jetzt bestimmt alle Menschen, mit denen ich mich treffe. Dann wird es nichts mit der Beamtenkarriere!«

Für einen winzigen Moment sah der Witzbold sich unsicher um. Erst dann begriff er, dass Karen wohl einen Witz gemacht hatte, und verzog sein Gesicht zu einem etwas gezwungenen Lächeln.

»Blödsinn. Du bist echt verrückt.«

Karens Freundin Sabine fing an zu kichern. »Die Typen hier sind so übel, dass es kein Wunder ist, wenn wir vom Wegziehen träumen.«

»Das ist nicht fair. Andreas ist in Ordnung!«, verteidigte Karen ihren Freund, der sich gerade mit zwei Gläsern Wein durch die Menschmenge schob.

»Wenn dir in Ordnung reicht«, kommentierte Sabine leise.

Andreas setzte sich zu ihnen und schob Karen ihr Glas zu. »Na, worüber redet ihr?«

Sabine rollte mit den Augen. »Wie immer. Die unendlichen Möglichkeiten der freien Persönlichkeitsentfaltung in Wachenheim für freie Geister wie Karen und mich. Ist ein kurzes Gespräch, keine Sorge.«

»Ach, hier ist es gar nicht so schlecht. Man kann doch sogar hier wohnen, wenn man in Mannheim studiert. Dann hat man das Beste aus beiden Welten!«

Sabine blies die Backen auf. »Jetzt komm, Andreas. Du hast nicht ernsthaft vor, hier in Wachenheim zu bleiben.« Sie musterte ihn und schüttelte den Kopf. »Oder doch?«

»Was weiß ich, wo es mich mal hinzieht.« Andreas zuckte mit den Schultern. »Euer zielloses ›Hauptsache weg‹ finde ich halt auch nicht so cool.«

»Aber wenn du nach Berlin gehst, dann musst du zum Beispiel nicht zum Bund – das ist doch nicht ziellos, sondern total richtig!« Sabine sah ihn herausfordernd an. »Oder willst du jetzt auch noch sagen, dass du zum Bund willst?«

»Nein. Aber nichts tun, das finde ich auch nicht richtig. Ich möchte verweigern und dann Zivildienst machen.«

Karen sah ihren Freund verdutzt an. »Echt jetzt? Das hast du mir noch nie gesagt!«

»Weil du noch nie gefragt hast.« Andreas nahm einen großen Schluck Wein. »Ich stecke eben voller Überraschungen.«

Einer ihrer Mitschüler umarmte Sabine von hinten. »Hast du deine Gitarre dabei?«

Karen lachte. »Als ob Sabine jemals irgendwo ohne ihre Gitarre aufkreuzen würde! Sie würde eher die Hose weglassen.«

»Spielst du uns was vor? Bitte! Ist doch so schön heute Nachmittag!«

Die anderen am Tisch stimmten ein.

Sabine ließ sich nicht lange bitten, denn sie liebte es zu singen. Alleine. Mit und ohne Gitarre. Und am liebsten vor Publikum. Sie zog ihren Gitarrenkoffer unter dem Tisch hervor, wo sie ihn nur eine knappe Stunde vorher verstaut hatte.

Kurz stimmte sie ihr Instrument, sah dann in die Runde und fing an:

»*Goodbye to you my trusted friend,*
we've known each other since we were nine or ten …«

Sabines Stimme war kraftvoll und warm. Für Karen war es völlig klar: Mit dieser Stimme musste ihrer Freundin die Welt offenstehen.

»We hat joy, we had fun,
we had seasons in the sun…«

Spätestens das war die Stelle, an der alle einfielen. Erst die Freunde an ihrem Tisch, dann alle anderen, die weiter entfernt saßen.

Das war Sabines Talent. Wenn sie anfing zu singen, machte sie die Besucher eines Weinfestes zu ihrem Publikum, das bereitwillig mitsang, egal was sie anstimmte…

Erst abends machten sie sich auf den Heimweg. Spätestens um zehn daheim, so lautete die Regel für Karen und nicht nur für sie. Sabine hängte sich bei ihr ein. Sie strahlte, das Gesicht war verschwitzt, und sie konnte nicht aufhören, immer wieder ein paar Takte zu singen. Andreas lief neben den beiden Mädchen her und trug den Gitarrenkoffer.

An der Kreuzung mitten im Ort trennten sich ihre Wege. Sabine nahm Andreas mit einer angedeuteten Verbeugung den Koffer ab. »Du darfst mir immer wieder gerne zu Diensten sein«, verkündete sie. »Morgen hätte ich meine Schultasche im Angebot…?«

»Träum weiter!« Andreas hakte sich bei Karen unter. »Bis morgen!«

Lachend liefen sie weiter, bis sie vor dem Haus von Andreas' Eltern standen. Er beugte sich nach vorne und gab ihr einen vorsichtigen Kuss auf den Mund. »Schlaf gut!«

Vorsichtig küsste Karen zurück. Seine Lippen waren trocken und warm und schmeckten nach dem süßen neuen Wein. Nach einer kleinen Ewigkeit trennten sie sich.

Karen winkte ihm noch einmal zu.

»Schlaf gut!«

»Das willst du nicht im Ernst anziehen!«

Verständnislos sah Karen an sich herunter. Eine Jeans.

»Was ist daran nicht in Ordnung? Die ist doch gar nicht dreckig!«

»Das mag sein. Aber sie ist viel zu kurz. Siehst du das denn nicht?« Karens Mutter schüttelte den Kopf. »Das sieht ja so aus, als ob wir uns keine neuen Hosen leisten könnten!«

Mit einem leisen Stöhnen griff Karen nach ihrer Schultasche. »Das glaubt bestimmt keiner. Ich behaupte einfach mal, dass das modern ist. Letzten Freitag hatte ein Mädchen in meiner Klasse eine pink-lila karierte Cordhose mit Bundfalten an. Da ist eine Jeans, die ein bisschen zu kurz ist, nun wirklich kein Weltuntergang.«

»Du übertreibst. Solche Hosen gibt es doch gar nicht. Heute Nachmittag fahren wir nach Mannheim und kaufen dir neue Jeans!«

Wenn Luzie Winter diesen Ton anschlug, dann war jeder Widerspruch zwecklos. Mit einem gemurmelten »Okay« drehte Karen sich um und machte sich auf den Weg in die Schule.

Sie betrachtete die Gestalten, die in Richtung Schule liefen. Jeans und Bundeswehrparka, egal ob Junge oder Mädchen, ein paar von ihnen trugen wenigstens noch ein Palästinensertuch. Eigentlich langweilig. Da waren ja fast schon die legendären karierten Bundfaltenhosen vom Freitag besser. Oder die spießigen Barbourjacken über den immer gleichen Benetton-Pullovern.

Eine Stunde später saß Karen im Unterricht und kritzelte vor sich hin. Eine Hose, weit und gemütlich, aber mit coolen Taschen. Vielleicht eine Latzhose? Nicht aus Jeansstoff, lieber aus festem Leinen. Knöpfe anstelle eines Reißverschlusses an der Seite …

»Na, was haben wir denn da?«

Ihr Physiklehrer griff nach dem Papier und studierte es eingehend. »Das hat aber nichts mit meinem Unterricht zu tun!«, stellte er fest. »Kannst du mir wenigstens in groben Zügen erklären, um was es gerade eben gegangen ist?«

Immerhin hatte sie ihm nebenher zugehört. »Atomenergie. Wie sie funktioniert, wo die Energie herkommt.«

Er nickte. »Genauer geht es nicht?«

»Nein.« Karen schüttelte den Kopf. »Ich habe es noch nicht ganz verstanden. Wenn Sie es vielleicht noch einmal ...?«

Ihr Physiklehrer schnaubte vernehmlich und nahm ihr Papier mit dem Hosenentwurf mit nach vorne zu seinem Pult. Dann tippte er an die Tafel und erklärte in seinem für ihn so typischen leiernden Tonfall noch einmal die Sache mit den Teilchen und ihrer Ladung. Karen bemühte sich, ihm zuzuhören. Als sich allerdings ihre Blicke mit Sabines kreuzten, musste sie wenigstens kurz mit den Augen rollen.

Physik. Wer brauchte das schon?

Als sie nach Hause kam, holte sie noch einmal ein Papier und fing an, die Hose genauer auszuarbeiten. Sie radierte und verbesserte den Entwurf so lange, bis sie zufrieden war. Dann hielt sie ihn ihrer Mutter vors Gesicht. »So soll meine neue Hose aussehen!«

»Solche Hosen gibt es bestimmt nicht zu kaufen. Was ist denn so verkehrt an einer neuen Jeans?« Ihre Mutter sah sie fragend an.

»Nichts. Aber sie sieht dann so aus wie das, was alle anhaben. Das will ich nicht. Ich hätte gerne so etwas wie auf diesem Bild.«

»Dann musst du zu einem Schneider gehen. Und das ist mir zu teuer. Du wirst dich mit dem abfinden müssen, was wir in den Läden finden. Jeans. Oder Bundfaltenhose. Steht dir doch – bei deiner Figur sieht doch sowieso alles gut aus.« Ihre Mutter legte den Arm um Karens Schultern. »Ich habe mir immer so lange Beine gewünscht, das kannst du mir glauben.«

Karen hörte nur halbherzig zu. »Schneider hast du gesagt? Jemand, der die Hose nach meinen Vorstellungen nähen könnte?« Sie runzelte die Stirn.

»Vergiss es. Unsere Bäume lassen keine goldenen Äpfel

wachsen.« Ihre Mutter stemmte die Hände in die Hüften und sah sie an. »Jetzt komm schon.«

Widerstrebend stand Karen auf und folgte ihr zum Auto. Dabei kam ihr eine Idee. »Was wäre denn, wenn ich nähen lernen würde? Dann könnte ich meine Hosen einfach selbst machen. Würdest du mir dann den Stoff kaufen?«

»Wie willst du denn nähen lernen?« Ihre Mutter schüttelte den Kopf. »Du kommst vielleicht auf Ideen!«

»Ich könnte mir ein Buch aus der Bibliothek holen. Da wird bestimmt beschrieben, wie das geht. Oder vielleicht kann Sabines Mutter mir das zeigen. Ich glaube, die kann nähen.« Sie fing an, sich immer mehr für diese Idee zu erwärmen.

»Das kann ich auch«, erklärte in diesem Moment ihre Mutter. »Wir waren so arm nach der Flucht, dass wir alles selbst machen mussten. Auf dem Speicher ist noch die alte Nähmaschine. Wenn du wirklich so scharf darauf bist, kann ich dir auch zeigen, wie das geht. Dafür brauchst du nun wirklich nicht Sabines Mutter.«

»Ehrlich?« Karen sprang auf. »Ich geh mal rauf und suche. Weißt du ungefähr, wo die Nähmaschine steht? Meinst du, sie funktioniert noch? Nach all den Jahren? Können wir uns dann gleich einen Stoff kaufen? Wo ist denn überhaupt ein Stoffgeschäft?«

»Die Nähmaschine steht ganz hinten. Oma Marie hat sie weggeräumt, als sie es sich leisten konnte, fertige Kleider im Geschäft zu kaufen. Sie wollte nichts mehr mit den selbst genähten Dingern zu tun haben.«

Vor Karens innerem Auge tauchte wieder die kleine, gebeugte Frau auf. In diesen ewig gleichen Kleidern mit kleinem Blumenmuster in Braun oder Dunkellila. Oma Marie war zwar zierlich gewesen, hatte aber nie etwas Figurbetontes getragen, sondern immer nur diese langweiligen formlosen Dinger. Oder war das nur der unbarmherzige Blick einer Enkelin auf ihre Großmutter?

Sie lief die Treppen hinauf zum Speicher, in dem sie der unverkennbare Geruch von Staub und altem Papier empfing. Zielstrebig räumte Karen einige Kisten zur Seite, um sich einen Weg zu dem Regal dahinter zu bahnen. Hier stand der graue Koffer mit dem Emblem *Singer*. Die Nähmaschine.

Sie wuchtete das sperrige Teil aus dem Regal und trug es in das Wohnzimmer ihrer Eltern. Schmunzelnd sah ihre Mutter ihr zu und strich dann mit der Hand über die Maschine.

»Wahnsinn. Es hätte mich auch nicht gewundert, wenn Oma sie einfach weggeworfen hätte. Sie musste viel nähen – aber hatte ganz bestimmt keinen Spaß dabei.«

»Und wie fängt man jetzt an?« Karen sah sich die Nähmaschine von allen Seiten an.

»Nun, zuerst brauchen wir Garn und einen Stoff. Und dann probieren wir aus, ob die Maschine überhaupt noch funktioniert.«

Karen sprang auf. »Dann sollten wir gleich losfahren! Bestimmt gibt es in Mannheim einen schönen Stoff. Und dann zeigst du mir ganz genau, wie man näht!«

ZWEI

»Und das hast du wirklich selbst gemacht?« Sabine sah ihre Freundin bewundernd an. »Das sieht super aus. Wirklich.«

Sie musterte ihre Freundin in der weiten Latzhose mit den tiefen Taschen und den Knöpfen an der Seite.

»Aus was hast du denn die Träger gemacht? Die sehen ja aus wie ...«

»Wie Gürtel. Richtig. Ich hatte noch welche übrig, die habe ich einfach umfunktioniert. Die Nähmaschine kann zum Glück sogar so etwas wie Leder nähen, es ist einfach unglaublich!«

»Und wie hast du dir das beigebracht?«

»Meine Mutter hat es mir gezeigt. Und dann habe ich mir aus der Bibliothek noch ein Buch geholt. Die Schnittmuster daraus waren zwar ziemlich spießig, aber ich habe sie für meine Zwecke umgearbeitet. Dann habe ich noch etwa hundertmal die Nähte aufgetrennt und woanders neu gemacht – und schon war das Wunderwerk fertig.«

»Könntest du ...« Sabine rieb sich nachdenklich die Nase. »Könntest du so etwas noch einmal machen? Ich meine, ohne das viele Auftrennen und Neunähen?«

»Ob ich ... Du meinst, du würdest das auch tragen wollen?« Karen sah ihre Freundin überrascht an. »Ernsthaft?«

Sabine nickte. »Am liebsten in einer anderen Farbe. Lila finde ich etwas heftig. Aber wenn du das in Türkis oder so machen könntest?« Sie sah an sich herunter. »Natürlich müsstest du den Schnitt etwas verändern. Mein Hintern ist breiter, die Beine kürzer, aber sonst ... Ja, das würde ich gerne anziehen.«

Karen legte ihre Stirn in Falten. »Klar, das geht. Du müsstest mir halt den Stoff zahlen. Dann kann ich loslegen.«

»Klasse!«

In diesem Augenblick kam der Physiklehrer ins Klassenzimmer.

»Hefte und Bücher weg, ich möchte doch mal sehen, ob ihr für heute den Stoff gut wiederholt habt.« Er sah über die Schar seiner Schüler, die allesamt hektisch ihre Unterlagen verschwinden ließen. Als sein Blick auf Karen fiel, hob er eine Augenbraue und fügte hinzu: »Oder ob ihr eure Zeit mit Mode und ähnlichem Unsinn verbracht habt.«

Fünfundvierzig Minuten später gab Karen ihre Arbeit ab. Sie hatte sich in den letzten Tagen vor allem um ihre neue Hose gekümmert statt um Physik. Dementsprechend würde der Test ausfallen, da machte sie sich keine Illusionen.

Von ihren Plänen ließen sich die beiden Freundinnen trotzdem nicht abbringen. Sie fuhren noch am selben Nachmittag nach Mannheim in den großen Staffladen.

»Kann ich helfen?« Die junge Verkäuferin sah neugierig auf den Anti-Atom-Button an Karens Parka. »Ich habe da etwas Neues im Angebot, was vielleicht zu euch passt.«

»Zu uns passt?« Karen war überrascht.

»Na, wir haben da Stoffe, die anders hergestellt sind. Ist nur ein Test von unserer Chefin, ob sich das verkaufen lässt ... einen Moment!« Die Verkäuferin verschwand und tauchte wenig später mit zwei Ballen auf, die sie auf den Tisch legte. »Die sind aus Bio-Baumwolle. Und die Farbe ist mit viel weniger Chemie als sonst üblich.« Sie deutete auf den Button. »Ihr seid doch offensichtlich aus der Friedensbewegung. Die Stoffe sind ein bisschen besser zu unserer Welt ...«

»Das gibt es?« Karen hatte noch nie von solchen Stoffen gehört. Und war sofort begeistert. Sie befühlte den Stoff. »Das ist großartig. Aber ... der ist sicher teurer, oder?«

»Ja. Auf Feldern ohne Kunstdünger und Schädlingsbekämpfung wächst weniger Baumwolle, das kostet ... aber ich kann euch zur Einführung einen Spezialpreis machen!«

Jetzt schaltete sich Sabine ein. »Das ist super, das will ich!« Begeistert suchte sie sich einen Stoff in leuchtendem Türkis aus, dazu hellblaue Riemen für die Hosenträger und Knöpfe mit Perlmutt. Sie strahlte. »Kriegst du das bis zum Wochenende fertig? Da habe ich einen Auftritt mit meiner Band – und ich will unbedingt in der neuen Hose auf der Bühne stehen.«

»Klar«, versicherte Karen. Das hieß allerdings, dass sie wieder nicht viel Zeit mit Lernen verbringen würde, aber mit ein bisschen Glück verzichteten die Lehrer bis zum Ende der Woche auf weitere Überraschungstests.

Die Kirchturmuhr schlug fünfmal, als sie den letzten losen Faden vernähte. Karen warf einen abschließenden Blick auf ihr Werk, dann steckte sie es in eine Tasche und machte sich auf den Weg. Sabine war bestimmt erst beim Soundcheck.

»*I come home in the morning light ...*«

Sabine brach ab, als sie Karen sah. Sie winkte ihrer Band zu. »Bin gleich wieder da!«

Mit einem Satz sprang sie von der Bühne und lief zu Karen. »Hast du es geschafft? Ich bin ja so gespannt!«

»Hier ist sie!« Karen hielt die Tasche hoch. »Was willst du denn dazu anziehen?«

»Ich habe von meinem Vater ein weißes Hemd aus dem Schrank geklaut – das müsste doch groovy aussehen, meinst du nicht?«

»Bestimmt. Komm, zieh dich um!«

Minuten später kam Sabine wieder auf die Bühne. Karen sah sie kritisch an, konnte aber nichts entdecken, was nicht stimmte.

Sabine sah in der Latzhose umwerfend aus. Und das weiße Hemd dazu – perfekt.

Entspannt setzte Karen sich auf eine Bank, während der Soundcheck weiterging.

»... *girls just wanna have fun!*«

Den hatten sie, ganz bestimmt.

Das Konzert lief gut. Zumindest soweit Karen es beurteilen konnte. Die Zuschauer hatten mitgesungen, geklatscht und drei Zugaben gefordert, bevor Sabine endlich aufhören durfte. Verschwitzt und strahlend kam sie hinterher zu Karen und umarmte sie.

»Klasse Konzert!«, rief Karen. »Pass nur auf, irgendwann können alle hier sagen, dass sie bei deinen ersten Konzerten dabei waren. Dann, wenn du auf den ganz großen Bühnen stehst ...«

Sabine lachte. Laut und ansteckend. »Klar. Oder sie sagen, sie haben deine erste Kreation gesehen und sofort erkannt, dass das etwas ganz Besonderes ist.«

»Quatsch. Keiner hat gemerkt, dass du heute eine Hose trägst, die ich geschneidert habe.«

Sabine griff in ihre Tasche und brachte einen zerknüllten Zettel zum Vorschein. »Würde ich nicht so sehen. In der Pause bin ich x-mal gefragt worden, woher ich denn diese Hose habe. Ich habe immer an dich verwiesen – und sie wollen alle ein Exemplar von dir. Obwohl ich dazugesagt habe, dass die Hose öko ist. Und deswegen ein bisschen teurer. Hier ist die Liste der Besteller!«

Ungläubig nahm Karen ihrer Freundin den Zettel aus der Hand und zählte die Namen, die sie in ihrer schwungvollen Schrift aufgeschrieben hatte.

»Vierzehn Hosen? Wann soll ich die denn machen? Dann bleibe ich sitzen, weil ich überhaupt nicht mehr zum Lernen komme. Ich habe beim Physiktest keinen einzigen lausigen Punkt bekommen – so schaffe ich die Versetzung bestimmt nicht!«

Mit beiden Händen griff Sabine sie an den Schultern und sah ihr in die Augen. »Jetzt hör mal auf zu jammern. Du hast da ein Talent, ein ganz besonderes Talent. Physik? Tut mir leid, aber den Nobelpreis wirst du wohl kaum bekommen, egal wie sehr du strampelst. Aber mit deiner Mode ... das kann was richtig Großes werden, das musst du mir glauben. Da musst du weitermachen.«

»Ist doch nur eine Hose«, wehrte Karen ab. »Das ist nun wirklich nichts Besonderes!«

Mit beiden Händen fuhr Sabine sich durch ihre schwarzen Locken. »Mag sein, dass Nähen an sich nichts Besonderes ist, aber das Tolle ist ja deine Idee, wie die Hose aussehen soll! Das Design! Deine Idee, die Hose aus Bio-Baumwolle und ohne chemische Farben zu machen!«

»Das war doch nur die Idee von der Verkäuferin in diesem Laden in Mannheim«, entgegnete Karen lachend. »Und das ist nicht so toll wie deine Stimme. Ich wette, du hast dein erstes Album in den Läden, bevor ich auch nur fünfzig Hosen verkauft habe.«

Sabine streckte ihr die Hand entgegen. »Die Wette gilt! Ich schlage vor, wir wetten um ein Abendessen. Wer verliert, muss zahlen.«

»Da bin ich ja auf der sicheren Seite.« Karen schlug ein und grinste. »Und jetzt sollten wir nach Hause. Meine Eltern machen sich bestimmt schon Sorgen.«

»Hast du nachgezählt?« Sabine warf einen Blick auf das Geld in Karens Händen.

»Ja. Habe ich. Alle zahlen, was ich verlangt habe.«

»Du musst dein Angebot erweitern«, schlug Sabine vor. »Nur eine Latzhose – das ist ja, als würde ich bei jedem Konzert nur ein Lied singen. Das geht nicht. Du brauchst mehr. Ein Oberteil. Eine Jacke. Was weiß ich.«

»Klar. Jeder, der eine bunte Latzhose von mir hat, möchte

jetzt noch eine Jacke. Träum weiter.« Karen ließ ihren Blick über den Pausenhof schweifen, der im trüben Novembergrau dalag. Tatsächlich entdeckte sie sofort vier Trägerinnen ihrer Latzhose. Sabine hatte recht: Ihre Idee war zu einem echten Renner geworden. Zumindest hier auf der Schule konnte sie nicht schnell genug nähen, um alle Bestellungen fertig zu kriegen.

Im Unterricht dachte sie weiter nach. Welches andere Kleidungsstück könnte noch fehlen? Sie kritzelte auf ihrem Zettel herum. Als die Lehrerin näher kam, ließ sie das Blatt allerdings lieber unter ihrem Heft verschwinden. Aus Schaden klug werden, so nannte man das wohl.

Aber kaum war die Lehrerin an ihrem Tisch vorbeigegangen, zog sie den Zettel wieder heraus. Was hatte sie denn am meisten geärgert? Die braven Pullover von Benetton. Die Parkas in Bundeswehrgrün, die alle trugen. Was wäre denn, wenn es da ein bisschen mehr Abwechslung gäbe? Ein Parka, aber nicht in dem langweiligen, eintönigen Kaki, sondern in Schwarz? Mit farbigen Schulterklappen? Ein bisschen lustigeren Knöpfen vielleicht? Ob es da auch einen Stoff gab, der ohne chemische Farben auskam? Ihr Stift flog über das Papier. Sie hatte noch keine Ahnung, wie man so etwas nähen konnte. Aber schwerer als eine Latzhose war ein Parka doch ganz bestimmt nicht...

»Musst du da wirklich hin?«

Andreas konnte seine Enttäuschung nicht verbergen.

»Ja. Gerade jetzt ist es total wichtig, dass wir nicht nachlassen. Im Sommer kann jeder demonstrieren gehen. Aber jetzt igeln sich die meisten zu Hause ein und verfallen in den Winterschlaf. Protest erst wieder ab zehn Grad Außentemperatur. Nein, ich muss wirklich nach Mutlangen. Wir sollten auch klarmachen, dass wir uns nicht an Reagans Star-Wars-Strategie beteiligen wollen...«

»Wenn ich dir jetzt sage, dass Reagan wahrscheinlich nicht auf dich hört, bleibst du trotzdem nicht hier in Wachenheim, oder?« Er legte seinen Kopf schief und sah für einen Moment wie ein freundlicher großer Hund aus.

Mit einem Kopfschütteln vertrieb Karen den Gedanken. Es war nicht gerade freundlich, seinen Freund mit einem Haustier zu vergleichen. »Bitte, versteh mich doch«, warb sie ein letztes Mal um Verständnis.

Aber Andreas machte nur eine abwehrende Bewegung mit der Hand. »Lass gut sein, Karen. Ich habe keine Chance gegen Baumsterben, Ozonloch und den Weltfrieden.« Er sah sich in Karens Zimmer um. Plakate von Amnesty International warben für Meinungsfreiheit, Greenpeace für die Rettung der Meere und ein Cartoon für mehr Frauenrechte. Ein Bild von Andreas war nicht zu sehen. »Wahrscheinlich bin ich deswegen so gerne mit dir zusammen: Ich weiß, du würdest mich retten, wenn ich vom Aussterben bedroht wäre.«

Karen boxte ihm in die Seite. »Quatsch. Angehende Betriebswirte und Steuerberater sterben sicherlich nicht aus. Nette Männer schon, also sollte ich vielleicht eine Ini für dich gründen ...« Sie beugte sich vor, um ihn zu küssen.

»Ich brauche keine Initiative«, sagte er hinterher. »Mir reicht es, wenn du dich um mich kümmerst.«

»Mache ich doch.«

»Ich meine es ernst: Ich würde gerne mit dir ins Kino gehen. *Amadeus* soll klasse sein. Hast du vielleicht an einem anderen Tag Zeit?«

»Wenn du dir sicher bist, dass man das Leben von Mozart irgendwie spannend verfilmen kann – klar, kein Problem. Ich muss nur noch ein paar Hosen vor Weihnachten fertig nähen. Und diesen Parka – den wollen tatsächlich welche haben!«

Mit einem Seufzer lehnte Andreas sich zurück. Sinnend sah er an die Decke. »Bin ich eigentlich nur Hobby Nummer drei in deinem Leben? Nach dem Weltretten und dem Nähen? Oder was soll das?«

Nachdenklich sah Karen ihn an. Sie liebte seine Verlässlichkeit und seine Ruhe. Seine unbeirrbare gute Laune und seine Zielstrebigkeit. Aber nahm sie sich wirklich ausreichend Zeit für ihn? War er ihr überhaupt wichtig?

Sie beugte sich vor und küsste ihn noch einmal. »Du musst dich nicht aufregen«, flüsterte sie dabei. »Jetzt und in diesem Augenblick bist du mein Hobby Nummer eins. Oder stehe ich gerade in Mutlangen in der Blockade? Oder sitze an meiner Nähmaschine? Siehst du?«

Er nahm sie in den Arm und küsste sie. Er war mit dem schönsten Mädchen der ganzen Schule befreundet. Was konnte er schon mehr wollen?

Als Andreas später an diesem Abend nach Hause ging, warf Karen noch einen kurzen Blick ins Wohnzimmer. Ihr Vater war schon ins Bett gegangen, doch ihre Mutter saß mit untergeschlagenen Beinen auf dem Sofa und las in einem Buch. Als sie ihre Tochter sah, legte sie das Buch weg und klopfte auf den Platz neben sich.

»Setz dich doch noch für einen Moment zu mir. Wir haben uns ewig nicht mehr unterhalten. Wie geht es dir denn?«

»Gut.« Karen zuckte mit den Schultern. Was sollte sie schon sagen?

»Ehrlich?« Luzie musterte ihre Tochter. »Bist du denn glücklich mit deinem Andreas?«

»Er ist nicht mein Andreas«, wehrte Karen ab. »Menschen können einander nicht gehören. Sie leihen einander nur ein wenig Zeit. So sehe ich das zumindest.«

Einen Augenblick lang sah Karen so etwas wie ein Erschrecken in Luzies Augen. So als hätte sie etwas Verbotenes gesagt. Dann war der Moment vorbei, und Luzie nickte nur.

»Das klingt vernünftig. Aber auch ziemlich einsam.« Nachdenklich spielte sie mit einer ihrer Locken. »Wenn einem kein Mensch gehört, dann gehört man vielleicht auch nicht dazu. Und es ist doch schön, wenn man weiß, wo man hingehört. Oder?«

»Weiß ich nicht.« Karen spielte geistesabwesend mit den silbernen Ringen an ihrer linken Hand. »Ich bin mir nicht sicher, wo ich hingehöre. Hier auf das Apfelgut? Wahrscheinlich nicht. Sei mir nicht böse, aber ich könnte nie so leben wie du. Jahraus, jahrein immer das Gleiche: Schnitt im Winter, Angst vor Frost im Frühjahr, Schädlingsbekämpfung im Sommer und Ernte im Herbst. Das hört niemals auf. Das kommt mir vor wie ein Hamsterrad. Verstehst du das?«

Ohne zu antworten, sah Luzie eine Weile in ihr halb leeres Weinglas. Dann stellte sie es ab. »Ehrlich? Mir geht es genauso. Hin und wieder kommt es mir vor, als ob ich nur ein einziges Jahr immer wieder erlebe. Wie in einem Spuk. Aber dann sehe ich, dass du immer größer wirst, und merke, dass die Zeit offensichtlich doch vergeht. Und dann sehe ich, dass der Rhythmus der Natur auch etwas Beruhigendes hat. Du willst die Welt retten, ich rette nur ein paar Apfelbäume vor dem Frost oder dem Apfelwickler oder weiß der Himmel was. Aber es könnte doch sein, dass wir das Gleiche tun. Nur an unterschiedlichen Stellen. Meinst du nicht?«

»Solange in unseren Apfelgärten keine Pershings stationiert werden sollen, sehe ich das ein bisschen anders ...« Karen stand auf und stellte sich an die Terrassentür. Nachdenklich sah sie in die Dunkelheit. »Was würdest du denn sagen, wenn ich weggehe?«, fragte sie schließlich.

Leise lachte ihre Mutter auf. »Ich bin niemals davon ausgegangen, dass du in Wachenheim bleibst. Du bist ein freier Geist, vielleicht ein bisschen zu frei für den Ort hier. Du musst hier weg. Und wer weiß? Vielleicht willst du ja eines Tages zurückkommen? Oder auch nicht. Ich glaube irgendwie nicht, dass man alles im Voraus planen kann.«

»Was hast du denn geplant?« Karen drehte sich um und sah ihrer Mutter ins Gesicht.

»Ich? Ich wollte eigentlich weit weg und habe am Schluss gemerkt, dass hier mein Glück liegt. Aber der Weg dahin war auch nicht schnurgerade. Du kannst dir sicher sein, dass ich dir nicht im Weg stehen will.«

»Ehrlich?«

Luzie nickte. »Ich habe mir geschworen, dass ich nicht so werden will wie meine Mutter. Sie wurde im Lauf der Jahre immer verbitterter. Hat den Wert der Menschen um sich herum nur noch nach ihrer Arbeit eingeschätzt. Auch von mir hat sie in erster Linie eine perfekte Buchhaltung erwartet. Meine Wünsche oder meine Hoffnungen haben sie nicht eine Sekunde interessiert. Ich will nicht ungerecht sein. Sie hatte ein unglaublich hartes Leben und musste sich lange alleine durchschlagen. Es kann sein, dass man da hart wird. Auch gegenüber seinem Kind. Aber das will ich nicht. Führe dein Leben, wie du es willst. Ich stehe dir nicht im Weg. Aber weißt du denn schon, was du eigentlich willst?«

Nachdenklich flocht Karen ihre Haare zu einem Zopf, den sie dann wieder öffnete. Es dauerte eine ganze Weile, bis sie endlich zugab: »Nein. Weg von hier sagt ja nicht, wohin es gehen soll – und da habe ich wirklich noch keine Idee. Studieren, ja, sicher. Aber was? Sabine meint immer, ich sollte mit der Mode weitermachen. Aber ob das geht? Ich verkaufe eine Latzhose und einen Parka in der Schule und auf ihren Konzerten. Darauf eine Karriere aufzubauen ist ein bisschen mager. Oder ich mache was mit Politik. Ich will begreifen, was da wirklich vor sich geht, und nicht einfach nur dagegen sein.« Sie seufzte. »Gut, dass bis zum Abitur noch etwas Zeit ist. Bis dahin kann ich mir ja in Ruhe etwas überlegen.«

»Richtig.« Luzie lächelte und sah auf die Uhr. »Und als gute Mutter muss ich dich jetzt in dein Bett scheuchen. Morgen ist ja schließlich Schule.« Sie beugte sich zum Adventskranz und blies die zwei brennenden Kerzen aus.

»Komm, geh schlafen.«

An diesem Abend lag Karen lange wach und starrte an die Decke. Sie konnte sich ihre Mutter eigentlich nicht ohne

Matthias vorstellen. Dieses Paar war so unbeirrt in seiner Zweisamkeit, und sie konnte sich gar nicht vorstellen, dass Luzie jemals etwas alleine gemacht hatte.

Als sie endlich einschlief, träumte sie von Apfelbäumen, die von riesigen Schaufelbaggern umgemäht wurden. Sie selbst sah hilflos zu und rezitierte nur immer wieder die Weissagung der Cree: »Erst wenn der letzte Baum gerodet ist, der letzte Fluss vergiftet, der letzte Fisch gefangen ist, werdet ihr merken, dass man Geld nicht essen kann.«

DREI

»Man muss von einem sehr schweren Unfall ausgehen.«

Der Experte mit der dicken Brille klang besorgt, der Nachrichtensprecher wandte sich dem nächsten Thema zu.

»Habe ich das gerade eben richtig verstanden?« Fragend sah Karen ihre Eltern an. »In Finnland ist die Radioaktivität auf das Sechsfache angestiegen, die Russen geben zu, dass es in diesem Tschernobyl einen Unfall gegeben hat ... und das ist alles, was wir wissen?«

Ihr Vater nickte. Auch er sah besorgt aus. »Wir müssen unbedingt die Spätnachrichten sehen. Was ist, wenn diese Radioaktivität zu uns kommt?«

»Dazu müssten wir doch Ostwind haben«, erklärte Karens Mutter. »Und das kommt fast nie vor!«

»Das mag sein. Aber jetzt weht er gerade aus dem Osten! Ich habe vorhin noch nach dem Agrarwetter gesehen. Ist ja die klassische Zeit für späte Fröste. Und da hieß es, dass der Ostwind für Frost sorgen könnte.« Er schüttelte den Kopf. »Aber das ist weit weg. Das kommt doch nicht her. Oder doch?«

Unsicher sahen sie sich an.

Einen Tag später. Physikunterricht.

Noch bevor der Lehrer auch nur eine Begrüßung murmeln konnte, hob Karen die Hand.

Irritiert runzelte er die Stirn. »Karen? Was ist denn?«

»Entschuldigen Sie. Ich habe gestern die Nachrichten gehört, so wie wir es sicher alle getan haben. Und ich habe es nicht wirklich verstanden. Was ist ein Unfall in einem Atomkraftwerk? Was passiert da genau? Kann die Radioaktivität uns auch erreichen, so wie Finnland?«

Überrascht fuhr der Lehrer sich über seine lichter werdenden Haare. »Das steht heute nicht auf dem Lehrplan. Ich fürchte, das müssen wir ein anderes Mal ...«

Jetzt fuhr Andreas' Hand nach oben. »Entschuldigen Sie, wir brauchen dieses Wissen aber nicht später. Sondern jetzt. Und Sie sind der Einzige, von dem wir annehmen, dass er weiß, was da passiert sein könnte.«

Mit einem leisen Seufzer nickte der Lehrer. »Ihr habt recht. Aber mir fehlt das Wissen, um die Lage genau beurteilen zu können. Ich weiß nicht einmal, wie dieser Reaktor in Tschernobyl überhaupt gekühlt wird. Oder wurde. Aber wenn es zu einem GAU gekommen ist, dann kann es durchaus sein, dass auch hier in der Pfalz Radioaktivität ankommt. Vor allem bei diesem Ostwind, den wir momentan haben.«

Karen hob ihre Hand. »Gau? Was bedeutet das?«

»Das ist der größte anzunehmende Unfall. Bei einem Reaktor bedeutet das, dass die atomare Kernspaltung außer Kontrolle gerät. Es kommt zu einer Kernschmelze, bei der unglaubliche Mengen an radioaktiven Teilchen in die Luft freigesetzt werden. So wie die Werte in Finnland gestiegen sind, ist davon auszugehen, dass genau das passiert ist.«

»Und wie stoppt man das? Diese Kernschmelze? Wie schnell geht das?« Fragend sah Karen ihren Physiklehrer an. Bis jetzt hatte sie ihn unerträglich langweilig gefunden, aber nun hoffte sie, dass er eine beruhigende Antwort für sie hätte.

Wieder rieb er sich über den Kopf. Dann schüttelte er langsam den Kopf. »Gar nicht. Deswegen ist es ja der größte Unfall, den man sich nur vorstellen kann. Wenn in Tschernobyl der

Reaktor außer Kontrolle geraten ist, dann kann nichts und niemand diese Reaktion beenden.«

»Aber was sollen wir dann hier tun? Kriegen wir jetzt alle die Strahlenkrankheit, so wie damals die Opfer von Hiroshima und Nagasaki?« Sie spürte, wie Angst in ihr aufstieg. Das hier war weder Science-Fiction noch ein düsterer Film über die atomare Apokalypse. Das hier war real.

»Nein. Für die Strahlenkrankheit müsstet ihr alle in Tschernobyl leben. Oder im Kraftwerk arbeiten. Dafür seid ihr viel zu weit weg.« Er zögerte kurz, bevor er weiterredete. »Aber es kann sein, dass sich radioaktives Material im Essen anreichert. Und damit auch in euch. Die Halbwertszeit ist lang ... Wisst ihr, was die Halbwertszeit ist?« Er sah fragend in die Runde. Seine Schüler sahen ihn ratlos an.

Er seufzte. »Das ist die Zeit, in der sich die radioaktive Strahlung halbiert. Je nach radioaktivem Element dauert das unterschiedlich lang. Bei manchen ist die Halbwertszeit sehr kurz. Bei manchen irgendwo um die zehn Tage. Bei anderen liegt dieser Wert bei vierundzwanzigtausend Jahren. Oder mehr.«

»Und wenn sich diese Stoffe in unseren Körpern anreichern, was ist dann?« Karen schwirrte der Kopf.

»Vielleicht passiert nichts. Oder es steigt die Wahrscheinlichkeit, dass ihr Krebs kriegt.« Einen Moment lang schwieg der Lehrer, bevor er weiterredete. »Wahrscheinlich wäre es vernünftig, erst einmal viele Konserven zu essen und frisches Gemüse zu meiden. Zumindest so lange, bis man weiß, was da wirklich zu uns herübergekommen ist.«

Es wurde still in der Klasse. Der nüchterne Lehrer, der sonst so gerne mit Zahlen jonglierte und begeistert über alles redete, was auch nur irgendwie technisch möglich war, hatte mit seinen wenigen Fakten die Angst der Schüler nur verstärkt.

Er sah in die Runde. »Hat noch jemand Fragen dazu?«

Alle Finger gingen nach oben.

Die dicken Wolken brachten Regen. Aus dem Fenster sahen Karen und Sabine zu, wie die schweren Tropfen auf den Boden fielen. »Ist das jetzt der Fallout, von dem wir gelesen haben?«, flüsterte Sabine. »Vergiftet dieser Regen jetzt alles?«

»Ich weiß es nicht«, gab Karen zu. »Aber ich würde weder die Weintrauben noch unsere Äpfel da draußen essen wollen. Und alle, die immer gesagt haben, dass schon alles gut gehen wird, haben sich getäuscht. Wir leben in der Apokalypse ...« Die letzten Worte hatte sie nur noch geflüstert.

Ihre Freundin sah sie ernst an. »Das muss doch gar nicht sein. Vielleicht ist das Gift schon längst herausgeregnet, und es kommt nur noch normales Wasser vom Himmel? Weiß man doch nicht. Sieht man auch nicht ... Außerdem ist April. An euren Bäumen hängen doch noch gar keine Äpfel.«

»Im Supermarkt waren die Konserven ausverkauft«, erzählte Karen. »Das ist doch absurd. Mit einem Mal ist das gesund, was bis vor ein paar Tagen noch Dosenfraß war. Und wir können nichts tun.«

»Vielleicht ist das nur ein Warnschuss? Ein Zeichen, dass sich etwas ändern muss?« Sabine drehte ihre Teetasse zwischen den Fingern. »Was, wenn jetzt alle zur Vernunft kommen und sich gegen AKWs stellen? Dann war das einfach die rote Ampel, die die Menschheit gebraucht hat.«

»Wir sind doch schon die Unfallopfer«, widersprach Karen. »Und wir werden in Zeitlupe überfahren. Sehen die Becquerelzahlen in der Zeitung und können nichts dagegen tun. Einfach nichts. Wir schauen zu, wie unsere Lebensmittel zu Gift werden.«

Sabine lachte bitter auf. »Wir sind nur auf dem falschen Kontinent. In Amerika, Afrika oder Australien wären wir sicher. Da kommt die Wolke nicht hin.«

»Wir sollten auswandern.« Karen kniff die Augen zusammen und sah nachdenklich in die Flamme der Kerze, die sie angezündet hatte. »Weg aus diesem Europa, in dem die Wälder sterben, Raketen stationiert werden und die radioaktive Wolke den Tod bringt. Was sollen wir hier noch tun? Hier gibt es keine Zukunft!«

»Jetzt malst du die Sache aber in ganz schön düsteren Farben.« Sabine legte ihr die Hand auf den Rücken. »Das wird schon nicht so schlimm.«

Karen schüttelte den Kopf. »Es wird schlimmer.«

Misstrauisch beäugte sie den Salat. »Ist der aus dem Gewächshaus?«

Ihr Vater warf seiner Frau einen warnenden Blick zu. Ohne Erfolg. »Jetzt benimm dich nicht so, als ob ich dich vergiften wollte«, entgegnete Karens Mutter. »Siehst du, ich esse den Salat auch selber.«

»Bei dir wird das Cäsium 137 auch nicht so alt wie bei mir«, fauchte ihre Tochter zurück. »Ich möchte noch Kinder bekommen, da sollte ich ein bisschen auf mein Erbgut aufpassen.«

»Wenn ich deine Laune so mitbekomme, bin ich mir nicht so sicher, dass du irgendwas vererben solltest!«

»Du bist ...« Mit einem Knall ließ Karen ihre Gabel auf den Teller fallen, sprang auf und verließ den Raum.

Seit Wochen versuchten ihre Eltern, ihr eine heile Welt vorzugaukeln. Dabei war nichts in Ordnung. Erntereifes Gemüse wurde untergepflügt – und trotzdem liefen die Atomreaktoren weiter, als wäre eine Katastrophe wie in Tschernobyl in der BRD einfach undenkbar.

Es war einer dieser Abende im Frühsommer, in denen einfach alles perfekt war. Das Abendrot, das langsam am Himmel hervorkroch. Der abendliche Chor der Vögel und der Geruch von Erde und heißem Asphalt. Karen hatte dafür kein Auge, als sie wütend aus dem Haus rannte.

Eine Zeit lang war sie ziellos unterwegs, dann führten sie ihre Schritte vor die Haustür von Andreas' Eltern.

»Kommst du mit mir eine Runde spazieren?« Karen hielt sich nicht lange mit Vorreden oder Begrüßungen auf.

»Klar. Ich hole nur eben meine Jacke.« Er sah sie kurz an. »Soll ich dir auch eine holen? Es könnte kühl werden später. Ist ja erst Ende Mai.«

»Quatsch. Wir bewegen uns ja, und mir ist sowieso zu warm.«

Gemeinsam liefen sie durch die Wingerte in Richtung des Waldrandes. Wortlos. Dann griff Andreas nach ihrer Hand. »Was ist denn los?«

»Ach ... ich weiß nicht.« Einige Schritte weiter schüttelte sie plötzlich den Kopf. »Doch. Ich weiß es schon. Ich halte es hier nicht mehr aus. Ich muss weg!«

»Weg? Wie meinst du das?«

»Weg aus diesem dreckigen, verstrahlten Europa, wo keiner lernen will, dass sich etwas ändern muss. Wo alle nur hoffen, dass es irgendwie vorbeigeht!«

Andreas sah sie an und schüttelte den Kopf. »Und dann? Wer wegwill, muss auch irgendwo hinwollen. Das sagst du doch selber.«

»Ich weiß, was ich will. Amerika. Da will ich hin. Und wenn ich erst einmal da bin, dann fällt mir schon ein, was ich machen will!«

Trotzig streckte sie das Kinn nach vorne.

»Aber willst du nicht erst mal Abi machen? Die zwei Jahre ziehst du doch durch.« Er musterte ihr Gesicht. »Oder nicht?«

»Zwei Jahre?« Karen biss sich auf die Lippen. »Nein, das halte ich nicht mehr aus. Ich will weg, so schnell es irgendwie geht!«

Er spürte, wie ihm ihre Hand entglitt, und griff fester zu. »Und wie passe ich in deine Pläne? Wohin willst du überhaupt – Amerika ist ganz schön groß!«

»Erst einmal will ich nach New York. Ich glaube, dass ich dort eine Chance habe.« Nachdenklich blickte sie ihm ins Gesicht. Dann schüttelte sie den Kopf. »Und du? Wie ich dich kenne, wirst du nicht mitkommen, weil du auf jeden Fall erst einmal dein Abi machen willst.«

»Und weil deine Idee wahnsinnig ist!« Andreas hörte, wie verzweifelt seine Stimme klang. »Hast du eine Ahnung, wie viele Menschen jedes Jahr nach New York kommen und auf ihr Glück oder ihre Chance oder ihr Talent hoffen? Du hast nicht einmal eine Aufenthaltsgenehmigung. Reagan schmeißt dich schneller aus seinem Land, als du bis zehn zählen kannst. Und glaubst du wirklich, er hat auf eine Gegnerin seiner Politik gewartet? In den USA gilt jemand wie du als Kommunist. Als Feind. Da willst du hin? Ich bitte dich, das ist absurd!«

»Das siehst du zu schwarz. Du glaubst nicht an mich!« Sie zog ihre Hand wieder an sich und steckte sie in ihre Hosentasche.

»Das ist nicht wahr, Karen. Ich bin glaube so sehr an dich wie sonst vielleicht nur Sabine. Aber ich bin der Meinung, dass man seinem Glück auch eine Chance geben sollte. Und das heißt, dass man einen Schulabschluss haben muss. Und ein Visum. Einen Plan, wie man in New York zurechtkommt. All das hast du nicht!« Er griff ihr an die Schultern und musste sich beherrschen, um sie nicht zu schütteln.

Unwirsch wand sie sich aus seinem Griff. »Aber hier schnürt es mir die Kehle zu, wenn ich an meine Zukunft denke. Ich habe das Gefühl, ich würde mit jedem Atemzug ersticken, das musst du doch verstehen!« Sie sah ihm ins Gesicht und seufzte. »Nein, tust du nicht.«

»Hast du denn schon deinen Eltern von deinen Plänen erzählt?«

Nein, das hatte sie natürlich nicht. Ihre Eltern hatten sie in ihrem ganzen Leben bei jedem Vorhaben unterstützt. Sie glaubten fest daran, dass Karen ihren Weg gehen würde. Aber würden sie das auch glauben, wenn dieser Weg nach Amerika führte? Weg von ihnen? Ohne einen Schulabschluss?

Karen schwieg, doch Andreas ahnte die Antwort und nickte.

»Vielleicht hörst du dir erst einmal an, was sie zu sagen haben? Wenn du schon nicht auf mich hörst, dann vielleicht auf sie?«

Ihr fiel darauf keine Antwort ein. Andreas war immer so vernünftig, er dachte alle Ideen bis zum Ende durch und erstellte Listen mit Argumenten, die für oder gegen eine Sache sprachen. Mit so einem Mann konnte man nicht argumentieren, wenn man nur ein Bauchgefühl im Angebot hatte. Und mehr hatte sie nicht. Nur die Nachrichten von Radioaktivität und geplanten Schnellen Brütern oder Wiederaufarbeitungsanlagen. Und die Raketen in Mutlangen.

Warum nur sahen die anderen die Gefahr nicht?

»Warum glaubst du denn, dass es auf der anderen Seite des Atlantiks so viel besser ist? Das ist das Land, das nicht nur Pershings stationiert, sondern auch einen Krieg im Weltraum starten will. Und der Unfall in Three Mile Island ist auch erst sechs oder sieben Jahre her. Du kannst dem Atomzeitalter nicht entgehen, egal wie weit du rennst.«

»Three Mile Island war nicht so schlimm wie Tschernobyl. Das Jod, das freigesetzt wurde, hat nicht so fiese Halbwertszeiten wie das Cäsium 137, das hier runterging. Aber das ist nicht der Punkt. Hier werden noch so viele neue AKWs gebaut ...« Ihre Stimme brach ab.

Schweigend liefen sie nebeneinanderher am Waldrand entlang in Richtung des Apfelguts. Im Sommerwind, der vom Pfälzer Wald in die Ebene wehte, bewegten sich die Blätter in den Reben. Ganz in der Ferne lagen die Höhen des Odenwaldes, dazwischen waren die Lichter der Städte in der Rheinebene zu erkennen. Die roten Warnleuchten an den Kühltürmen des AKWs in Philippsburg waren nicht zu übersehen.

Es gab nichts mehr zu besprechen. Was hatte sie sich eigentlich von diesem Gespräch erhofft? Dass Andreas ihr zustimmen würde? Ihr einen Freibrief für ihre Entscheidung geben und sie unterstützen? Das würde wohl kaum passieren. Was sie mit ihrem Leben anstellte, das war wohl ausschließlich ihre Sache. Keiner der Menschen, die sie liebten, würde ihr zum Aufbruch raten.

Als sie später am Abend noch eine Schorle tranken, sah Andreas in Karens Augen. Was er sah, machte ihn traurig. Sie hatte sich schon entschieden. Und das bedeutete für ihn, dass sie verschwinden würde.

»Bist du dir sicher?«

Karen sah ihre Eltern an und nickte.

Ihr Vater räusperte sich. »Du bist nicht einmal achtzehn. Wir können dich zwingen, auf der Schule zu bleiben. Wenn ich es mir richtig überlege, dann ist das sogar unsere Pflicht. Du kannst einfach noch nicht die Konsequenzen deines Handelns umreißen. Du musst erst dein Abitur machen oder zumindest achtzehn werden, bevor du deine eigenen Entscheidungen fällen kannst. So ist das nun mal.«

»Du willst mich hier festhalten? Gegen meinen Willen?« Fassungslos sah Karen ihren Vater an. So kannte sie ihn nicht. Vielleicht war er gar nicht der coole Typ, für den sie ihn immer gehalten hatte.

Da schaltete ihre Mutter sich ein. »Hast du dir das denn gut überlegt? So ein Flugticket ist teuer – wer soll das zahlen? Und das Leben in New York kostet richtig viel Geld. Oder hast du dir darüber noch keine Gedanken gemacht? Du hast keine Arbeitserlaubnis. Das bedeutet, du kannst auch nicht arbeiten und Geld verdienen. Was hast du dann vor?« Sie lachte leise. »Sabine könnte sich vielleicht als Straßenmusikerin durchschlagen, aber bei dir sehe ich da eigentlich wenig Möglichkeiten.«

Obwohl sie im Grunde die Idee ihrer Tochter ebenso ablehnte wie ihr Mann, klang es doch freundlicher. Womit sie allerdings nicht gerechnet hatte, war Karens Antwort.

»Ich habe Geld gespart, seit ich denken kann. Auf meinem Konto sind knapp viertausend Mark von verschiedenen Geburtstagen, kleinen Jobs bei Weinfesten und meiner Konfirmation. Eigentlich wollte ich immer nach dem Abitur eine große Weltreise machen. Aber jetzt brauche ich das Geld eben früher auf. Wenn ich Glück habe, finde ich einen Flug für tausend Mark oder so. In New York komme ich schon irgendwo günstig unter, da mache ich mir keine Sorgen. Es stört mich nicht, wenn das Zimmer winzig ist. Dann sehe ich weiter. Bis ich etwas Besseres finde, kann ich ganz bestimmt putzen. Oder Nachhilfeunterricht in Deutsch geben. Oder als Fahrradkurierin arbeiten. Was weiß ich? Aber ich will das ausprobieren. Unbedingt!«

»Was machst du, wenn das nicht klappt?«

Matthias sah seine Tochter streng an.

»Dann komme ich wieder nach Hause. Ich gehe nicht auf den Straßenstrich, verkaufe keine Drogen oder werde zur Diebin. Dafür solltest du mich gut genug kennen!«

Sein Gesicht wurde weicher, als er nur leise den Kopf schüttelte. »Aber warum machst du nicht zuerst dein Abitur? Die Welt wird doch nicht in die Luft fliegen, wenn du dir nur ein klein wenig mehr Zeit nimmst...«

Irgendwie klang das nicht mehr so hart wie seine erste Antwort.

»Papa, mach dir keine Sorgen. Das Abitur läuft mir nicht weg. Wenn es in New York nicht funktioniert, dann kann ich auch ein Jahr später noch meinen Abschluss machen. Das ist kein Beinbruch.« Sie sah ihn an. »Aber wenn ich ehrlich sein soll: Ich glaube fest daran, dass es klappt. Ich spüre, dass es in New York freier ist als hier. Hier gelte ich als Freak, weil ich gegen Raketen und Atomkraft demonstriere...«

»Du übertreibst maßlos. Es sind doch nicht hunderttausend Freaks, die in Wackersdorf oder Mutlangen demonstrieren. Und dann gibt es da diese neue Partei – das sind doch auch nicht alles Verrückte.« Ihre Mutter lachte auf. »Obwohl ich mir bei manchen von diesen Gestalten nicht so sicher bin.«

»Das mag sein. Aber die glauben alle daran, dass sie hier im Land etwas ändern können. Das glaube ich nicht mehr. Man kann von meinem Schlafzimmer fast die Türme von Philippsburg sehen. Stellt euch vor, da würde das Gleiche passieren wie in Tschernobyl.«

»Das ist ein deutsches Kernkraftwerk, nicht so ein russischer Schrotthaufen«, stellte ihr Vater fest. »Aber ich glaube, hier geht es nicht mehr um Argumente. Es geht um dein Gefühl.«

»Es ist mehr als ein Gefühl. Sie müssen ein Endlager für Molke bauen, hast du das gelesen? Das sind Fakten.«

Nachdenklich sah er sie an. »Das glaubst du wirklich, oder?« Er wandte sich an seine Frau. »Und was meinst du? Was sollen wir jetzt machen?«

Am Esstisch wurde es ruhig. Schließlich gab Karens Mutter einen leisen Seufzer von sich. »Ich habe meine Mutter dafür verflucht, dass sie mich ihr Leben lang festgehalten hat. Wenn ich nicht gearbeitet habe, hatte sie schlechte Laune. Und wenn wir Urlaub gemacht haben, war es noch schlimmer. Sie hat mir keine Sekunde ein eigenes Leben zugestanden.« Sie zögerte, bevor sie weitersprach. »So wollte ich niemals werden. Daher denke ich, es ist richtig, wenn wir Karen ziehen lassen. Sie muss ihre Flügel ausprobieren. Egal wie sehr ich es ihr verbieten möchte ...«

»Aber ...«, hob ihr Vater noch einmal an und brach dann ab. »Du hast recht, Luzie«, sagte er schließlich. »Man darf einen Menschen nicht aufhalten. Man muss ihn ziehen lassen. Wenn man Glück hat, kommt er zurück.« Er bedachte seine Frau mit einem geheimnisvollen, komplizenhaften Lächeln. »Natürlich nur, wenn man sehr viel Glück hat.«

Sie legte ihre Hand auf die seine und erwiderte seinen Blick. Es sah so intensiv aus, dass Karen sich eine Sekunde lang wie eine Voyeurin vorkam. Einen Lidschlag später war es vorbei.

Ihr Vater stand auf und holte eine Weinflasche und drei

Gläser aus der Küche. »Dann sollten wir darauf anstoßen.« Er schenkte die Gläser voll und sah seine Tochter an. »Und du musst mir nur versprechen, dass du wiederkommst, wenn es dir nicht gut geht. Kein falscher Stolz, versprochen?«

Sie hob ihr Glas. »Versprochen, Papa!«

Es war die Stunde vor dem Sonnenaufgang. Der Horizont zeigte sein erstes, grünliches Glimmen. Einige Vögel zwitscherten trotzdem schon. Laut und durchdringend.

Unter ihren Füßen spürte sie das weiche Gras. Es roch nach warmer Erde und irgendeiner süßlichen Blume, die mit ein paar Blüten den Spätsommer feierte. Karen legte ihre Hand an einen der Bäume. Sie spürte seine rissige Rinde. Über ihrem Kopf rieben zwei Äste mit einem leisen Knarzen aneinander. Wann war sie das letzte Mal allein hier im alten Apfelgarten unterwegs gewesen? Als kleines Mädchen hatte sie am liebsten unter diesen Bäumen gespielt. Hier fühlte sie sich daheim.

Barfuß lief sie weiter. Spürte kleine Stöckchen, Steinchen und harte Gräser unter der Fußsohle. Ein Rascheln. Wahrscheinlich eine kleine Maus, die hier ohne die drohenden Raubvögel nach ihrem Frühstück suchte.

Langsam ließ sie sich ins Gras gleiten und legte sich auf den Rücken. Es hieß, dass es immer dieselben Sterne seien, zu denen man aufblickte. Aber vielleicht sorgten die Lichter von New York ja dafür, dass man gar keine Sterne mehr sah?

Es war erst wenige Stunden her, dass sie sich hier noch einmal mit Andreas getroffen hatte. Ein stiller Abend war es gewesen. Was hätte sie auch sagen sollen? Sie würde ihn verlassen. Einfach, weil er ihr nicht genug Grund bot, um zu bleiben. Trotzdem hatte sie sich fest an ihn geklammert.

»Wirst du mich besuchen?«

Ein langer Blick. Und schließlich ein Kopfschütteln. »Nein. Ich kann mir nicht vorstellen, dass du morgen verschwindest.

Aber ich werde mich daran gewöhnen. Weil man sich an alles gewöhnt.« Während er redete, lief langsam eine Träne über sein Gesicht. »Und deswegen will ich dich nicht mehr sehen. Ich habe Angst vor dem Schmerz morgen. Und ich will das nur ein Mal erleben. Wenn du jetzt gehst, dann will ich dich nicht mehr wiedersehen und so tun, als wären wir gute Freunde. Ich wollte mit dir zusammen sein. Kinder kriegen und all diesen spießigen Blödsinn, den du so schrecklich findest. Ich wollte niemals dein bester Freund auf der anderen Seite des Ozeans werden.«

Sie hatte ihn umarmt. Wie eine Ertrinkende, die auf eine letzte Rettung hofft. Und ihn geküsst. Gestreichelt. Dann hatte er ihre Zärtlichkeiten erwidert und ihre Küsse erwidert. Erst vorsichtig und forschend, dann drängender.

»Wirklich?«, hatte er irgendwann gefragt.

Sie hatte nur genickt. Ja. Sie wollte ihn unbedingt ganz spüren, egal was am nächsten Tag kommen mochte. Ganz nah bei Andreas sein. Mut tanken, bevor alles vorbei war. Und er hatte ihren Körper entdeckt wie ein Forscher eine fremde Welt. Tastend, vorsichtig und dennoch zielstrebig. Irgendwann waren sie so eng zusammen, wie man nur sein konnte. Als Mann und Frau.

Er hatte sie im Arm gehalten und ihr über die Haare gestreichelt. »Willst du trotzdem gehen?« Seine Frage kam ganz leise, flüsternd und unsicher.

Sie spürte, wie ihr die Tränen kamen. Ja. Sie wollte weg. Und hierbleiben. Aber beides ging nicht. Und jetzt war das Ticket gekauft, jetzt gab es keinen Weg zurück. Oder doch? Sie antwortete nicht, obwohl er so sehr auf einen Satz von ihr wartete.

Irgendwann war er eingeschlafen. Und sie hatte sich angezogen und war nach draußen geschlichen. Jetzt lag sie hier im Gras, während die Sterne über ihr verblassten und der Horizont sich zartrosa verfärbte. Nicht mehr lange und sie musste ihren Rucksack schultern und gehen. Andreas würde zurechtkommen. Er würde sie vergessen und sich seinen Traum von Kindern, Familie und Steuerberaterbüro erfüllen.

Während sie zur gleichen Zeit ihre Vision von einem Leben in Amerika wahr machte.

Sie dachte an Sabine. Gestern war sie gekommen und hatte Karen eine Weile beim Packen zugesehen. Dann war sie aufgesprungen und hatte sie umarmt. Aus ihrer Tasche kramte sie eine Kassette, deren Cover kunstvoll angemalt war. »Habe ich dir aufgenommen«, erklärte sie. »Kann ja nicht sein, dass du nur noch die Musik von den Amis hörst. Madonna und so.«

Neugierig hatte Karen die Kassette angesehen und wollte sie gleich einlegen. Mit einem heftigen Kopfschütteln hatte Sabine ihre Hand festgehalten. »Hör sie erst im Flugzeug. Oder in New York.«

»Mache ich. Versprochen.« Die Mixkassetten von Sabine waren legendär. Was sie ihr wohl für diese Reise aufgenommen hatte? Sie hatte ihre Freundin umarmt und sich bedankt.

»Wir sehen uns wieder!«, war Sabines letzter Satz gewesen, bevor sie aus dem Zimmer gegangen war. Karen hatte nur genickt. Natürlich würden sie sich wiedersehen. New York war nicht komplett aus der Welt, da gab es Flugzeuge – sie würden sich besuchen, ganz bestimmt. Eine Freundin wie Sabine verlor man doch nicht einfach aus den Augen.

Das Rosa des Himmels wurde heller.

Es wurde Zeit, zurück ins Haus zu gehen. Die letzten Sachen packen, die sie mitnehmen wollte. Duschen, frühstücken – und dann wollten ihre Eltern sie nach Frankfurt bringen, wo in ein paar Stunden der Flug in ein neues Leben gehen würde.

Langsam stand sie auf und ging im Licht der ersten Sonnenstrahlen unter den Apfelbäumen zurück in Richtung ihres Elternhauses.

Vorsichtig schob sie ihre Zimmertür auf.

Ihr Bett war leer. Andreas war irgendwann in den letzten ein oder zwei Stunden aufgewacht und gegangen.

Karen legte ihre Hand aufs Kopfkissen und konnte noch die Wärme seines Körpers spüren. So wie sie auch immer noch die Spuren seiner Zärtlichkeit auf ihrer Haut fühlte.

Sie biss sich auf die Lippen und erhob sich. Zeit für eine heiße Dusche und den Sprung ins Ungewisse.

VIER

»Wir befinden uns jetzt im Landeanflug auf den Flughafen JFK und bitten Sie, zu Ihren Plätzen zurückzukehren, Ihre Tische nach oben zu klappen und Ihre Stühle in eine aufrechte Sitzposition zu bringen.«

Durch das kleine Fenster konnte Karen die berühmte Silhouette der Stadt im Nachmittagslicht sehen. Obwohl sie nach dem langen Flug todmüde war, spürte sie, wie das Adrenalin in ihr kochte. Sogar die winzige Freiheitsstatue war zu erkennen. Sie war angekommen!

Wie in Trance lief sie aus dem Flugzeug, holte ihren Rucksack am Gepäckband ab und stellte sich in die Schlange für Nicht-Amerikaner, die ins Land wollten. In ihrem Reisepass war das Visum für ihren Aufenthalt als Touristin eingestempelt – und so winkte der junge Schwarze sie durch.

Dann stand sie vor dem Flughafengebäude. Busse gingen in alle denkbaren Richtungen, gelbe Taxis fuhren hupend vor und wurden von Menschen in Anzügen bestiegen. Mit großen Augen sah Karen dem Treiben zu.

Natürlich hatte sie sich zu Hause ganz genau überlegt, wie sie eine Unterkunft in New York finden wollte. Ein Bus nach Manhattan – und dann wollte sie irgendwo nach einem kleinen Zimmer suchen. Vielleicht in der ersten Nacht oder den ersten paar Nächten in einem Hostel – aber dann musste sie etwas anderes finden.

Es war ein großer Unterschied, ob man in Wachenheim die Reiseführer las und Stadtpläne studierte – oder vor einem Flughafengebäude stand und sich nach dem richtigen Bus umsah. Zögernd ging sie auf eine Haltestelle zu.

»Manhattan?«, fragte sie eine junge Frau, die gerade in den Bus einsteigen wollte.

»Yes, hop in!«

Dankbar kletterte Karen hinter ihr hinein und legte dem Busfahrer ihre brandneuen Dollarscheine hin, die sie in Wachenheim auf der Bank getauscht hatte.

Er nahm sich das Geld und drückte ihr ein Ticket in die Hand. Gab es gar kein Wechselgeld? Wurde sie jetzt schon übers Ohr gehauen?

»Change?«, fragte sie vorsichtig. Und verfluchte sich, dass ihr Akzent wirklich jedem zeigte, dass sie nicht von hier war.

»Down there!« Er deutete auf den schwarzen Kasten, der vor ihm stand – und sie bemerkte erst in diesem Moment die Münzen, die in eine Mulde gefallen waren. Mit hochrotem Kopf griff sie danach und suchte sich einen Platz weit hinten im Bus.

Während der gesamten Fahrt starrte sie aus dem Fenster. Es sah genauso aus wie in den amerikanischen Serien. Kleine Häuser, winzige Vorgärten, ein bisschen verwahrlost.

Irgendwann tauchte der Bus in einen Tunnel ab. Als er wieder auftauchte, war sie in einer anderen Welt. Straßenschluchten. Neonreklame. Dreck auf dem Bürgersteig. Geschäftige Menschen.

Der Bus hielt in einem mehrstöckigen Busbahnhof. Karen stieg als eine der Letzten aus, kämpfte sich langsam durch die Menge ins Freie und lief einfach los. Vorbei an den Hotdog-Ständen, die fast an jeder Kreuzung standen. Durch Straßen mit roten Ziegelhäusern, an deren Fassaden Feuertreppen hingen.

Ihre Füße bewegten sich einfach weiter, immer weiter. Und mit einem Mal öffnete sich ein Platz, an dem die Reklameschilder so hell leuchteten wie nirgendwo sonst. Times Square.

Sie stellte sich mitten auf den Platz und drehte sich einmal um sich selbst. Sie war hier, sie war wirklich hier! Ein Grinsen breitete sich auf ihrem Gesicht aus. Es fühlte sich genau richtig an, egal was andere über sie dachten.

Die Neonreklame flimmerte, die Menschen drängten sich. Es roch nach heißem Asphalt, frittiertem Essen und dem echten Leben. Eine Gruppe von schwarzen Straßenkünstlern startete ihre Show: Während die Musik aus dem Gettoblaster dröhnte, tanzten sie wie Akrobaten. Drehten sich auf dem Kopf, sprangen in die Höhe. Es bildete sich eine Traube von Menschen, die ihnen applaudierten und bei jedem gelungenen Trick aufjubelten. Karen stellte sich dazu und fühlte sich so sehr am richtigen Ort wie seit Monaten nicht mehr.

Was noch fehlte, war ein Platz zum Übernachten. Es wurde Zeit, dass sie sich etwas suchte. Bevor es dunkel wurde, musste sie ein Bett haben.

Sie sah sich suchend um. In welche Richtung sie wohl laufen musste?

»Can I help you?« Der Junge sah sie fragend an. Er war ungefähr in ihrem Alter.

Unsicher hob Karen die Schultern. »Ich suche nach einem Hostel. Oder einem anderen billigen Platz, wo ich meinen Schlafsack ausrollen kann.«

Er deutete in eine Richtung. »Dann solltest du weiter in diese Richtung gehen. Meatpacking District oder Tribeca. Da sind Hostels, habe ich gehört. Viel Glück!«

Damit verschwand er wieder. Gehörte diese Art von Freundlichkeit hier zum guten Ton? Oder hatte sie einfach Glück gehabt?

Sie machte sich auf den Weg. Die Wolkenkratzer wurden wieder kleiner – auch wenn sie direkt in Richtung der höchsten Häuser lief. Sie konnte die Zwillingstürme des World Trade Centers ausmachen. Das Empire State Building.

Sie ging weiter. Die Straßen wurden dreckiger und die Läden

kleiner und weniger glamourös. War das dieser Meatpacking District, von dem der Junge geredet hatte?

Sie sah sich um – und konnte ihr Glück nicht fassen, als sie ein Schild sah: *Hostel. Backpackers welcome.*

Das winzige Zimmer war zwar ganz schön teuer, und das einzige Fenster zeigte auf einen sehr engen, kleinen Hinterhof, in dem die Mülleimer standen, aber egal. Sie war so müde, dass sie überall hätte schlafen können.

Schrille Polizeisirenen weckten sie. Ein Blick auf die Uhr verriet ihr, dass es vier Uhr morgens war. Sie war hellwach und vor allem hungrig. Kein Wunder: In Deutschland war es jetzt schon bald Mittag.

Im Hof fiel mit ohrenbetäubendem Geschepper eine Mülltonne um. Eine Katze? Oder doch ein Mensch, der nach etwas Verwertbarem suchte?

Sie richtete sich auf, schlüpfte in Jeans und T-Shirt und rannte die Treppe nach unten. Draußen hing immer noch die Hitze des Vortages zwischen den Häusern, es war stickig und schwül. Selbst jetzt, so kurz vor Sonnenaufgang, waren in den Straßen Menschen unterwegs. Einige kamen von der Nachtschicht ihrer Arbeit zurück, andere aus Bars oder Nachtclubs. Und wieder andere kauerten sich in Hauseingänge und Ecken, weil sie kein Zuhause hatten.

Plötzlich stand sie am Wasser. Der heller werdende Himmel spiegelte sich in dem dunklen Fluss, der träge an das Ufer schwappte. Öllachen schillerten in allen Farben des Regenbogens, und es stank nach totem Fisch und verrotteten Algen.

Mit einem Seufzer wandte Karen sich ab. Nein, das Paradies war auch hier nicht in Sicht. Im Augenblick würde ihr allerdings ein belegtes Sandwich reichen.

Wenig später fand sie ein kleines Deli, in dem sich die ersten Menschen mit müden Gesichtern an einer Theke drängten und Spiegeleier, Pfannkuchen und Kaffee bekamen. Sie stellte sich einfach dazu und bekam ihr Frühstück. Bitteren Kaffee und fette, dicke Pfannkuchen mit Butter und einer süßen Soße. Nur wenige unterhielten sich leise, die meisten schaufelten schweigend ihr Frühstück in sich hinein.

Neugierig sah Karen sich um – bis ihr Blick an einer Art Pinnbrett hängen blieb. Neugierig stellte sie sich mit dem Kaffee in der Hand davor. Gebrauchte Autoreifen, Babysitter, Kinderfahrräder und alte Baseballschläger: Hier wurde angeboten, was keiner wirklich haben wollte. Ein Zettel sprang ihr ins Auge. *Suche Mitbewohner! Kleine Wohnung, nur für Nichtraucher!* Und eine Telefonnummer.

Auf eine kleine Serviette kritzelte sie die Zahlen. Trank ihren Kaffee aus und sah dann auf die Uhr. Durfte man frühmorgens um halb acht bei wildfremden Menschen anrufen? Galten hier die Regeln aus Deutschland? Sie hörte Luzies Stimme im Ohr. »Nicht vor acht! Nachher weckst du jemanden auf!« Aber hier bedeutete es vielleicht nur, dass man niemanden mehr erreichte, wenn man später anrief.

Entschlossen suchte sie eine Telefonzelle und wählte die Nummer.

Eine weibliche Stimme meldete sich. Was für ein Glück.

Und nur eine halbe Stunde später fand sie sich an einem winzigen Küchentisch wieder, der die fensterlose Küche trotzdem fast ausfüllte. Ihr gegenüber saß eine junge Frau mit streichholzkurzen weißblond gefärbten Haaren, die sie neugierig ansah.

»Du kommst also aus Deutschland? Und wie lange willst du bleiben?«

»Am liebsten für immer. Aber erst einmal habe ich nur ein Touristenvisum. Ist das ein Problem?«

Ein leises Lachen war die Antwort. »Wenn es ein Problem wäre, dass man hier in der Stadt illegal ist, dann wäre die Stadt leer. Wichtiger ist die Frage: Wie willst du deine Miete zahlen? Ich kann mir von meinem Geld diesen Palast nicht leisten.«

»Ich habe ein bisschen Geld gespart. Und dann suche ich eine Arbeit. Irgendwas werde ich schon finden.«

Sie sah sich um. »Wo ist das Zimmer denn?«

Mit einem Winken erhob die Blondine sich. Erst jetzt merkte Karen, wie zierlich sie war. Hinter einer Tür im Gang verbarg sich ein Zimmer. Ein Bett, ein Regal, ein kleiner Tisch, in der Mitte genug Platz, um sich einmal um die eigene Achse drehen zu können – größer war der Raum nicht. Alles, was man durchs kleine Fenster sehen konnte, war eine Ziegelwand, nicht einmal eine Armlänge entfernt.

Karen nickte. »Was willst du dafür?«

»Hundert Dollar die Woche, die im Voraus zu zahlen sind. Und du musst beim Putzen von Küche und Bad mitmachen!«

»Okay. Ich kann gleich zwei Wochen im Voraus zahlen. Darf ich sofort einziehen?«

Einen Augenblick sah die Blondine überrascht aus. Dann streckte sie ihre Hand aus. »Okay. Wie heißt du noch einmal? Ich bin Rachel.«

»Karen. Danke, dass du mich nimmst.« Sie schüttelten die Hände und standen dann ein wenig verlegen voreinander.

»Ich hole mal meinen Rucksack aus dem Hostel«, erklärte Karen schließlich. »Und dann schaue ich, ob ich etwas zum Essen finde. Wenn ich noch häufiger Pfannkuchen in Delis esse, reicht mein Geld nicht weit. Bist du da häufiger?«

Ein Kopfschütteln war die Antwort. »Ich habe da nur meinen Zettel aufgehängt. Hat mir ja offensichtlich Glück gebracht.« Mit einem schrägen Lächeln fügte sie hinzu: »Hoffe ich zumindest!« Sie reichte Karen einen Schlüssel. »Ich bin den Rest des Tages unterwegs. Wenn du deine Sachen bringst, bin ich nicht da. Mach es dir bequem, und lass dich nicht von dem schimpfenden Nachbarn stören. Der ist wie ein Hund: Er bellt, aber er beißt nicht.«

Als Karen später den Rucksack in ihr Zimmer stellte, war das Zimmer voll. Wahrscheinlich war in Wachenheim das Bad oder die Vorratskammer größer als dieser Raum. Egal. Das hier war ihr erstes eigenes WG-Zimmer, und das war die Hauptsache.

Am nächsten Morgen lief sie erst einmal am Hudson River nach Süden, bis sie in Lower Manhattan ankam. Im Schatten des World Trade Centers wirkte alles winzig. Über dem Wasser streckte die Freiheitsstatue ihr Feuer in den Himmel – genau wie auf den vielen Postkarten. Karen konnte sich nicht beherrschen und kaufte sich ein Ticket für einen Besuch bei »Lady Liberty«. Hatte nicht jeder Besucher der Stadt die Pflicht, wenigstens einmal herzufahren? Sie sah sich die zerbrochenen Ketten und die berühmte Inschrift am Sockel der Statue an. Vielleicht legte Ronald Reagan keinen Wert auf Menschen wie sie. Aber diese Statue sagte etwas anderes, sie versprach Freiheit und Neubeginn.

Schon bald musste Karen allerdings feststellen, dass nicht nur Reagan keinen großen Wert auf ihre Anwesenheit legte. Auch die meisten Besitzer von Bars oder Fast-Food-Delis hatten nicht auf eine siebzehnjährige Deutsche gewartet. Der amerikanische Traum scheiterte schon daran, dass sie keinen Job als Tellerwäscherin fand. Sie bot sich als Putzkraft an, aber es schien hier in der Stadt zu viele Menschen zu geben, die bereit waren, für wenig Geld viel zu arbeiten. Tagelang hörte sie immer wieder das Gleiche. Zu jung, zu unerfahren, zu wenig legal.

»Verdammt, ich finde nichts! Was soll ich denn tun? Hast du einen Ratschlag für mich?« Verzweifelt sah sie Rachel an. »Was mache ich denn falsch?«

»Nichts. Du bist nur zu jung. Oder zu deutsch. Wahrscheinlich beides. Gibt es denn irgendetwas, was du kannst? Außer Deutsch sprechen, meine ich. Was hast du zu Hause gemacht?«

Nachdenklich legte Karen ihre Stirn in Falten. Sie hatte auf Demonstrationen, bei Menschenketten und Blockaden für eine friedlichere Welt gekämpft. Aber das ging wohl kaum als besonderes Talent durch. Sie zupfte an einem Fädchen, das vom Ärmel ihres Sweatshirts hing. Und dabei kam ihr die Idee. »Ich habe Kleider genäht. Für alle meine Freunde.«

»Was war das denn? Zeig mal!«, forderte Rachel sie auf.

Zögernd zeigte Karen auf das Shirt, dass sie trug. »Na, solche Sachen. Ökobaumwolle, die mit möglichst wenig Chemie gefärbt ist – und das alles ein bisschen weniger brav als die üblichen Sweatshirts, die in den Läden hängen.«

Rachel griff über den Tisch und befühlte den Stoff. Anerkennend nickte sie. »Schönes Zeug. Hast du dafür einen Namen?«

Fragend sah Karen ihre Mitbewohnerin an. »Was meinst du?«

»Einen Markennamen. Was du machst, ist etwas Besonderes. Also sollte es einen besonderen Namen haben. Was ist das Besondere daran? Es ist gut zur Erde? Besser für den Planeten? Und handgemacht? Wie wäre es mit …« Sie legte ihre Stirn in Falten. »Earthwear?«

»Earthwear.« Karen ließ sich den Klang des Wortes auf der Zunge zergehen. »Perfekt. Wenn ich jemals Erfolg haben sollte, musst du bei mir als Marketingchefin einsteigen.«

Mit einem kehligen Lachen streckte Rachel ihre Hand aus. »Darauf komme ich zurück!«

»Okay, liebe künftige Marketingchefin: Wo soll ich meine Sachen verkaufen? Was meinst du? Und was genau sollte ich produzieren?«

»Am besten machst du einen Straßenstand. Dafür brauchst du nur vier bis fünf Teile in verschiedenen Größen. Small, Medium, Large und Extra-Large. Und deinen Stand stellst du immer wieder an einem anderen Platz auf. Am Samstag bei einem der Flohmärkte, irgendwo in Greenwich Village oder Tribeca. Was hältst du davon?«

»Klingt perfekt. Bedeutet aber, dass ich irgendwie an Stoff und eine Nähmaschine rankommen muss. Meine Maschine habe ich in Deutschland gelassen. Und Stoffe … Ich muss mal sehen, ob es hier so etwas wie ökologisch hergestellte Baumwolle gibt.« Sie sah sich in der kleinen Küche um. »Färben könnte ich in einem Eimer, hier in der Küche, das geht schon. Wird ja keine Massenproduktion.«

»Das heißt, du brauchst erst einmal Geld, um Geld zu verdienen«, stellte Rachel trocken fest.

»Ja.« Mit einem Seufzer hob Karen ihre Hände. »Und damit bin ich nicht weiter als vor einer halben Stunde. Ich brauche einen Job, der es mir ermöglicht, noch einen Job zu haben. Es werden nicht weniger, sondern mehr Probleme.«

Rachel dachte nach. »Es gibt da einen Typen, der steht auf gut aussehende Mädchen wie dich in seinem Café. Ist im Village. Dem ist es vielleicht egal, dass du erst siebzehn bist. Aber dafür zahlt er nur Cash. Ich stell dich ihm morgen vor. Pass aber auf bei ihm: Irgendwann will er was von dir. Und wenn du dann Nein sagst, bist du den Job los. Deswegen wollte ich dich eigentlich nicht mit ihm zusammenbringen. Ist ja fast so, als würde ich dich ihm zum Fraß vorwerfen.«

»Arbeitest du bei ihm?«

Rachel nickte. »Ja. Ich mache ihm die Abrechnungen und kümmere mich um den Einkauf. Und halte mich aus seinen Geschichten mit den Bedienungen raus. Bitte, sorge dafür, dass ich es nicht bereue, wenn ich dich mitbringe.«

»Indianerehrenwort!« Karen hob ihre rechte Hand.

Es dauerte genau drei Wochen, bis sie es bereute.

Dan, der Chef des Restaurants, zahlte ihr den Lohn für die letzten Tage und tätschelte ihr dabei wohlwollend die Hand. Auf der seine dann einfach liegen blieb.

»Fühlst du dich wohl hier?«

»Sicher.« Sie zog seine Hand unter der seinen hervor und polierte geschäftig weiter Weingläser.

Seine Hand blieb nur sehr kurz unbeschäftigt liegen. Dann legte er sie auf ihre Schulter. Es hätte kameradschaftlich sein können, war aber viel zu nah.

Mit einem Lächeln wand sie sich aus seiner Umarmung und räumte Besteck aus der Spülmaschine in die Besteckkästen. Das Café war seit einer knappen Stunde geschlossen, und außer ihnen beiden war niemand hier. Rachel war schon vor Stunden gegangen, sie hatte mehr als einen Job, um ihr Studium zu finanzieren.

»Trinkst du noch ein Glas Wein mit mir? Die Flasche ist ohnehin fast leer!« Dan wartete ihre Antwort nicht ab, sondern füllte zwei Gläser und reichte ihr eins davon.

Misstrauisch stieß Karen mit ihm an. Ihre Mitbewohnerin hatte sie vor diesem Mann gewarnt, auch wenn er seit ihrem ersten Tag hier im Café immer nur freundlich gewesen war.

»Sollen wir irgendwo hingehen, wo es ein bisschen gemütlicher ist?«

»Ich würde lieber erst fertig aufräumen«, erklärte Karen, nahm sich einen Lappen und einen Eimer und fing an, den ersten Tisch abzuwischen.

»Lass das doch. Ich lege bei deinem Chef ein gutes Wort für dich ein.« Er lachte, als hätte er einen besonders guten Witz gemacht.

»Ich möchte wirklich nicht«, erklärte Karen noch einmal. »Und ich glaube auch nicht, dass es eine gute Idee wäre, wenn wir irgendwo noch einen Wein trinken und es uns gemütlich machen. Ich bin eher so der ungemütliche Typ.«

»Ich kann dich nicht überzeugen?« Seine Stimme klang eine Spur weniger freundlich.

»Nein. Es bleibt bei einem Nein.«

Sie wischte den nächsten Tisch ab, als er hinter sie trat und sie mit beiden Händen umfasste. Seine Finger berührten ihre Brüste.

Ohne auch nur eine Sekunde nachzudenken, holte sie mit dem nassen Lappen aus und schlug ihn ins Gesicht.

Er sprang zurück. »Was erlaubst du dir? Niemand sonst wird eine Siebzehnjährige anstellen! Und wenn du nicht nett zu mir bist, dann muss ich mir ernsthaft überlegen, ob ich das wirklich weitermache. Ist ja illegal! Bei uns gibt es Alkohol!«

»Stimmt. Alkohol ist kein Problem, aber Sex wäre okay, ja?«
Karen biss sich auf die Lippen. Zu spät.

Dan wischte sich noch einmal über das Gesicht. »Na, das war's dann wohl. Das verstehst du doch? Komm nicht wieder her. Und sag deiner Freundin Rachel, dass sie mir künftig keine Mädchen mehr schicken soll. Niemand kann hier im Village prüde Jungfrauen gebrauchen. Geh zurück zu deinem Sauerkraut oder was auch immer ihr Deutschen so esst.«

Karen schnappte sich ihre Jacke vom Haken an der Garderobe und lief an ihm vorbei in die Nacht hinaus. Die Berührung seiner Hände fühlte sie immer noch auf ihrer Haut.

Immerhin hatte er ihr noch das Geld für ihren Einsatz heute Abend gegeben.

In den letzten Wochen hatte sie den Heimweg durch das Village immer genossen. Sicher, die Hochhäuser von New York waren beeindruckend, aber die Seele der Stadt, die war hier. Jede Menge Studenten auf der Straße, in den Bars, die sich lebhaft unterhielten, lachten, Pläne machten und voller Optimismus waren.

Sie beschloss, sich nicht unterkriegen zu lassen. Zwar hatte sie ihren Job verloren, aber vielleicht war jetzt einfach der richtige Zeitpunkt, um ihre Earthwear-Pläne anzugehen. In den letzten Wochen hatte sie sparsam gelebt, und eigentlich brauchte sie doch erst mal nur eine gebrauchte Nähmaschine und die richtigen Stoffe, um zu sehen, ob sich ihre Sachen auch in New York verkauften.

Eine Nähmaschine schleppte sie schon am nächsten Tag in ihr kleines Zimmer. Schwieriger gestaltete sich die Suche nach den Stoffen. In den Läden im Garment District, dem alten Viertel der Schneider, gab es Ballen in jeder Farbe und jeder Qualität. Aber jedes Mal, wenn sie nach der Herkunft und den Färbemethoden fragte, schüttelten die Ladenbesitzer nur entschuldigend die Köpfe. Wen interessierte schon, woher der Stoff kam, wenn er nur gut aussah?

In einem kleinen Laden, versteckt in einem Hinterhof, saß eine junge Frau, die Karen fröhlich begrüßte, als sie in den Verkaufsraum trat. Sie stellte ihre übliche Frage – und erhielt dieselbe Antwort wie immer. Ein entschuldigendes Kopfschütteln.

»Wofür brauchen Sie denn so etwas?« Diese Frage war neu.

Und Karen erzählte von ihren Plänen, von einem Kleiderlabel, das nicht nur gut für die Trägerin, sondern auch gut für den Planeten war.

Nachdenklich fuhr die Stoffverkäuferin sich durch die Haare. »Ich habe da auf einer Messe einen kleinen Stand gesehen. Ehrlich gesagt hielt ich das für eine schräge Idee. Ich meine, wer ist schon bereit, für einen Stoff mehr Geld auf den Tisch zu legen, wenn man das Gute daran nicht sehen kann? Und jetzt suchst du wirklich so etwas.«

»Haben Sie vielleicht den Namen des Produzenten? Eine Adresse? Oder eine Telefonnummer?« Aufgeregt sah Karen ihr Gegenüber an.

»Nein. Aber ich kann mich umhören, wer das war. Komm morgen wieder. Ich mach mich schlau, versprochen.«

»Das wäre großartig! Ich komme wieder!«

Als Karen wieder auf der Straße stand, hätte sie fast getanzt. Wenn sie endlich an den passenden Stoff kam, würde es nicht mehr lange dauern, bis sie ihren Verkaufsstand an irgendeiner Straßenecke oder auf einem kleinen Markt aufschlagen konnte. Und dann würde sich zeigen, ob ihre Idee wirklich Geld wert war.

Nur drei Tage später saß sie an ihrer Nähmaschine und ließ einen weichen Stoff in einem zarten Fliederton durch ihre Hände gleiten. Ihr erstes Sweatshirt. Und dann das zweite. In den nächsten Tagen folgten T-Shirts, Latzhosen, Parkas und ein paar Schals.

In einer kleinen Stickerei im Garment District hatte sie sich ein Label machen lassen. *Earthwear 100% planet-friendly* stand jetzt in jedem einzelnen Kleidungsstück, geziert von einem kleinen Regenbogen, und darunter *Made in New York*.

»Das bringt total viel bei den Touristen!«, meinte Rachel. »Es gibt die mit dem riesigen *I love NY* auf der Brust. Und es gibt die, die auf der Suche nach Understatement sind. Nach dem Besonderen. Du wirst sehen: Die suchen genau diesen winzigen Schriftzug, der irgendwo im Kleidungsstück versteckt ist.«

Für ihren Straßenladen erstand Karen einen Handkarren, an dem sie mit ein paar Latten eine Art Kleiderständer befestigte. Der ließ sich mit wenigen Handgriffen zusammenlegen und unauffällig wegziehen. »Wenn die Polizei möchte, dass du verschwindest, dann warst du zu langsam«, hatte Rachel erklärt. »Du musst sie vorher sehen und abhauen. Deswegen ist es auch gut, wenn du dir jeden Tag einen anderen Platz suchst.«

Latten und Handkarren hatten sie an einem Abend himmelblau gestrichen – und dann in schnörkeliger Handschrift *Earthwear* auf die Seitenwand gemalt, mit dem kleinen Regenbogen.

»Wann geht es los?«, wollte Rachel wissen.

»Ich dachte, ich versuche gleich morgen mein Glück. Das Wetter soll schön sein, die Touristen genießen den Spätsommer – und es wird allerhöchste Zeit, dass ich wieder Geld verdiene.« Karen deutete auf ihren Karren. »Jetzt musst du mir sogar helfen. Das war nicht dein Plan, als ich bei dir eingezogen bin.«

Rachel lachte und winkte ab. »Ich helfe gerne bei so spannenden Projekten. Besser, als nur die Abrechnungen in Dans Café zu machen …«

»Wie viel kostet die?«

Die sonnenbebrillte Frau hatte in den letzten zwanzig Minuten jedes Teil auf dem Earthwear-Karren begutachtet. Mehrfach. Jetzt hielt sie eine meerblaue Sweatshirtjacke in die Höhe.

»Vierzig Dollar.« Der Preis kam Karen unverschämt vor. Aber Rachel hatte darauf bestanden, dass man ökologische, handgenähte Mode auf keinen Fall verschenken dürfte.

Gespannt wartete sie auf eine Reaktion.

Die Frau mit der Sonnenbrille griff in ihre Brieftasche, zählte vierzig Dollar ab und gab ihr das Geld. Keine Bemerkung über überhöhte Preise, Wucher oder Wahnsinn.

Rachel hatte recht gehabt.

Bis zum Abend war die Hälfte ihrer Ware weg. Und die Miete für die nächsten beiden Wochen gesichert.

Sorgfältig legte Karen das Lattengestell zusammen und machte sich mit ihrem Karren im Schlepptau auf den Heimweg. An einem Touristenstand mit Postkarten blieb sie stehen. Mit einem Lächeln griff sie nach einer Ansicht der Freiheitsstatue vor einem blauen Himmel. Höchste Zeit, dass sie sich bei ihren Eltern meldete. Immerhin konnte sie heute mit gutem Gewissen eine Erfolgsmeldung geben.

Mit einem Stift kritzelte sie auf die Postkarte nur wenige Zeilen:

Lady Liberty hat mir Glück gebracht – habe heute den ganzen Tag meine Mode verkauft! New York erkennt den Trend zur Latzhose! Hab euch lieb! Karen!

Die Postkarte landete in der nächsten Letterbox.

FÜNF

»Ich nehme dieses T-Shirt!«

Sein Anzug sah nicht so aus, als ob er jemals ein gebatiktes Shirt tragen würde.

Karen lächelte ihn an. »Für Ihre Freundin?«

»Nein, nein, ich habe keine Freundin. Es ist für meine Schwester!« Er zeigte beim Lächeln seine makellosen Zähne. Kein Tourist, dachte Karen. Eher einer der Typen aus Lower Manhattan, die mit Aktien handelten und mit einer Handbewegung Firmen vernichteten – oder zum Aufstieg verhalfen.

»Dann richten Sie Ihrer Schwester doch einen Gruß von mir aus. Und viel Spaß mit meiner Mode!«

Routiniert zählte Karen die Dollarnoten, die er ihr in die Hand gedrückt hatte. Perfekt.

Sie wandte sich einer jungen Frau zu, die sich nicht zwischen einer Weste aus Jeansstoff und einem Hoodie entscheiden konnte. »Du könntest natürlich auch beides nehmen«, kommentierte sie mit einem Lächeln.

Der Anzugträger blieb noch einen Augenblick unentschlossen stehen. Dann drehte er sich um und lief die Straße entlang in Richtung Central Park. Karen sah ihm kurz nach. Er sah gut aus, keine Frage. Aber das galt für viele Jungs hier in New York. Was diesen Mann wohl an ihren Hippiestand gebracht hatte?

Später am Nachmittag baute sie ihren Karren ab und schob ihn wie jeden Nachmittag nach Hause. Für heute Abend war sie mit Rachel verabredet. Sie wollten sich den Auftritt eines angesagten Stand-up-Comedians anschauen und später noch durch die Clubs ziehen. Rachel und sie lebten immer noch zusammen in ihrer engen Wohnung, unterstützten sich bei allen Fragen ihres Lebens und waren gute Freundinnen. Mehr als einmal hatte Karen ihrem Schutzengel gedankt, dass sie ausgerechnet bei Rachel gelandet war.

Sie drückte die Tür zu ihrer Wohnung auf. Aus der Küche roch es verführerisch nach irgendwas Italienischem mit reichlich Knoblauch. Neugierig sah Karen um die Ecke.

»Ich dachte, wir gehen essen?«

»Ach, das Geld heben wir uns besser für den zweiten Drink im Club auf!« Rachels Haare waren so blond und kurz wie am Tag, an dem sie sich kennengelernt hatten. Sie trug eine kurze Latzhose in Schwarz – ein Geschenk von Karen.

In der winzigen Küche war der Tisch bereits gedeckt, sogar zwei Weingläser standen da. Rachel häufte Spaghetti auf die Teller und gab reichlich Tomatensoße und Parmesan darüber. Mit großer Geste stellte sie beides auf den Tisch, entkorkte den Wein und füllte die Gläser.

Karen ließ sich auf einen Stuhl fallen und griff nach der Gabel. »Du bist wunderbar. Ich habe so einen Hunger!« Sie wickelte den ersten Bissen auf ihre Gabel. Auf halbem Weg zum Mund hielt sie inne. »Haben wir etwas zu feiern? Habe ich etwas vergessen? Es ist so festlich!«

»Na ja, festlich? Nudeln mit Soße?« Rachel lachte auf. »Aber wir haben tatsächlich einen Grund zu feiern. Es ist drei Jahre her, dass du in meine Wohnung geschneit bist.«

»Was für ein Glücksfall!« Karen hob ihr Glas. »Ich würde es immer wieder tun!«

»Wirklich?« Rachel sah sie nachdenklich an. »Vermisst du denn niemals deine Familie? Du warst kein einziges Mal bei deinen Eltern in diesen drei Jahren.«

»Na ja, Flüge sind ziemlich teuer. Da muss eine alte Frau

lange für nähen.« Sie zuckte mit den Achseln. »Und es kommt mir immer so vor, als sei das ein anderes Leben gewesen. Mein deutsches Ich hat mit meinem amerikanischen Ich nicht viel zu tun.«

»Keine Sehnsucht nach Freunden? Nach deiner Heimat?«

»Warum willst du das alles wissen? Wenn ich es nicht besser wüsste, dann würde ich annehmen, dass du mich loswerden willst.«

»Nein, nein, ich habe mich nur all die Jahre gefragt, wann dich das Heimweh packt und du wieder nach Hause fliegst. Ich war mir sicher, dass das eines Tages passieren würde. Und jetzt bist du immer noch da – ich habe mich also offenbar getäuscht.« Nachdenklich wickelte Rachel weiter Nudeln auf.

»Als ich Deutschland verlassen habe, wollte ich ein neues Leben beginnen. Ich wollte weg von Tschernobyl und weg von den Pershings. Aber vielleicht hatte ich auch einfach genug von der Kleinstadt und dem Betrieb meiner Eltern. Unser ganzes Leben hat sich immer nur um Blüte, Pflege, Ernte und Vermarktung gedreht ...«

»Du Arme!« Rachel lachte. »Und jetzt dreht sich alles um Stoffe, die Flucht vor den Behörden und den täglichen Umsatz. Das ist natürlich viel besser.«

Karen stimmte in das Gelächter mit ein. »Du hast recht. Vor allem die Angst vor der Abschiebung ... Jedes Mal, wenn ein Cop auch nur in Sichtweite kommt, habe ich feuchte Hände. Du solltest sehen, wie schnell ich meinen Stand zusammenklappe und mich in die nächste Seitenstraße verdrücke. Ich habe es da fast zu olympischer Geschwindigkeit gebracht.« Sie schenkte sich einen Schluck Wein nach. »Aber New York verlassen? Das ist mir noch nie in den Sinn gekommen. Ich bleibe also noch ein Weilchen deine Untermieterin.«

Als die letzte Nudel aus dem Topf aufgegessen und der letzte Tropfen Wein ausgetrunken war, machten sie sich auf den Weg in den Club zu dem Stand-up-Comedian. An der Tür stand ein kahlköpfiger Riese. »Hallo, ihr Schönen. Eure Ausweise bitte, ihr seht mir beide noch nicht aus wie einundzwanzig. Und dann kann ich euch nicht reinlassen, ihr kennt die Regel.«

Routiniert griff Rachel nach ihrem Ausweis. »Das nehme ich als Kompliment!«

Karen zog eine Grimasse. »Komm schon, ich bin ganz bestimmt schon einundzwanzig. Ich habe heute nur meinen Ausweis vergessen. Aber du kannst mir glauben, ehrlich!« Tatsächlich war sie erst zwanzig, und sie hatte weder einen amerikanischen Ausweis noch eine Greencard. Die USA waren kein Land, das seine Einwanderer mit offenen Armen empfing. Und eine Karen Winter aus Wachenheim ganz bestimmt nicht.

Der Riese schüttelte den Kopf. »So leid es mir bei einem so hübschen Kind wie dir tut – ich kann dich nicht reinlassen. Deine Freundin ist natürlich jederzeit willkommen bei uns.«

Karen lächelte Rachel an. »Komm, geh alleine. Du musst mir allerdings beim Frühstück jeden einzelnen Witz erzählen, abgemacht?«

Rachel nickte. Es war nicht das erste und ganz bestimmt auch nicht das letzte Mal, dass Karen in einen Club nicht hineinkam. Sie winkten sich zum Abschied zu, und Karen machte sich auf den Nachhauseweg.

Dabei kreisten ihre Gedanken um die Sache mit der Staatsbürgerschaft. Ihr Geschäft mit Earthwear lief großartig, sie konnte kaum so schnell nähen, wie sie die Sachen verkaufen konnte. Höchste Zeit, endlich ein oder zwei Näherinnen einzustellen und größere Stückzahlen herzustellen. Aber eine Illegale durfte niemanden einstellen. So einfach war das. Und so blieb Earthwear ein kleines Label, das für immer exklusiv auf dem Markt im Village zu erstehen war.

Als sie nach Hause kam, spülte sie die Teller ab und setzte sich dann mit einem dunkelgrauen Stoff an ihre Nähmaschine. Kein Clubabend? Dann musste sie die Zeit eben anders nutzen. Sie lächelte, als sie an Rachel dachte. Niemals hatte sie zu hoffen gewagt, wieder eine Freundin wie einst Sabine zu finden.

Sabine. Im ersten Jahr hatten sie noch ein paar Briefe und Postkarten ausgetauscht, aber dann war es still geworden. Sabines Geschichten von der Schule waren Karen wie von einem anderen Planeten vorgekommen. Und Sabine war es wohl ähnlich gegangen: Die Briefe und Karten wurden seltener und einsilbiger. An Weihnachten war die letzte Karte gekommen. Vielleicht sollte sie ihr mal wieder schreiben. Morgen. Oder am Wochenende.

»Ihre Schwester muss ja wirklich ein Fan meiner Mode sein. Ich wünschte, ich hätte einen Bruder wie Sie gehabt!« Heimlich hatte sie den Mann längst »Mr Wall Street« getauft. Er war in den letzten Tagen immer wieder an ihrem Stand aufgetaucht. Ein Schal, ein Hoodie, ein Kleid – jedes Mal hatte er für seine Schwester ein weiteres buntes Kleidungsstück gekauft.

Täuschte sie sich, oder wurde er ein wenig rot? »Nein, nein, meine Schwester hat nur einen runden Geburtstag, da wollte ich ein wenig mehr...« Mitten im Satz hörte er auf zu reden und legte das Tanktop, das er in der Hand hatte, wieder an seinen Platz.

»Wollen Sie die Wahrheit hören? Ich bin inzwischen schon zum Stalker Ihres Verkaufskarrens geworden. Und es ist alles andere als einfach, Sie jeden Tag ausfindig zu machen. Aber ich komme, sooft ich kann, nur um ein wenig Zeit mit Ihnen zu verbringen. Ich habe gar keine Schwester.«

Karen blieb einen Moment lang das Wort in der Kehle stecken. Dann lachte sie. »Ehrlich? Sie kaufen mir immer wieder was ab, damit Sie ein paar Minuten an meinem Stand verbringen können? Das kann doch nicht wahr sein! Was machen Sie denn mit meinen Kleidern?«

»Ich... ich sammle sie in meiner Wohnung.« Er hob entschuldigend die Hände. »Ich weiß, das klingt schräg. Aber ich wollte nicht mit der Tür ins Haus fallen ...«

»Okay. Jetzt, wo ich weiß, dass Sie meine Kleidung nur kaufen, damit Sie hören, wie ich einen Preis nenne: Was wollen Sie – wenn es denn nicht meine ökologische, handgenähte Mode ist?« Sie hob eine Augenbraue. »Na?«

»Ich würde gerne mit Ihnen ausgehen. Haben Sie Lust?«

Er lächelte Karen mit seinen wunderbar weißen Zähnen an. Mit seinem dunklen Haarschopf und dem trainierten Oberkörper sah er wie die Verkörperung des All-American-Boys aus. Sabine hätte diese Art Mann als Sahneschnittchen bezeichnet.

Karen nickte. »Klar. Sie müssen nicht meine T-Shirts kaufen, um mir ein Bier auszugeben. Oder ein Glas Wein.«

Er streckte ihr seine Hand entgegen. »Mein Name ist Jeff McMillan. Gleich heute Abend?«

»Karen. Karen Winter.« Sein Händedruck fühlte sich trocken und fest an. Angenehm. Mit einem Blick auf die Uhr erklärte sie: »Ich höre in zwei Stunden auf. Dann muss ich noch meinen Karren wegräumen – und dann habe ich Zeit. Wo?«

Er nannte eine angesagte Bar in der Nähe.

»Ich bin da!« Sie sah an sich herunter. »Muss ich mich dafür umziehen?«

»Nein, nein. Du siehst fantastisch aus. Bis nachher!«

Er winkte ihr zu und verschwand.

Die nächsten zwei Stunden musste Karen immer wieder lächeln. Ein merkwürdiger Typ. Kaufte für Hunderte von Dollar ihre Kleidung, nur um mit ihr zu reden. Sie musste sich selbst eingestehen, dass sie sich geschmeichelt fühlte. Klar, in den letzten Jahren waren immer wieder mal Männer an ihrem Stand aufgetaucht und hatten ihr einen Kaffee in die Hand gedrückt. Und erwartet, dass sie als Lohn für die Mühen ein Date bekamen. Aber das heute – das war neu. Sie freute sich auf den Abend. Und als sie schließlich ihren Karren im Hinterhof verstaut hatte, rannte sie kurz in die Wohnung und schlüpfte doch in eines ihrer Kleider. Mit dem weiten Rock und dem engen Wickeloberteil betonte sie ihre Taille. Konnte ja nicht verkehrt sein.

Kurz darauf saß sie Jeff gegenüber und sah ihn neugierig an. »Was machst du eigentlich? Ich meine, wenn du nicht gerade Shirts für eine erfundene Schwester kaufst?«

Jeff lachte.

»Ich bin nur ein durchschnittlicher Angestellter an der Wall Street. Ich schiebe Geld, das mir nicht gehört, von einem Konto zum anderen, investiere fremdes Kapital und habe immer eine Meinung zu allem.«

»Und in der Mittagspause läufst du durchs Village und hältst Ausschau nach bunter Mode? Was hat dich an meinen Stand gezogen?« Fragend sah sie ihn an.

»Das ist ganz einfach: Ich bin in meiner Mittagspause spazieren gegangen und zufällig an deinem Stand vorbeigekommen. Die Idee, ökologische Mode zu machen, hat mich angesprochen. Das ist ein Zukunftsmarkt, glaube ich. Wenn die Menschen merken, wie ihre Mode der Umwelt schadet, wird irgendwann ein Umdenken einsetzen. Zumindest bei manchen Menschen, und hier in New York ganz bestimmt. Du bist das perfekte Model für deine eigene Mode, weißt du das?«

»Klar bin ich das perfekte Model. Ich bin das einzige Model, das ich mir leisten kann.« Sie lachte. »Wie man heute Abend sieht: Wenn ich mir was Schönes anziehe, dann ist es ganz bestimmt selbst gemacht.«

»Du hast einen Akzent. Woher kommst du denn? Schweden?«

Karen lachte und fuhr sich durch die Haare. »Weil ich blond bin? Nein, ich komme aus Deutschland. Ich hatte gehofft, dass ich in den letzten drei Jahren meinen Akzent verloren hätte. Scheint nicht geklappt zu haben …«

»Ach, ist kaum noch zu hören. Ich wollte dir nicht zu nahe

treten.« Er musterte sie. »Du siehst sehr jung aus. Wie bist du in die USA gekommen? Hast du Verwandtschaft hier?«

»So ähnlich«, antwortete sie ausweichend. Wenn sie in den letzten drei Jahren etwas gelernt hatte, dann war es Vorsicht. Immer wieder gab es Geschichten von Undercover-Cops, die Illegale auf einen Drink einluden, um ihre Geschichte zu erfahren. Dann folgten nur noch Abschiebehaft und eine kostenlose Fahrt zum Flughafen. Nein, dafür war sie wirklich zu vorsichtig.

Also tat sie das, was immer half, wenn man nicht über sich reden wollte: Man fragte am besten den anderen nach seiner Geschichte aus. Die Erfahrung hatte sie gelehrt, dass die meisten Menschen ein Thema hatten, über das sie am allerliebsten redeten – sich selbst.

»Und wie bist du nach New York gekommen? Du bist ja sicher nicht als Wall-Street-Banker geboren worden? Wo kommt deine Familie her?«

Und Jeff erzählte von seiner Kindheit in Wisconsin, irgendwo im Mittleren Westen, in einer Kleinstadt inmitten eines gewaltigen Maisfeldes. Von der Ödnis ohne Kultur mit einem beständig laufenden Fernseher – und seiner Flucht zur Universität. »Nach Wisconsin habe ich viele Jahrzehnte New York verdient«, erklärte er. »Kennst du den Rest der USA?«

Was sollte sie sagen? Nein, sie fühlte sich hier in der Großstadt sicher. In einem Kaff irgendwo in der Weite der Prärie kannte jeder jeden – und eine Illegale wie sie würde sofort auffliegen.

Wahrscheinlich ahnte Jeff ihre Geschichte, war aber nett genug, nicht zu fragen. Stattdessen blieb er freundlich und aufmerksam – und nach zwei Gläsern Wein bestand er darauf, sie noch bis vor ihre Haustür zu bringen.

»Wir sind in New York, da lässt man ein Mädchen nicht allein durch die Straßen laufen«, erklärte er.

Karen genoss diese Art von Aufmerksamkeit. Jeff behandelte sie, als sei sie etwas ganz Besonderes – und sie fühlte sich sofort besser.

Als sie nach der Verabschiedung mit Küsschen auf die Wange in die Küche kam, sah Rachel sie kritisch an.

»Du siehst so zufrieden aus wie eine Katze, die einen Vogel erlegt hat«, stellte sie fest.

»Blödsinn. Ich war mit diesem Banker unterwegs, von dem ich dir schon erzählt habe. Er hat in den letzten Wochen einen ganzen Kleiderschrank von meinen Klamotten gekauft. Nur damit er mich treffen kann. Ist das nicht süß?«

»Stimmt. Oder es ist Stalking und total unheimlich. Muss man abwarten.« Rachel legte den Kopf schief. »Hauptgewinn oder unheimlich – was sagt dein Gefühl?«

»Ich glaube, Hauptgewinn. Wir haben uns für morgen wieder verabredet. Diesmal zum Essen.«

»Und weiß er es schon?«

»Dass ich völlig ohne Papiere hier in eurer schönen Stadt lebe? Er ahnt es, denke ich. Meinen Akzent hat er sofort erkannt. Und ich dachte, ich gehe jetzt endlich als Amerikanerin durch.« Sie seufzte.

»Ich will auf jeden Fall die Fortsetzung hören!« Rachel nahm sich einen Orangensaft aus dem Kühlschrank und schenkte sich ein großes Glas voll. »Ist bestimmt besser als Fernsehen! Die Schneiderin und der Wall-Street-Banker. Wie im Märchen ...«

Sie duckte sich, als Karen ein Handtuch nach ihr warf.

Am nächsten Tag führte Jeff sie in ein schickes Restaurant in Lower Manhattan aus. Beim Anblick der Preise musste Karen an ihre Miete denken. Und an die Anzahl der Hoodies, die sie für ein Steak hätte nähen müssen.

Trotzdem genoss sie die leise Musik, die freundlichen Kellner – und vor allem die Gesellschaft des Mannes, der ernsthaft an ihrem Leben interessiert war. Und sehr offensichtlich merkte, dass sie ihm da einiges verschwieg. Es war schon spät, und sie waren fast die einzigen Gäste, als er sie eine Weile ansah und dann meinte: »Du musst keine Angst haben. Ich bin kein Cop, und mir ist es persönlich sehr egal, ob du mit einer Greencard arbeitest – oder eher nicht.«

Karen faltete eine Ecke der Serviette angestrengt nach links und rechts. »Das ist gut«, murmelte sie. »Dann frag mich lieber nicht. Ich will dich nicht anlügen, okay?«

Jeff nickte ernsthaft. »Okay. Aber bitte gib mir Bescheid, wenn ich dir irgendwie helfen kann, ja?«

»Klar, mache ich«, erwiderte Karen. »Ich weiß das zu schätzen.«

»Sollen wir noch ein bisschen spazieren gehen?«, schlug er unvermittelt vor. »Ich will dir unbedingt noch ein bisschen von New York bei Nacht zeigen!«

»Ich dachte, da sind nur Verbrecher unterwegs?«, konterte Karen.

»Ich bin Banker. Also fast ein Verbrecher«, antwortete Jeff trocken.

Sie liefen durch die Straßen, die immer noch die Hitze des Sommertages atmeten: Es roch nach Asphalt, altem Fett und Abgasen. Es dauerte nicht lange, und sie erreichten Battery Park, in dem jetzt nur noch wenige Menschen unterwegs waren. Ohne Jeff an ihrer Seite wäre es Karen unheimlich gewesen. Jeff lehnte sich an das Geländer und sah auf das Wasser.

»Bist du gerne hier?«, fragte er unvermittelt.

»Klar. Diese Stadt ist unglaublich. Nirgendwo sonst hätte ich von meiner Idee von Mode leben können.«

»Aber wie geht es weiter? Willst du in fünf Jahren noch immer Mode auf der Straße verkaufen? Und was ist in zehn Jahren?« Ernsthaft sah er sie an. »Darüber musst du dir doch Gedanken machen.«

»Müsste ich. Tue ich aber nicht. Wie du schon sehr richtig erkannt hast: Ich bin nicht legal in diesem Land. Ist auch kein Problem, solange ich nicht weiter auffalle. Und das tue ich nur dann nicht, wenn ich weiterhin meinen kleinen Stand durch die Straßen schiebe. Wenn ich mehr will, dann müsste ich mehr machen. Aber das darf ich nicht.« Sie zuckte mit den Achseln. »Also muss ich mir auch keine Gedanken machen.«

»Aber wenn doch?« Er schien sich von seinem Thema nicht abbringen zu lassen.

»Wenn ich alles tun könnte, was ich wollte? Ich würde mir einen kleinen Laden pachten. Mit einer Werkstatt dahinter. Eine Näherin anstellen. Mehr Kleidung machen. Und hoffentlich auch verkaufen. Im Village gibt es einige kleine Läden, die sich dafür anbieten. Und es steht immer mal wieder einer leer.« Sie sah ihm in die Augen. »Zufrieden? Das wäre mein Plan. Aber keine Sorge. Ich bin auch ganz zufrieden mit meinem Karren und den Touristen, die bei mir kaufen. Hin und wieder ist ja auch ein Banker von der Wall Street dabei. Wenn ich richtig Glück habe.«

Er fuhr sich durch seine dichten braunen Haare, die sie schon im allerersten Moment an Kennedy erinnert hatten. Was sicherlich Blödsinn war – die Europäer sahen wahrscheinlich in jedem zweiten Amerikaner einen Typen wie Kennedy.

»Eigentlich habe ich dich nicht wegen des Ausblicks auf die Freiheitsstatue mit hierhergenommen. Ich nehme an, die hast du in den letzten Jahren schon mal gesehen. Nein, ich wollte dir einen Laden ganz in der Nähe zeigen.«

Wenig später blieb er vor einem etwas versteckt gelegenen Lokal stehen.

»Ich bin mir ganz sicher: Hier gibt es das beste Eis in ganz New York. Oder sogar in den ganzen USA. Das ist der Grund, warum wir hierhergelaufen sind. Ein Abendessen ohne Eis ist nicht komplett. Das ist zumindest meine Meinung. Ich empfehle unbedingt das Schokoladeneis!«

Karen sah in die Auslage. »Ich sehe mindestens drei oder vier Sorten mit Schokolade. Für welche gilt die Empfehlung?«

»Dark Chocolate mit Chips. Unschlagbar!«

Auch er bestellte sich eine Eiswaffel, und gemeinsam liefen sie zu einer kleinen Bank direkt am Wasser. Er setzte sich neben sie. Vielleicht ein bisschen näher, als es wirklich nötig war. Aber Karen merkte, dass es ihr nicht unangenehm war.

»Und du?« Höchste Zeit, den Spieß umzudrehen. »Was machst du in fünf Jahren? In zehn Jahren?«

»Na, wenn ich nicht gekündigt werde, dann werde ich immer noch Aktien von einem Konto auf ein anderes schieben und dafür Geld verlangen.« Er klang ganz zufrieden mit seinem Schicksal. »Wahrscheinlich werde ich dabei irgendwann Chef von anderen Menschen, die Geld von einem Konto auf ein anderes schieben.«

»Aber das ist doch nicht wirklich produktiv oder kreativ?«

»Nein, ist es nicht.« Er sah sie von der Seite an. »Schlimm? Ich habe tatsächlich gerne mit Zahlen zu tun. Ich finde es befriedigend, wenn ich mir eine Strategie ausdenke, die dann tatsächlich funktioniert. Wenn es mir gelingt, Trends und Entwicklungen vorherzusehen, dann bin ich glücklich. Ich habe einfach kein Talent, wenn es um Kreativität geht.«

»Nein, das ist nicht schlimm.« Sie leckte an ihrem Eis. »Solange du weißt, wo sich die kreativen Eismacher verstecken, dann ist ja alles in Ordnung.«

»Und ich musste ganz schön kreativ werden, als es darum ging, dich und deinen Stand an den vielen verschiedenen Orten zu finden …«

»Gut, dass du so hartnäckig geblieben bist.« Sie lachte. »Sonst hätte ich niemals dieses Schokoladeneis probiert.«

»Ach, das ist das Einzige, was du daran gut findest?« Er hob amüsiert die eine Augenbraue.

»Nein. Aber alles andere würde ich bei meinem zweiten Date nie zugeben.« Sie stand auf. »Ich gehe jetzt nach Hause. Und keine Sorge, ich schaffe es auch ganz allein zurück in meine kleine Wohnung im Village. Ist ja auch nicht so weit.«

»Ich weiß, dass du das alleine schaffst. Aber ich würde dich gerne begleiten. Und wenn wir zu zweit sind, dann können wir auch den Weg am Hudson entlang nehmen. Hast du Lust?«

»Da ist ein Weg?« Sie sah in die Richtung, in die er gedeutet hatte. »Bist du dir sicher?«

»Klar, komm mit.« Er legte ihr die Hand ganz leicht auf den Rücken, so als müsste er ihr den Weg zeigen. Und ließ die Hand dann einfach liegen.

Es fühlte sich gut an. Natürlich hatte sie in den letzten Jahren immer wieder Männer getroffen, mit denen sie auch ausgegangen war. Dates, hin und wieder auch Sex, sicher. Aber es war nie etwas Ernstes geworden. Fast immer waren es Männer gewesen, die genau wie sie selbst in den Tag hineinlebten. Und immer war ihr irgendwann aufgefallen, dass sie Andreas vermisste. Ihren braven Freund, der Steuerberater werden wollte. Also hatte sie sich wieder getrennt. Und dabei mehr als einen flüchtigen Gedanken an ihren Ex-Freund verschwendet. Was Andreas wohl überhaupt machte? Ganz bestimmt arbeitete er an seiner Karriere und hatte eine Freundin, die sehr viel angepasster war als sie damals.

Vielleicht war der Wall-Street-Banker Jeff ja auch die amerikanische Version von Andreas? Und daran war nun wirklich nichts Falsches. Sie sah nachdenklich auf den Hudson. In den Wellen spiegelten sich die Lichter von Manhattan, Fähren fuhren hell erleuchtet vorbei, voll mit Menschen auf dem Weg nach Hause oder ins große Abenteuer. Vorsichtig lehnte sie sich ein wenig an Jeff an.

Er blieb stehen.

»Darf ich?«, fragte er, während er sich zu ihr beugte und sie küsste. Ganz vorsichtig. Seine Hand rutschte auf ihrem Rücken etwas nach unten. Nicht unangenehm.

So standen sie küssend am Wasser in dieser viel zu warmen Sommernacht. Bis Jeff vorsichtig fragte: »Sollen wir vielleicht lieber doch in meine Wohnung gehen? Ist gar nicht weit ... und ich habe auch keine Mitbewohnerin, auf die wir aufpassen müssen.«

Sie nickte nur. »Ich bin gespannt, wie ein Banker in New York so lebt.«

Und als sie ihn dieses Mal küsste, fühlte es sich noch sehr viel besser an als beim ersten Mal.

Es war später Vormittag, als sie am nächsten Tag zurück in ihre Wohnung im Village kam. Es lag ein Zettel mit Rachels schwungvoller Handschrift auf dem Tisch. »War es gut?« Daneben ein Smiley. Und die Bitte, ihr doch das Geld für die Stromrechnung zu geben.

Lächelnd machte Karen sich einen Kaffee und setzte sich erst einmal hin. Allein der Gedanke an letzte Nacht sorgte dafür, dass das Dauergrinsen ihr Gesicht nicht mehr verließ. So zärtlich und liebevoll hatte sie noch nie ein Mann behandelt. Und heute früh hatte er ihr Kaffee ans Bett gebracht und sie dabei zärtlich geküsst.

»Gut geschlafen? Ich muss jetzt in die Arbeit – aber du kannst gerne bleiben, solange du willst. Zieh doch einfach die Tür hinter dir zu … Sehe ich dich heute Abend wieder? Hier? Ich würde mich freuen. Und ich kann sogar etwas … Nein, kochen kann ich nicht. Aber ich kann sehr begabt beim Chinesen um die Ecke einkaufen. Klingt das verlockend?«

Es klang sehr verlockend. Sie freute sich auf die Nudeln und noch viel mehr auf einen weiteren Abend mit Jeff. Aber bevor sie ihn wiedertraf, musste sie unbedingt noch ein paar Hoodies oder T-Shirts verkaufen. Es ging nicht an, dass sie sich immer nur von ihm einladen ließ. Vielleicht sollte sie einen Wein mitbringen? Unwillkürlich tauchten die Wingerte ihrer Heimat vor ihrem inneren Auge auf. Wann hatte sie sich das letzte Mal dort gemeldet? Das war bestimmt schon einige Wochen her. Sie hatte der Stimme ihrer Mutter angehört, dass sie sich nach ihr sehnte – aber für einen Flug hatte sie einfach nicht das Geld. Und wenn sie ehrlich war, fehlte ihr auch die Lust.

Mit einem Seufzer stand sie auf. Höchste Zeit, um mit ihrem Karren loszuziehen.

»Es schneit! Niemand will um diese Jahreszeit in New York durch die Straßen laufen! Bitte, ich war den ganzen Tag mit meinem Karren draußen. Meine Finger sind immer noch nicht richtig aufgetaut.« Karen sah Jeff an, der mit dicken Stiefeln und einem noch dickeren Mantel in der Tür stand.

Der ließ sich von ihrem Jammern nicht beeindrucken.

»Keine Widerrede. Ich habe für heute Abend diesen Spaziergang geplant, und ich denke gar nicht daran, ihn zu verschieben.« Sein Grinsen ließ ihn jungenhaft aussehen.

»Aber nur eine Stunde, versprochen?« Missmutig begutachtete Karen ihre Jacken. Die einzige nicht ganz so dünne war nach einem Tag im Freien definitiv zu nass. »Ich sollte vielleicht die perfekte New-York-Jacke für ekelhafte Wintermonate entwerfen. Meinen Parka braucht um diese Jahreszeit niemand.«

»Dann mach das, aber jetzt nimm erst mal die hier.« Er reichte ihr eine seiner dicken, daunengefütterten Jacken von der Garderobe. »Ist zwar zu groß, aber wenigstens warm. Und dich sieht heute sowieso keiner auf der Straße. Das Wetter sorgt dafür, dass wir bestimmt die Einzigen sind, die draußen herumlaufen.«

Karen schlüpfte in seine Jacke und zog eine Grimasse. »Und was sagt das über uns aus? Alle anderen sind klug und bleiben an ihrem Kaminfeuer. Oder wenigstens in der Nähe der Heizung. Nur wir wollen unbedingt spazieren gehen. Und morgen steht dann in der Zeitung etwas von einem Pärchen, das aneinandergekuschelt unter einer Brücke gefunden wurde. Vom Schnee halb verborgen und erfroren. Die Schlagzeile wird lauten: Wir wissen auch nicht, was diese beiden Vollidioten hier draußen gesucht haben.«

»Du übertreibst. So schlimm ist es nicht.«

Jeff griff nach ihrer Hand, und gemeinsam machten sie sich auf zu ihrem Spaziergang durch die verschneiten Winterstraßen. Nach wenigen Metern zog Karen ihre Hand aus der seinen.

»Sei mir bitte nicht böse. Aber es ist wirklich viel zu kalt, um hier Händchen haltend durch die Straßen zu laufen. Hände gehören in Handschuhe oder Taschen. Idealerweise in beides.«

Zu ihrer Überraschung nickte Jeff. »Ja, stimmt. Komm trotzdem mit, du wirst es mögen. Vertrau mir einfach.«

»Tu ich ja. Ich hätte es dabei nur gerne etwas wärmer«, maulte sie, während sie sich durch den Schneematsch auf dem Bürgersteig kämpften. Sie war mit den milden Wintern der Pfalz aufgewachsen und hatte sich noch immer nicht an die ungemütliche Kälte hier in New York gewöhnt.

Er führte sie in die Richtung ihrer Wohnung, in der sie allerdings nur noch jede zweite oder dritte Nacht verbrachte. Viel lieber blieb sie bei ihm in Lower Manhattan.

»Besuchen wir Rachel?«, fragte sie neugierig. Die beiden wichtigsten Menschen in ihrem Leben verstanden sich zum Glück blendend.

Aber heute lächelte Jeff nur geheimnisvoll.

In der Nähe ihrer Wohnung bog er in eine kleine Seitenstraße, die mit den roten Ziegelhäusern und den Feuertreppen noch ganz wie das alte New York aussah. Zielstrebig ging er weiter und blieb schließlich stehen. Er zeigte auf die gegenüberliegende Straßenseite, wo ein kleines Geschäft lag. Das warme Licht, das nach draußen fiel, sah einladend aus. Allerdings war das Schaufenster leer. Karen runzelte die Stirn. Was hatte das zu bedeuten?

»Lies mal das Schild.« Jeffs Stimme klang aufgeregt.

Erst jetzt fiel ihr der Schriftzug über der Tür auf.

Earthwear. Made in New York.

Mit einem kleinen Regenbogen.

Ihr fehlten die Worte.

Jeff strahlte sie an. »Ich investiere in Dinge, an die ich glaube und von denen ich eine hohe Rendite erwarte. Und die sehe ich bei dir und deiner Mode. Weißt du, ich will nur, dass sich mein Geld vermehrt.«

»Ich bin eine Investition?« Sie sah ihn fassungslos an.

Er beugte sich zu ihr und küsste sie. »Die einzige Investition, auf die ich täglich aufpasse. Und bei der ich am Wohlergehen mehr als nur ein finanzielles Interesse habe. Seit du mir von deiner Idee mit den Näherinnen und dem Laden erzählt hast, habe ich mich umgesehen und umgehört. Deine Idee ist bis jetzt einmalig. Sie wird in Zukunft viele Nachahmer haben – aber ich musste einfach dafür sorgen, dass du auch eine Chance hast. Eine Chance auf den Durchbruch.« Er sah ihr in die Augen. »Der Laden ist für ein Jahr gemietet. Willst du ihn von innen sehen?«

Sie konnte nur nicken. Ein Laden. Ihr Laden. Sie konnte es gar nicht recht glauben.

Jeff sperrte die Ladentür auf, trat zur Seite und verbeugte sich leicht. »Tritt ein, es ist alles dein!«

Vorsichtig trat Karen über die Schwelle. Es roch nach Farbe und dem Wachs, mit dem das helle Holz der Regale behandelt war. An einer Schaufensterpuppe hing das Kleid, das sie vor Monaten bei ihrem ersten Date mit Jeff getragen hatte.

Er sah ihren Blick und lächelte. »Habe ich aus deinem Kleiderschrank mitgenommen. Ich fand den Laden viel zu leer.«

»Und was willst du dafür?« Sie schüttelte den Kopf. »Der Laden ist großartig, aber ich muss dann ab sofort jeden Monat Miete zahlen. Wie viel?«

Er nahm sie in den Arm. »Ich würde sagen, du beteiligst mich am Erfolg. Fünfundzwanzig Prozent deines Gewinns gehören mir. Wie klingt das?«

Sie versuchte zu rechnen, aber die Zahlen überschlugen sich in ihrem Kopf. Vielleicht war es doch ein Fehler gewesen, kurz vor dem Abitur wegzugehen.

»Wir reden vom Gewinn? Nicht vom Umsatz – oder? Ich werde hier jemanden für den Verkauf einstellen müssen. Und dann auch noch eine Näherin. Mindestens eine. Ich werde im ersten Jahr nicht viel verdienen …« Sie blickte ihn unsicher an.

Erst als sie die Lachfältchen um seine Augen sah, wurde ihr klar, dass er sich das genauso ausgerechnet hatte.

Er drückte ihr einen Kuss auf die Stirn. »Ich sehe dich lieber als langfristige Investition. Ist doch viel schöner, oder?«

»Klar.« Sie küsste ihn zurück. »Wahrscheinlich die einzige Investition mit Option auf Sex.«

Er lachte. »Und wann kann ich diese Option ziehen?«

»Sagen wir, jetzt? Wenn wir wieder bei dir zu Hause sind. Und ab morgen kümmere ich mich dann um alles. Am liebsten würde ich ja Rachel anstellen. Sie wusste immer am besten, was bei den Kunden ankommt. Das ›Made in New York‹ auf dem Label war ihre Idee.«

»Dann frag sie doch. Vielleicht möchte sie wenigstens halbtags für dich arbeiten. Ihr seid ein gutes Team, es wäre schade, wenn sich das auflösen würde.« Er sah sich in dem Laden um und wirkte das erste Mal unsicher. »Dir gefällt es wirklich? Ich hätte dich so gerne vorher gefragt – aber ich war mir sicher, dass du es abgelehnt hättest. Ich musste dich mit den Fakten überraschen.«

»Das stimmt. Aber mach dir keine Sorgen: Du hast genau meinen Geschmack getroffen. Komm, sperr ab. Wir sollten früh ins Bett. Morgen habe ich viel zu tun. Wir müssen auch ein Datum festlegen, wann wir eröffnen. Vielleicht mit Mode für den Frühling?«

Als sie auf die Straße traten, fing es wieder an zu schneien. Erst nur sachte, aber bald kamen große dicke Schneeflocken vom Himmel und legten sich wie eine Decke über die Stadt.

Karen schmiegte sich an Jeff. Er hatte nicht nur zugehört, als sie von ihren Träumen erzählt hatte. Er hatte auch dafür gesorgt, dass sie wahr wurden. Und das hatte wirklich noch nie ein Mann für sie getan.

SECHS

Rachel sah ihre Freundin mit einem Kopfschütteln an. »Natürlich kannst du für zehn Tage nach Hause fliegen. Ich schmeiße den Laden, das weißt du doch. Und wenn mir deine New-York-Jacken ausgerechnet über Weihnachten ausgehen sollten, dann können Grace und Elda sie nachproduzieren. Die brauchen dich nicht dafür. Ich verstehe dich schon, es ist das erste Weihnachtsgeschäft, aber wir bekommen das auch ohne dich hin, glaub mir bitte.«

Zögernd nickte Karen. »Ich weiß, dass ich mich auf dich verlassen kann. Das ist auch gar nicht das Problem.«

»Was ist es dann? Glaubst du, es gibt eine Jahrhundertflut, einen Hurrikan, einen Überfall? Quatsch. An Weihnachten passiert nichts. Alle sitzen unter dem Weihnachtsbaum, schauen nach, was Santa ihnen in die Socken gesteckt hat, und wollen nicht vor die Tür.« Rachel sah sie nachdenklich an. »Willst du Jeff vielleicht gar nicht deinen Eltern vorstellen? Ist es das? Hast du Zweifel?«

»Nein, das ist es nicht. Es ist ganz etwas anderes. Ich bin illegal hier, schon vergessen? Mich gibt es gar nicht. Ausreisen ist kein Problem, da bin ich mir sicher. Aber wieder einreisen? Vergiss es. Die Grenzpolizei ist froh, wenn ich wieder in Deutschland bin. Die lassen mich garantiert nicht mehr rein.«

Nachdenklich wiegte Rachel ihren Kopf. »Stimmt. Du bist inzwischen schon so lange hier, und ich vergesse immer wieder, dass du eigentlich gar nicht hier sein darfst. Das macht die Sache natürlich schwieriger.«

»Nicht schwieriger«, korrigierte Karen sie. »Unmöglich trifft es da schon eher. Außerdem wäre Jeff enttäuscht, wenn er meine Heimat sähe. Ein Apfelgut ist wirklich alles andere als glamourös.«

Rachel fing an zu lachen. »Jeff ist aus Wisconsin, ich bitte dich! Was hast du gedacht, als du zu Thanksgiving bei seinen Eltern eingeladen warst? Da ist es doch bestimmt mindestens so provinziell wie bei dir zu Hause.«

»Seine Eltern waren reizend«, erwiderte Karen, musste sich allerdings eingestehen, dass der Besuch bei Jeffs Familie ein Kulturschock gewesen war.

Sie hatte vier Jahre lang New York nicht verlassen. Die USA waren für sie eine wilde Mischung aus Hochhäusern, Menschen aller Hautfarben, Religionen und Herkunftsländern gewesen, geprägt von einer alles überlagernden Hektik. Bis sie zum ersten Mal in den Mittleren Westen gekommen war. Ebenes Land mit wenigen kleinen Städten, Wassertürmen, Wiesen und Maisfeldern. Jeffs Eltern waren unglaublich freundlich, aber ihr Sohn war ihnen inzwischen so fremd wie sein Leben in der Großstadt.

Trotzdem bemühten sie sich sehr, es der deutschen Freundin ihres Sohnes leicht zu machen. Fragten neugierig nach ihrer Familie und freuten sich, als sie herausfanden, dass ihre Wurzeln ähnlich ländlich wie die von Jeff waren.

Nach drei Tagen waren Karen und Jeff wieder zurück nach New York gefahren. Auf dem Heimweg hatte Jeff gefragt, wann er denn endlich ihre Eltern kennenlernen könne. Karen hatte nur ausweichend geantwortet. Und jetzt hatte auch noch Rachel mit dem Besuch in Deutschland angefangen. Ganz bestimmt steckte Jeff dahinter.

»Du kannst deine Eltern auf Dauer nicht verstecken«, meinte Rachel. »Und wenn du nicht zu ihnen reisen kannst, dann müssen sie eben hierherkommen. Ist ja nicht so schwierig. Schenk ihnen Tickets zu Weihnachten. Dann werden sie hier auftauchen, und Jeff kann endlich sehen, woher du stammst. Sie können ja ein altes Fotoalbum mit peinlichen Babybildern mitnehmen...«

Karen lachte. »Du überschätzt ein bisschen, was ich mit dem Laden hier verdiene. Meine Eltern nach New York einladen – da muss ich noch ein paar Jahre nähen.«

Noch während sie lachten, klingelte die Glocke am Eingang des Ladens. Eine Dame erkundigte sich nach der warmen New-York-Jacke – eindeutig ein Bestseller.

Am Abend erklärte Karen Jeff noch einmal ausführlich, warum sie nicht nach Deutschland fahren konnten. »Das geht nur, wenn du mich loswerden willst oder nach Deutschland auswanderst«, schloss sie ihre Erklärung.

»Schade, ich hätte gerne diese Apfelfarm gesehen, von der du so viel erzählt hast. Es ist mir wichtig zu wissen, wo du herkommst.« Zärtlich legte er eine Hand auf ihre. »Aber es gibt noch einen anderen Weg.«

Sie sah ihn überrascht an. »Komm mir jetzt nicht mit einer Wiedereinreise über Kanada und Mexiko. Auf so etwas Verrücktes lasse ich mich ganz bestimmt nicht ein.«

»Nein, daran habe ich nicht gedacht. Ich hatte noch etwas sehr viel Verrückteres im Kopf.« Er sah allerdings völlig ernst aus, während er das sagte.

»Verrückt? Das ist doch eher meine Abteilung...«, konterte Karen, doch ihr blieb das Wort im Halse stecken, als Jeff in die Tasche griff und einen Ring ans Tageslicht brachte.

»Würdest du mich heiraten? Bitte?«

Sie sah ihn mit offenem Mund an. Heiraten kam in ihren Gedanken nicht vor. Das war doch etwas völlig Überholtes, Altmodisches, das nur spießige alte Menschen machten.

»Ich ... warum?«

»Weil ich nur so deine Eltern kennenlernen kann. Ich will nicht immer Angst haben müssen, dass die Behörden dich plötzlich doch kriegen und auf dem schnellsten Weg ausweisen. Aber der wichtigste Grund: weil ich gerne mit dir verheiratet wäre. Also, was ist? Sag Ja!«

»Das ist wirklich verrückt«, murmelte Karen. »Aber wenn du das so siehst: Ja.« Sie schüttelte den Kopf und merkte, wie glücklich sie plötzlich war. »Ja, ich will dich heiraten.«

Er nahm ihre Hand und steckte ihr sorgfältig den Ring auf den Finger. »Gefällt er dir?«

Sie betrachtete den einfachen Goldreif, auf dem ein kleiner Diamantsplitter glitzerte. »Woher hast du gewusst, welche Größe ich brauche? Er ist wunderschön!«

»Ich habe dir einfach einen von deinen Ringen geklaut und zum Größenvergleich mitgenommen!«

»Wie lange planst du denn schon diesen Moment?« Sie sah ihn fragend an.

Die Antwort war ein Schulterzucken. »Seit ich dich gefragt habe, ob wir über Thanksgiving zu meinen Eltern fahren. Mir war schon klar, dass du nicht einfach nach Deutschland reisen kannst. Und mir gefiel diese Lösung für dein Problem eigentlich ganz gut.« Er sah ein bisschen aus wie ein kleiner Schuljunge, dem eine besonders brillante Antwort eingefallen war.

Unwillkürlich lehnte Karen sich zu ihm hin und küsste ihn. Sie sah ihm in die dunklen Augen. »Ich liebe dich, weißt du das?« Dann küsste sie ihn noch einmal. Lange. Nahm in an der Hand und führte ihn in das Schlafzimmer – wo sie ihn noch ein bisschen länger küsste.

Sehr viel später an diesem Abend saßen sie bei Brot, Käse und einem Glas Wein in der Küche. »Verlobtsein macht eindeutig hungrig«, erklärte sie und nahm sich noch ein Stück Brot. »Aber eine Frage bleibt noch: Wenn du alles so perfekt geplant hast, gibt es denn auch schon ein Datum, an dem wir heiraten werden?«

Er nickte. »Ich dachte an eine ganz kleine Feier im Frühling. Dann können wir im Sommer nach Deutschland fliegen. Wenn es in New York stickig und heiß ist, fliehen wir für ein paar Tage, und ich schaue mir an, wo du eigentlich herkommst. Da muss ja mehr sein als nur ein paar Apfelbäume ...«

»Erwarte dir mal nicht zu viel«, warnte sie ihn. »Aber ich verspreche dir zumindest viele alte Burgen und jede Menge Wein. Deutschland sieht bei uns so aus wie in den Katalogen eurer Reiseveranstalter ... Sogar der Rhein ist nicht weit.«

»Dabei habe ich meine Loreley schon gefunden«, meinte er grinsend.

»Du weißt aber schon, dass Loreley den Männern Unglück bringt, oder? Die ertrinken alle jämmerlich.«

»Aber sie ist wunderschön.«

»Und was beweist das?«, entgegnete sie. »Dass Männer besser sehen als denken können.«

Er küsste sie. »Für heute Nacht reicht mir das auch. Denken mache ich erst morgen wieder ...«

Mit einem kräftigen Schlag setzten die Räder auf der Landebahn auf. Karen klammerte sich aufgeregt an Jeffs Ärmel. Sie starrte aus dem kleinen Fenster. Es war Sommer, die Wiesen sahen verbrannt aus, und die Hitze flirrte über dem Asphalt.

»Ich kann dir gar nicht sagen, wie nervös ich bin! Ich habe meine Eltern nicht mehr gesehen, seit ich aus Deutschland weg bin. Da war ich siebzehn. Eine Schülerin. Vielleicht ist das Gefühl einfach weg, das wir einmal füreinander gehabt haben. Kann das sein?«

»Bestimmt nicht.« Er reckte seinen Hals, um an ihr vorbei aus dem Fenster zu sehen.

Während die Stewardess ihr Willkommenssprüchlein abspulte, schlüpfte Karen wieder in ihre Schuhe und angelte den kleinen Rucksack unter dem Sitz vor ihr hervor. Angespannt wartete sie darauf, dass sie das Flugzeug endlich verlassen durfte.

Jeff legte ihr seine warme Hand auf den Rücken. »Entspann dich. Wir müssen doch erst noch zur Gepäckausgabe, das kann sich noch hinziehen. Deine Eltern werden auf uns warten.«

»Ich weiß.« Sie wandte sich ihm zu. »Und ich hoffe so sehr, dass du dich mit ihnen verstehst.«

Endlich durften sie aufstehen und die verbrauchte Luft im Flugzeug hinter sich lassen. Mit langen Schritten stürmte Karen zum Gepäckband. Wie merkwürdig. Plötzlich redeten alle Menschen um sie herum wieder Deutsch.

Aufgeregt sah sie zum Ausgang, wo sich die Schiebetüren immer wieder öffneten und schlossen. Sah sie dahinter schon ihre Eltern – oder bildete sie sich das nur ein?

Es schien eine Ewigkeit zu dauern, bis endlich ihre Koffer anrollten. Zu allem Überfluss winkte sie auch noch ein Zollbeamter zu sich.

»Haben Sie etwas zu verzollen?«

Jeff lächelte ihn an. »Nein, haben wir nicht. Ich fürchte nur, meine Frau ist ein wenig aufgeregt ...« Sein Deutsch klang holprig, aber er hatte sich sehr bemüht, Karens Sprache zu lernen.

»Das sehe ich.« Der Beamte verstand keinen Spaß, hatte aber dann doch Mitleid und winkte sie durch.

»Endlich!« Karen rannte durch die Türen und schlang ihre Arme erst um ihre Mutter, dann um ihren Vater. Und roch dabei erst das Maiglöckchenparfüm und dann das würzige Aftershave. Gerüche, die sie mit einem Schlag in ihre Kindheit zurückkatapultierten.

Dann erst fiel ihr ein, wie unhöflich sie war. »Ihr wollt bestimmt Jeff kennenlernen!«

Ihr Mann schob gerade mühselig die beiden Koffer allein durch die Türen.

»Das sind meine Eltern Luzie und Matthias!«

Jeff streckte ihnen seine Hand entgegen. »Ich kann gar nicht sagen, wie sehr ich mich freue, Sie kennenzulernen. Seit unserer Hochzeit warte ich auf diesen Moment!«

Unverhohlen musterte ihr Vater seinen Schwiegersohn. »Da geht es mir genauso. Ich muss mir doch ansehen, an welchen Mann ich meine Tochter verloren habe.«

»Na, dann hoffe ich doch, dass ich den Test bestehe.« Jeff klang nicht so, als würde er scherzen. Ihr Vater aber auch nicht.

Eine Sekunde sahen sich die beiden Männer in die Augen – und es wirkte fast so, als würden sie gleich aufeinander losgehen.

»Was für ein Quatsch«, unterbrach Karens Mutter die seltsame Situation. »Matthias, lass dein Machogehabe. Da ist deine Tochter noch nie drauf reingefallen. Und ich bin mir sicher, sie kann sich sehr wohl selbst einen Mann aussuchen.«

Ihr Vater atmete aus. »Wahrscheinlich hast du recht.« Er griff nach einem der beiden Koffer. »Wir fahren jetzt erst einmal nach Hause. Da könnt ihr euch frisch machen und ein wenig ausruhen, wenn ihr wollt. Und dann können wir einen kleinen Spaziergang machen und einen Happen essen. Mit dem Jetlag ist nicht zu spaßen.«

»Als ob du wüsstest, wovon du redest.« Liebevoll strich Karens Mutter ihrem Mann durchs Haar.

Damit machten sie sich alle auf den Weg in eines der Parkhäuser, wo ein großer Lieferwagen mit der Aufschrift *Adomeits Apfelgut* stand.

»Ich wusste ja nicht, wie viel Gepäck ihr dabeihaben würdet«, brummte Karens Vater verlegen.

»Lieber zu viel Platz als zu wenig!« Ihre Mutter zog die große Schiebetür auf. Drinnen roch es ganz vertraut nach Äpfeln. »Am besten setzen wir beide uns nach hinten, dann können sich die Männer vorne im Wagen etwas kennenlernen.«

Als der Motor ansprang, ertönte aus dem Radio *Wind of Change*. Mit einem leisen Schnauben drehte Matthias den Apparat sofort aus. »Die behaupten, sie hätten die Mauer mit diesem Lied weggesungen. Und alle, die das glauben, kaufen sich die Single. Und schon sind sie die Nummer eins der Charts, und man entkommt diesem Lied keinen einzigen Moment mehr.«

»Aber es war doch eine große Sache, als die Mauer gefallen ist, oder? Wir haben ja alles nur aus der Ferne mitgekriegt. Und die amerikanischen Medien sind nicht sonderlich interessiert an Europa, fürchte ich.« Jeff war ehrlich neugierig.

»O ja, das war unglaublich, als die Mauer gefallen ist«, entgegnete Karens Vater. »Wir haben alle geweint. Das hätten wir nie für möglich gehalten ...«

Er lenkte den Lieferwagen auf die Autobahn. Ohne weiter dem Gespräch zuzuhören, sah Karen aus dem Fenster. Es lag fünf Jahre zurück, dass sie zuletzt hier entlanggefahren war. Inzwischen war sie Staatsbürgerin der USA, verheiratet und besaß eine kleine Modefirma, die gerade den zweiten Laden in New York eröffnet hatte. Es kam ihr so vor, als wäre es ein komplett anderer Mensch gewesen, der damals aus Angst vor nuklearer Strahlung, dem Waldsterben und dem Dritten Weltkrieg aus Deutschland geflohen war. Keine ihrer Ängste war Wirklichkeit geworden, die Welt drehte sich immer noch. Nur sie selbst hatte sich verändert. Über den Zustand der Welt machte sie sich seltener Gedanken. Oder nur dann, wenn er mit ihrer Mode zu tun hatte.

Als ihre Mutter ihr die Hand aufs Knie legte, schreckte sie aus ihren Gedanken auf. »Verzeih, ich war offensichtlich in Gedanken. Ich musste daran denken, wie ihr mich vor fünf Jahren nach Frankfurt gebracht habt.« Sie lächelte entschuldigend. »Es ist so lange her. Oder kommt das nur mir so vor?«

Ihre Mutter schüttelte den Kopf. »Mir geht es genauso. Hin und wieder denke ich, es war erst gestern. Aber wenn ich dich jetzt so sehe, ist mir klar, dass du kein kleines Mädchen mehr bist, sondern eine junge Frau.« Sie zwang sich zu einem Lächeln. »Es ist so schön, dich jetzt wiederzusehen. Die Zeit war einfach zu lang!«

Die letzten Kilometer führten durch die Wingerte, die in langen Reihen sattgrün in der Sommersonne standen. Jeff sah neugierig aus dem Fenster. »Das ist wunderschön – und das ist alles Wein?«

Karen nickte. »Und du wirst sehen, in den Orten hier dreht sich wirklich alles um den Wein. Wir sind hier die Exoten, weil wir mit Äpfeln handeln.«

Der Wagen fuhr schwungvoll vor das Haus. Irgendwie sah hier alles kleiner aus, als Karen es in Erinnerung gehabt hatte. Ihre Mutter führte sie und Jeff in ihr altes Kinderzimmer. »Ich habe euch noch eine zweite Matratze auf den Boden gelegt. Ist ja sonst viel zu eng. Ich hoffe, das ist in Ordnung für euch?« Sie sah Jeff unsicher an.

Der lächelte. »Ich bin lieber hier als in einem Hotel – schließlich will ich sehen, wo Karen groß geworden ist.«

»Das ist schön.« Karens Mutter deutete auf die Tür gegenüber dem Kinderzimmer. »Ich habe euch im Bad frische Handtücher bereitgelegt, falls ihr euch frisch machen wollt…« Sie zögerte. »Dann lasse ich euch erst einmal allein. Ihr kommt dann später zum Abendessen herunter, ja? Ich habe euch auch etwas typisch Deutsches gekocht.«

Damit ließ sie die beiden allein.

Karen seufzte und breitete ihre Arme aus. »Jetzt weißt du also, wo ich groß geworden bin. Hier. In diesem Zimmer.«

Er trat an das Fenster und sah hinaus.

Wiesen, Wingerte und Apfelbäume. Karen wusste genau, was er da sah.

»Es ist schön. Und ich bin froh, endlich hier zu sein.« Er schlang seinen Arm um ihre Taille. »Immerhin will ich wissen, wo meine schöne Frau den ersten Teil ihres Lebens verbracht hat.«

Sie schmiegte sich an ihn. »Es ist vielleicht wie dein Elternhaus in Wisconsin. Es sind deine Wurzeln, das mag sein, aber es entscheidet heute nicht mehr darüber, wer du bist.«

Er sah weiter aus dem Fenster. »Du kennst das Sprichwort:

Man kann sich von seiner Heimat entfernen – aber nicht die Heimat aus dir. Da ist auch viel Wahres dran. Wahrscheinlich ziehen wir aufs Land, wenn wir alt genug sind und lange genug den Wahnsinn in New York mitgemacht haben.«

Sie lachte ungläubig. »Na, ich hoffe doch nicht. Weiter als auf Long Island wollte ich eigentlich niemals weg von New York. Es war hart genug, dort hinzukommen.«

Er drückte sich enger an sie. »Das werden wir ausdiskutieren, wenn es so weit ist. Und bis dahin leben wir in New York.« Er drehte sich um. »Ich schaue mir dann mal das Bad an. Nach diesem langen Flug tut eine Dusche sicher gut.«

»Geh nur. Ich räume unsere Koffer aus. Oder fange zumindest damit an.«

Als Erstes holte sie ihre New-York-Jacke heraus. Ein Geschenk für ihre Mutter. In der Pfalz konnte es schließlich auch zugig und kalt sein. Seltener zwar, aber immerhin. Auf einmal erschien ihr das Geschenk mitten im Sommer etwas unpassend. Sie zog ein zweites Päckchen heraus. Zwei Tassen, auf denen *I love NY* stand. Total albern, ein Bestseller bei den Touristen. Als sie die beiden Dinger gekauft hatte, hielt sie es für einen Witz, doch jetzt war sie sich nicht mehr so sicher.

Ihre Mutter sah die beiden Tassen etwas überrascht an, als Karen sie beim Abendessen auf den Tisch stellte. »Ich weiß, die sind doof. Aber ich wollte einfach, dass ihr jeden Tag an mich denken müsst«, erklärte sie mit einem verlegenen Schulterzucken.

»Das ist lieb.« Ihre Mutter nahm eine der Tassen und sah sie an. »Aber mach dir keine Sorgen, ich denke ohnehin jeden einzelnen Tag an dich!«

Auf dem Tisch stand ein Topf mit Spätzle, daneben ein zweiter mit Hackfleischsoße. Karen musste lächeln. Das Lieblingsessen ihrer Kindheit. Das hatte ihr Vater immer dann gekocht, wenn irgendetwas überhaupt nicht funktioniert hatte. Ob Stress in der

Schule, Streit mit einer Freundin, eine Invasion des Apfelwicklers oder später Frost in den Apfelgärten – Spätzle halfen immer. Sie strahlte ihren Vater an. »Du hast gekocht! Wie lieb von dir!«

»Ich dachte, es gibt keine Spätzle bei den Amis«, brummte er verlegen.

»Stimmt. Du musst mir einfach dein Rezept mitgeben, wenn wir wieder fahren.« Sie nahm eine große Gabel von dem Essen und steckte sie in den Mund. Himmlisch.

»Was wollt ihr denn in den nächsten Wochen machen? Habt ihr Pläne?«, fragte ihr Vater.

»Jeff wollte unbedingt die Loreley und den Rhein sehen, also werden wir bestimmt einen Tag in diese Richtung fahren. Können wir uns dafür euer Auto ausleihen? Ansonsten wollte ich ihm einfach die Gegend zeigen. Ich dachte an ein paar Burgen, ein bisschen Heidelberg oder Speyer und Spaziergänge in den Wingerten. Vielleicht machen wir auch noch einen Ausflug in den Schwarzwald. Mal sehen.«

»Und was ist mit deinen Freunden?«, fragte Karens Mutter. »Willst du die nicht wiedersehen?«

Daran hatte Karen noch keinen Augenblick gedacht – und bekam sofort ein schlechtes Gewissen.

»Hast du mal etwas von Sabine und Andreas gehört? Was machen die?«

Ihre Mutter schüttelte den Kopf. »Nicht zu fassen, dass du das nicht weißt. Ihr wart als Jugendliche doch unzertrennlich. Sabine arbeitet als Arzthelferin hier in Wachenheim. Und Andreas ist in die Steuerkanzlei seines Vaters eingestiegen, wie geplant. Sie sind beide noch hier, du kannst sie also problemlos treffen.«

»Mal sehen.« Karen zögerte. »Der Kontakt ist ganz schön eingeschlafen. Ich bin mir nicht sicher, ob da ein Treffen wirklich nötig ist ...«

»Du musst doch deine alten Freunde treffen!«, mischte sich ihr Vater ein. »Du kannst doch nicht einfach deine gesamte

Kindheit und Jugend hier auslöschen, als wärst du niemals hier gewesen.«

»Tu ich ja nicht. Aber bei manchen Dingen sehe ich nicht, was es bringen soll. Mein Leben ist jetzt in New York, nicht mehr hier.«

»Man sollte seine Wurzeln nicht abschneiden. Dann vertrocknet man irgendwann.« Ihr Vater sah sie ernst an.

»Jetzt klingst du aber wirklich wie ein alter Apfelbauer, Papa«, meinte Karen lachend.

Doch er lachte nicht mit.

Am nächsten Morgen machte sie gemeinsam mit Jeff einen Spaziergang durch den alten Apfelgarten. Sie erzählte ihm dabei die Geschichte ihrer Großmutter – von der dramatischen Flucht aus Ostpreußen mit den abgeschnittenen Apfelreisern im Gepäck, von den Jahren in Schleswig-Holstein und dem Entschluss, weiterzuziehen nach Wachenheim, wo sie das Apfelgut gegründet hatte.

Jeff sah sich um. Lange Reihen von Apfelbäumen. Altmodisch, mit richtigen Stämmen und hängenden Ästen. Er runzelte die Stirn. »Lohnt sich das eigentlich noch? Das sieht für mich nicht wie eine effiziente Apfelfarm aus.«

»Wieso?« Sie sah ihn etwas verwirrt an.

»Ernte mit Leitern, verschiedene Bäume, die zu unterschiedlichen Zeiten reifen – da kann man doch nicht schnell und rationell arbeiten. Ich denke gerade an die Bilder aus Wisconsin oder in der Umgebung von New York. Auf den Farmen dort gibt es lauter kleine Bäume, zwischen denen bequem ein Traktor fahren kann. Die Äpfel lassen sich schnell und im Stehen ernten. So braucht man weniger Arbeiter und kann sehr viel schneller arbeiten – also bleibt den Bauern mehr Geld. Das hier ist in meinen Augen eher eine Erinnerung an alte Zeiten.«

»Seit wann bist du denn ein Experte für Äpfel? Ich dachte, du hast mit Geld zu tun?« Karen merkte eine gewisse Irritation.

Was bildete sich dieser Banker eigentlich ein? Kritisierte er wirklich den Hof ihrer Eltern?

»Klar habe ich mit Geld zu tun. Aber ich habe auch Augen im Kopf. Und in Wisconsin gibt es nun einmal auch Apfelhöfe. Die sehen nur ganz anders aus als das hier. Vielleicht sollten deine Eltern ja mal modernisieren? Kann doch sein, ist ja nur so ein Vorschlag.«

Sie sah sich um. Gerade diesen alten Garten hatte sie immer geliebt. Er war weniger einförmig als die modernen Anlagen, die Marie später gekauft hatte. Und hier, unter diesen Bäumen, hatte sie die letzten Stunden mit Andreas verbracht. Was sie aber lieber nicht erzählen wollte.

»Das hier ist der erste Anbau meiner Großmutter«, erklärte sie schließlich. »Die anderen Teile des Apfelguts sind sehr viel mehr auf Effizienz getrimmt. Weil das hier aber der erste Anbau war, wollte meine Großmutter ihn nicht einfach roden lassen. Und so stehen die Bäume bis heute. Ich finde es schön, dass nicht alles dem Profit untergeordnet ist.«

Jeff zuckte mit den Achseln. »Deine Eltern scheinen ja auch keine großen finanziellen Probleme zu haben. Vielleicht ist es ja hier in Deutschland in Ordnung, wenn man hin und wieder in Erinnerungen schwelgt.« Er deutete auf die Wiese, die zwischen den Bäumen wuchs. »Und es sieht ganz bestimmt hübscher aus, da muss ich dir recht geben.«

»Das ist wohl der Unterschied zwischen uns Deutschen und euch Amerikanern. Wir sind die Könige des Bewahrens von Traditionen. Und ihr mögt gerne Innovationen.« Sie lachte ihn an. »Wir sollten daraus eine perfekte Mischung machen.«

Sie brauchte zwei Tage, bis sie all ihren Mut zusammennahm und zum Telefonhörer griff. Schon nach dem ersten Klingelton meldete sich die vertraute Stimme.

»Hallo?«

»Hallo. Hier ist Karen …«

Einen Augenblick lang herrschte Stille im Hörer.

»Karen? Karen!«, rief Sabine dann. »Wahnsinn! Ich habe so gehofft, dass du dich mal meldest. Wo bist du? Immer noch in New York? Wie geht es dir? Erzähl!« Bei ihr klangen sogar so einfache Sätze wie ein Lied. Ein sehr schnelles und lautes Lied allerdings. Karen war so erleichtert, dass sie anfing zu lachen. Wie lächerlich, dass sie sich vor diesem Telefonat fast gefürchtet hatte.

»Quatsch. Ich bin nicht in Amerika. Ich bin hier in Wachenheim. Bin auf Besuch, um meinen Eltern meinen Mann vorzustellen. Und da will ich dich natürlich auch sehen.«

»Mein Mann ... Du bist verheiratet?« Sabines Stimme klang ungläubig. »Und warum weiß ich davon nichts? Du bist wirklich unmöglich. Wie lange bist du denn hier? Wann hast du Zeit? Wann können wir uns sehen? Und deinen Mann will ich natürlich auch kennenlernen! Muss ja ein Wundertier sein, wenn er ausgerechnet dich von der Institution der Ehe überzeugt hat. Also?«

»Wie wäre es gleich heute Abend?«, erwiderte Karen. »Und natürlich bringe ich Jeff mit. Er ist zu nett, als dass ich ihn einen ganzen Abend lang allein bei meinen Eltern lassen würde. Können wir zu dir kommen?«

Sie konnte fast durch die Leitung spüren, wie Sabine zögerte. »Das passt nicht so gut ...«, sagte sie schließlich. »Können wir nicht lieber in ein Restaurant gehen? Ich bestelle einen Tisch beim Italiener! Ihr esst doch gerne Pizza, hoffe ich?«

Nur einen winzigen Moment lang fragte Karen sich, was Sabine wohl bremste. Aber der Gedanke verschwand so schnell, wie er gekommen war.

Sie vereinbarten den genauen Treffpunkt und die Uhrzeit.

»Bis nachher!«, sagte Karen. »Erkenne ich dich immer noch an den Locken und der unglaublichen Stimme?«

Ein kehliges Lachen war die Antwort. »Keine Sorge. Ich singe nicht. Aber die Locken sind immer noch da. Bis denn!«

Als Karen mit Jeff im Schlepptau das Restaurant betrat, sah sie sich suchend um. Sabine saß mit dem Rücken zur Tür und studierte die Speisekarte. Karen machte zwei schnelle Schritte und hielt Sabine von hinten die Augen zu. »Rate mal, wer da ist?«

Sabine zog die Hände von ihrem Gesicht und drehte sich mit einem breiten Grinsen um. »Meine untreue Freundin, die vor Jahren verschwunden ist und sich dann sehr schnell nie wieder gemeldet hat?« Sie umarmten sich, als hätten sie sich am Tag davor das letzte Mal gesehen.

Erst als Sabine neugierig Jeff ansah, erinnerte Karen sich wieder an ihre Pflichten. »Ich bin unmöglich. Das ist Jeff McMillan, mein Mann und der Grund für einen neuen Nachnamen.«

»McMillan klingt doch cool.« Sabine sah Jeff lange und neugierig an, während sie ihm die Hand gab. »Schön, dich kennenzulernen. Wie hast du es geschafft, die wilde Karen zu zähmen?«

»Ich konnte sie aus der Illegalität befreien«, erklärte Jeff. Seine Lachfältchen wurden dabei tiefer. »Alles, was sie von mir wollte, war ein gültiger Pass.«

»Und du wolltest meinen schönen Körper«, entgegnete Karen. »Die perfekte Win-win-Situation.«

Sabine sah von einem zum anderen und lachte. »Na, du hast offensichtlich den perfekten Mann für dich gefunden!«

Schwungvoll setzte Karen sich auf einen der freien Stühle am Tisch und winkte die Kellnerin zu sich. »Wir brauchen als Erstes einen Sekt. Bringen Sie bitte eine Flasche. Wir müssen ein Wiedersehen und eine Hochzeit feiern!«

Als sie anstießen, konnte Karen ihre Neugier nicht mehr bezähmen. »Was machst du? Wo singst du heute? Wann kann ich deine Stimme endlich im Radio hören?«

»Das dauert noch ein bisschen«, bekannte Sabine. »Ich singe mit meiner kleinen Band auf Weinfesten. Aber ich schreibe meine eigenen Lieder. Vielleicht klappt das ja auch irgendwann. Die meiste Zeit verbringe ich allerdings damit, ganz normal zu arbeiten.«

»Und was machst du?«

»Ich bin Arzthelferin. Mir wurde irgendwann klar, dass ich mit meiner Singerei kein regelmäßiges Einkommen hinkriege. Also habe ich mir gedacht, dass ich etwas Solides mache, bei dem ich viel mit Menschen zu tun habe – und genug Zeit habe, nebenher an meiner Musik zu arbeiten. Und das ist mir gelungen. Ich mag meinen Job. Hätte ich am Anfang nie gedacht, aber es ist die Wahrheit. Und Musik mache ich trotzdem. Das wird schon noch. Und du? Was machst du? Oder reicht es, mit diesem gut aussehenden Herrn verheiratet zu sein?«

»Es würde reichen«, bemerkte Jeff lächelnd. »Aber Karen will ja unbedingt arbeiten.«

»Ich habe ein kleines Modelabel. Seit Neuestem mit zwei Stores in New York. Ökologische Mode, fast so, wie ich es mir erträumt habe, als ich damals angefangen habe, diese lila Latzhosen zu nähen.«

»Hattest du auch so eine Latzhose, Sabine?«, wollte Jeff wissen.

»Natürlich! Vor allem aber hatte ich ein erstklassiges Outfit für meine Auftritte. Kann ich wahrscheinlich als ein Frühwerk verkaufen, wenn Karen noch berühmter wird.«

»Du hast das Teil noch?«, wunderte Karen sich. »Aber du trägst es nicht mehr, oder?«

»Natürlich nicht. Wahrscheinlich passe ich gar nicht mehr rein! Aber ist es nicht unglaublich, dass du wirklich etwas aus deinem Hobby gemacht hast?«, meinte Sabine.

»Das kannst du doch auch«, behauptete Karen. »Du bist das viel größere Talent von uns beiden. Du wirst sehen, der Durchbruch kommt noch.«

»Das hoffe ich doch. Und bis dahin freue ich mich darüber, dass ich ein vorhersehbares Leben mit einem durchschnittlichen Gehalt führe.«

»Super. Pass nur auf, dass du deine Träume nicht vergisst!«

Sie stießen an. Auf ihre Freundschaft. Oder vielleicht nur auf die Erinnerung an ihre Freundschaft.

Anschließend verlegten sie sich auf harmlosen Small Talk darüber, wie sie sich kennengelernt hatten, Anekdoten von ihren wilden Protesten in Mutlangen, Schulgeschichten – und tranken dazwischen immer wieder ein Glas Wein.

Die Uhr zeigte Mitternacht, und sie waren längst die letzten Gäste, als sie sich voneinander verabschiedeten.

»Vielleicht schaffen wir es, uns noch einmal zu sehen«, versprachen sie sich – und wussten doch beide, dass sie es nicht schaffen würden. Weil ein weiterer Abend mit belanglosen Geschichten vergeudete Zeit war.

Karen und Jeff liefen Hand in Hand zurück.

»Was hat sie denn genau über ihre Pläne als Musikerin gesagt?«, wollte Jeff wissen. »Ich glaube, das habe ich nicht ganz verstanden.«

»Sie hat erklärt, dass sie einen langweiligen Job hat, während sie auf eine aufregende Karriere wartet. Ich hoffe nur, dass sie nicht irgendwann ihr Ziel aus den Augen verliert«, fasste Karen die Unterhaltung kurz zusammen.

»Und? Was stört dich daran? Ich bin doch auch ein Langweiler, und es stört dich nicht«, fragte er nach.

»Ich habe gar nichts dagegen«, erwiderte Karen. »Ich denke, Sabine musste das vor sich selbst rechtfertigen.«

Er drückte sie an sich. »Trotzdem war es spannend. Ich hätte nie gedacht, dass du früher gegen deine neue Heimat demonstriert hast. Wie spannend. Ein Wunder, dass die USA dir trotzdem die Staatsbürgerschaft gegeben haben.«

»Die hatten doch keine Ahnung davon«, meinte Karen lachend. »Und sie haben mich nur genommen, weil du so ein netter Kerl bist. Jungs aus dem Mittleren Westen sind das Rückgrat der Gesellschaft, denen muss man einfach jeden Wunsch erfüllen.«

Er küsste sie. Erst vorsichtig, dann heftiger. »Für heute Nacht würde es mir reichen, wenn du mir jeden Wunsch erfüllen würdest«, murmelte er dabei.

»Das lässt sich einrichten. Wir müssen nur möglichst leise in mein Zimmer kommen ...«

Kichernd zogen sie sich in Karens altem Kinderzimmer gegenseitig aus. Bewundernd fuhr Jeff ihr über die nackte Haut. »Du bist einfach wunderschön«, flüsterte er. »Ich muss wirklich der glücklichste Mensch der ganzen Welt sein.«

Ehe sie sich's versahen, brach der letzte Tag ihres Urlaubs in Karens alter Heimat an. Sie machten einen letzten, langen Spaziergang durch die Weinberge und Apfelgärten. Nachdenklich betrachtete Karen die Landschaft. Wie lange mochte es dauern, bis sie wieder hierherkam? Ein Jahr? Fünf Jahre? Und war das überhaupt noch ihre Heimat – der Ort, wo sie sich wirklich zu Hause fühlte? Sicher, die Menschen hier sprachen in dem weichen Dialekt, der ihr sofort ein vertrautes Gefühl gab. Und die Wingerte im Schatten des dunklen Pfälzer Waldes bildeten die Landschaft, in der ihr Atem von ganz allein ruhiger wurde und das Herz langsamer schlug. Hier musste sie nicht im Fluchtmodus sein.

Aber sie spürte auch schon die Vorfreude auf New York. Auf die hektischen, lauten Menschen, die alle nach ihrem Glück jagten, das Herz auf der Zunge trugen und sich doch hinter ihrer Freundlichkeit verschanzten. Der Geruch des Sommers, wenn es nach heißem Asphalt, Hotdogs und den Abgasen der Autos roch. Die Brise vom Meer, die viel zu selten durch die Häuserschluchten blies.

Was war sie? Ein Wesen, das irgendwo zwischen den Welten hängen geblieben war? Dazu verurteilt, für immer zwischen diesen beiden Polen hin- und herzuwandern? Ihr Blick glitt wieder über die streng geometrischen Zeilen von Reben. Wie mit dem Lineal gezogen, fast bis zum Horizont. Hier konnte man eigentlich nur immer geradeaus gehen. Und deswegen gab es mehr, was sie hier wegzog, als Dinge, die sie hielten.

»Du bist nachdenklich«, stellte Jeff fest. »Gute Gedanken?«

»Ich denke schon. Ich habe gerade eben ein wenig auf mein Inneres gehört und dabei festgestellt, dass ich mich wirklich auf zu Hause freue. Und damit meine ich New York. Unsere Wohnung.«

Er drückte ihre Hand. »Alles andere würde mir Sorgen machen. Aber trotzdem finde ich es schön, dass ich jetzt auch weiß, wo du herkommst. So wird das Bild ein wenig kompletter.«

»Ich muss dir auch noch etwas erzählen.«

Mit einem Blick auf die Uhr schüttelte Jeff den Kopf. »Wir sollten doch gegen achtzehn Uhr zurück bei deinen Eltern sein. Dein Vater hat eigens darum gebeten, und jetzt sind wir schon wieder zu spät. Haben deine Neuigkeiten Zeit bis später?«

Sie lächelte. »Sicher. Das läuft nicht weg. Und ich vergesse es auch nicht.«

Mit langen Schritten liefen sie wieder zurück zu ihrem Elternhaus. Es war ein lauer Abend, Karens Vater hatte auf der Terrasse gedeckt. Als sie ankamen, schenkte er die Gläser voll. »Ich habe mir gedacht, dass wir uns zum Abschied etwas Schönes grillen. Dazu einen Salat und etwas Brot – das müsste doch genau der Geschmack von euch Amerikanern sein, oder etwa nicht?«

Damit legte er auch schon die ersten Fleischstücke auf den heißen Rost. Es dauerte nicht lang, und die ersten Fetttropfen fielen in die Glut und verdampften.

Beim Geruch von Grillfleisch wurde Karen schlecht. Sie versuchte, sich zu beherrschen – aber es gelang ihr nur für wenige Sekunden. Dann presste sie sich eine Hand vor den Mund und stürzte ins Haus, wo sie die Toilette gerade noch rechtzeitig erreichte und sich heftig übergab.

Als sie sich den Mund ausspülte, sah sie ihr eigenes Gesicht im Spiegel. Leichenblass mit tiefen Augenringen.

Langsam ging sie wieder zurück zum Tisch, wo Jeff und ihre Eltern ihr besorgt entgegensahen.

»Was ist denn, Liebes? Geht es wieder?«, fragte Jeff. »War es die Bratwurst gestern auf dem Weinfest? Wir sollten sie verklagen ...«

»Am besten, du verklagst niemanden«, murmelte Karen und zwang sich zu einem schwachen Lächeln. »Außer, du möchtest irgendetwas gegen dein eigenes Kind unternehmen. Ich glaube, unsere Reise nach Europa war ziemlich fruchtbar.«

»Was?« Jeff sah mit seinem offen stehenden Mund einen Moment lang weder intelligent noch attraktiv aus. Dann sprang er auf, schlang seine Arme um sie und wirbelte sie herum. »Das sind die besten Nachrichten überhaupt! Großartig!«

»Ja. Aber wenn du mich weiter herumschleuderst, dann wird mir leider gleich wieder schlecht.«

»Wir werden Großeltern?« Karens Mutter strahlte sie an und griff nach der Hand ihres Mannes. Die beiden lächelten sich mit einem so tiefen Verständnis an, dass Karen sich ausgeschlossen vorkam. Ob sie irgendwann einmal auch Jeff mit einem solchen Blick ansehen würde? Sie konnte es nur hoffen.

»Richtig, ihr werdet Großeltern. Und nächstes Jahr müsst ihr uns unbedingt in den USA besuchen, wenn ihr euren Enkel kennenlernen wollt.«

»Oder Enkelin«, meinte Jeff strahlend.

»Seit wann weißt du es denn?«, fragte Karens Mutter neugierig.

»Es ist so frisch, dass es noch fast unanständig ist, darüber zu reden«, meinte Karen lächelnd. »Ich habe mich irgendwie nicht ganz wohlgefühlt heute Morgen. Und dann habe ich ein bisschen in meinem Kalender geblättert. Dabei ist mir klar geworden, dass es eigentlich nicht mehr der Jetlag sein kann. Der Test aus der Apotheke war jedenfalls positiv.« Sie legte ihre Hand auf den Bauch. »Jedenfalls wird es ein Baby ›Made in Germany‹ sein.«

»Ich kann dir gar nicht sagen, wie sehr ich mich freue. Wenn alles gut geht, kommt es also im nächsten Frühjahr, richtig?«, hakte ihre Mutter nach.

Karen hob ihre Hände. »Da bin ich keine Expertin, aber ich gehe in New York zum Arzt, der kann mir das dann genauer ausrechnen. Ich sage euch, wann ihr einen Flug buchen müsst. Falls ihr eure Äpfel mal alleine lassen könnt ...«

»Dafür nehmen wir uns die Zeit!« Die Stimme ihrer Mutter ließ keinen Widerspruch zu. Und ihr Vater nickte, während er aufstand. »Ich schaue mal nach dem Fleisch.« Besorgt sah er seine Tochter an. »Oder wird es dir weiter schlecht, wenn du das riechst?«

»Nein, nein. Ich glaube, das war nur das verbrannte Fett. Den Geruch kann ich auch so nicht leiden. Aber so schlimm war es wirklich noch nie. Wahrscheinlich wird unser Kind Vegetarier. Was sollte es sonst bedeuten?« Sie sah ihre Mutter neugierig an. »Hattest du das auch? War dir auch schlecht?«

Ihre Mutter nickte. »Ja, eigentlich ständig während der ersten Monate der Schwangerschaft. Zum Glück wurde es dann weniger.«

»Wann habt ihr eigentlich geheiratet?« Jeff sah seine Schwiegereltern fragend an. »Ich meine, wie lange wart ihr schon verheiratet, als sich Karen angekündigt hat?«

Die Eltern wechselten einen Blick, den Karen nicht deuten konnte. Dann lächelte ihre Mutter und schnitt sich ein Stück von dem Fleisch ab. »Wir haben geheiratet – und ich war sofort schwanger. Muss die Hochzeitsnacht gewesen sein.«

»Sicher?« Karen sah ihre Mutter verschwörerisch an. »Oder vielleicht doch vorher? Mama, ich bin kein Kind mehr!«

»Ertappt.« Ihr Vater legte seine Hand auf die ihrer Mutter. »Deine Großmutter hat bis zum Schluss die Geschichte vom Frühchen geglaubt. Oder so getan, als würde sie uns glauben. Alles andere hätte sie uns in ihrem strengen, ostpreußischen Herzen niemals verziehen. Also haben wir die Notlüge von der fruchtbaren Hochzeitsnacht erfunden – und sie bis heute aufrechterhalten. Auf jeden Fall sind wir sehr stolz, dass du die richtige Reihenfolge eingehalten hast, mein lieber Schwiegersohn. Erst heiraten, dann Kinder zeugen.«

Sie lachten alle.

Karens Vater entkorkte noch einen Sekt, später gab es noch einen Wein und am Ende einen Tresterschnaps. Karen bekam natürlich nur noch Mineralwasser – und lehnte sich irgendwann gemütlich zurück, um die anderen in ihrer weinseligen Stimmung zu beobachten. Als Jeff gemeinsam mit ihren Eltern *Country Roads* anstimmte, ging sie ins Bett.

Am nächsten Morgen klingelte der Wecker schon bei Morgengrauen. Jeff stöhnte und zog sich das Kissen über den Kopf.

»Das ist zu laut«, murmelte er. »Dein Vater hat versucht, mich umzubringen.«

»Du warst ein sehr williges Opfer«, bemerkte Karen und schwang ihre Beine über die Bettkante. »Hier in Deutschland sagen wir: Wer trinken kann, muss auch arbeiten können.«

»Der Spruch kommt mir bekannt vor.« Jeff griff sich an seine Stirn. »Mein Kopf ist so groß, dass wir einen eigenen Platz für ihn buchen müssen ...«

»Ich dusche – und dann musst du auch hoch. Das Flugzeug wartet nicht auf uns.«

Als sie zurück ins Zimmer kam, schlief Jeff schon wieder. Karen küsste ihn sanft wach – und kräuselte dabei ihre Nase. Er roch nach Alkohol. War ihr Geruchssinn durch die Schwangerschaft schärfer geworden? Oder war das mit dem Alkohol wie mit Knoblauch – man musste einfach mithalten, damit es einen nicht störte?

Sie vertagte den Gedanken auf einen anderen Morgen. Einen, an dem sie nicht gleich abreisen mussten.

Sie rüttelte noch einmal an seiner Schulter und sah ihm dann zu, wie er in Richtung Dusche davonwankte. Dann warf sie sich eine dünne Jacke über das T-Shirt, rannte nach unten und lief zum alten Apfelgarten. Vor Jahren hatte sie hier Abschied von Andreas genommen. Jetzt wollte sie unbedingt noch einmal hier allein sein. Nur ganz kurz. Wahrscheinlich ein Aberglaube.

Karen lehnte sich an einen der Bäume und presste ihre Stirn an die rissige Rinde. So stand sie regungslos und lauschte auf das Geräusch ihres Atems.

War das hier der Weg, den sie sich erträumt hatte? Ehefrau und Mutter in New York – und das, lange bevor sie fünfundzwanzig war? Hatte sie die große Freiheit viel zu schnell gegen die neue Spießigkeit eingetauscht? Sie versuchte, sich zu überzeugen, dass diese Zweifel lächerlich waren. Nur die Hormone. Oder die Erinnerung an die wilde, freie Karen. Eine Erinnerung, die sie hier überall heimsuchte.

Ein Geräusch hinter ihr ließ sie herumfahren. Nur wenige Meter hinter ihr stand ein Reh. Sie konnte sehen, wie das Herz unter seinem dünnen Fell schlug. Da teilte sich das Gras, und ein Kitz trat hervor. Seine Beine setzte es noch unsicher und staksig.

»Ich tu dir nichts!«, flüsterte Karen und entfernte sich langsam, Schritt für Schritt nach hinten. Dann drehte sie sich um und lief zurück zum Frühstück in ihrem Elternhaus. Mit ihrem Mann. Danach würde sie in die USA zurückfliegen, um dort ein Leben weit weg von diesen Bäumen und all den Erinnerungen zu führen.

Weil sie sich dazu entschieden hatte.

Und weil es gut war.

TEIL V

Wachenheim,
Gegenwart

EINS

Dumpf polterten die Erdstücke auf den Sarg.

Karen sah ihnen hinterher. Es fiel ihr schwer zu glauben, dass in dieser einfachen Holzkiste jetzt ihre Mutter lag. War es da nicht viel zu kalt, zu dunkel? Sei jetzt nicht kindisch, schimpfte sie sich selbst. Deiner Mutter ist es jetzt egal, wie kalt oder dunkel es ist. Sie ist an einem anderen Ort.

Zumindest hatte das eben der Pfarrer in seiner Predigt versprochen. Und für den Augenblick hoffte Karen einfach, dass er damit recht hatte.

Sie trat zur Seite und fasste ihren Vater unter dem Arm. »Möchtest du auch ans Grab?«, fragte sie ihn vorsichtig.

Er schüttelte heftig den Kopf, und sie zog ihn ein wenig abseits. So konnte sie die anderen Trauernden sehen, die in einer langen Reihe darauf warteten, an das Grab zu treten. Unglaublich, wie viele das waren.

Sie legte ihren Arm um ihren Vater. »Geht es dir gut?«

Wieder ein Kopfschütteln.

Heute Morgen hatte sie ihn in seinem Pflegeheim besucht. Zu ihrer Überraschung hatte er sie erkannt und sich nur ein wenig gewundert, dass sie jetzt so alt aussah. Er hatte sogar ein paar Scherze dazu gemacht. »Wenn meine Tochter so alt ist, dann muss ich ja ein Greis sein!«

Sie hatte nur genickt. Mit über achtzig war man doch ein Greis? Oder war das so wie mit dem fünfzigsten Geburtstag?

Ein Leben lang waren alle über fünfzig echt alt. Und dann feierte man selber diesen Geburtstag und stellte fest, dass man sich im Kopf so wenig erwachsen wie immer fühlte. Und nur beim Anblick des eigenen Spiegelbilds zurückzuckte, weil die Haut aussah, als wäre sie weiter geworden, und die Haare nichts mehr von der Originalfarbe hatten.

Sie hatte ihm von der Beerdigung erzählt, und er hatte mitkommen wollen. Karen brachte es nicht übers Herz, ihn im Heim zurückzulassen. Gemeinsam mit seiner Pflegerin hatte sie seinen alten schwarzen Anzug im Schrank gefunden und ihm angezogen. Das gute Stück hing ihm etwas verloren um die Schultern. Von dem einst so stattlichen Mann war nur noch die Hälfte übrig.

Stattlicher Mann. Auch über diesen Gedanken hatte Karen gelächelt. So nannte man das doch, wenn jemand zu viel auf den Rippen hatte, oder?

Und jetzt stützte sie ihn, während immer neue Gesichter vor ihr auftauchten und erst ihre und dann seine Hand schüttelten. Was waren das für Leute? Freunde ihrer Mutter? Kunden? Bekannte aus dem Ort?

Karen fühlte sich wie betäubt. Sie kannte diese Gesichter nicht. Die Leute waren alle grauhaarig oder in dem klassischen Altersblond, das die Friseure heutzutage wohl für eine passende Alternative zum Lauf der Natur hielten.

Dann tauchten zwei Damen mit strengem Dutt im weißen Haar auf – und ihr Vater wachte mit einem Mal auf. »Ruth! Ulla! Wie schön, dass ihr es einrichten konntet!«

Der Satz war vielleicht nicht ganz passend – aber er sorgte dafür, dass Karen ihre Tanten mit einem festen Händedruck begrüßen konnte. »Warum habt ihr nicht früher gesagt, dass ihr kommen wollt? Ich hätte euch doch geholfen«, meinte Karen.

»Wie hätten wir dich denn erreichen können?«, erwiderte die eine. Das musste Ruth sein. Sie musterte Karen einen Moment lang, bevor sie weiterredete. »Außerdem kommen wir wunderbar zurecht. Dank deiner Anzeige wussten wir ja, wo wir hinkommen mussten.« Sie sah sich um. »Schön, dass Luzie jetzt bei Muttel liegt. Das hast du richtig gemacht.«

Mit einem Blick auf die Warteschlange mischte Ulla sich ein. »Wir können ja später weiterreden, jetzt warten noch so viele Menschen, um dir zu kondolieren. So viele ... Das hätte Luzie sicher gefreut.«

Damit verschwanden die beiden in der Menge – und Karen und ihr Vater schüttelten so lange Hände, bis auch der Letzte sich am Grab verabschiedet hatte.

Erst jetzt trat auch Karens Vater nach vorne und sah in die dunkle Grube. Eine Träne rann langsam über seine Wange.

Vorsichtig nahm er die kleine Schaufel und ließ ein paar Erdbrocken auf den Sarg fallen, der kaum noch zu erkennen war. »Jetzt bin ich allein«, murmelte er. »Allein.«

Was sollte sie sagen? Wie konnte sie ihn trösten? Ihre Eltern waren immer eine Einheit gewesen. Undenkbar die Vorstellung, dass sie sich getrennt hätten. Auch wenn sich die Eltern etlicher Schulkameraden hatten scheiden lassen – nicht Luzie und Matthias Winter. Die hatten sich noch verliebt angesehen, als andere Paare schon längst in getrennten Schlafzimmern lagen.

»Ach, Papa. Du und Mama, ihr wart schon etwas ganz Besonderes«, murmelte sie schließlich und drückte seinen Arm.

Er sah sie an, als würde sie ihm erst jetzt wieder auffallen. »Aber wir hätten es dir sagen sollen«, erklärte er dann feierlich. Offensichtlich war seine helle Phase vorbei.

»Möchtest du wieder zurück ins Pflegeheim?« Fragend sah sie ihn an. »Oder doch lieber mit zum *Winzerhof*? Es gibt Butterkuchen.«

»Deine Mutter macht den besten Apfelkuchen!«, meinte er. »Ich komme mit.«

Einen Moment lang öffnete sie den Mund, um ihm zu erklären, dass es Butterkuchen geben würde und nicht Luzies Apfelkuchen. Nie wieder Luzies Apfelkuchen.

Dann schloss sie den Mund wieder.

Im Nebenzimmer des *Winzerhofs* empfing sie ein gedämpftes Stimmengewirr. Die Wirtin begrüßte Karen mit einem geschäftigen Nicken. »Wir haben schon damit angefangen, Kaffee und Kuchen zu servieren. Ich hoffe, das war recht?«

»Sicher.« Karen schob ihren Vater auf einen freien Stuhl neben ihren Tanten und setzte sich gleich daneben.

»Es ist so schön, euch wiederzusehen. Wie lange ist das her?«

»Knapp zwanzig Jahre. Deine Kinder waren damals noch ganz klein.« Ruth musterte sie. »Und du warst noch blond. Hast du schon Enkel?«

»Nein, Emma und Chris sind im Augenblick noch an ihrer Karriere interessiert. An Reisen und Partys. Da haben Kinder noch keinen Platz. Aber ich bin mir sicher, das wird kommen, wenn Zeit dafür ist.«

»Muss ja nicht jeder so jung Mutter werden wie du«, entgegnete Ruth. Klang da Missbilligung durch? Wahrscheinlich bildete Karen sich das nur ein. Sie ging lieber in die Offensive.

»Wie geht es euch denn? Den Kindern?« Von denen fielen ihr leider so spontan die Namen nicht mehr ein. Also einfach weiterreden. »Und den Enkeln?« Das war geraten. Sie hatte keine Ahnung, ob ihre Cousins und Cousinen schon Nachwuchs produziert hatten.

Aber sie lag richtig. Ruth griff in ihre Handtasche und zog ein Kuvert heraus. »Ich habe geahnt, dass du fragen würdest, und habe extra ein paar Bilder eingesteckt!«

Ein paar. Es war ein daumendicker Stapel. Um eine langwierige Erklärung jedes einzelnen Bildes zu vermeiden, griff Karen beherzt zu und blätterte durch die Aufnahmen.

Ruth bemühte sich, Schritt zu halten. »Das war die Feier zum … und hier Fritz beim Abschlussball … Lukas bei der Ehrung zum Vereinsmeister …«

Karen erhöhte das Tempo. Schob die Bilder zusammen und reichte sie ihrer Tante wieder zurück. »Es tut mir leid, mir fehlt heute die Ruhe, um mir die ausführlicher anzusehen. Die Beerdigung, die vielen Leute.«

Suchend sah sie sich um. Zum Glück entdeckte sie Sabine und Christian, die ein wenig abseits an einem Tisch saßen. Die einzigen Menschen, die sie hier kannte – abgesehen von den beiden Tanten.

Mit einem bemühten Lächeln wandte sie sich wieder an Ulla und Ruth. »Könnt ihr euch ein bisschen mit meinem Vater unterhalten? Er erkennt euch, und ihr wisst ja ... Ich muss mich ein bisschen um die anderen Gäste kümmern.«

Ruth und Ulla nickten synchron. Nebenher schoben sie sich große Stücke Butterkuchen in den Mund.

Karens Vater rieb sich über das Kinn und sah ins Leere. »Wir hätten es dir wirklich sagen sollen«, murmelte er.

Karen ging zu Sabine und Christian hinüber. »Lieb, dass ihr heute hier seid. Darf ich mich zu euch setzen? Ich weiß, unser letztes Treffen war ein bisschen unglücklich ...«

»Mach dir keinen Kopf«, meinte Sabine. »Ist ja auch schwierig, in dieser Situation. Wie geht es dir?«

Die Frage hatte Karen sich noch nicht gestellt. Sie zuckte mit den Achseln. »Ich weiß es nicht. Ich denke, ich will einfach diesen Tag hinter mich bringen. Dann denke ich wieder darüber nach, was mit mir ist.«

Neugierig sah Sabine die vielen Menschen an. »Aber dein Mann ist nicht hier, oder? Ich dachte, er würde wenigstens bei der Beerdigung seiner Schwiegermutter ...«

»Er hat zu tun.« Das klang bitter. Karen merkte es selbst. »Außerdem hat er mit seiner Schwiegermutter nicht so viel zu tun gehabt. Meine Mutter war ein paarmal bei uns in New York, und wir waren kaum hier in Wachenheim ... Da entsteht nicht so eine tiefe Bindung.«

»Darum geht es nicht«, erklärte Sabine streng. »Es geht darum, dass er dich unterstützen müsste. Oder nicht?«

»Wie sollte er das hinkriegen?« Karen lachte. »Er kennt sich hier nicht aus. Und er weiß, dass ich schon ziemlich groß bin. Ich kriege das auch alleine hin.«

»Klar kriegst du das hin.« Sabine zog ironisch eine Augenbraue hoch. »Aber du bräuchtest jemanden, der dich in den Arm nimmt. Schade, wenn Josh das nicht begreift.«

»Jeff«, murmelte Karen automatisch.

»Von mir aus.« Sabine sah über Karens Schulter in den Raum und bekam plötzlich große Augen. »Das hätte ich wirklich nie gedacht! Dass der hierherkommt!« Sie wirkte fast so, als hätte sie ein Gespenst gesehen.

Neugierig drehte Karen sich um.

Da stand ein Mann. Groß, schlaksig mit einem überraschend jungenhaften Gesicht. Die Haare kurz und nur an den Schläfen ein bisschen ergraut. Glatt rasiert und ohne Brille.

Andreas.

Den hatte sie seit dem Abend im alten Apfelgarten nicht mehr gesehen. Warum nur sah er jetzt so viel besser aus als damals? Sie verfluchte diese Gemeinheit der Natur. Frauen wurden nie reifer und interessanter. Nur breiter und faltiger.

Verlegen strich sie sich die Haare aus dem Gesicht. Die dadurch nicht weniger grau wurden.

Sie erhob sich, als er vor ihr stand. Zum Glück trug sie schwarze Trauerkleidung. Die machte schlank. Das stand in jedem Modeberater.

»Andreas. Schön, dich zu sehen.«

Das klang reichlich formell.

Er schüttelte ihr die Hand. »Mein Beileid. Deine Mutter war eine wunderbare Frau. Ich habe sie wirklich in allerbester Erinnerung.«

»Ja. Sie hatte dich gern bei uns im Haus.« Sie versuchte ein schiefes Lächeln. »Manchmal hatte ich den Eindruck, dass sie lieber dich als mich um sich hatte.«

»Kaum.« Andreas deutete auf den freien Stuhl neben ihr. »Darf ich?«

»Sicher.« Sie besann sich auf ihre Pflichten als eine Art Gastgeberin. »Setz dich zu uns! Möchtest du Kaffee und Kuchen?«

»Gerne. Oder sonst auch gern ein Glas Wein oder Sekt?«

Sie erinnerte sich nicht daran, dass Andreas besonders gern Wein getrunken hätte. Das hatte sie allerdings auch nicht als Siebzehnjährige.

Suchend sah sie sich um. »Das Ding hier heißt *Winzerhof*. Da sollte es so etwas ja geben.«

Die Wirtin ließ sich nicht anmerken, wie passend oder unpassend sie Karens Bestellung fand. Sie nickte nur und brachte eine Flasche Winzersekt mit vier Gläsern.

Wurde es leiser im Raum, als sie das Tablett abstellte? Oder war Karen da nur übertrieben sensibel? Und überhaupt, gehörte sich das eigentlich bei einem Leichenschmaus?

Egal.

Andreas griff nach der Flasche und entkorkte sie routiniert.

Da hob Ruth die Hand. »Hätten Sie auch einen Grauburgunder?«

Die Wirtin nickte. Als weitere Hände nach oben flogen, spielte ein Lächeln um ihre Lippen.

Wahrscheinlich war Wein bei einem Leichenschmaus hier in der Pfalz das Normalste der Welt. Schließlich beging man hier keinen wichtigen Tag im Leben ohne die eine oder andere Flasche. Warum sollte man also ein Leben ohne Wein oder gar Sekt beenden?

Andreas füllte die vier Sektgläser und reichte Sabine, Christian und Karen je eines. Dann hob er sein Glas. »Auf unser Wiedersehen, Karen!«

Sie sah ihm in die Augen. Braun. Warum sollte sich das ändern?

»Schön, dich zu sehen.« Hatte sie das nicht gerade eben schon gesagt? Sie musste auf ihn wirken wie ein verlegener Teenager, der nicht in der Lage war, einen intelligenten Gedanken zu fassen. »Wo wohnst du inzwischen? Und wie hast du von der Beerdigung erfahren?«

Er sah überrascht zu Sabine.

»Hat Sabine gar nichts erzählt? Ich wohne hier, da lese ich natürlich die Zeitung. In meinem Alter sieht man sich auch die Todesanzeigen an. Um die Einschläge zu überprüfen, die immer näher kommen. Und dabei habe ich die Anzeige gesehen.«

»Sabine hat mir nur gesagt, dass ihr euch getrennt habt. Dass du noch immer hier wohnst, hätte ich nie vermutet.«

»Wie geht es dir? Du siehst gut aus!« Neugierig blickte er sie an.

»Früher hast du nicht so enthemmt gelogen. Ich habe gerade meine Mutter beerdigt. Mit meinen Augenringen könnte ich als Waschbär durchgehen.« Sie nahm noch einen Schluck Sekt.

»Glaub mir, Karen, die Jahre sind gut zu dir gewesen. Meine Fantasie reicht aus, um zu ahnen, wie du aussiehst, wenn du ausgeschlafen bist.« Immer noch dieser Blick direkt in ihre Augen. War das jetzt aufdringlich oder aufmerksam? Zeit für einen Gegenangriff.

»Du hast dich jedenfalls ganz schön verändert«, sagte sie. Eine Feststellung, keine Frage.

»Im Vergleich zu damals mit siebzehn – klar. Wäre ja auch tragisch, wenn ich immer noch mit meiner braven Brille herumlaufen und darauf hoffen würde, dass ich ein Topsteuerberater werde oder mich das schönste Mädchen der Schule erhört. Oder nach dem Erhören nicht wegrennt.« Er griff nach seinem Glas und trank einen Schluck. »Das habe ich jetzt alles hinter mir gelassen. Die Brille beim Augenlasern, den Berufswunsch wegen Langeweile – und die Sache mit der schönsten Frau ...« Er musterte sie. »Darüber bin ich jetzt auch hinweg.«

Da mischte sich Sabine ein. »Und ich dachte immer, ich bin die schönste Frau in deinem Leben?«

»Ach, du weißt doch: Hinter den sieben Bergen, bei den sieben Zwergen, da lebt eine, die ist ...« Er grinste Sabine frech an.

Die knuffte ihn in den Arm. »Du bist gemein. Gut, dass ich von dir geschieden bin.«

Karen beobachtete die beiden. Schwer zu glauben, dass sie jemals ein Paar gewesen waren. Sie hatte noch nie ein geschiedenes Paar erlebt, das so entspannt miteinander umging.

Andreas schenkte nach und zeigte der Wirtin mit der leeren Flasche, dass sie gerne Nachschub hätten.

»Es ist noch ein bisschen früh am Tag...«, meinte Karen zögerlich.

Er sah sie eindringlich an. »Irgendwie muss meine abenteuerlustige Karen durch eine Mutantin ersetzt worden sein. So vernünftig kenne ich dich gar nicht.«

»Das nennt man Erwachsenwerden«, erklärte Karen trocken. »Nach dem hundertsten Kater lernt man die Kunst der Schmerzvermeidung. Du nicht?«

»Die Kunst der Schmerzvermeidung? Dann wäre ich doch immer noch der weltbeste Steuerberater.« Er wurde ernst. »Ich denke, es gibt kaum einen anderen Tag im Leben, an dem man so sehr das Recht darauf hat, etwas zu trinken, wie die Beerdigung eines Elternteils.«

Er sah quer durch den Raum zu Karens Vater hinüber, der gerade seinen Schwägerinnen zuprostete. »So scheint es auch dein Vater zu sehen.«

»Es ist nicht sicher, dass er sich in dieser Sekunde noch daran erinnert, dass er heute seine Frau beerdigt hat«, erklärte Karen. »Sein Geist mäandert zwischen verschiedenen Wirklichkeiten herum. Wenn ich ehrlich bin, habe ich keine Ahnung, ob er in seinem Zustand überhaupt Alkohol trinken sollte. Ich kann mich nicht erinnern, dass es in irgendeiner Studie jemals hieß, dass Wein einen positiven Einfluss auf das Erinnerungsvermögen hätte, aber ich will ihm diesen Nachmittag nicht mit Verboten verdunkeln. Für Vernunft ist dann wieder Zeit, wenn er ins Pflegeheim zurückgeht.«

»Tut mir leid, das zu hören«, meinte Andreas leise. »Ich mochte ihn wirklich gerne. Aber jetzt erzähl mal, wie ist es dir ergangen? Sind deine Träume wahr geworden?«

»Ja, aber wie heißt es so schön? Sei vorsichtig mit dem, was du dir wünschst. Es könnte in Erfüllung gehen.« Sie trank noch einen Schluck und dachte einen Moment lang daran, dass sie unbedingt etwas von dem Butterkuchen hätte essen sollen. Dann vergaß sie es wieder.

»Mein Modelabel läuft sehr gut, ich habe zwei gelungene Kinder, die ihren Weg machen werden. Einen netten Mann. Eine Wohnung in Manhattan und eine zweite auf den Hamptons. Also alles super.«

»Wenn du es aufzählst, klingt das eher wie die Parodie auf diese Werbung… Mein Haus, mein Auto, mein Pferd, mein Boot.«

Sie wedelte ablehnend mit der Hand. Das Sektglas fiel klirrend um. Zum Glück war es schon leer.

Ohne eine Miene zu verziehen, stellte Andreas es hin und füllte es wieder. Wollte er sie abfüllen?

»Alles super. Klar. Und warum erzählst du mir nicht, wie es dir wirklich geht?«

Es klang nicht so, als ob er sie vorführen wollte. Er wollte es wirklich wissen. Und auch Sabine sah sie nur schweigend an.

Karen fuhr sich mit der Hand durch die Haare.

»Ich darf einfach nicht jammern, versteht ihr? Darauf haben andere viel mehr Anspruch. Diejenigen, die niemals ihre Träume verwirklichen konnten. Die sich irgendwann doch lieber kleine Ziele gesucht haben. Erreichbare Ziele.« Sie bemühte sich, dabei nicht Sabine anzusehen, denn von ihr redete sie in diesem Augenblick auch nicht. »Aber wenn ich ehrlich bin, dann bin ich in meinem Erfolg gefangen. Ökomode ist das große Ding, versteht ihr? Kaum ist eine Kollektion auf dem Markt, muss ich schon die nächste planen. Immer neue Ideen, immer neue Maßstäbe.« Sie seufzte. »Zeit zum Träumen ist da nicht…«

Sie brach ab, weil es am anderen Ende des Raumes lauter wurde. Drei Männer hatten ihre Gläser erhoben und fingen lautstark an zu singen. »Ja, so en guuude Palzwoi…«

Karen verdrehte die Augen. Sie fühlte sich zurückkatapultiert zu den Weinfesten ihrer Kindheit. Vielleicht hätte sie den Weinausschank doch stoppen sollen? Die Wirtin sah ihre Chance und beugte sich zu ihr herunter. »Soll ich vielleicht belegte Brötchen servieren? Käse, Schinken... dazu ein paar Brezeln? Der Butterkuchen ist aufgegessen.«

Karen nickte nur. Wenn aus dem Leichenschmaus ihrer Mutter ein rauschendes Fest werden sollte, dann wollte sie dem nicht im Weg stehen. Noch bevor sie sich wieder auf Andreas, Sabine und den sehr schweigsamen Christian konzentrieren konnte, tauchten Ruth und Ulla neben ihr auf.

»Wir müssen mit dir reden«, erklärte Ruth mit ernstem Gesicht. »Es ist an der Zeit.«

»Und wer kümmert sich um Papa?« Karen sah über Ruths Schulter hinweg und entdeckte ihren Vater an dem Tisch mit den weinseligen Sängern. Wahrscheinlich hatte er das Lied vom Palzwoi überhaupt erst angestimmt. Sein Gesicht leuchtete von innen, er sah richtig glücklich aus, während er das nächste Lied anstimmte. »Awwer annerschtwu is annerscht und halt net wie in de Palz.«

Das Lied hatte es damals noch nicht gegeben. Sie war sich nicht sicher, ob es wirklich ein Gewinn war.

»Komm«, drängte Ruth. »Wir brauchen eine ruhige Ecke.« Ulla nickte dazu.

Mit einer Grimasse bedeutete Karen ihren Freunden, dass sie sich kurz entschuldigen musste. »Ich komm wieder zurück. Wirklich. Lasst mich bloß nicht allein«, bat sie die drei. Andreas nickte nur.

An einem Tisch in der Ecke ließen Ruth und Ulla sich fallen, winkten der Wirtin zu und ließen drei Gläser Spätburgunder bringen.

»Also, was ist denn so dringend?« Fragend sah Karen ihre beiden Tanten an.

»Der Matthias hat dir vorher etwas sagen wollen,« fing Ruth

an. »Aber ich denke, er hat es nicht mehr so richtig herausgebracht. Fällt ihm ja auch nicht mehr so leicht.«

»Stimmt. Er hat mir auch am Grab erklärt, dass er mir etwas sagen hätte sollen«, meinte Karen. »Ich bin aber nicht so recht schlau aus ihm geworden.«

»Also, es ist Folgendes: Du weißt ja, dass du 1969 geboren bist.« Ruth sah ihre Nichte mit so bedeutungsvoller Miene an, als wäre das eine weltbewegende Aussage.

»Das weiß ich, ja.«

»Im Jahr 1968 war die Luzie nicht die ganze Zeit hier in Wachenheim. Sie hatte im Frühling die Nase voll von Adomeits Äpfeln. Kann man ihr auch nicht verdenken – Muttel hatte ja nichts anderes im Kopf als ihren Hof. Es muss nach einem späten Frost gewesen sein. Du kennst das ja aus deiner eigenen Kindheit: Da ist man die ganze Nacht auf den Beinen. Kurz darauf hat Luzie ihre Siebensachen gepackt und ist abgehauen. Nach München.«

Plötzlich fielen Karen die Erinnerungsstücke im Schuhkarton ein. Das Armbändchen, die Eintrittskarte, das Foto. Daher stammten die also. Von dem großen Ausbruch ihrer Mutter.

»Das ist ja spannend.« Karen sah ihre beiden Tanten an. Warum fingen sie ausgerechnet heute mit einer Reise an, die mehr als ein halbes Jahrhundert zurücklag? »Davon hat sie niemals erzählt. Ich dachte immer, sie wäre vor ihrer Zeit mit Papa nicht viel unterwegs gewesen. Wie lange ist sie denn in München geblieben?«

Ruth und Ulla sahen sich vielsagend an, bevor Ruth antwortete. »Na, das waren schon mehr als vier Monate, denke ich. Sie ist Anfang April gegangen und ist erst Ende Juli wiedergekommen. Oder war es August? Da hat doch schon fast die Apfelernte angefangen.«

»Wow. Dann ist sie ja in der spannendsten Zeit überhaupt in München gewesen. Wann war das? 1968, habt ihr gesagt?«

Noch während sie fragte, fielen in ihrem Kopf die Puzzleteilchen an ihren Platz.

Im Sommer 1968 war Luzie in München. Discos, das wilde Leben, Kommunen und Miniröcke.

Und im März 1969 war sie auf die Welt gekommen.

Ihr fiel das Bild ein, auf dessen Rückseite Rocco stand. Eine Zufallsbekanntschaft. Oder mehr?

Sie sah Ruth lange an. »Was willst du mir wirklich sagen?«

»Na ja, Luzie und Matthias haben beschlossen, dass du es niemals erfahren sollst. Aber jetzt, wo unsere Schwester gestorben ist und Matthias kaum noch seinen Namen weiß…« Sie zögerte. »Wenn wir sterben, wirst du es niemals erfahren. Und das finden wir nicht richtig. Du hast ein Recht darauf, zu wissen, dass Matthias nicht dein leiblicher Vater ist.«

Die letzten Worte hatte sie so hastig ausgespuckt, als hätte sie Angst, dass ihr mitten im Satz der Mut ausgehen könnte.

Mit großen Augen sah sie Karen an.

Ulla knibbelte währenddessen aufgeregt an einem Nagelhäutchen.

Langsam lehnte Karen sich nach hinten und kniff die Augen zusammen. Quer durch den Raum sah sie Matthias, der in diesem Augenblick ein weiteres Lied anstimmte. So fröhlich und aufgekratzt wie früher auf den Familienfeiern.

»Wer hat es denn noch gewusst?«, fragte sie schließlich.

»Niemand«, antworteten die beiden wie aus einem Mund.

»Wir haben mit Luzie auch nie groß darüber geredet«, ergänzte Ulla. »Als wir sie bei der Hochzeit darauf angesprochen haben, dass das Kleine dann ja wohl eine Frühgeburt wird, hat sie uns beschimpft und gesagt, dass wir gefälligst unseren Mund halten sollen. Dass es uns nichts angeht. Wir hatten erst mal gedacht, dass Matthias sie vielleicht in München besucht hat. Das hätte ja sein können. Er war ja schon seit Monaten über beide Ohren in sie verschossen. Das konnte jeder sehen, der Augen im Kopf hatte. Aber so, wie sie reagiert hat, wurde uns klar, dass

Matthias gar nicht schuld an ihrem Zustand war. Sondern ein Mann in München.«

»Rocco«, murmelte Karen.

»Den Namen hat sie uns nicht genannt.« Mitfühlend sah Ruth sie an. »Aber es ist doch nicht recht, wenn du nicht weißt, wo du eigentlich herkommst!«

Nachdenklich blickte Karen auf ihre Hände.

Erinnerungsbilder zogen an ihr vorbei.

Sie rannte durchs hohe Gras, auf ihren Vater zu. Der sie auffing und hoch über ihrem Kopf im Kreis herumwirbelte.

Sie saß am Küchentisch und weinte über eine schlechte Note – sie wusste nicht einmal mehr, in welchem Fach. Papa, der ihr keine Vorwürfe machte, sondern tröstete.

Sie in ihrem ersten Abendkleid. Abschlussball der Tanzschule. Walzer mit Papa.

Sie auf dem Weg zu ihrer ersten Demo in Mutlangen. Papa, der erklärte, dass er sie unterstützte. Weil er mehr Angst vor Jugendlichen ohne politische Überzeugung hatte als vor jungen Leuten, die sich für den Frieden starkmachten. Auch wenn er Straßenblockaden für keine gute Strategie hielt.

Sie in Tränen aufgelöst, nach einem Streit mit Andreas. Papa, der sie einfach fest in den Arm nahm.

Sie mit dem Rucksack, unterwegs nach Amerika. Papa, der ihr sagte, dass sie immer wieder zurückkommen könne. Egal warum.

Irgendwann blickte sie wieder auf.

Ihre Tanten sahen sie immer noch besorgt an.

»Das muss jetzt ein ganz schöner Schock für dich sein«, meinte Ruth mitfühlend.

»Warum?« Karen schüttelte den Kopf. »Ich weiß ganz genau, wo ich herkomme. Und mein Papa ist der beste, den ich nur haben konnte. Was hätte ich mit einem anderen angefangen? Mit einem, von dem ich genetisch abstamme, der aber sonst nichts mit meinem Leben zu tun hat. Vielen Dank, dass ihr euch durchgerungen habt, mir das große Familiengeheimnis anzuvertrauen. Aber tatsächlich ändert sich dadurch ... nichts.«

Mit einem Lächeln stand sie auf und ging zu ihrem Vater hinüber, der aus voller Brust mit seinen Freunden ein Lied sang. Karen hatte keine Ahnung, wie lange er diese Freunde schon kannte. Und er wahrscheinlich auch nicht. Sie drückte ihm einen Kuss auf die etwas knittrige Wange, und er sah sie überrascht an. »Womit habe ich das verdient, junge Frau?«

Offensichtlich hatte er keine Ahnung, wer sie war.

Sie lächelte ihn an. »Das hast du dir damit verdient, dass du einfach der Beste bist. Der Allerbeste.«

Er nickte. »Das mag sein. Aber jetzt muss ich singen.«

Sie sah ihm eine Weile liebevoll zu. Dann drehte sie sich um und ging zurück zu ihren Freunden, die immer noch an dem Tisch saßen und inzwischen eine weitere Flasche Wein geöffnet hatten.

Sie setzte sich schweigend zu ihnen und hörte ein Weilchen zu, wie Sabine, Andreas und Christian sich über irgendeinen neuen Film unterhielten.

Nach einiger Zeit sah Andreas sie an. »Du bist so schweigsam. Was haben deine Tanten dir denn offenbart?«

»Düstere Familiengeheimnisse«, erklärte Karen mit einem Seufzer. »Wie es sich für eine anständige Beerdigung gehört, wurden jetzt, nach ihrem Tod, auch die Geheimnisse meiner Mutter gelüftet.«

»Und hat es irgendwelche Konsequenzen für dich?«

Sie winkte ab. »Ich denke, es bleiben besser Geheimnisse. Meine Mutter hat ihr Leben hier im Ort geführt – und wenn sie nicht wollte, dass einige Wahrheiten ans Licht kommen, dann hatte sie sicher ihre Gründe, die ich respektieren werde.«

»Klingt wie eine gute Entscheidung«, meinte Andreas.

Karen lächelte ihn an. »Aber ich finde, jetzt ist es an der Zeit, dass du mir erzählst, warum du noch hier bist. Oder eher, warum du wieder hier in Wachenheim bist.«

Sabine stand auf. »Da möchte ich nicht mehr stören. Die Geschichte kenne ich zu gut.« Sie nahm Karen in den Arm. »Aber wir sehen uns in den nächsten Tagen, versprochen?«

»Ja, versprochen. Ich melde mich, sobald ich morgen zu mir komme.«

»Und dann reden wir noch einmal über die Sache mit dem Roden«, ergänzte Christian. »Bis morgen!«

Die beiden verließen den Raum, der sich jetzt allmählich leerte. Auch die ausdauerndsten Besucher der Trauerfeier suchten den Weg nach Hause.

»Dann ist es jetzt wohl Zeit für meine Geschichte«, sagte Andreas.

»Halt! Bevor du anfängst zu erzählen, muss ich mich um meinen Vater kümmern«, entgegnete Karen. »Renn nicht weg, versprichst du mir das?«

»Ich habe heute nichts mehr vor«, versicherte Andreas.

Karen bat die Wirtin, ein Taxi für ihren Vater zu bestellen. Während sie wartete, merkte sie, dass ihr Vater nicht nur verwirrt, sondern auch betrunken war. In dem Zustand konnte sie ihn nicht einfach in ein Taxi setzen.

Da tauchte Andreas neben ihr auf. »Dein Vater findet sich doch allein nicht zurecht. Wir sollten ihn ins Pflegeheim begleiten.«

»Wir?« Sie sah ihn fragend von der Seite an.

Andreas hob die Hände. »Du hast mich gefragt, warum ich immer noch hier lebe. Und ich will dir die Antwort nicht schuldig bleiben. Also kümmern wir uns erst um deinen Vater, und dann erfährst du meine Antwort. Wein habe ich auch bei mir zu Hause. Oder wir bleiben hier.«

Er sah die Wirtin fragend an, die den Kopf schüttelte. »Die Wirtschaft hat schon geschlossen. Wenn die Frau McMillan später heimkommt, dann hat sie einen eigenen Schlüssel für ihr Zimmer.«

In dem Moment kam ein Taxifahrer in den Raum und sah sich um. »Eine Fuhre zum Pflegeheim?«

Karen meldete sich. »Ich fahre mit, mein Vater ist ein wenig verwirrt. Da möchte ich ihn nicht alleine lassen.«

»Verwirrt?«, knurrte der Taxifahrer. »Der sieht mir eher betrunken aus. Hauptsache, er kotzt mir nicht in mein Auto.«

»Bestimmt nicht«, beruhigte ihn Karen. »Mein Freund kommt auch noch mit.«

Hatte sie das wirklich gesagt? Mein Freund? Aber offensichtlich hatte Andreas das nicht gehört. Oder es überhört. Aus alter Gewohnheit oder aus Höflichkeit. Egal.

Gemeinsam hakten sie ihren Vater unter und gingen zum Auto.

In der Auffahrt zum Pflegeheim war es dunkel. Nicht einmal eine kleine Lampe wies den Weg zum Nachteingang. Wenn es denn so etwas überhaupt gab. Wieso sollten alte Menschen auch nach einem ausgedehnten Restaurantbesuch oder einer Kneipentour spät nach Hause kommen? Eine frühe Sperrstunde verschaffte dem Personal Ruhe. Und den Alten ein Lebensende, das wenigstens in diesem Punkt an das Leben als Jugendliche erinnerte.

Erst nach einigem Suchen im Licht der Handytaschenlampe fand Karen einen Seiteneingang mit einer Klingel. Es dauerte mehrere Minuten, bis eine ältere Schwester auftauchte.

Die musterte Karen missbilligend. »Wie können Sie Ihrem Vater nach einem so anstrengenden Tag auch noch Alkohol geben? Sie wissen schon, dass Alkohol das Gehirn schädigt?«

»Ich wüsste nicht, was bei meinem Vater noch zu schädigen wäre«, erklärte Karen.

Ihr Vater sah sie empört an. »Junge Dame, was nehmen Sie sich heraus? Mein Hirn ist noch tippi-toppi in Ordnung.« Er verneigte sich vor der Schwester. »Mein Name ist Matthias Winter. Mit wem habe ich hier die Ehre?«

Die Frau nahm ihn am Arm und warf Karen einen weiteren drohenden Blick zu. »Kommen Sie, Herr Winter. Es wird Zeit, ins Bett zu gehen.«

Empört wich Karens Vater zurück. »Ich bin ein verheirateter Mann. Was erlauben Sie sich!«

Andreas und Karen sahen sich kurz an und prusteten los. »Ich werde morgen nach meinem Vater sehen«, erklärte Karen immer noch lachend. »Ich wünsche Ihnen noch einen schönen Abend. Auch wenn Sie meinen Vater heute nicht bezirzen können.«

Sie hörten noch irgendetwas über Wein und Respektlosigkeit und die Folgen – und dann standen sie zu zweit im Dunkeln.

»Ich habe den Taxifahrer gebeten, auf uns zu warten«, erklärte Andreas. »Er bringt uns wieder zurück nach Wachenheim.«

ZWEI

Wenige Minuten später hielt das Taxi erneut. Dieses Mal direkt vor einem Stadthaus. Karen stieg aus und sah an der Sandsteinfassade nach oben. Giebel, Erker, Türmchen – alles sorgfältig renoviert.

»Deins? Ich dachte, du stehst eher auf modern? Zumindest sieht das Haus von Sabine so aus.«

Er zuckte mit den Achseln. »Die Zeit war reif für etwas ganz anderes. Und ich hatte genug Geld, um ein denkmalgeschütztes Haus zu renovieren. Außerdem muss ich hier keinen Garten pflegen. So oft, wie ich unterwegs bin, würde der nur wie eine Wüste aussehen.« Er öffnete die Tür und hielt sie einladend auf. »Wie sieht es aus? Möchtest du noch einen Schluck mit mir trinken? Oder ist es jetzt Zeit für einen Kaffee?«

»Kaffee? Und wieder nüchtern werden? Bloß nicht!« Sie betrat den Flur und sah sich neugierig um. Altes Gemäuer, Parkett und ein geschwungenes Treppengeländer. Alles liebevoll hergerichtet. So etwas gab es in den USA ganz bestimmt nicht. Da galten die alten Backsteinhäuser schon als historisch.

Sie folgte Andreas ins Wohnzimmer. Durchs Fenster blickte man auf die Terrasse, wo in großen Kübeln Olivenbäume standen.

Karen ließ sich auf die breite, bequeme Couch fallen. »Schön hast du es hier. Geschmack oder Innenarchitekt?«

Er winkte ab. »Wenn du so fragst: Geschmack. Und viel ge-

sehen auf der Welt. Hier wollte ich das Beste aus allen Welten –
und es hat mir niemand mehr reingeredet.«

Er schenkte ihnen zwei Gläser voll.

»Warum bist du denn nun nach Wachenheim zurückgekommen? Wenn ich Sabine richtig verstanden habe, warst du doch
in der ganzen Welt unterwegs.«

Er nahm einen langen Schluck aus seinem Glas. »Warum ich
hier bin? Ich denke, bei mir war es genau andersherum als bei dir.
Du wolltest unbedingt weg. Ich wollte das nie. Es hat sich aber
herausgestellt, dass ich die Arbeit, die mir am meisten Freude
bringt, nicht in Wachenheim machen kann. Hier hätte es für
mich nur das eigene Steuerberaterbüro gegeben, als Höhe- und
Endpunkt meiner Karriere. Als ich gemerkt habe, dass es mir
leichtfällt, in anderen Firmen Prozesse zu durchschauen und zu
verbessern, beschloss ich, Berater zu werden. Vorträge halten,
dafür sorgen, dass Dinge einfacher funktionieren ... das ging nur
mit viel Reisen.« Er sah nachdenklich in sein Glas. »Bis ich begriffen habe, dass ich allen möglichen Menschen helfe, aber mich
selbst dabei verliere, war meine Ehe schon am Ende. Sabine ist
eine wunderbare Frau – aber ich war einfach nie da. Also haben
wir in die kurze Zeit, die wir miteinander verbracht haben, alle
Streitigkeiten einer Ehe gepackt. Wir hätten in das bisschen Zeit
auch Liebe stecken können. Aber darauf sind wir wohl nicht gekommen ...«

»Bereust du das denn jetzt?«

»Ach, bereuen ... Nein. Ich bin hier gerne allein. Inzwischen
reise ich nur noch selten und schreibe lieber kluge Ratgeber. Das
macht mich nicht reich, aber sehr viel zufriedener. Ich denke
darüber nach, mir einen Hund zuzulegen. Dann muss ich keine
Selbstgespräche mehr führen. Aber ich bin mir noch nicht
sicher. Wohin soll das arme Tier, wenn ich doch einmal reise ...?«

»Du hast dich doch nicht so sehr verändert.« Karen lachte.
»Du wägst immer noch das Für und Wider ab. Spontan einen
Hund aus einem Tierheim zu adoptieren, das käme dir nie in

den Sinn. Wenn du dich für einen Hund entschieden hast, dann vergeht noch einmal ein halbes Jahr, in dem du alles über Hunderassen lernst, bevor du dich für eine Rasse entscheidest ...«

»Ist das schlimm?« Er sah sie verwundert an. »Ist es wirklich besser, wenn man sich von seinem Gefühl leiten lässt? Wie ist es dir mit deiner Methode denn ergangen? Bist du glücklich? Hast du vorhin nicht auch gesagt, dass du von deinem eigenen Erfolg verfolgt wirst?«

Mit einem Mal schmeckte der Wein bitter. Sie stellte das Glas auf dem kleinen Tisch ab. »Wie ich vorher schon gesagt habe: Welche Träume soll man noch haben, wenn alle Träume in Erfüllung gegangen sind? Es klingt so einfach: neue Ziele suchen und nicht mehr so viel erwarten. Was für Pläne hast du denn noch? Wann hast du das letzte Mal etwas zum ersten Mal getan?«

»Ich habe mir mit diesem Haus einen Traum erfüllt. Und ich habe mich entschieden, nicht mehr durch die Welt zu reisen. Das war schon ein großer Schritt für mich. Ich habe mich sogar mit dem neuen Freund meiner Ex-Frau angefreundet. Was allerdings nicht besonders schwierig ist – der ist nämlich ein wirklich netter Kerl. Also: Doch, da gibt es noch einiges. Und bei dir?«

»Ich habe heute zum ersten Mal ein Elternteil begraben. Und noch vor einer knappen Woche dachte ich, das wäre eher ein Verwaltungsakt. Jetzt ... keine Ahnung.«

Sie legte ihren Kopf in die Hände und spürte, wie Andreas ihr einen Arm um die Schulter legte und sie sanft streichelte. Seine Berührung fühlte sich so vertraut an, als wären nicht Jahrzehnte seit ihrer letzten Berührung vergangen.

Vorsichtig hob sie ihr Gesicht. Sanft küsste Andreas sie auf die Wange. Und dann auf den Mund. Es fühlte sich so richtig an. Er schmeckte immer noch nach dem Jungen, der er in ihrem Kopf wohl immer bleiben würde. Vorsichtig erwiderte sie seinen Kuss und legte die Arme um ihn.

Wie schmal er war. So viel schmaler als Jeff mit seinem breiten Kreuz. Jetzt bloß nicht an Jeff denken.

Aber es war zu spät. Plötzlich saß ihr Mann mit auf der Couch. Sah ihnen beim Küssen zu und schüttelte missbilligend den Kopf.

Karen zuckte zurück. »Ich muss gehen«, erklärte sie, während sie viel zu hastig auf ihre Füße sprang und ihren Mantel überzog. Sie verließ das Zimmer so schnell, als sei sie auf der Flucht.

Andreas sah sie erschrocken an. »Ich wollte dich nicht verletzen. Verzeih mir. Das war nicht geplant ...«

Doch da war sie schon draußen. Die Haustür krachte ins Schloss, und sie stand auf der dunklen Straße. Einen Moment lang lehnte sie sich an die Hauswand und atmete tief durch.

Jeff.

Der immer an ihrer Seite stand.

Seit sie denken konnte.

Das hier durfte nicht sein.

Ob Andreas es geplant hatte?

Sie musste unbedingt zurück in ihr Hotel und ausschlafen. Morgen würde sie wieder klarer sehen. Ihre Rückkehr planen und diesen Besuch zu einem Abschluss bringen.

Sie machte sich auf den Weg zurück zum *Winzerhof*. Zum Glück hatte sie das überdimensionierte hölzerne Weinblatt mit dem Schlüssel mitgenommen.

Eine halbe Stunde später stand sie in ihrem Hotelzimmer. Auf dem Tisch lag ihr Handy, genau an dem Platz, wo sie es heute früh vergessen hatte, als sie zu ihrem Vater ins Heim gefahren war. Jeff hatte versucht, sie zu erreichen. Mehrere Male. Wahrscheinlich wollte er wissen, wie die Beerdigung verlaufen war. Warum nur war er heute nicht an ihrer Seite gewesen? Ja, sicher, New York war weit weg. Aber wenn er wirklich gewollt hätte, dann wäre es nur ein Flug von ein paar Stunden gewesen. Offensichtlich hatte er nicht gewollt.

Sie sah sich noch einmal um.

Und ging.

Auf direktem Weg zu ihrem Elternhaus.

DREI

Die Sonne schien ihr mitten ins Gesicht. Sie öffnete die Augen und machte sie sofort wieder zu. Zu hell. Und das dumpfe Klopfen hinter der Stirn erinnerte sie daran, dass sie zu alt für so viel Alkohol war. Die Zeiten, in denen sie am Abend feiernd durch Bars und Kneipen zog und am nächsten Morgen trotzdem frisch und ausgeruht an die Arbeit gehen konnte, waren eindeutig vorbei. Und das nicht erst seit gestern.

Jetzt half nur noch Kaffee. Ein grüner Smoothie. Ein langer Spaziergang. Eine erfrischende Maske. Sie öffnete wieder die Augen und stöhnte.

Heute musste ein Kaffee reichen. Vielleicht später noch ein Spaziergang.

Langsam richtete sie sich auf. Vor ihrem Bett lagen die schwarze Hose und der schwarze Rollkragenpullover, die sie gestern getragen hatte. Sie sah an sich herunter. Sie hatte einfach in Slip und BH geschlafen. Die schwarzen Socken hatte sie angelassen. Sexy sah anders aus – aber sie war ja allein. Zum Glück.

Die Erinnerungen an den Vorabend holten sie wieder ein. Ruth und Ulla und das große Familiengeheimnis. Papa und das Pflegeheim. Das Haus von Andreas und der Kuss.

Der Kuss.

Sie schloss für einen Augenblick die Augen und atmete langsam aus. Nicht, weil sie sich für die alkoholbeseelte Dummheit schämte, sondern, weil sie sich bei dem Wunsch ertappte, bei Andreas geblieben zu sein.

Langsam stand sie auf. Warum nur hatte sie gestern nicht gleich ihren Koffer mitgenommen? So musste sie heute noch einmal zurück. Die neugierige Wirtin wusste sicher schon, dass sie die Nacht nicht in ihrem Zimmer verbracht hatte, aber das war nun wirklich egal. Sie war alt genug, um dort zu übernachten, wo sie es wünschte. Und wenn es das eigene Kinderzimmer war ...

Eine halbe Stunde und eine ausgiebige Dusche später saß sie mit ihrer Tasse am Esstisch. Der Kaffee war schwarz, und zu essen gab es hier natürlich auch nichts. Höchste Zeit, dass sie sich eine kleine Grundausstattung kaufte. Ein paar Tage würde sie noch bleiben.

Und sich wieder mit Andreas treffen?

Weiter gehen als in der letzten Nacht?

Blödsinn. Bei Tageslicht würde er merken, dass sie nicht mehr die blendend aussehende Blondine aus den Achtzigern war, sondern eine Frau mit Falten und grauen Haaren. Das war nicht sexy, sondern nur für den erträglich, der den Verfall miterlebt hatte. Wie Jeff. Er wusste, dass die Dehnungsstreifen am Bauch von ihren gemeinsamen Kindern stammten. Die Pigmentflecken auf den Händen vom Sonnenbaden. Und die zusätzlichen Kilos von ihrer Leidenschaft für feine Restaurants und guten Wein. Die Zeiten waren vorbei, in denen sie sich sicher war, dass sie jeden Mann verführen könnte, wenn sie nur wollte.

Inzwischen musste sie auf Mitleid hoffen.

Oder Alkohol.

Nein, ein weiteres Treffen war unmöglich. Mal ganz abgesehen von Andreas' Äußerung, dass ihm das Alleinleben eigentlich ganz gut gefiel ...

Mitten in ihre Gedanken hinein klingelte es an der Tür.

Andreas?

Ein wenig zu schnell lief sie zur Tür und riss sie auf.

Ein dunkelhaariger Mann mit Jeans, weißem Hemd, Jackett und einem beflissenen Lächeln stand vor ihr.

»Guten Morgen, Frau McMillan! Schön, dass Sie schon da sind«, begrüßte er sie und ging ohne eine weitere Erklärung an ihr vorbei ins Innere.

Verdattert sah sie ihm hinterher. Der Makler. Sie hatte schon vor Tagen einen Termin mit ihm vereinbart. Am Tag nach der Beerdigung. »Dann habe ich den Kopf wieder frei«, hatte sie behauptet. Was für eine Fehleinschätzung.

Sie folgte ihm und holte ihn im Esszimmer wieder ein.

»Wollen Sie auch einen Kaffee?«, bemühte sie sich um ein wenig Freundlichkeit. »Leider habe ich keine Milch.«

»Kein Problem, ich trinke ihn ohnehin schwarz. Eine Tasse Kaffee wäre wunderbar, vielen Dank!« Er deutete auf einen der Stühle. »Darf ich mich setzen?«

»Sicher, dann können wir alles durchsprechen.«

Er wartete, bis sie eine Tasse vor ihm abstellte.

»Sie wissen sicher, dass hier an der Weinstraße solche Objekte sehr gesucht sind. Alleinstehendes Einfamilienhaus auf großem Grundstück mit altem Baumbestand ... Dazu der unverbaubare Blick in die Wingerte und die Rheinebene. Der Verkauf wäre überhaupt kein Problem.«

»Na ja. Die Rheinebene sieht man nur vom oberen Stockwerk aus, wenn man seinen Hals ein wenig reckt. Damit würde ich jetzt nicht hausieren gehen.«

»Ach, das Dach lässt sich bestimmt ausbauen. Wie alt ist das Haus? Sechzig Jahre? Damals hat man die Möglichkeiten ja überhaupt nicht ausgenutzt. Sollen wir vielleicht einen Rundgang machen? Dann habe ich einen besseren Überblick.«

Zum Glück hatte sie ihr Bett wenigstens oberflächlich gemacht. Karen erhob sich. »Dann folgen Sie mir am besten.«

Er lief hinter ihr her in das obere Stockwerk.

Nach einem Blick in Kinderzimmer und Elternschlafzimmer

nickte er wissend. »Wie gesagt, diese engen Räume müssten natürlich vergrößert werden. Wenn die Einrichtung erst einmal entsorgt ist, können wir ganz neu denken.«

Er warf einen Blick ins Bad und lachte. »Schon lustig, wie sich der Geschmack bei Kacheln geändert hat.«

Das leer stehende Büro ihrer Eltern löste bei ihm Kopfschütteln aus. »Der schönste Raum hier oben – und wurde offensichtlich gar nicht mehr genutzt.«

Damit lief er die Treppe nach unten und ging ins Esszimmer. »Wenn man die Wand zum Wohnzimmer herausnimmt, entsteht ein wirklich schöner Wohn-Ess-Bereich mit direktem Zugang zur Terrasse.« Er musterte die Regale mit den vielen Büchern. »Sollen wir die Entsorgung übernehmen, oder wollen Sie das selbst machen? In die USA werden Sie das ja wohl kaum schicken wollen.«

Die Art, wie er »das« sagte, sorgte dafür, dass in Karen die Wut aufstieg. »Das« waren die Lieblingsbücher ihrer Mutter. Das Regal, das sie sich zusammen mit ihrem Mann nach langer Diskussion ausgesucht hatte. Die Couch, auf der sie gemeinsam vor dem Fernseher gelegen hatten. »Das« war nicht nur Müll, der so schnell wie möglich auf eine Müllkippe musste. »Das« waren die Spuren, die ein erfülltes Leben hinterlassen hatte.

Sie bedachte den Makler mit ihrem verbindlichsten Businesslächeln. »Verzeihen Sie, ich merke gerade, dass mir das am Tag nach der Beerdigung meiner Mutter doch zu nahe geht. Ich muss mich auch noch um den Erbschein kümmern. Mein Vater lebt in einem Pflegeheim, da kann das länger dauern. Bitte rufen Sie mich nicht an. Ich melde mich bei Ihnen. Auf Wiedersehen.«

Etwas überrumpelt sah der Makler sie an. »Wenn das so ist …«

»Genauso ist es.«

Sie schob ihn aus dem Haus, schloss die Tür, lehnte sich von innen dagegen. Und atmete tief aus.

Sie wollte nicht, dass ihr Elternhaus zu einem »interessanten Objekt« wurde. Und auch die Entwicklungsmöglichkeiten und das Potenzial waren ihr egal. Außerdem gehörte das Haus auch noch ihrem Vater. Auch wenn der sich kaum noch daran erinnerte.

Andererseits: Was sollte sie hier in Deutschland mit einer Immobilie, um die sich keiner kümmern wollte?

Ihre Kopfschmerzen brachten sich mit einem dumpfen Klopfen hinter den Schläfen in Erinnerung. Sie wühlte im Arzneischrank ihrer Mutter und fand eine angebrochene Packung Aspirin. Die Tablette spülte sie mit dem letzten Schluck kaltem Kaffee hinunter.

Danach zog sie sich eine Jacke über und verschwand in Richtung des alten Apfelgartens. Um ihr Gepäck, ihre Zahnbürste und frische Kleidung konnte sie sich auch später noch kümmern. Jetzt wollte sie erst einmal mit einem Spaziergang ihren Kopf freibekommen. Und einen Apfel zum Frühstück würde sie dort sicher auch finden.

Im Garten lief ihr wieder die kleine Tigerkatze entgegen, die ihr schon am ersten Tag aufgefallen war. Karen bückte sich und fuhr ihr durch das weiche Fell. »Na, wem gehörst du denn?«

Das Tier ließ sich schnurrend auf die Seite fallen und am Bauch kraulen.

Suchend sah Karen sich um. Woher mochte das Tier nur kommen?

Mit einem Achselzucken stand sie schließlich auf und machte sich auf den Weg.

Schon von Weitem entdeckte sie den roten Kastenwagen, der auf dem Feldweg neben den Bäumen stand.

Sie sah ins Dickicht, konnte aber niemanden erkennen.

»Christian? Bist du irgendwo hier?«

Hinter einem Baum tauchte Christians Kopf auf. »Hallo, Karen! Ausgeschlafen? Hast du den Tag gestern gut überstanden? Habt ihr deinen Vater noch im Pflegeheim abgeben können?«

»Gut überstanden?« Karen lachte. »Mit ein paar Tassen Kaffee und einer Aspirin geht es so. Aber ich habe gestern ganz bestimmt mehr getrunken, als mir guttut. Heute früh hat mich dann auch noch der Makler überfallen. Schreckliches Volk. Der hat überall Müll gefunden, wo ich die Möbel meiner Eltern sehe.«

»Und? Verkaufst du?« Christian sah aus, als ob er ihre Antwort fürchten würde.

Nachdenklich griff Karen nach einem der reifen Äpfel. Anstatt sofort hineinzubeißen, drehte sie ihn erst einmal in ihrer Hand. »Ehrlich gesagt, ich weiß es nicht. Ich habe den Makler heute früh erst einmal rausgeschmissen. Aber was soll ich mit so einem Haus? Dafür wohne ich viel zu weit weg. Und was soll ich mit diesen alten Apfelbäumen? Außerdem gehören das Haus und dieser Garten ja noch meinem Vater, selbst wenn er sich nicht darum kümmern kann.« Sie biss in den Apfel. »Was treibt dich denn heute hierher? Was machst du?«

Christian fuhr über den Stamm des Baumes, neben dem er stand. Die Geste sah fast zärtlich aus. »Ich katalogisiere die Bäume. Schreibe auf, welche Sorten es hier gibt und wie viele Bäume. Es kann ja sein, dass ich nicht mehr viel Zeit habe. Je nachdem, wie schnell du den Garten roden lässt ...«

»Sind sie denn wirklich so besonders? Ich meine, sie schmecken gut, das merke sogar ich. Aber sind es denn wirklich so seltene Sorten, wie du vermutet hast?« Während sie redete, sah sie sich den Apfel an, von dem sie gerade abgebissen hatte. Er war gelb mit ein paar roten Streifen und fühlte sich irgendwie fettig an. Sie hob ihn ein wenig an, damit Christian ihn sehen konnte.

»Was ist das hier für eine Sorte?«

»Der?« Christian lächelte. »Der ist für mich eindeutig eines der Geheimnisse dieses Gartens. Den kann deine Großmutter nicht mitgebracht haben. Sie muss ihn irgendwann gepflanzt haben – aber ich weiß nicht, warum. Es könnte sein, dass ihr seine Geschichte gefallen hat.«

»Was für eine Geschichte? Erzähl sie mir!«

»Der Apfel in deiner Hand ist ein Korbiniansapfel. So wurde er allerdings erst später getauft. Bei seiner Züchtung hieß er noch KZ-3.«

»Na, wenn das kein romantischer Name ist«, bemerkte Karen spöttisch.

»Warte, bis du die Geschichte gehört hast. Der Züchter war Korbinian Aigner, ein bayerischer Pfarrer, der sich in den Dreißigerjahren weigerte, Kinder auf den Namen Adolf zu taufen. Aigner fand dann wohl Georg Elsers Attentat auf Hitler nicht so verdammungswürdig, wie es der Zeitgeist erforderte. Das hat er auch noch im Religionsunterricht gesagt – was nicht ohne Folgen blieb. Er wurde erst ins Gefängnis in München-Stadelheim und 1941 ins Konzentrationslager nach Dachau gebracht. Da hat er es irgendwie geschafft, zwischen zwei Baracken aus Apfelkernen Äpfel zu züchten. Er nannte die vier Sorten KZ-1 bis KZ-4. Eine Nonne hat die Sämlinge irgendwie aus dem KZ geschmuggelt – und zumindest der Sämling KZ-3 hat bis heute überlebt.«

»Und der Pfarrer?«

»Der hat auch überlebt. Wurde wieder Pfarrer, irgendwo in Bayern, hat sich mit Obstbau befasst und systematisch Äpfel abgemalt und starb irgendwann in den Sechzigerjahren. Wenn ich mich richtig erinnere, an einer Lungenentzündung.«

»Wie alt war er da?«

»Anfang achtzig, glaube ich. Zu seinem hundertsten Geburtstag wurde beschlossen, den KZ-3 in Korbiniansapfel umzubenennen. An sich eine schöne Geste. Aber dadurch werden die Geschichte des Apfels und vor allem sein Ursprung vergessen. Was ich schade finde.«

»Das erklärt aber nicht, wie ausgerechnet dieser Apfel hierhergekommen ist.« Fast andächtig biss Karen noch einmal von dem Apfel ab. »Das kann doch kein Zufall sein. Aber ich kann mir auch nicht vorstellen, dass Oma Marie einen Apfel nur wegen seiner schönen Geschichte hierhergebracht hat. Sie hat immer gesagt, dass sie genug Geschichte für mehrere Generationen erlebt hat.«

»Da hat sie bestimmt recht. Die meisten anderen Sorten, die hier wachsen, stammen tatsächlich aus Ostpreußen oder Norddeutschland. Deine Großmutter muss sie hierhergebracht haben.« Er sah sich um. »Das Ganze hier ist ein bisschen wie ein verpflanzter Garten aus Ostpreußen.«

»Der verzauberte Apfelgarten?« Sie sah sich um. Die raue Rinde und die verdrehten Äste verrieten, dass diese Bäume schon einige Jahrzehnte auf dem Buckel hatten. »Hast du eine Ahnung, wie meine Großmutter die mitgenommen hat? Meine Mutter hat immer davon erzählt, dass jede der Schwestern nur einen Rucksack getragen hat. Waren vielleicht Apfelkerne darin versteckt?«

Christian schüttelte den Kopf. »Kerne sind nicht samenfest, das heißt, es kommt alles Mögliche raus – aber nur mit viel Glück genau die Sorte, die du haben möchtest. Mit samenfesten Kernen können nur wenige Sorten dienen, wie beispielsweise dieser Korbiniansapfel. Wenn du jetzt den Apfelbutzen in die Wiese wirfst, kann tatsächlich ein neuer Korbiniansapfel entstehen. Aber das ist selten … Nein, deine Großmutter hat wahrscheinlich Reiser mitgenommen. Kurze Aststücke, die sie vor der Flucht geschnitten hat. Das ist wirklich nicht schwer. Und aus fünfzig kleinen Aststücken kann man innerhalb weniger Jahre eine ordentliche Apfelplantage machen, indem man sie beispielsweise auf Wildapfelbäume aufsetzt. Das geht dann schnell.«

Ihr fiel die kleine Holzkiste mit dem Wachstuch ein, die sie im Schrank ihrer Mutter gefunden hatte. Gut möglich, dass in genau diesem Ding die Bäume ihren Weg von Ostpreußen über Schleswig-Holstein in die Pfalz gefunden hatten.

»Wenn du hier alles fotografiert und katalogisiert hast – wofür ist der Garten dann noch gut? Am Ende sind es doch nur ein paar alte Bäume.« Während sie redete, fuhr sie fast entschuldigend über die Rinde des Baumes neben ihr. Seine Rinde fühlte sich warm an.

Christian legte den Kopf ein wenig schief. »Wofür das gut ist? Weiß ich nicht. Aber ich kann dir sagen, was ich tun würde, wenn das hier mein Garten wäre. Willst du es wissen?«

»Klar. Ich bin neugierig.«

»Ich träume von einer Apfelarche. Ich würde den Menschen hier Patenschaften für die alten Bäume oder für ganze Apfelsorten anbieten. Dann würde ich die Bäume wieder pflegen und wenn nötig auch verjüngen. Mit den Veredlungsreisern ist das gar nicht schwer. Ich würde junge Apfelbäume von alten Sorten verkaufen. Unter den Bäumen würde ich ein Apfelcafé einrichten. Tische und Bäume, an denen man im Frühling unter Blüten, im Sommer im Schatten des Laubes und im Herbst direkt bei den Äpfeln sitzen kann. Dazu könnte man die Erzeugnisse aus diesen Äpfeln verkaufen: Kuchen, Apfelmus, Gelee, Apfelessig und natürlich auch Apfelwein. Flammkuchen mit Zimt und Äpfeln. Ein Apfelfest im Herbst, bei dem Sabine singen könnte ... Es wäre ganz einfach ein Ort, an dem man zusammenkommt und reden kann. Und ganz nebenher würde ich die Geschichten von den verschiedenen Apfelsorten erzählen. Schulklassen einladen, damit sie merken, woher ihr Essen kommt. Und warum es etwas ganz Besonderes ist, wenn man Obst einfach direkt vom Baum essen kann. Meine Apfelarche wäre am Wochenende ein Treffpunkt für all die Menschen, die genug von der Stadt und vom Dreck und vom Lärm haben. Die von ein bisschen heilem Land träumen und sich mit einer bunten Zeitschrift nicht mehr zufriedengeben.« Er lachte verlegen. »All das würde ich tun, wenn dieser Garten mir gehören würde.«

»Du bist verrückt.« Karen lachte. »Bis hier eine Apfelarche entstanden ist und deine Gäste sich nicht ständig ihre Kleidung an Brombeerranken zerreißen, müsstest du monatelang arbeiten. Und dann die Ausfälle im Sommer, wenn es regnet. Ein einziges Gewitter, und du musst deinen Apfelkuchen selber essen.«

»Ich habe nie behauptet, dass es nicht viel Arbeit ist. Aber es lohnt sich. Hast du nicht gesagt, man müsse seine Träume verwirklichen?«

»Ja, das stimmt. Aber ich habe auch gesagt, dass einen die Träume verfolgen können. Weil man nicht mehr aussteigen kann. Stell dir vor, deine Arche funktioniert. Dann kannst du nie wieder Sommerurlaub machen, weil du ständig deine Apfelkundschaft bedienen musst. Da gibt es dann kein Zurück mehr – du musst Apfelsaft verkaufen, ob du willst oder nicht.«

»Aber wenn ich dafür brenne, ist es doch auch keine schlimme Arbeit!« Er sah sie mit einem Schulterzucken an. »Erinnere dich an deine ersten Jahre mit Earthwear. Ich wette, du hast Tag und Nacht gearbeitet. Genäht, verkauft, Werbung gemacht und dir immer neue Kleidungsstücke ausgedacht. Kam dir das damals wie Arbeit vor?«

Zögernd schüttelte Karen den Kopf. »Nein, das Gefühl kam erst später, als ich mich anstrengen musste, um meine eigenen Ansprüche zu erfüllen. Oder besser gesagt, als andere Ansprüche an mich stellten und es anstrengender wurde, sie zu erfüllen.«

»Na also. Das passiert mir nicht. Ich liebe das hier draußen. Und es ist eine Geschichte, die sonst irgendwann verloren geht. An die sich keiner mehr erinnert. Die Geschichte von Wurzeln. Neuen und alten. Die würde ich gerne bewahren. Außerdem würde ich meinen alten Job ja nicht aufgeben. Vielleicht könnte ich ein paar Stunden reduzieren, aber die Sicherheit im Hintergrund wäre mir wichtig.« Er sah ernsthaft begeistert aus.

»Und du meinst, das könnte wirklich jemanden interessieren?«

»Ganz bestimmt. Ich erlebe es doch jeden Tag, den ich an der

Kelter arbeite. Die Menschen wollen die Geschichten über die Äpfel hören, die ich ihnen erzähle. Wie viel spannender wäre es doch, wenn man das direkt bei den Bäumen erzählen könnte. Wer weiß, vielleicht lohnt es sich, die alte Kelter wieder in Gang zu setzen? Die gibt es doch noch, oder etwa nicht?«

»Ich glaube, die steht noch in der alten Halle am Ende meines Grundstücks«, meinte Karen.

Sie hielt inne. Hatte sie wirklich »mein Grundstück« gesagt? Sie hatte das Haus und das Grundstück immer nur als das Eigentum ihrer Eltern gesehen. Und ihr Vater lebte ja noch. Auch wenn er die meiste Zeit einen Apfel nicht von einer Birne unterscheiden konnte ...

»Du denkst also doch noch einmal darüber nach?« Christians Augen leuchteten, und Karen begriff, was Sabine in Christian sah. So viel Begeisterung gab es nur selten bei einem Mann über fünfzig. Die meisten blickten abgeklärt aufs Leben und ließen sich höchstens mal zu emotionalen Ausbrüchen hinreißen, wenn beim Fußball ihre Lieblingsmannschaft einen Elfmeter vergeigte. Oder so.

Sie fahndete in ihrer Erinnerung an ihren letzten Moment voller Enthusiasmus. Der Schulabschluss ihrer Kinder? Aber das war doch eigentlich nur geliehene Begeisterung gewesen, oder?

»Wie findet denn Sabine deine Idee?«

»Sabine? Die würde mitmachen. Klar, ihren Job in der Praxis würde sie nicht aufgeben. Aber vielleicht würde sie nur noch halbtags arbeiten und ansonsten im Apfelcafé helfen? Sie würde auch gerne mal was anderes machen, als immer nur Versichertenkärtchen einzulesen ... Die Einzige, die wir noch überzeugen müssen, bist du!«

»Und ich wohne hier nicht einmal. Alles, was ich beisteuern kann, ist der Nichtverkauf dieses verwilderten Grundstücks.« Sie sah sich um. »Okay, ich könnte auch hier vor Ort helfen. Meine Firma würde sicher eine Weile ohne mich laufen. Vielleicht könnten wir im Apfelcafé sogar ein paar Teile von Earthwear verkaufen.« Sie merkte, wie ihre Fantasie plötzlich anfing zu arbeiten. »Wir könnten auch bei den Servietten und Tischdecken darauf achten, dass sie nicht nur hübsch aussehen, sondern auch gut für die Umwelt sind. Die Äpfel in Leinenbeuteln verkaufen statt in Plastiktüten. Dann kommen vielleicht nicht nur die Alten, die von einem Leben auf dem Land träumen, sondern auch die Jungen, die für eine Zukunft ohne Klimawandel kämpfen.«

»Das würdest du tun?« Mit leuchtenden Augen sah Christian sie an. »Das wäre so genial.«

»Ich denke auf jeden Fall mal drüber nach«, versprach Karen. »Und ich rede mit meinem Mann darüber. Der geht ja noch davon aus, dass ich hier noch alles abwickele und dann nach Hause komme.«

Siedend heiß fiel ihr ein, dass sie ihn gestern nicht mehr angerufen hatte. Kein Wunder nach diesem Tag. Und dem Kuss von Andreas. Sie schielte auf ihre Uhr. Noch war es früher Morgen in New York, da schlief er sicher noch. Aber in zwei oder drei Stunden musste sie ihn unbedingt sprechen.

»Ich muss noch mein Gepäck vom *Winzerhof* holen«, erklärte sie. »Und es wird Zeit, dass ich etwas zu essen finde. Seit den belegten Brötchen habe ich nichts mehr bekommen …«

»Gepäck? Wo willst du denn hin?«, rief Christian ihr nach.

»Na, in mein Elternhaus. Hätte ich von Anfang an machen sollen.« Sie winkte ihm zu. »Wir sehen uns!«

Dieses Mal machte sie sich sofort auf den Weg ins Hotel. Die Wirtin stand hinter ihrem Tresen und musterte sie neugierig. »Sie sind gestern gar nicht mehr zurück ins Hotel gekommen, Frau McMillan!«, stellte sie fest.

Eine Sekunde lang erwartete Karen einen Eintrag ins Klassenbuch oder Ähnliches. Es ging diese Frau doch gar nichts an, was sie gemacht hatte. Oder eben nicht gemacht hatte.

»Falsch«, erklärte sie lächelnd. »Ich bin nur zu Hause geblieben. Im Haus meiner Mutter. Könnten Sie mir die Rechnung vorbereiten, während ich mein Gepäck hole?«

»Sie verlassen uns schon?« Jetzt war die Wirtin endgültig verwirrt. »Geht es denn wieder nach Amerika?«

»Nein. Sollte jemand nach mir suchen: Ich werde die nächsten Tage in meinem Elternhaus übernachten. Das ist praktischer.« Sie nickte der Wirtin zu.

Wenig später wuchtete sie den schweren Koffer nach unten und legte das hölzerne Weinblatt auf die Theke.

Die Wirtin war immer noch damit beschäftigt, Zahlen zusammenzurechnen. »Für die spontane Stornierung muss ich Ihnen leider eine Gebühr berechnen«, meinte sie und sah Karen streng an.

Die nickte nur. Ein Streit mit der Wirtin war das Letzte, was sie wollte. Und ihr Auszug war in der Tat ein wenig spontan.

Irgendwann war die Wirtin fertig und las ihre Rechnung noch einmal durch. Die Lippen bewegten sich dabei geräuschlos.

»So müsste es stimmen! Ich hoffe, der gestrige Abend verlief wie erwartet?«

Sie schob ihr die Rechnung zu und sah sie fragend an.

Karen fing an zu lachen. »Wie erwartet? Ich wusste nicht, dass ein Begräbnis so weinselig sein kann. Also war es ganz anders als alles, was ich erwartet hatte. Aber ich habe keine Beschwerden. Sie waren ganz offensichtlich jederzeit Herrin der Lage.«

»Weinselig? Da hatten wir schon ganz andere Beerdigungen. Nüchtern geht es da nur selten zu. Und falls doch, dann hatten die Menschen wahrscheinlich auch zu Lebzeiten wenig Spaß ...«

Sie gab Karen die Kreditkarte zurück und sah sie dabei neugierig an. »Und wie geht es jetzt weiter? Behalten Sie das Haus doch? Wie lange bleiben Sie denn noch hier in Wachenheim?«

»Das weiß ich selber noch nicht. Aber ein bisschen länger bleibe ich schon, keine Sorge. Einen schönen Tag noch!«

Damit zog sie ihren Koffer hinter sich her aus dem Hotel und in ihre neue Unterkunft. In einer Bäckerei holte sie sich eine herrlich frische Brezel, die sie aufgegessen hatte, bevor sie in ihrer neuen Unterkunft ankam. Jetzt konnte sie endlich die schwarze Kleidung gegen Jeans und einen hellen Pullover tauschen.

Mit einem kleinen Seufzer sah sie dann ihr Handy an. Allmählich gab es keine Ausrede mehr: Sie musste Jeff anrufen. Er sorgte sich bestimmt, nachdem er gestern nichts von ihr gehört hatte.

Jetzt klingelte sein Handy auf der anderen Seite des Atlantiks. Sie konnte es sich genau vorstellen: Er legte es jeden Abend auf den kleinen Tisch im Flur. Kein Handy im Schlafzimmer. Eine strenge Regel, die sie beide befolgten. Da waren sie sich einig: Es war ein Privileg, auch mal nicht erreichbar zu sein. Und das genossen sie.

Es klingelte weiter.

Jetzt war es in New York acht Uhr morgens. Jeff sollte entweder beim Frühstück sitzen. Oder unterwegs in sein Büro sein. Aber er war nicht zu Hause.

Merkwürdig.

Karen sah etwas ratlos auf ihr Handy. Jeff war so zuverlässig wie eine Schweizer Uhr. Wenn er nicht zu erreichen war, dann musste etwas dahinterstecken.

Ein kleiner nagender Gedanke setzte sich bei ihr fest. Was, wenn es jemand anders in seinem Leben gab? Eine Frau, die ihm aufregender und begehrenswerter erschien als Karen?

Sie schüttelte den Kopf.

Was für ein lächerlicher Gedanke. Sie war übermüdet, verkatert und nach dem Tod ihrer Mutter seelisch nicht auf der Höhe. Es gab sicher eine simple Erklärung für Jeffs Abwesenheit. Ihr wollte nur gerade keine einfallen.

Langsam ging sie wieder auf die Terrasse. Holte sich eine Decke und setzte sich auf den Liegestuhl. Ein wenig Ruhe würde ihr ganz bestimmt guttun.

Sie schloss die Augen und lauschte dem Gesang der Vögel.

Und schlief ein.

Sie lag auf dem Rücken. Ein sonniger Tag im Apfelgarten, die Schatten der Bäume malten ihr Flecken auf das Gesicht. Der Boden war trocken und warm, der Himmel strahlend blau und fast wolkenlos. Es roch nach Erde und Gras und Sonne. Trotzdem wusste sie ganz genau: Hier durfte sie nicht bleiben. Keine Sekunde länger. Sie musste aufstehen. Sofort. Aber ihre Arme und Beine bewegten sich nicht, egal, wie sehr sie sich bemühte. Sie sah zur Seite und sah, dass Wurzeln aus dem Boden kamen und ihr über die Finger, das Handgelenk und den Arm wuchsen. Sie sorgten dafür, dass sie keine Bewegung mehr machen konnte.

Das schrille Läuten des Handys riss sie aus allen Träumen.

Sie fuhr auf. Die kleine Fellkugel auf ihrem Schoß wurde blitzschnell zu einer kleinen Katze, die im hohen Bogen davonsprang und durch den Garten davonrannte.

Verwirrt sah Karen ihr hinterher. Sie hatte immer noch nicht herausgefunden, wem dieses Tier eigentlich gehörte.

Das nächste Läuten des Handys erinnerte sie wieder daran, warum sie überhaupt aufgewacht war.

Sie sprang auf.

»Ja, hallo?«

»Hallo, *Darling*!« Jeffs Stimme klang so nah, als würde er direkt neben ihr auf der Terrasse stehen. »Wie geht es dir? Ich habe gesehen, dass du heute schon versucht hast, mich zu erreichen ... Wie war die Beerdigung? War es sehr schlimm?«

»Schlimm? Nein. Es waren sehr viele Menschen da. Meine Mutter war offenbar beliebt. Und alle sind mit zum Leichenschmaus gekommen. Der ist dann irgendwann in ein Besäufnis ausgeartet. Die Wirtin hat mir aber versichert, dass das ganz normal bei einer Beerdigung sei. Vielleicht war ich nur zu lange nicht mehr in der Pfalz.«

»Und wann kommst du wieder nach Hause?« Klang seine Stimme drängend? Oder war es ihm egal? Sie konnte es nicht einschätzen.

»Das weiß ich noch nicht. Mein Vater hatte gestern einen wirklich guten Tag. Ich konnte mich fast mit ihm unterhalten, als wäre er nicht krank. Ich hoffe, dass ich noch ein paar von diesen Tagen erleben kann ...«

»Das ist schön. Nimm dir alle Zeit, die du brauchst. Wer weiß, wie oft du Matthias noch sehen kannst.«

Sie hörte seiner Stimme an, was er eigentlich dachte: Du wirst ihn nicht mehr sehen. Wenn du das nächste Mal nach Deutschland kommst, dann zur Beerdigung deines Vaters. Der nicht einmal dein Vater ist.

Karen schüttelte den Kopf. Es hatte keinen Sinn, sich Gespräche auszudenken, die so niemals stattfinden würden. Jeff kannte ja nicht einmal das Familiengeheimnis. Konnte sie ihm am Telefon davon erzählen? Undenkbar.

»Bist du noch dran?« Jeff klang irritiert, weil sie so lange geschwiegen hatte.

»Ja, sicher. Ich war nur kurz in Gedanken. Weißt du, ich hatte ganz vergessen, wie schön es hier ist. Es gibt hier sogar einen kleinen Apfelgarten, in dem lauter alte Sorten wachsen. Der Pomologe sagt, die hätte meine Großmutter aus Ostpreußen mitgebracht. Ist das nicht unglaublich?«

»Pomologe? Du brauchst einen Pomologen, um diese Bäume roden zu lassen?«

»Nein, ich habe ihn nur zufällig kennengelernt. Er hat die Sorten bestimmt und mir ihre Geschichte erzählt ...«

»Damit du sie dann roden lässt?«

Er klang misstrauisch. Zu Recht.

»Ich bin mir nicht mehr so sicher, ob ich die Bäume wirklich alle abholzen lassen will.«

»Und was machst du dann damit? Du kannst doch kein Grundstück in Deutschland behalten. Die Kinder interessieren sich auch nicht dafür. Belaste dich doch nicht mit so alten Geschichten!«

Typisch amerikanisch. Lass die Vergangenheit hinter dir, mach dich auf den Weg zu etwas Neuem…

»So einfach ist das aber nicht.«

»Na ja, du hast dich in den letzten dreißig Jahren nicht besonders dafür interessiert. Wenn du es nicht übers Herz bringst, die Bäume fällen zu lassen, dann kannst du das Grundstück ja auch an den Pomologen verpachten. Vielleicht fällt dir die Entscheidung dann leichter. Hast du dich schon mal mit einem Makler getroffen? Wenn das Haus nichts wert ist, dann lohnt sich der Aufwand vielleicht auch nicht…«

Sie hatte heute den Makler weggeschickt, weil er Bücher, Sofas und Schränke entsorgen wollte. Doch das wollte Jeff bestimmt nicht hören.

»Ich weiß, dass du den Tod deiner Mutter verarbeiten musst«, fuhr er fort. »Aber es kann doch nicht sein, dass du jetzt den ganzen Tag Trübsal bläst. Hast du denn jemanden, der dich ein wenig unterstützt? Freunde von früher vielleicht?«

»Ja, sicher.« Sie zögerte. Natürlich wusste Jeff, dass sie einen Freund in Deutschland gehabt hatte. Und es war ja wirklich nichts dabei, wenn eine Frau nach dreißig Jahren ihren Ex-Freund wiedertraf. Es wurde erst dann merkwürdig, wenn sie sich von ihm küssen ließ.

»Hörst du mir überhaupt zu?« Jeff wurde ob ihrer Einsilbigkeit etwas ungeduldig. »Karen, so kenne ich dich gar nicht. Was hast du denn in den letzten Tagen gemacht?«

»Die Beerdigung vorbereitet. Ist viel Lauferei bei den Ämtern. Ich kümmere mich jetzt um das Haus, versprochen. Es ist nur nicht so einfach wie gedacht. Immerhin lebt mein Vater noch, da kann ich nicht einfach tun, was ich will. Ich müsste ihn dann erst von einem Gericht als geschäftsunfähig erklären lassen. Dann wird ein gesetzlicher Betreuer bestellt, und erst dann kann ich ernsthaft an einen Verkauf denken.« Wenn sie sich denn entschied, es zu tun.

»Gut. Wer hilft dir denn? Kenne ich sie? Oder ihn? Kann ich dich irgendwie unterstützen?«

»Sabine, meine beste Freundin von früher. Ich habe sie ganz zufällig getroffen, und ihr Freund ist der Pomologe. Die beiden sind wirklich lieb. Sabine hast du damals nach unserer Hochzeit kennengelernt, erinnerst du dich nicht?«

Warum verschwieg sie jetzt Andreas? Weil Jeff sehr feine Antennen hatte, wenn es um Zwischenmenschliches ging. Das hatte er schon oft bewiesen. Es gab nichts Schwierigeres, als etwas vor Jeff geheim zu halten.

»Fein. Dann frag sie doch auch, ob sie dir beim Ausräumen des Hauses helfen können. Ich kann nur ahnen, wie schwer das ist – aber das musst du tun. Ein Haus darf nicht zu einem Museum werden. Versprichst du mir das?«

»Ja. Ich fange jetzt wirklich an.« Sie musste aufhören, sich in die Ecke drängen zu lassen. »Ist denn bei euch alles in Ordnung? Hast du mit Rachel gesprochen?«

»Alles bestens. Rachel kümmert sich um die neue Kollektion. Earthwear ist in besten Händen. Wir waren gerade zusammen frühstücken, um alle weiteren Schritte zu besprechen.«

Ihr Mann war mit Rachel essen gewesen? Deswegen also hatte sie ihn nicht erreicht. Waren die beiden früher schon zu zweit unterwegs gewesen? Sie wusste es nicht. Als Patentante von Emma war Rachel ein Teil der Familie, und mehr als einmal hatten sie Urlaube gemeinsam verbracht. Albern, da auch nur irgendetwas anderes zu denken. Mit einem Mal schien ihr alles unsicher, was sie bisher als festen Boden betrachtet hatte.

»Schön«, brachte sie schließlich hervor. »Ich bin wahnsinnig müde. Lass uns ein anderes Mal telefonieren. Du hast recht:

Diese Beerdigung geht mir doch mehr an die Nieren, als ich mir eingestehen wollte. Wir hören uns! Ich liebe dich!«

Eine Floskel. Seit sie ein Paar waren, sagte sie diesen Satz, wenn sie sich von Jeff verabschiedete. Am Anfang ganz bewusst. Es war doch schön, wenn man sich zum Abschied versicherte, dass man sich liebte, oder nicht? Inzwischen kam ihr der Satz gedankenlos über die Lippen. Jeff würde es sofort merken, wenn sie ihn nicht mehr sagte. Und sie wollte ihn nicht beunruhigen.

»Ich dich auch!«

Es klickte in der Leitung.

Sie sah auf die Uhr. Es war inzwischen später Nachmittag, der Himmel wurde allmählich dunkel.

Hinter den Bäumen ging im Haus nebenan das Licht an. Karen ging durch den Garten hinüber zur neugierigen Nachbarin und klingelte. Wenn sie schon weder Gedanken noch Gefühle sortieren konnte, dann wollte sie wenigstens einer anderen Sache auf den Grund gehen.

Die Tür ging so schnell auf, dass Karen den Verdacht hatte, die Frau hätte dahinter auf sie gewartet.

»Frau Gehring? Ich hätte da eine Frage, die Sie mir bestimmt beantworten können.«

»Ich bemühe mich. Worum geht es denn?«

»Seit einer Woche schleicht eine kleine getigerte Katze ums Haus. Wissen Sie, zu wem die gehört? Sie wirkt gepflegt, aber sie ist unglaublich anhänglich ...«

»Ach, die Katze ist bei Ihnen aufgetaucht? Ich habe mich um sie gekümmert. Sie waren ja im Hotel, da konnten Sie keine Katze brauchen, habe ich mir gedacht. Aber eigentlich gehörte sie Ihrer Mutter. Haben Sie das nicht gewusst?«

»Meine Mutter hatte eine Katze?« Karen war ehrlich überrascht. Das hatte ihre Mutter nie erwähnt. »Das arme Ding. Wenn ich das gewusst hätte, dann hätte ihr doch etwas zu essen gegeben ... Ich habe bei meiner Mutter aber überhaupt keine

Näpfe oder ein Katzenklo oder sonst irgendetwas gesehen ...
Das ist merkwürdig, oder nicht?«

Frau Gehring schüttelte den Kopf und lächelte begütigend.
»Nein, so merkwürdig ist das nicht. Nach dem Tod Ihrer Mutter habe ich mich um die kleine Susi gekümmert. Als der Notarzt weg war, habe ich Susis Sachen geholt: Futter, Näpfe, Katzentoilette. Ich wusste ja, wo der Schlüssel liegt. Es tut mir leid, das hätte ich Ihnen gleich sagen müssen. Aber ich wollte Sie nicht sofort mit so einem kleinen Problem überfahren ...«

»Sie haben aus dem Haus meiner Mutter die Katzensachen geholt?«

Frau Gehring nickte eifrig. »War ja sonst keiner da für die Susi ...«

»Susi heißt sie also?«

»Ja. Susanne Kunterbunt. Ihre Mutter hat mir immer gesagt, dass sie ihr ganzes Leben von einer kleinen Katze in ihrem Haus geträumt hätte. Als Ihr Vater ins Heim musste, hat sie sich den Traum erfüllt. Vielleicht war es ihr auch zu einsam und zu leer in dem Haus. Das kann man ja verstehen.«

Kopfschüttelnd hörte Karen zu. »Es ist wirklich sehr freundlich von Ihnen, dass Sie sich um die Katze meiner Mutter gekümmert haben. Aber jetzt bin ich ja fürs Erste eingezogen. Sie können mir also die Sachen der Katze gerne wiedergeben. Ist ja besser für Susi, wenn sie in ihre vertraute Umgebung zurückkann. Meinen Sie nicht?«

»Ja, aber wollten Sie nicht eigentlich bald wieder abreisen?« Frau Gehring musterte sie neugierig. »Haben Sie das nicht gesagt? Dann wäre das doch nichts für das Tier, wenn es sich immer wieder umgewöhnen muss. Sie können sie mir auch gerne hierlassen. Ich kann sie behalten. Wäre das nicht besser?«

Stimmt. Wenn sie zurück in die USA ging, dann wäre eine kleine Katze ganz bestimmt keine Begleitung, die die amerikanische Zollbehörde gerne sehen würde. Oder doch?

Ihr Blick schweifte durch den Garten. Jede Menge Freiheit.

Susanne Kunterbunt wollte ganz bestimmt nicht in einer Etagenwohnung in Manhattan leben. Karen zwang sich zu einem Lächeln.

»Das würden Sie tun? Das ist wirklich unglaublich lieb von Ihnen. Kann ich Sie denn irgendwie unterstützen? Katzenfutter oder etwas Ähnliches kaufen ...?«

Empört hob die Nachbarin eine Hand. »Aber ganz bestimmt nicht. Das bisschen, was unsere Susi isst, kann ich mir schon leisten. Sie haben wahrlich genug zu tun.« Ein weiterer neugieriger Blick. »Kann ich Ihnen denn sonst helfen? Die Beerdigung gestern war ja sehr gefühlvoll. Und so eine schöne Leichenfeier ...«

Sie war dabei gewesen? Das war Karen überhaupt nicht aufgefallen. Andererseits war halb Wachenheim anwesend gewesen – warum also nicht die Nachbarin? Die offenbar auch noch Kaffee und Butterkuchen genossen hatte. Und danach womöglich noch die belegten Brote und den Wein.

Karen nickte nur. »Ja. Eine sehr schöne Feier. Vielen Dank, dass Sie da waren und meiner Mutter die letzte Ehre erwiesen haben. Und auch danke, dass Sie sich um Susi kümmern. Das bedeutet mir viel.« Sie nickte zum Abschied und lief durch den dunklen Garten zurück zum Haus.

Susanne Kunterbunt. Was für ein lustiger Name für eine Katze.

Auf der Terrasse sah sie einen dunklen Schatten.

Ein Mann stand da und schaute durch die Terrassentür ins Innere des Hauses. Oder versuchte zumindest, ins Innere zu sehen.

»Suchst du etwas Bestimmtes?«

Er zuckte zusammen und fuhr herum.

»Karen?« Andreas hob die Hand, in der sie eine Flasche Wein erkennen konnte. In der anderen hielt er einen Korb. »Die Wirtin im Hotel hat mir gesagt, dass du wieder in deinem Elternhaus wohnst. Ich dachte mir, dass du heute Abend vielleicht nicht alleine sein möchtest. Und dass du wahrscheinlich nichts zu essen hast. Also habe ich alles mitgebracht: Wein, Brot, Käse. Und mich.«

»Und dich«, echote Karen.

Sie ging an Andreas vorbei und öffnete die Tür, die ohnehin nur angelehnt war. »Dann komm doch herein.«

VIER

»Christian träumt also von einer Apfelarche mitsamt einem Café. Events unter blühenden Bäumen und Seminare über alte Apfelsorten. Und einen Shop mit Apfelmus und Apfelchips.« Sie nahm noch ein Stück Käse und sah Andreas an. »Wie findest du die Idee?«

Nachdenklich rieb Andreas sich am Kinn. »Schwierig. Die Frage ist, ob der Sommerbetrieb genug einbringt, damit die Winterlücke geschlossen wird. Oder gibt es einen Ort, wo auch im Winter Events oder Konzerte oder irgendetwas in dieser Richtung stattfinden könnten?«

»Er dachte an die alte Scheune, in der früher die Produktion war. Hier auf dem Grundstück.«

Andreas runzelte die Stirn. »Das würde aber doch bedeuten, dass du nicht nur den alten Apfelgarten zu Verfügung stellst, sondern eigentlich alles, was es hier gibt. Du kannst das Haus doch nicht ohne das Grundstück und die Scheune verkaufen. Oder willst du es am Ende gar nicht mehr loswerden?«

»Sagen wir so: Ich bin mir nicht mehr so sicher wie vor einer Woche. Es hängen so viele Erinnerungen an diesem Haus. An der Scheune. Am Apfelgarten. Sicher, es wäre das Einfachste, alles zu verkaufen, wegzuwerfen und zu roden. Aber würde ich damit nicht die Chance vertun, etwas komplett Neues anzufangen? Und wie viele dieser Chancen kommen noch vorbei? Was meinst du?«

»Wie viele Chancen noch kommen?« Er lachte. »Keine Ahnung. Ich kann mir vorstellen, dass es funktioniert. Ich müsste mal alles durchrechnen und einen Businessplan erstellen. Man muss ja auch einkalkulieren, dass irgendetwas Unvorhergesehenes passieren kann und man den Laden ein paar Monate lang schließen muss.«

»Das würdest du tun?« Sie strahlte Andreas an. »Das wäre klasse. Dann hätte ich wenigstens eine bessere Grundlage für eine Entscheidung als nur ein Bauchgefühl voller Sentimentalität und Nostalgie.«

»Ach, meiner Erfahrung nach ist der Bauch nicht der übelste alle Ratgeber. Was sagt er denn? Dein Bauch, meine ich?« Er schien an der Antwort wirklich interessiert zu sein.

Karen atmete tief ein.

»Ganz ehrlich? Ich würde das am liebsten probieren.«

»Und warum? Bist du dir darüber im Klaren, warum du so ein Abenteuer eingehen willst?« Sein Blick war so intensiv wie früher, wenn er ein Problem wirklich von allen Seiten beleuchtet haben wollte.

»Weil es genau das ist: ein Abenteuer. Ein Aufbruch ins Ungewisse. So wie damals, als ich nach New York gegangen bin. Da hatte ich auch keine Garantie, keinen Masterplan, sondern nur eine vage Idee, einen Traum vielleicht. Ich habe mich getraut, einfach loszufahren, um ihn zu verwirklichen. Und jetzt denke ich mir, dass ich das noch einmal machen könnte. Mir das Gefühl vom Aufbruch ins Ungewisse zurückholen. Ausgerechnet an dem Ort, von dem ich damals aufgebrochen bin.«

Er lehnte sich zurück und sah sie ein Weilchen schweigend an. »Und ich dachte schon, die wilde Karen wäre völlig hinter der amerikanischen Geschäftsfrau verschwunden. Ich dachte, du rechnest nur noch in Marktanteilen und Filialen und Produktionsabläufen ...«

»Was ja auch nicht verkehrt ist. Meine Arbeit macht mir Spaß. Aber inzwischen sind es mir zu viele Exceltabellen und zu wenig Abenteuer. Es ist Zeit für etwas anderes. Ist das bei dir nicht ähnlich?«

Andreas schüttelte nachdenklich den Kopf. »Ich war ja nie so versessen auf Abenteuer wie du. Am liebsten wollte ich alles im Voraus berechnen. Leider bist du damals einfach so aus meinem Leben verschwunden. Das habe ich überhaupt nicht einkalkuliert. Seitdem vertraue ich nicht mehr so sehr auf Zahlen. Im Grunde habe ich mein Leben ja schon verändert, als ich mich von Sabine getrennt habe und nur noch selten beruflich um die Welt fliege. Ich muss also nichts Neues in meinem Leben wagen. Aber ich will etwas machen, was ich für sinnvoll halte. Und was sich ganz nebenher auch rechnet. Und bei Christians Apfelsache käme beides zusammen.«

»Du hast es ja noch nicht durchkalkuliert. Aber ich kann jetzt schon prophezeien, dass wir da nicht reich werden«, bemerkte Karen trocken. Sie stutzte. Hatte sie eben »wir« gesagt?

Andreas legte den Kopf schief und sah sie an. »Den Job zum Reichwerden hatten wir ja schon. Suchen wir doch mal einen anderen Grund zum Arbeiten. Wenn ich mich recht entsinne, stand bei dir doch die Rettung der Welt auf dem Programm. Jetzt, wo du älter und weiser geworden bist, kannst du dich ja mal mit der Rettung eines Apfelgartens zufriedengeben.«

Sie schwieg. Ihre Zeit in Mutlangen, ihr Protest für den Frieden und eine gerechtere Welt – all das kam ihr ewig her vor. Sie lächelte. »Dann treffen wir uns in der Mitte. Ich rette nur noch eine Handvoll Bäume und überlasse die Welt ihrem Schicksal. Und du träumst nicht mehr vom besten aller Steuerberaterjobs, sondern erstellst einen Businessplan für Apfelbäume. Wenn uns das mal einer vorhergesagt hätte ...«

»... dann hätte ich gleich mit den Apfelbäumen angefangen. Vielleicht wärst du mir dann nicht davongelaufen.«

Karen schüttelte den Kopf. »Bin ich doch gar nicht. Du wolltest nur nicht mitlaufen, das war alles.«

»Eindeutig ein Fehler.« Er beugte sich unvermittelt vor und gab ihr einen Kuss auf die Wange.

Karen zuckte zurück. »Ich bin ...«

»Ich weiß. Du bist verheiratet. Verzeih mir. Ich wollte es wenigstens versucht haben ...« Sah er enttäuscht aus?

»Ich wollte sagen: Ich bin nicht mehr siebzehn ...«

»Das will ich hoffen. Wenn du mehr als dreißig Jahre später nicht verändert wärst, dann müsste ich mir wirklich Sorgen machen.« Er griff nach ihrer Hand. »Du bist jetzt eine andere Version der Karen, die ich kannte. Eine, die ich noch schöner finde ... Schlimm?«

»Dass du mich schön findest?« Sie musste an den Anblick ihres Spiegelbildes heute früh denken. Die Falten, die Brüste, die Hüfte – sie konnte sich nicht vorstellen, dass jemand das wirklich schön fand. »Nein. Natürlich ist das nicht schlimm. Vielleicht bist du nur ein wenig blind.«

»Quatsch. Meine Augen sind jetzt erst richtig offen. Als du siebzehn warst, da war ich mit dem schönsten Mädchen der Schule zusammen. Das hat jeder begriffen, der dich auch nur eine Sekunde lang gesehen hat. Heute strahlst von innen her. Und das gefällt mir noch viel besser als das Supermodel, in dessen Glanz ich mich ein wenig gesonnt habe ...«

Sie schloss die Augen. Wie lange war es her, dass Jeff ihr gesagt hatte, dass er sie schön fand? Oder ungewöhnlich? Sicher, bei den meisten Paaren wurde aus Liebe irgendwann Vertrautheit. Gemeinsames Zähneputzen tötete irgendwann die Erotik. Das hier war dagegen prickelnd. Das echte Leben.

Sein Daumen streichelte langsam über ihren Handrücken.

Und dann beschloss Karen, nicht mehr über die Schönheit ihres älter werdenden Körpers nachzudenken. Und auch nicht mehr über ihren Ehemann in New York. Oder wie passend das jetzt war. Oder auch nicht. Auch das hier war eine Chance. Und es war eindeutig an der Zeit, mit beiden Händen zuzugreifen.

Sie beugte sich zu Andreas und küsste ihn auf den Mund.

Leise murmelte sie: »Ich finde, dass ich mich auch an dir gewärmt habe. Und heute Abend würde ich sehr gerne ein bisschen von deiner Sonne abbekommen.«

Er lächelte. Und küsste sie wieder.

Und noch einmal.

Dann nahm er sie an die Hand. »Komm, wir gehen in dein Zimmer. Und stell dir vor, ich finde es viel aufregender als damals.«

Sie ließ sich von ihm führen. Über die Folgen und alles andere wollte sie morgen nachdenken. Das war früh genug.

Ganz langsam öffnete sie die Augen. Das Morgenlicht fiel durch das Fenster direkt aufs Bett. Der Platz neben ihr war leer.

Überrascht richtete sie sich auf. Andreas war weggerannt? Das sah ihm überhaupt nicht ähnlich. Vor allem nicht nach so einer Nacht.

Sie griff nach ihrem Langarmshirt, schlüpfte in eine weiche Jogginghose und machte sich auf die Suche. Es konnte einfach nicht sein, dass er sich jetzt aus dem Staub machte. Jetzt, wo sie gemerkt hatten, dass ihre Körper immer noch so gut zusammenpassten wie damals. Es war egal, wie alt man war. Es war nur wichtig, dass man sich verstand. Dass man liebevoll miteinander umging.

Auf der Treppe hielt sie inne. Es roch nach Kaffee und frisch gebackenen Brötchen. Das Klappern von Tellern verriet ihr, dass sie nicht allein im Haus war.

Mit einem breiten Grinsen im Gesicht lief sie die letzten Stufen nach unten. Andreas empfing sie mit einem Kuss, einer Umarmung und einer dampfenden Tasse Kaffee. »Die wollte ich dir gerade nach oben bringen. Wenn ich es richtig in Erinnerung habe, dann war ein Morgen ohne Kaffee kein guter Morgen für dich – oder hat sich das geändert?«

Dankbar lächelte sie ihn an und nahm ihm die Tasse aus der Hand.

»Ich glaube, so schön bin ich noch nie in einen Tag gestartet.« Sie atmete genüsslich den Dampf ein.

»Wenn es so leicht ist, dich glücklich zu machen ...« Er setzte sich zu ihr und strich ihr liebevoll eine Strähne aus dem Gesicht. »Es ist schön, wenn du so lächelst. Bis gestern hatte ich das Gefühl, ich sehe dir bei einem zu langen Marathon zu. Oder wie du einen steilen Berg besteigst.«

Karen nahm einen Schluck Kaffee und dachte nach. Angestrengt. Ja, so hatte sie sich gefühlt. Aber nicht erst, seit sie hier angekommen war. Eigentlich hatte sie dieses Gefühl schon länger. Immer kurz davor, ein Ziel zu erreichen – und dann tauchte das nächste, noch größere Ziel auf. Und nie gab es eine Pause. Es ging weiter, immer weiter.

Schließlich zuckte sie mit den Schultern. »Wahrscheinlich habe ich zum ersten Mal seit Langem wieder das Gefühl, dass ich hier und jetzt am besten aufgehoben bin. Das liegt dann wohl an dir.«

»Schön, wenn du das so siehst.« Er blickte ihr in die Augen.

Täuschte sie sich, oder war das die unausgesprochene Frage, wie es jetzt weitergehen sollte? Sie hatte keine Antwort. Nicht einmal eine Ahnung, wie die Antwort aussehen könnte. Sie wünschte sich nur, dass dieser Moment nicht enden würde.

»*If I could save time in a bottle ...*«

Von wem war dieses Lied noch einmal? Ihr fiel es nicht ein. Das ging ja ohnehin nicht. Die Zeit verging, und auch dieser Morgen würde einfach verschwinden. Zu einer Erinnerung werden, die irgendwann verblasste ...

Ein Geräusch an der Tür ließ sie aus ihren Gedanken aufschrecken. Es klopfte.

Andreas sah sie fragend an.

»Wird bestimmt nur die Nachbarin sein, die mit mir über die Katze meiner Mutter reden will.« Zumindest konnte sie sich niemand anderen vorstellen, der an diesem Morgen mit ihr reden wollte.

Prüfend sah sie sich im Spiegel an. Die Jogginghose musste für Frau Gehring reichen.

Sie öffnete die Tür und sah als Erstes ein Taxi, das gerade wegfuhr.

Dann erst sah sie den Mann, der direkt vor ihr stand.

Jeff.

Tatsächlich Jeff.

Ausgerechnet jetzt.

»Was ... Wo kommst du denn her?«

Eine reichlich blöde Frage. Offensichtlich vom Flughafen. Aber warum nur? Und jetzt?

Er sah sie mit gerunzelter Stirn an. »Du hast dich angehört, als ob du jemanden brauchst. Also habe ich das nächste Flugzeug genommen.« Er wartete kurz auf eine Reaktion von ihr. Aber sie sah ihn nur an. »Störe ich etwa?«

Ja. Am Esstisch saß ihr Ex-Freund, der gerade eben die Nacht mit ihr verbracht hatte. Unpassender ging es gar nicht. Ihr fiel auch nichts ein, was sie sagen könnte. Sah er ihr an, was sie in den letzten Stunden gemacht hatte?

»Willst du mich nicht hineinbitten?« Er fuhr sich durchs Haar und sah sie ungeduldig an.

Nein. Eigentlich wollte sie ihn überhaupt nirgends hereinbitten. Sie hätte ihn gerne wieder nach New York zurückgehext. Stattdessen trat sie einen Schritt zur Seite.

»Komm doch. Entschuldigung. Ich bin ...«

»... verwirrter, als ich dachte!« Er ging an ihr vorbei und steuerte aufs Esszimmer zu.

Sie folgte ihm. Bis er wie angewurzelt stehen blieb und Andreas anstarrte.

»Jeff, das ist Andreas. Andreas, das ist Jeff. Mein Mann.« Eine überflüssige Bemerkung. Welcher andere Jeff sollte schon einfach hier in Wachenheim auftauchen?

Jeff nickte nur. Andreas stand langsam auf. Barfuß, in Jeans und T-Shirt. Irgendwie zu vertraut für ein Frühstück unter

Freunden. Er begrüßte Jeff mit einem kurzen »Hi«, warf Karen einen fragenden Blick zu und trat den Rückzug an.

»Ich wollte ohnehin gehen. Ihr habt sicher viel zu besprechen. Da sollte ich nicht stören.«

Er ging an Jeff und Karen vorbei zur Tür, bis ihm einfiel, dass er immer noch barfuß war. Eilig polterte er die Treppe nach oben – und kam kurz darauf mit Schuhen wieder herunter. Sie hörten die Tür zuschlagen – dann waren sie nur zu zweit.

Karen machte eine matte Bewegung in Richtung des Frühstückstisches.

»Kaffee?«

»Kriege ich wenigstens eine frische Tasse? Oder soll ich die von deinem Lover nehmen?« Er versuchte einen Scherz, aber es klang harsch.

Karen räumte das Geschirr von Andreas weg und stellte Jeff eine frische Tasse und einen Teller auf den Tisch. Die warmen Brötchen und der heiße Kaffee wirkten trotzdem wie eine Anklage.

Ehebrecherin.

Hieß das eigentlich immer noch so? Ihre Gedanken rasten. Warum war er hier? Wäre alles anders gelaufen, wenn sie gewusst hätte, dass er heute kommen würde?

»Warum bist du hier?«, brachte sie schließlich heraus.

»Wie ich schon gesagt habe. Du hast dich gestern am Telefon sehr verlassen angehört. So, als ob dir sogar einfache Entscheidungen schwerfallen würden. Als hättest du keine Energie für den Hausverkauf oder den alten Apfelgarten. Ich hatte das Gefühl, dass ich dich nicht alleine lassen sollte. Also habe ich mich in den nächsten Flieger gesetzt. Und jetzt bin ich hier und frage mich, ob diese spontane Idee wirklich so gut war. Eher nicht, wenn ich das hier richtig sehe.«

»Andreas war mein Freund, bevor ich nach Amerika gekommen bin.« Eine lahme Erklärung. Eigentlich überhaupt keine Erklärung.

»Und jetzt habt ihr euch wiedergetroffen und festgestellt, dass ihr doch füreinander geschaffen seid?« Jeff hob eine Augenbraue, während er redete. »Das willst du mir nicht wirklich erzählen, oder?«

»Nein. Aber ich bin mir nicht mehr so sicher, was ich eigentlich will ...« Sie zögerte.

»Was du willst? Meinst du dein Erbe hier in Wachenheim? Oder den Rest deines Lebens?«

»Ich glaube, beides ...«

»Na, wenn du dir so unsicher bist, dann ist es vielleicht an der Zeit, dass ich dir helfe. Du packst jetzt deine Sachen. Und wir fahren nach Hause. Ein Makler kümmert sich um das Grundstück und das Haus. Er soll es einfach verkaufen. Wenn du nicht siehst, was damit passiert, dann fällt es dir sicher leichter loszulassen. Nicht nur das Haus, sondern alle anderen Sachen, die dich hier halten. Andreas oder wer immer dich hier plötzlich so verwirrt hat.«

Langsam hob Karen ihren Kopf und sah ihn an. »Ich bin aber nicht verwirrt. Ich bin nur ein wenig neben der Spur. Aber vielleicht ist das ja eine gute Sache. Vielleicht sollte man hin und wieder alles infrage stellen, meinst du nicht auch?«

»Nein.« Er griff nach ihren Händen, die regungslos auf dem Tisch lagen. »Nein. Ich habe dich nie infrage gestellt. Keine Sekunde lang. Und ich glaube auch nicht, dass es mir guttun würde. Du bist meine Traumfrau. Seit ich dich auf der Straße gefunden habe, wollte ich mit niemand anderem meine Zeit verbringen. Du bist doch nur auf Andreas hereingefallen, weil du verwirrt bist. Der hätte doch sonst keine Chance gehabt.« Er zögerte kurz. »Oder?«

»Weißt du, Andreas hat mich wieder an meine Träume erinnert. Daran, dass mir irgendwann einmal Profit und Erfolg nicht so wichtig waren. Ich wollte immer nur mein eigenes Ding machen. Und vielleicht wird es allmählich Zeit, dass ich mehr an mich denke. An das, was mich wirklich glücklich macht.«

»Aber ich dachte, ich mache dich glücklich? Und die Kinder?«

»Ja. Ihr macht mich glücklich. Aber ich darf mich doch trotzdem fragen, ob es da noch mehr gibt. Für mich noch mehr gibt. Oder was anderes außer dir, den Kindern und der Firma.«

Schon bei der Aufzählung kam sie sich selbstsüchtig vor. So, als ob sie für sich selbst ein zu großes Stück vom Kuchen verlangte. Aber es war das, was sie jetzt wollte.

»Ich möchte noch ein Weilchen allein in Wachenheim bleiben, um mir darüber klarzuwerden, was ich will. Was ich vom Leben noch erwarte. Wo meine Reise hingeht.« Sie sah ihn an. »Darf ich das?«

»Und was soll ich deiner Meinung nach in dieser Zeit machen? Zu Hause sitzen und auf dein Urteil warten? Karen, das ist nicht fair. Ich kann es nicht ertragen. Da würde ich mich lieber von dir trennen.«

Jetzt stand es da zwischen ihnen. Das hässliche Wort. Trennung.

Jeff saß vor ihr. Die Hände zu Fäusten geballt und das Kinn vorgeschoben. Alle Zeichen auf Kampf.

»Du lässt mir also nur die Wahl zwischen Trennung und der Rückkehr an deiner Seite nach Manhattan? Ist das so?«

Sie sah ihn an.

Für eine kleine Ewigkeit starrte er zurück. Um dann die Schultern fallen zu lassen und das Gesicht in seinen Händen zu vergraben.

»Nein. So will ich das nicht. Natürlich nicht.«

»Dann lass mir ein bisschen Zeit. Ich weiß, das ist nicht leicht für dich. Aber alles andere wäre nicht ehrlich. Was, wenn ich mit nach New York komme und dann ein paar Wochen später merke, dass ich eine falsche Entscheidung getroffen habe?«

Karen hatte keine Ahnung, was in seinem Kopf vorging. Aber er schien den Kampf aufgegeben zu haben. War das Resignation oder Einsicht? Wahrscheinlich ein wenig von beidem. Jeff

kannte sie gut genug, um zu wissen, dass sie ihren Kopf durch-
setzte. Zu viel Druck würde heute, an diesem Morgen, nur
dafür sorgen, dass sie ihm entglitt.

»Gut. Aber was ist mit Andreas? Brauchst du den jetzt auch
zum Nachdenken?«

Gute Frage. War das nur eine Laune? Die Bestätigung, dass
sie noch immer begehrenswert war? Oder war da mehr? Jeff sah
sie an und versuchte, die Antwort in ihrem Gesicht zu lesen. Sie
sah seine Zweifel, seine Traurigkeit. Am liebsten hätte sie ihn
jetzt in den Arm genommen. Ihm versichert, dass alles wieder
gut werden würde. Er war so lange schon an ihrer Seite, sie
konnte sich ein Leben ohne ihn nicht vorstellen. Einerseits.
Andererseits fühlte sich das Leben an seiner Seite so vorherseh-
bar an, als würde nichts Neues mehr kommen, nichts Aufregendes.

»Ich möchte ehrlich zu dir sein«, erklärte sie schließlich.
»Ich mache das hier nicht wegen Andreas, sondern meinet-
wegen. Ich hatte aufgehört zu träumen und Pläne zu machen.
Mich zufriedengegeben mit einem ruhigen Leben an deiner
Seite. Und jetzt habe ich festgestellt, dass mir das nicht mehr
reicht. Andreas ist nur ein Symptom, bestimmt nicht der Aus-
löser. Du bist der wichtigste Mensch in meinem Leben. Aber
jetzt muss ich auch mal darauf hören, was ich brauche.« Sie
versuchte ein schwaches Lächeln. »Ist das in Ordnung?«

»Was bleibt mir anderes übrig? Ich kann hier aus dem
Haus gehen und die Tür hinter mir zuschmeißen. Oder darauf
warten, dass du mitkommst. Irgendwann. Weißt du, ich war
glücklich mit dem Gedanken, dass wir einfach zusammen alt
werden. In meiner Naivität habe ich gedacht, du siehst das
genauso: Wir laufen Hand in Hand in den Sonnenuntergang.
Zufrieden und ohne das Bedürfnis, etwas Grundlegendes zu
verändern. Erschreckend, wie falsch ich da lag.« Langsam stand
er auf. »Dann lasse ich dich jetzt alleine. Finde deinen Weg.
Und ich hoffe, dass er dich zu mir führt. Ich kann dir auch nicht

versprechen, dass ich ewig warte. Ich habe viel, worüber ich jetzt nachdenken muss. Vielleicht war der Weg, den ich so deutlich vor uns gesehen habe, doch nur eine Sackgasse, durch die ich alleine gestolpert bin.«

Er sah sie lange an.

Dann drehte er sich um und verschwand.

Die Tür fiel leise ins Schloss.

Und Karen saß alleine am Frühstückstisch. Regungslos sah sie auf ihre Hände, drehte die Kaffeetasse in der Hand.

Was Jeff jetzt wohl machte? Wahrscheinlich bestellte er sich ein Taxi und machte sich auf den Heimweg. Vielleicht verbrachte er eine Nacht in Frankfurt in einem Hotel. Aber das war kaum noch ihr Problem. Er würde seinen Weg finden.

Und sie musste damit zurechtkommen, dass sie innerhalb von wenigen Tagen alle Sicherheiten hinter sich gelassen hatte. Jetzt ging es auf schwankendem Boden weiter.

Nachdenklich sah sie die Bilder an den Wänden an. Ihre Entwürfe für ihre erste Latzhose. Noch unbeholfen. Aber mit einer klaren Vorstellung von dem, was sie machen wollte. Wann war ihr dieses Gefühl für eine Richtung abhandengekommen? Irgendwann hatte sie ihren Kompass verloren. Und sie hatte keine Ahnung, wann. Oder wo. Aber sie wollte ihn wiederfinden.

Suchend sah sie sich um.

In einer Schublade in der Küche fand sie einen Block und zwei Bleistifte. Sie setzte sich wieder an den Esstisch und fing an zu zeichnen.

Auf dem Zettel entstand das verschlungene doppelte A von Adomeits Apfelgut. Dann ein Apfel. Eine Apfelblüte. Das Wort Café. Apfelbäume, unter denen Tische standen. Mit einfachen Servietten, einem Korb mit Äpfeln darauf. Sie blätterte um und zeichnete fieberhaft weiter.

Eine Vase mit Blüten.

Eine Schürze, auf der Blüten und Äpfel abgebildet waren.

Ein Etikett für hausgemachten Apfelsaft aus sortenrein abgefüllten Apfelsorten.

Wieder Apfelbäume, diesmal im Vordergrund eine Bühne, auf der Sabine stand und sang. Ein Apfelfest ...

Es dauerte eine ganze Weile, bis sie sich zurücklehnte und ihre Zeichnungen ansah.

Und plötzlich wusste sie ganz genau, was sie wollte.

EIN JAHR SPÄTER

Matthias blinzelte durch die Blätter in die Sonne. Er saß in einem Rollstuhl, den Karen ein wenig abseits unter den Herrgottsapfelbaum gestellt hatte, und schien den Tag zu genießen. Zumindest deutete nichts darauf hin, dass er plötzlich aufstehen und verschwinden würde – was in den letzten Wochen öfters vorgekommen war.

Trotzdem holte Karen ihn regelmäßig nach Hause. Unter den Apfelbäumen war er zufrieden, hier kam sein verwirrter Geist ein wenig zur Ruhe.

Sie lehnte sich zurück und sah sich um.

Unter den Bäumen war jetzt eine blühende Wiese. Man sah ihr nicht an, wie oft sie widerspenstige Brombeerranken ausreißen mussten, bis endlich Gras und Wiesenblumen dort wuchsen.

An den Tischen saßen die Besucher, die heute den Weg hierher gefunden hatten, und hörten Christian zu, der gerade die Geschichte vom Prinzen-, Zitronen- und Zuckerapfel erzählte. Sabine lief von Tisch zu Tisch und verteilte Kuchen, Saft, Wein und Flammkuchen. Die Bühne war schon aufgebaut – nach Christians Vortrag wollte sie ein paar Lieder singen.

Adomeits Apfelcafé war gut besucht.

Sie hörte Schritte von hinten. Ein Arm legte sich um ihre Taille, und sie hörte eine vertraute Stimme. »Ist es das, was du wolltest? Das ist also das große Abenteuer?«

Langsam drehte sie sich um.

»Ja, Jeff. Ich wollte den Ort wieder mit Leben füllen. Und du hast keine Ahnung, wie viel es mir bedeutet, dass ihr alle hier seid.«

Jeff sah zu dem Tisch hinüber, an dem Emma und Chris saßen. Sie sahen ein bisschen wie amerikanische Touristen aus. Glückliche amerikanische Touristen. Jeff lächelte. »Es war richtig, ihnen diesen Teil ihrer Geschichte zu zeigen. Wahrscheinlich ein Fehler von uns, ihnen das so lange vorenthalten zu haben.«

»Kann man ja nachholen.«

Jeff hatte sich im Laufe des Jahres daran gewöhnt, dass sie nur die Hälfte ihrer Zeit in New York verbrachte und die andere Zeit hier in Wachenheim nach dem Apfelcafé sah. In ihrem Elternhaus lebte und mit Blick auf die Apfelbäume ihre neuen Entwürfe für Earthwear plante.

Sie schmiegte sich vorsichtig an ihn.

»Nein, das ist nicht das ganz große Abenteuer. Es ist das Gefühl, dass ich jetzt meine unterschiedlichen Leben zusammenführe. Kein Bruch, nirgends. Alles ein fließendes Ineinander. Fühlt sich gut an. Und gut, dass du es mit mir teilst.«

Er lächelte nur und vergrub seine Nase in ihren Haaren. »Du riechst nach Äpfeln.«

Karen musste leise lachen. »Wonach denn sonst?«

Christian hörte auf zu reden und räumte den Platz am Mikrofon für Sabine, die sich die Gitarre umgehängt hatte. Sie fing an zu singen, und Karen summte leise mit.

Bis sie aus ihrem Augenwinkel Andreas sah. Der alleine an einem Baum lehnte und versonnen seiner Ex-Frau zusah. Bestimmt ihr bester Freund hier in Deutschland. Ein Mann, der sie durchschaute und kannte. Einer zum Pferdestehlen.

Aber der Mann zum Lieben – der roch die Äpfel in ihren Haaren.

EPILOG

Jedes Buch hat seinen Anfang, lange bevor ich die ersten Zeilen schreibe. Bei diesem Buch war es ein Manuskript, zweihundert eng mit der Schreibmaschine beschriebene Seiten. Die Erinnerungen meiner Tante Lucie an das »Kindheitsparadies in Mandeln und meine Mädchenjahre«. Nach ihrem Tod vervielfältigte ihr Sohn diese Seiten und schickte sie Lucies kleinem Bruder zu Weihnachten – meinem Vater. Als ich die Seiten in die Hände bekam, konnte ich nicht mehr aufhören zu lesen. So akkurat, lebendig und seelenvoll beschrieb meine Tante die Jahre in der Molkerei in Mandeln. Den Aufschwung der Nazis, die Schrecken des Krieges, den Abschied vom Vater am Hafen in Königsberg, die Flucht und das harte Leben in Süderhackstedt... Unglaublich, wie viel Talent meine Tante zum Schreiben hatte!

Ich habe das Manuskript gelesen und ein Weilchen über ein Buch dazu nachgedacht – doch dann habe ich es wieder vergessen. Bis ich im Nachlass meines Vaters eine Kiste fand. Ein Album mit Bildern aus Ostpreußen, dem Suchauftrag des Roten Kreuzes nach meinem Großvater, das Aufgebot zur Todeserklärung.

Und damit fing die Geschichte der *Apfelblütenjahre* an. Mit Teilen der Erinnerungen von Tante Lucie – in denen übrigens Äpfel keine Rolle spielten. Meine Großmutter Marie ist auch nicht in die Pfalz umgezogen, sondern nach Württemberg. Dazu kamen die Erinnerungen an meine eigene Jugend, geprägt von der Friedensbewegung mit Protesten in Wackersdorf und Mutlangen. Die legendäre karierte Bundfaltenhose aus Cord hing in meinem Kleiderschrank (und ist zum Glück nur auf wenigen Bildern verewigt).

Wie die Äpfel in dieses Buch kamen? Das hängt mit einem alten Apfelgarten zusammen, den ich vor zwei Jahren gepachtet und wo ich zwischen Brombeergestrüpp und hohen Gräsern alte Apfelsorten gefunden habe. Als ich mehr über Äpfel wissen wollte, hat sich zum Glück Peter Zimmermann vom Apfelgut Zimmermann in Wachenheim Zeit für mich genommen. Er hat mir die Sache mit den Reisern erklärt – und auch die Geschichte vom Korbiniansapfel stammt von ihm.

Viele Puzzleteile, die dann in diesem Buch zu einer einzigen Geschichte wurden ...

Ich danke allen, die mir bereitwillig Auskunft gegeben haben. Allein meine Nachfrage via Facebook, was denn nun eigentlich im *Holzwurm* in Bad Dürkheim gespielt wurde, hätte ein halbes Buch gefüllt ...

Ein Dank geht auch an meine Lektorin Annika Krummacher, die bei den *Apfelblütenjahren* wieder einmal dafür gesorgt hat, dass aus meinem Manuskript ein Buch geworden ist. Ihre Nachfragen und Anregungen stürzen mich zwar jedes Mal in Verzweiflung, weil ich auf keine einzige meiner Formulierungen verzichten möchte. Aber meistens hat sie recht ...

Und zuletzt danke ich Gerd Rumler und Martina Kuscheck von der Autoren- und Projektagentur Rumler. Die *Apfelblütenjahre* sind tatsächlich das dreißigste Buch, das wir gemeinsam auf die Beine (oder in die Seiten) gestellt haben!